大港湾

朱萁 著

山東文藝出版社

主要人物表

鲁　雄	峥嵘公司总经理
白　莉	峥嵘公司秘书
游　勇	峥嵘公司旅游部经理
沙怒风	峥嵘公司贸易部员工
夏继春	峥嵘公司司机
吕　燕	河东梆子剧团主演
汤姑娘	帆船集团掌门
钱　圆	浩大公司负责人
柴　福	钱圆司机兼情人
康　健	钱圆丈夫
戈先生	爱国商人
凌先生	商业寡头
庄　龙	驻异地机构官员，被敌特策反
常　冲	驻异地公司职员，后被庄龙收买
战洪起	峥嵘公司副总，边防部队转业
何多来	峥嵘公司副总，业务专家
吴副总	峥嵘公司副总，地方官出身
由副总	峥嵘公司副总，来自央企

章　目

第一章

春风初度

1.1

月儿弯弯照海港
夜色深深灯火迷茫
渔家姑娘的船儿可曾归航
我魂牵梦绕的地方
……

歌声从中年汉子的嘴里哼出来，混合着船体颠簸和海浪打在船上的各种嘈杂的声响，显得不大着调，断断续续、时高时低。

这是一艘吨位不大的摆渡船，两头翘起，中间凹下，很像中国古时候的元宝；船的两端似乎是对称的，像首尾两个车头的火车，头即是尾，尾即是头，来时是头，去时是尾；在海峡两岸基本是直来直去，快捷简单，十分方便。

中年汉子立在船头的顶层，任温润和煦的海风吹在身上脸上，很是惬意，他忽然记起印象比较深刻的电影《泰坦尼克号》的男主角，不知那人是否也有过类似的感觉。正待他要看身边哪里有女主角的踪影时，却不失时机地凑上来一张成熟油腻的男人的圆脸。

“鲁雄老总，今晚的月色确实很美。”

他们望向对岸。楼宇和灯火越来越近，一幢幢高楼像竹竿一样挤在一起，高的与山顶齐肩，矮的到半山腰，仿佛组成一道道密不透风的环岛篱笆。五颜六色的霓虹灯光一会儿从篱笆上流淌下来，像水银泻地；一会儿又冲天而起，好似蓄势已久的焰火。那些横空而出的Logo个性张扬，如果是圆形的，就要高速旋转，周围放出火星，仿佛带电的砂轮，无形中已经把对手磨成碎屑；如果是编排的方块，那就比防弹衣还要坚硬，打在上面的明枪暗箭被迅速瓦解；还有一些不好形容的奇形怪状的字母或者图案，也是标新立异、与众不同，不让你多看几眼誓不罢休。山顶之上，一剪弯月悬在半空，兀自放出清辉，显得有点寂寥落寞。

“美吗？都说烟花寂寞，我看在这灯火之城，月亮倒有几分孤独呢！”过了一小会儿，叫作鲁雄的男子才接上话茬。

“不孤独，”圆脸男的反应很快，“她有个姊妹，用你们搞物理的话来说，这是一个镜像。你看……”

鲁雄顺着他手所指的方向看去，在黝黑的山顶之上、不太明显的两峰之间，似有巨掌托起了一个轮廓清晰的月牙状的建筑物，与天上的月亮遥遥呼应，相映成趣。

“呀，不愧是创意之城、动感之都！我猜，这一定是个文化设施吧。”鲁雄的思路很活跃，很快转向实质性内容。

“当然，内涵非常丰富，”圆脸男卖了个关子，显然不想多说，“里面有个丹娜夫人蜡像馆，塑造了很多中外名人的蜡像，大家都以入馆为荣，现在很多名人也在排队呢，像著名武打影星杰瑞，这不刚刚入馆吗，上次我去看，他还在角落里呢。”

“哦，这也要像梁山一百单八将一样排个座次呀，关公战秦琼，不好排呀。”

圆脸男忽然想到什么，双手紧紧抓住鲁雄的一只胳膊，非常真诚地说：“鲁总，我想，你一定能带领公司重上正轨，再创辉煌！将来，你也一定能得紫薇星章，名扬中外，蜡馆立像！”

“哈哈，你别给我戴高帽子了，我哪有如此非分之想。我只想，千万别重蹈老谭的覆辙，平稳过渡几年，这就是祖坟上冒了青烟，这一辈烧了高香了。”

“老谭可惜了！前几年也只是喜欢喝点酒，大家叫他酒坛子，哪知这几年趁着这片港湾发展加快，政策利好，有点小成绩，人就飘起来了，决策失误不说，个人也贪占了不少。太太不在身边，听说，手下的女职工‘潜规则’了好几个。有的也是投怀送抱，方便进谗言。你可一定要站稳立场呀！身边的人一定要换成正直可靠的。”圆脸男的思维有点跳跃。

“人员一个不动，除非上级另有安排。”鲁雄又补上一句，“这是省长的意见。”

“啊？省长还管得这么具体？”

“齐淮副省长的秘书文山同志在电话里点了点，他不会假传‘圣旨’，应该是领导的意思，稳定压倒一切。”鲁雄顿了顿，“当务之急是配合省里办好‘对外开放重点项目推介交易会’，也就是‘推交会’。”鲁雄的口气变得严肃起来：“游勇同志，你们旅游部承担的任务挺重，一定要给力，千万不能拖公司后腿呀！”

“领导放心，保证完成任务！”圆脸男——游勇想学军人敬个礼，不料随着轮船的晃动打了个趔趄。

两人互相照应着坐稳，一时沉默下来。

鲁雄的思绪像水面上漂过的大小船只，来往迅速。最近一段时间，日子过得有点像今天的行程：一会儿火车，一会儿汽车；忽而飞行，忽而渡水；时而越关，时而冲卡。幸亏有殿堂级老导游游勇陪着，否则他还真要费些周折。眼前的路应该是这段复杂路程的最后一段，他已经看见招待所大楼的轮廓，心情稍稍放松下来。

转折发生在半个月前。本来，他已经在研究室常务副主任的位置上干满了三年，牵头搞了几个事关全省大局的研究课题，很受领导赏识。省里已经确定他为下一任滨海市市长人选，大家纷纷说他上了发展的快车道。正在这个当口，一名外商实名举报了老谭，于是，纪检委快速启动了调查，核实之后，走了必要的程序，把在内地开会的老谭直接从会场带走了。老谭本来计划第二天就要带团赴南美五国进行为期二十天的考察。省里走马换将，也是过于匆忙，他的任职文件和老谭的免职文件居然同时发布，坊间传说他和老谭都出事了。在师范学院读书时，尽管他学的是物理，老谭学的是音乐，看似七八杆子都打不着，可他们是前后级的同学，又都是学生会的干部，两人关系也挺铁，免不了让人产生联想。可他心里有数，他比老谭多了四个字，比金子还要贵重的四个字：另有任用！

“晋升及调整职务领导干部集体谈话会”，他也参加过一些，往往被谈话的是“集体”，引导谈话的是少数几位领导同志，可到了他这里，领导成了集体，有六七位，坐在台下的只有他和组织部的一位处长，小猫两三只，猛虎一大群。他想着应该改掉胡思乱想的坏毛病，于是迅速调整思路，掏出笔记本，好认真记下谈话内容。

会议由组织部常务副部长管立人主持，他开门见山，宣读文件：

根据工作需要，经研究决定，同意鲁雄同志全面主持峥嵘公司工作，推荐其为董事长、总经理。

管副部长请齐淮副省长讲话，齐副省长语气平和，侃侃而谈，从国际讲到国内，从外省讲到本省——“峥嵘公司的广大干部职工是好的，工作是有成效的，要与谭铎区分开来，审计团队要尽快摸清家底，好让鲁雄同志‘轻装上阵’；鲁雄同志政治立场坚定，工作能力突出，有工作经验，是临危受命的最佳人选……”齐副省长还提了一些宏观要求，鲁雄听着，感觉似乎脱不开“正反两方面，今后怎么办”的套路，心里踏实了一些。

接着，几位部门负责人发表了意见。审计厅的负责人请求大家全力配合这次审计工作，本来，例行的审计工作三年一次，去年年底刚刚搞过，不想这次老谭突发状况，只能有针对性地再来一次，鲁雄感觉他们自己心里也不太有底。魁梧的财政厅厅长伸出一只大手，说各种扶持资金已经达到五个亿，只能保值增值，国有资产损失一分钱也要追责。规划发展委主任说，老谭搞的那个规划有点应付了事，深度不够、重点不突出、国情优势无从体现、省情区情隔着两张皮、发展目标缺乏远见，本来想让他彻底整改，现在就交给鲁雄同志，要求上半年完成。鲁雄把他们的发言认真地记在小本子上。

如果不是纪检委负责人的讲话，鲁雄可能会很快把这次会议淡忘在蜂拥而来的各项公司的琐碎事务中。事后总结，鲁雄感觉纪检委廉正副书记的讲话水平很高，廉副书记说：

“外经外贸、建设规划等领域都是反腐败斗争的一线阵地，过去说是没有硝烟的战场，现在看来，炮火连天、枪林弹雨、血肉横飞，我们经常要和腐败分子贴身肉搏！想想看，如果这次谭铎没被外商举报，党和人民的事业要承受多大的损失！惊心动魄，撕肝裂肺呀，为什么还是外商首先发现问题呢?”

管副部长插话，说正在考虑为驻异地机构逐步配齐专职纪检人员。

“事物都是发展变化的，有时这种变化还很快，一个好干部，很短的时间，甚至几天的时间就会被坏人拉下水，那里就是一个大染缸，很难独善其身，例子很多，防不胜防。”廉副书记目光如炬，紧紧盯着鲁雄，仿佛要洞穿他的五脏六腑，烧灼他的灵魂，提炼出他的真实思想。鲁雄感到汗水从脊背上冒了出来。

“一定要警弦长绷，警钟长鸣！”廉副书记加重语气说道。

丁零零——一时铃声大作，把鲁雄从回忆中拉回现实。“到岸了。”游勇边说边来扶鲁雄，乘客纷纷起身，涌向出口。鲁雄站稳，再次打量起这艘昼夜不息、不知疲倦的渡轮：古拙的造型，斑驳的船体，老旧的设施；它似乎从中世纪驶来，很难融入这五光十色、流光溢彩的摩登世界；唯有粼粼的波光和淙淙的水声，恒久地伴在它的周围，是它永不分离的伙伴。

鲁雄跳上岸，像是对游勇说，又像是自言自语：

“这哪里是大海，分明是一条奔流不息的长河呀！”

1.2

第二天一大早，鲁雄就赶到了公司大厅。

他赞赏亲力亲为的哲学。过去出差到一个陌生城市，如果坐的是专车，那不用查看路线，也不用辨清东西南北，自会有人把他送到地头；如果打出租车，那还得辨辨方位，以免司机绕道太多；如果搭公交，那基本上道路情况就全搞清了；如果是步行，那商行招牌、人情风貌可以说能了解得一清二楚。所以，如果时间允许，他总是最先考虑步行，最后才用专车。可惜的是，近些年随着职位的提升，这种体察民情的机会越来越少了。“要知道梨子的滋味，就要亲口尝一尝；卑贱者最聪明，高贵者最愚蠢。”这是他的信条，他不知道自己是越来越聪明了，抑或是相反。

落地的大玻璃窗宛若透明。他站在这六十六层的高楼之上，看昨天的来路，港湾繁忙依旧，大小船只兀自航行，渡轮如玩具般浮在水面上，岸上的人影太过渺小，只有他们三五成群游走活动时才引起些许关注。他把目光移向正前方，这是一栋虽不太高，但占地面积巨大的银色建筑。仿佛大鹏展翅，要带动整个身体腾空而起；又如一只硕大的神龟雄踞于岸边，正向着对岸缓慢但坚定地游动。

“早上好！”鲁雄转过身来时，看到一位微胖的女士和他打招呼，她化着浓妆，看不出真实年龄。

“先生，您找哪位？”

“白莉。”鲁雄顿了一下。

“有没有约好？”

“没有。”说话间鲁雄稍显迟疑。按照本地习惯，来客一般都会提前约好，不会唐突来访。女士说，白莉上午外出办公务，大概要临近中午才能回来，而且她最近很忙，最好能够先预约。

“也好，我的事情不急。”鲁雄找个位置坐了下来。女士看来客没有马上要走的意思，就递上了一杯茶水。过了一小会儿，她似乎意识到了什么，在桌子下面操作了一下，顿时，大堂的电子屏上滚动着打出了耀眼的红字：

峥嵘公司热烈欢迎鲁雄董事长就职！

团结奋斗，开拓进取，改革创新，再创辉煌！

女士走到鲁雄面前，微微鞠了一躬，细声细语地说：“我是前台服务人员，我姓牛，要不您到里面等候？”鲁雄这才看清她似乎不太年轻，又下意识地想这不是关注的重点，点头说好。

牛小姐的手魔术般在门锁上游走了一下，密码门发出一声类似牛小姐悦耳的声音的响动，开了。她把鲁雄引到一间精致的会客室，问他需要何种饮品。鲁雄手里还端着刚才的茶杯，就说还是茶水吧。

待牛小姐离去，鲁雄走出会客室，观察起公司的办公区域，心想：未来的一段岁月就要在此度过了。这是一幢雁阵形大楼，从内部看是一个扇形，结构并不复杂，中间有几十个普通员工的工位挤在一起；一边面对大海，排布着一间间中层人员的办公室；另一边面对着街市，抬头能看到山景，是几个小型会议室和会客室；远端则是几位老总的大办公室和大会议室。空旷的大厅里，只有几位员工在电脑前忙着，显得有点冷清。

鲁雄看到一个房间虚掩着，似有人影活动，就走过去。他看到门口的牌子上标着：

部门　贸易部

姓名　黄缨

职位　经理

去向　出差

鲁雄感觉这是一员女将，推门进去，却看到一个汗流浃背的青年男子正在绘制油画，硕大的画架占了房间将近一半的空间，鲁雄只得挤到黄缨的座位上。小伙子并不理会，只沉浸在自己的艺术世界里。鲁雄看桌子上的照片，一位英气的三十多岁的女士怀里揽着一个七八岁的小男孩，笑得十分开心，背景似是游乐场，写着“亲子运动会纪念”，他想：这大概就是黄缨母子了。桌子上方有个简单的书架，放着几个文件夹，写着“大豆”“棕榈油”“铁矿石”之类的文件名，还有几本书，《国际贸易大全》《期货英豪》等，鲁雄不好去翻动这些东西，便耐心看艺术家作画。

这幅题为《向海而生》的写生作品已经接近完成，比从窗口看到的图景更加鲜活、富有感染力。从构图上看，一边是大海，百舸争流，表现现代、竞争和活力，另一边是岸边丛立的老旧建筑，表现时代的沧桑变迁和历史的厚重质感，对比鲜明，相得益彰。只是有一幢楼房的位置拿不太准，太靠前了，显得突兀，可和别的楼房并排放在一起，看上去又有点呆板，画者改来改去，一时找不到解决办法。

“我看，应该给这个老城动个小手术。”鲁雄来了兴致，建议画者不必太拘泥于实际，干脆把这幢楼房拿掉，虚构一个小型的口袋公园填补空缺，隐现小亭绿树，说不定效果更好。画者照办后，果然，原来过满的空间得到疏解，有了“气孔”，其他建筑显得错落有致，与波澜起伏的大海形成对应，一幅看上去完美的作品诞生了。

画者很潇洒地署上丝带状的“S”，又做了一些点缀，这才对着鲁雄说：“你也很懂画嘛。”

“一点点。”鲁雄想起有些人被称作万金油，什么都懂点，但都不深不精不专业，“毛毛雨，湿湿碎。”

他们聊起天来，青年叫沙怒风，在公司里被称作沙子，父母都是艺术圈的，他从小被严格培养，在国内读了艺术学院，又到列宾美术学院学习，拜在著名的油画家托尔卡夫名下，不到两年就取得了艺术硕士学位。本来，家里的安排是让他进华东大学当助教，不想政策突变，大学只接受博士毕业生当助教，硕士生通通被挡在门外。这时候，如果在国内读博士，专业课毫无问题，但文化课难如登天，艺术学院的领导也知道文化课好的学生，往往画画不行，而对专业突出的学生来说，文化课又成了拦路虎。家里又想让他重投托尔卡夫门下，可这位老先生门生满天下，开始云游四方，如想伴在先生左右研习创作，先生不会介意，如想再拿博士学位，有点困难。如此这般，折腾大半年，家里又托了关系，他终于在峥嵘公司落了脚，发挥学过东欧小语种的优势，做翻译工作。每当他在电话里对现状流露出不满时，他的画家老爸往往会大吼一声：

“知足吧！峥嵘公司这样的外字号单位，搞外经外贸，多少人挤扁了脑袋也进不去呀，你先好好干几年再说。”

鲁雄分析说：“随着国家经济实力的增长，服务、文化产业的比重会不断增加，你有这么好的基础条件，将来，在艺术品的鉴定、拍卖、价值开发，艺术产业的人才培训，会展，相关产业的投资、中外合作交流等领域都大有用武之地！年轻人，重要的是充实自己，要多学习，懂艺术好，但不要沉迷其中，外贸、投资、金融、证券等方面的知识都要学，融会贯通，争取成为公司急需的复合型人才，我们处在一个百年不遇、千年难得的好时代，搭上了高速列车，千万不能掉队！”

鲁雄和沙子正谈得投机，突然听见外面嘈杂的声响，一群人围了过来，为首的女生个子高挑，白净面皮，鲁雄猜这位就是有些知名度的白莉了。白莉因赶路脸上微微泛起红晕，她大声说：

“鲁总，幸亏我们到珠尾市接到了组织部的何处长，要不真成了放风筝了，您这是突然袭击呀！”

何处长说：“这是鲁总一贯的作风，我拦也拦不住呀。”

“是呀是呀。”其他人附和着。“作风亲民”“深入实际”“体恤基层”“轻车简从”等话语纷纷而来。

“我是归心似箭哪。”鲁雄笑着和何处长及公司的几位副总打招呼。白莉说：“办公室已经准备好了，就是不知鲁总是否满意，您还有些什么要求……”两人边说边穿过集中办公区，向董事长办公室走去。

鲁雄感觉这个办公套间很大，其他的一时还无从评价，他在宽大的办公桌后面坐下来，交代白莉一定要接待好何处长，告诉她何处长这次代表组织部管副部长专程陪同自己前来任职，同时要做一些人事和经营管理方面的调研工作，体现了领导对峥嵘公司的高度重视和亲切关怀，意义非同小可。下午他想同几位副总逐个谈谈，先熟悉一下情况。

白莉认真记下，转身将一叠材料放在办公桌上，封面目录写着：

峥嵘公司基本情况概要
峥嵘公司经营状况分析
峥嵘公司各部室职责分工
峥嵘公司职工情况一览表
……

白莉示意重要的外部关系、内部人员的电话联系表已经放在鲁雄手边，方便使用。鲁雄赞许着点头，准备认真看看材料，白莉试探着说："今晚海港同乡会为您准备了一个小型的欢迎酒会……"

"这么急？刚到就接受宴请，不太好吧？"

白莉解释说，本来早就想和他沟通这件事，但主持工作的领导没有交代，她也不好越俎代庖；同乡会那边公司有些赞助，也经常回请，吃顿饭没什么。最重要的是，省里准备举办的"推交会"要邀请的几位重要客人今晚也在，他再亲自邀请一下，就显得更有诚意了。白莉最后说："如果鲁总想调整安排，也可以，我再去沟通落实。"

鲁雄想了想，叹了口气："那就恭敬不如从命吧。"

1.3

招待酒会安排在千豪大酒店，会场布置得富丽堂皇，灯火明亮。有十多桌，正前方有一个小舞台。还从亚太电视台请来一位美女司仪，据说是前一届选美大赛的季军，另有乐队鸣奏迎宾乐曲。同乡会会长姓戈。鲁雄身着藏蓝色正装，特意系了条鲜红的领带，在主宾的位置上正襟危坐。

在路上，白莉反复介绍本地的风俗民情：“讲究吉利，忌讳一些用语。一般来说，水为财，像包大师设计的国银大厦前面就造了个人造喷泉，寓意国银的利润就如泉水般滚滚而来。拿常吃的一些菜品来说，猪肝与‘干’为谐音，所以称为猪润；白菜有个‘白’字，也不好，叫作胜菜；人们不喜欢黄瓜的‘黄’，干事情不能半道黄了嘛，就叫青瓜，诸如此类，含糊不得。”鲁雄牢记在心，想着每到一个新的地方，都要尊重当地的生活习惯、乡土民风，在此地也要如此。因此，他打定主意，少说为佳，言多必失。登台把白莉准备的答谢词一字不落地念了一遍，他就坐下来微笑着倾听别人谈话。

戈先生是位很慈祥的老人，身材魁梧，面色红润，很有几分佛相。他跟鲁雄原来就认识，故人相见分外亲热。他先是问候了鲁雄的饮食起居，说本地气候温润，物品丰富，生活便捷，文化多彩，稍住一段时间就会感觉很适应，如有什么困难，就跟他讲，他会想办法帮助解决，千万不要客气。鲁雄很感激地答应着。戈先生还告诉鲁雄，他们家在祖父这一代从内地迁过来，老人家为了生计，肩挑贸易，铢积寸累，到了他这一代，也抓住了一些机遇，把生意做成了现在的规模。再早的祖先戈子，出身贫寒，发愤苦读，终成春秋时期百家中的一家。前几年修纂族谱，戈先生请了国学大师纪先生帮忙，已经考证清楚世系，明确迁徙路径。今年如果能挤出时间，他就安排一次归乡认祖、祭拜先人的活动。鲁雄忙说：“好啊好啊，我和地方领导都很熟，到时请他们全力配合，现在提倡弘扬中华优秀传统文化，戈先生归乡祭祖，实在是本省的盛事啊。”戈先生摆摆手，说助理正在安排，看档期。

说到最近就要举办的“推交会”，戈先生十分热情，他说和历次省里举办的重要活动一样，他不仅要亲自参加，鼎力支持，还要动员一些商界的老朋友过来捧场。说到要投资的项目，戈先生提到他正在策划建设一座七十二层的大厦，大厦旁边要建“圣贤广场”，大厦的每一层都用一位哲人先贤的名字命名；各种消费娱乐场所一应俱全，在里面就是住到老也没问题。他想把这个做成一个样板项目，回头请老朋友、抗战时期打过游击的夏老过来看看，题个词，也不枉自己的一片赤子之心。

鲁雄连声称好，说戈先生的敬贤心、爱国情令人钦佩，他们一定配合相关的工作，并起身给老先生倒茶。这时候，酒过三巡，菜也上得差不多了，好酒之士渐渐活跃，各桌热闹起来，来客也相互走动。鲁雄惦记着多邀请一些客商参加“推交会”，跟老先生打过招呼后，就起身到别的桌上会客人。

鲁雄选了有一半客人离席的一桌，剩下的人正谈得热烈，见鲁雄过来，都很热情地和他交换了名片。

“今天的菜品很丰盛很不错嘛。”鲁雄说。

“一般般，一般般。”鲁雄瞥了一眼名片，身旁说话的这位姓蔡，“都是普通菜品，常规操作。我有位朋友叫姚波的，本地六大才子之一，走遍全球，会二十三国语言，还不算方言，方言那是无师自通，天下美食无所不食，无所不品，又能写文章讲出美食的妙处和制作之道，真正超一流的美食家。本来今天也要请他过来，提提意见，可他晚上还要赶两篇稿子，分身无术。”蔡老板张开一只手，说：“每天给五六家报纸写稿，这是真牛。”

可能是酒足饭饱的缘故，大家对美食的兴趣似乎不高。鲁雄对面的一位黄老板忽然像发现新大陆似的嚷起来：“鲁总好靓仔！鲁总身材挺拔，不胖不瘦，国字脸，浓眉大眼，很有北方男子的英武气概。”黄老板又把南北男人女人的长短优劣比较了一番，最后总结说他还是欣赏北方美男子，最喜欢燕赵潘安。黄老板接着说，他现在张罗的亚太电视台的选美活动，缺一个评委，鲁总来得正好，是出任评委的不二人选。

“胡评委到枫叶之国办理公务三个月，这个绝对不成，评委必须是单数，绝不能是双数，竞争激烈，PK 残酷，经常要投票，票数定胜负。”黄老板说，“有个说法叫关键少数，很可能鲁总就是这关键一票，执掌晋升淘汰大权。”

众人纷纷赞成，说现在选手来自全国各地，地方文化多元，需要有内地工作经验的专家参与，鲁总当过领导，有主持大型活动的经验，形象硬朗，有吸引力，有如此评委在台上压阵，选手自然是精神振奋，状态绝佳，想不超水平发挥都难，鲁总是出任评委的最佳人选。

鲁雄连忙推辞，说：“初来乍到，公司事务已经让人焦头烂额，无暇再顾及其他，千万别误了黄老板的活动，也别耽误了这帮年轻女孩的青春美梦。”

蔡老板说：“我捧的那个三号婷婷，初看不起眼，越战越勇，最近几轮过关斩将，现在稳居十佳。”

“咸鱼翻身。”有人插话进来。

“这是我慧眼识珠，发现好苗子，提前介入，重点培养哪。”蔡老板说。他感觉自己最近和干部打交道挺多，用了些他们的语言。

“我看好的六号娜娜，刚开始还行，这一轮悬了，方言不过关，吃米和吃泥都分不清楚，脑筋急转弯直接给卡住了。”又有人插话。

“六号大热倒灶。”不知谁说。

众人又从选美说到赛马。有个被称为綦老板的说，他那匹“闪电小子”最近连赢八场，原来用的是大洋岛国的骑手，被人怀疑有猫腻，今年换了万堡王国的骑手，贵族出身，先辈是得过爵位的，和“闪电小子”的祖上分别是亨特二世国王的爱将和宝驹。如今“闪电小子”和骑手已经被媒体称为“世纪绝配”，无论草地泥地，长途短线，所向无敌。说来也是神奇，只要“闪电小子”夺冠，股票市场必然是大有斩获。所以呢，綦老板现在也不看那些财经杂志了，还给几个分析员放了大假，认为就照着“闪电小子”的状态来，笃定跑赢大市。他又说要把赚的钱拢一拢，再开一间玩具工厂。

正谈得热闹，邻桌的声浪突然就大了起来，这边的人便靠过去，见众人正围着一位模样俊俏、有几分明星风采的女士起哄，请她唱歌。鲁雄想起来，省里为了给“推交会”造势，安排了一些文艺推广交流活动，演出节目中现代红色经典吕剧《山高水长》颇受欢迎，这个节目讲述了革命战争年代根据地军民与敌人浴血奋战的故事，其中有个大嫂用自己的幼儿与革命战士的后代调换的情节，大嫂牺牲了自己的小孩，保护了革命战士的后代，这在临山市革命老区是有人物原型的，感人至深。这位女士想必就是女主演了。

“我不能唱了，请各位谅解，我今天喝酒了。”

有人说：“酒艺不分家，喝酒出状态，酒壮美人胆，李白斗酒诗百篇，武松酒后斗猛虎。当年咱这个剧种的领军人物马奋蹄老先生，喝一斤酒，上台舞动关公的偃月刀，那叫一个虎虎生风，这么多年了大家都还记着呢。”

有的说：“当年正是在这间餐厅招待的马老先生。”

“马老是马老，我吕燕是吕燕，我还达不到马老的境界，正在努力中，抱歉抱歉。”

“哎呀，别难为我们姊妹了。”这时，有一位身材微胖、头发蓬松的中年女士过来打圆场。

“汤姑娘好样的，侠义心肠。”有人赞叹。

“我可是包了一场，戏票呢，就派人给各位送到写字楼。咱可有言在先，到时候带着太太和小朋友们，全家一起去呀，可别冷了咱吕燕妹妹的场子，要有不去的，那就是言行不一致了，到时候可别怪我汤姑娘翻脸不认人。”

“那是那是。”大家忙不迭地应承。

有人建议宴会结束后去唱歌，趁着他们点算人数的当口，鲁雄转到了别的桌上。

1.4

转眼到了周末，大伙又结伴出来爬山野餐。

鲁雄感觉务虚的时间有点多，务实的时间不够用。为了筹备“推交会”，他们专门组织了一个班子，抽调精兵强将，组成项目对接、联络接待、宣传公关、协调调度等几个小组，列出任务明细，逐项落实。几位重量级嘉宾的邀请工作，要专人负责，不允许有任何纰漏；重点项目的对接，要双方进一步交换材料，谈好条件，力争签订正式合同，如果实在来不及，至少也要签署意向书，好对省里有所交代；媒体的邀请，采访的安排，通稿的准备，还有几个爱挑刺、喜欢捅娄子的媒体怎么对付，都是要考虑的事。最近进展还不错，鲁雄想利用星期天的时间，再全面考虑一遍。

白莉说周日有个爬山活动，请他参加。

白莉解释：“不了解情况的呢，以为我们驻异地每天都是花天酒地、灯红酒绿的，其实呢，生活枯燥得很，周日的爬山活动，就是主要甚至是唯一的娱乐活动了。这在当地也是一项老少咸宜、贫富皆可的大众活动，想想吧，就这么大的地方，大家能跑到哪里去呀？政府很鼓励这项既休闲又健身的活动，建设了很多郊野公园，山下高楼林立，山上绿树葱茏，休憩、野餐、报警设施等一应俱全，是避开人群、脱离红尘、调整心情的好去处。有些爬山发烧友，瘾头很大，不上山不行。本来呢，想忙过了这一阵，就请鲁总爬山，谁知道庄主任提前开始张罗了，鲁总也趁机和庄主任熟悉一下吧，别人想认识都排不上队呢，对以后的工作都会有好处。”

鲁雄只得安排几位副总和游勇、沙子他们几个加班，他和白莉上山会一会这位庄主任。

庄主任中等身材、面容清秀，一身户外装束，精明干练的同时带着几分风流倜傥。鲁雄注意到，白莉的行头似乎和庄主任出自同一品牌，有几分“搭”，头发也从中分披肩发变成了束起来的马尾。见到庄主任后，她快步迎上去，马尾一甩一甩的，显得活泼天真。

“三龙哥，好久不见。”白莉拉住对方的一只胳膊，“几日不见，如隔三秋啊！”

“啊，我有那么大的吸引力？”

“有有有，三龙哥是大帅哥、大学问家，将来还是大实业家。”

“但愿但愿。”

白莉介绍道：“这位是大名鼎鼎的庄主任，这位是新来的鲁总。”

“你好，欢迎！”庄主任很热情地和鲁雄握手，“我叫庄龙，庄是村庄的庄，龙是龙字加两撇，一共三个撇，念繁忙的‘忙’，她们淘气就叫我三龙。”

“三虎为彪，三龙为蛟——”鲁雄吃不准这个“蛟”，飞快地想着还有什么比龙更生猛的动物。

“哪里哪里，没有那么厉害，龙就是一种狗，我就是要做国家和人民群众的一条狗，吠形吠声，守家看院。”

“领导境界就是高。”鲁雄感觉他的话有点虚，“和领导一接触，就换思想，长学问。”

“哈哈，不用客气，她们都知道我能喝几杯酒，吃几碗干饭。”

看来庄主任和白莉还挺熟悉，鲁雄想。

正说着，庄主任的两位随行人员赶了过来，他俩背着鼓鼓的行囊，手里还提着东西，是野餐用的架子、木炭，还有肉、蛋、面包、火腿、啤酒等，鲁雄和白莉抢着要分担一些，忙乱间，其他山友也陆续到达了集合地点。鲁雄看到几位本公司的员工，还有几位经常往来的商界人士，汤姑娘、吕燕也来了，有十几人的样子。他扬扬手和熟悉的人打招呼。

白莉认真核实人数后，告诉大家今天的活动区域是龙门郊野公园，叮嘱大家天色尚早，雾气很重，地面潮湿，一定要注意安全，防止脚下打滑。她又把大家鞋子、装备等检查一遍，这才让庄主任发话开始登山。

刚开始是一段和缓的上山路，虽然弯弯曲曲，坡却不陡，上几步台阶，就有一段平路，路面也算宽敞；云雾笼罩，看不到什么风景。鲁雄和庄主任并排走着，攀谈起来。

“贵省有个齐淮副省长吧？”

“是呀，正是我们的分管省长呢，您和他熟悉吗？”

庄主任叹道：“说来话长，齐副省长和他的双胞胎弟弟齐海，生在决战正酣的时候，他们的父亲与家父搭过班子。兄弟两个也是十分争气，在各自的领域都是佼佼者。我和齐副省长虽然是世交，但也没有见过几次面。上次相见还是五六年前他在那个龙头省份做地级市市委书记的时候，他们搞了小商品交易市场，开通了全国性的物流园。在经验交流会的会场，来宾很多，也没说上几句话。听说他回到贵省后，低调了不少，锋芒收敛，很少曝光了。”

鲁雄说：“齐副省长主要是在本省任职，在那个省份做了一段时间市委书记，他作风稳健，在省里威信很高。现在他每年也会过来几次，应该有时间和庄主任叙旧，这边公司的工作还要请庄主任大力支持。”

庄主任说：“相互理解，相互支持，现在我主持的就是一个‘不管部’，也可以说是领导的智囊团，让出思想出思路，还要起草一些重要的讲话稿和文件，因此，需要各方面的情况、资料汇总，也包括贵省方方面面的数据资料。鲁总原来也是搞政策研究的，这就太好了，话能说到一起，事情也能做到一起，有需要我帮忙的尽管说，相信鲁总一定能有一番大作为。”

鲁雄连声说好，又说：“庄主任有何工作尽管安排，无论大事小情，我们一定全力搞好服务和配合，有了庄主任的大力支持，对搞好公司我还是很有信心的。”

两人边说边走到了一处观景平台，白莉招呼说要在此地稍作休息，因为相对平坦的一段路已经走完，再往上就是比较陡峭的山路了。大家在平台上三三两两地散开，扭动腰身，调整呼吸，也有人坐下来休息，为攀登下段有些难度的山路做准备。

此时，他们站在云雾之上，看山下的楼群像一簇簇竹笋，又像路旁的梧桐苗，淹没在翻动起伏的云雾之中。云雾向观景台飘来，越近越显得雪白可爱，仿佛伸手就能扯下几片。几个人谈论这些白云像什么，有的说像棉花，有的说像牛奶。鲁雄恰好走到了汤姑娘旁边，想起她被称作“云吞女皇”，就半开玩笑地说：

“汤总，怪不得咱老家的馄饨到了您这儿成云吞了，是不是因为您做的食品像云这么白，食客吃起来吞云吐雾般大快朵颐呢？您说是不是？”

“鲁总，我正要找您呢！”汤姑娘赶紧切入正题，说那天酒会上没有来得及跟他细谈，现在社会转型加速，工作节奏加快，生活方式也有了变化，方便食品必然大行其道，把人们从锅碗瓢盆中解放出来。她的“帆船”牌半成品、成品熟食已经打开了国际市场，前景广阔，因此很希望和峥嵘集团联手。过去她说了几次，但谭总似乎中意高大上的项目，把她的生意看作路边店大排档，不太“感冒”。

“这哪成？民以食为天。”鲁雄说，“吃饭是头等大事，现在人们特别是年轻人谁还乐意进厨房忙活半天几口吃完呢？越快捷省事越好，这个市场的发展不可限量，也是招商引资的一个重点领域。对汤总艰难又辉煌的创业史，人们如数家珍，和汤总合作求之不得。”

汤姑娘说：“可以从两个方面入手，一是内地市场农产品原料供给的集约化程度不够，一家一户小农经济，标准难以控制，希望鲁总利用您的资源，协调地方政府，建立一些大型的农业合作社，整合稳定供货渠道；二是如果争取到资金投入帆船集团，那就再好不过了，再上几条生产线，不光巩固了国际市场，国内市场份额也能扩大不少。”

鲁雄表态，第一点可以很快落实；第二点，双方最好成立一个新的合资公司，有利于发挥各自优势，集中力量攻主业，现在就可以安排业务人员着手考察，做可行性分析研究，按流程推进。不管做到什么程度，凡是双方达成一致的内容，都形成合约，在这次“推交会”上签署，作为“推交会”的成果。汤姑娘表示同意。

鲁雄说困难总会有，但就像这登山一样，只要脚踏实地，奋力前进，就一定能达到目标。

白莉招呼大家开始向上攀登。

这段上山的路程花了一个小时左右，路比较窄，很多地方只容一人通行，人们也较少交谈，只是用目光和肢体语言相互鼓励。那些背包在不同的肩膀上转换了几轮后，他们终于登上了临近山顶的平坡。

云雾早已消散，这里三面望得见大海，万顷碧涛，浮着零零散散的船只，微风徐来，使人神清气爽，刚才的劳累一扫而空，众人又打开了话匣子。有的说，这里风景太美了，应该在这里造一座房子，每时每刻都望得见大海；有的说，那不是有观景亭吗，他们可以二十四小时守在这里呀；有的说，吃住行，吃为先，住的且不管，一会儿请看他的手艺。说笑间，大家找到了野餐的地方，还好，烧烤用的灶台、石桌、石凳等，一应俱全。众人边聊天边七手八脚地把各种食品摆了上来，有火腿、烤肉、鸡翅、牛杂等，有的还冒着轻烟，有种烧烤特有的香味。每人面前都摆上一听啤酒，庄主任端起啤酒说：“今天的主题呢，就是欢迎鲁总履新，请人吃饭不如请人流汗嘛，流汗呢，也得填饱肚子，不然就没劲下山了嘛，为了各位的事业发展和身体健康，为了友谊干杯！”

鲁雄的答谢声被淹没在一片喝彩碰杯声中，没人再继续客套，刀叉棍棒齐上阵，一会儿就吃得杯盘狼藉。汤姑娘就说：“请燕子妹妹唱一段给大家助兴呀！”

“这荒山野岭的，没有布景，没有道具，没有锣鼓家什，咋唱呀？”

大家说：“我们就是你的背景板，庄主任口技了得，能顶半个乐队。”

“那我就豁出去了！唱一段《山高水长》的选段‘大山里’。”

吕燕选了一小块平地，慢慢走起了台步，庄主任就咚哐咚哐地充当起乐队。吕燕转了几圈，开始找到感觉，脚下渐如行云流水，随后一个转身亮相，开口唱道：

大山里一片黑不见星光
拴好门掌上灯屋里亮堂
看两个小娇儿睡得正香
粗胳膊圆脸蛋疼煞为娘
俺这里做好了军鞋一双
飞针线为亲人缝补衣裳
……

声音优美，吕剧特有的旋律感染力十足，加上吕燕行云流水的动作，大伙都看呆了。一曲终了，大家还意犹未尽，接着爆发出一片喝彩声。

接着，有敬酒祝贺的，有采花献上的，还有现场要拜师学艺的，乱了一阵子。

下午相对轻松，山路再无大的起伏，一行人到了牛头岭，这里是古战场，废弃的堡垒在草丛里若隐若现，岭上处处望得见海峡，这就是“龙门郊野公园”的绝佳赏景之处了。白莉说可以自由活动一会儿，但也不要走得太远，说着定好了集合的时间和地点，大伙就散开了，混在别的游人之中，寻幽探胜，各求所需。

鲁雄边走边看，过了一会儿，他发现身边只有吕燕一个熟人了，就走近了打招呼。吕燕说："鲁总啊，我有点累了，咱们找个地方坐坐吧。"

两人找了个便于观景的地方坐下来。龙门海峡尽收眼底，海峡两侧石壁陡立，如巨型的船闸，瞬间就能把海峡封闭，一副一夫当关万夫莫开的架势。鲁雄称赞吕燕的演唱，吕燕说："这不也是反复排练、打磨了几年嘛，刚开始还真找不到感觉，导演就带着我们深入生活，参观考察当年那些红色纪念地，和当地人同吃同住同劳动，还给我找了一个山里的小男孩，我带了一个暑假。哈哈，带小孩可真是不容易呀。不过呢，慢慢就找准定位找到感觉了，我们这次要争取拿到牡丹奖呢！"

鲁雄说："这是一段艰苦卓绝的历史，中华民族永远也不会被敌人压倒，永远也不会被强暴征服。同样的剧本，到了此地剧情就完全不同了。"鲁雄停顿了一下，指向堡垒的残垣断壁说："这里当初也是号称固若金汤，可倭寇入侵的时候，万堡国的老爷兵只抵抗了几个小时就举手投降了，那些俘虏被倭寇押着，就像是几个小孩活捉了一群大人，真是莫大的讽刺呀！在万堡国的军事史上添上了不光彩的几笔，可对于我们民族来说，那是一段灾难深重的岁月呀！你们这个戏有血有肉，形象丰满，教育意义很大，如果我是评委，举双手赞成你们得头奖。"

吕燕说："得奖倒也不是最重要的，主要的是得到行业和社会的承认和肯定。"

鲁雄顿了顿，看到几艘满是集装箱的货轮在一群小船的拱卫下，正稳稳地驶进海峡，他眼里放出光来，说："即将到来的新世纪，肯定就是民族复兴的伟大世纪了，天佑中华！咱就说文化上的一件小事，就说打字的事。过去，我们对洋人的二十六个字母，那叫一个羡慕嫉妒恨，二十六个字母，小巧玲珑的一个打字机，什么样的文章都能打，汉字的数量太多，普通的打字机只能打常用汉字，效率太低。有位国学大师穆老先生，几十年倾尽人力财力研究全能汉字打字机，字模摆满了几间屋子，最后也是抱憾终身哪。现在好了，有了电脑，打几千几万个汉字那是小菜一碟，简体繁体转换敲敲键盘瞬间完成。你说，要是穆老先生看到这一幕，还不得气歪了鼻子？"

吕燕说："您说得有道理，可是汉字本身看不出读音来，念白字也是家常便饭的事，排古装戏的时候，我就把'甲胄'说成'甲胃'，被他们嘲笑了好一阵子呢。”

鲁雄说:“所以有的专家也说了，可以考虑少数服从多数，就以白字为准，专家服从群众。”

吕燕有点吃惊，说:“还有这么‘好’的专家?”说着调皮地举起双手:“甲胃甲胃，我赢了!”又扭头对着鲁雄说:“鲁总这么好的学问，干脆来做我们文化厅厅长吧。”

鲁雄说:“那可不行，我管不了你们这帮明星大腕，我还是先琢磨着怎么把眼前这个烫手山芋吃到肚里吧。”

吕燕说:“那也是，您得小心为上，听说还有千年虫专门在一些公司里作乱呢。”

鲁雄说:“不要紧，千年虫在电脑里，安排了专家专门对付它们，跑不出来。”说着他用手里的野草编了个毛毛虫，要跟吕燕开个玩笑。他把毛毛虫一下子伸到她的眼前，还“虫、虫”地嚷起来。

“哎呀!”吕燕一下子跳起来，“我最怕这些虫子蜈蚣什么的了。”

“走咯，追赶大部队去咯!”

太阳正在落山，晚霞渐渐洒满整个海面。

第二章

欲速难达

2.1

这日上午，鲁雄召开了总经理办公会议。

上次登山后，过了一个多月，“推交会”顺利举办，成果丰硕，成交量超过预期一倍，本地媒体甚至中央媒体都做了不少报道，那几个爱挑刺的媒体也没怎么吭声，省里挺满意。审计工作基本结束，审计意见的初稿已经完成，待向上级汇报后，就可以下达正式的审计意见了。主要人员已经离开，还有几位配合公司落实一些细节问题。公司要着手整改，对于对外业务开拓、内部管理、人员调整等等，需要在会上研究决定。

这是一间面积不大但装修精致的会议室，墙上挂着齐淮副省长手书的条幅“脚踏实地，勇攀高峰”。鲁雄端坐在深栗色长条会议桌的一端，白莉在另外一端做记录，但偏开了中间位置，只是靠在一角。会议桌的两边是副总的位置，都是黑色的高靠背真皮座椅。会议室墙边摆了一排椅子，供列席人员使用。虽然是内部会议，也毫不含糊，每人都摆了席签。尽管讲话都听得见，但每个席签旁边还是都摆上了话筒，白莉会前摆得整整齐齐，但不一会儿就被不同的主人弄得参差不齐。

不知从何时起，一种茶杯文化开始在公司盛行，杯子成为某种符号、标签，甚至代表某种价值取向。鲁雄右手边的战洪起副总，高大威武，声音洪亮，十年前从边防部队转业到了地方任职，此君使用的就是用黄铜炮弹壳做成的杯子，据说是炮团的战友赠送的，过海关的时候还被严格盘查了一番。每当别人说“战总小心啊，别被糖衣炮弹给打中了”时，他就哈哈大笑，说:“糖衣炮弹也好，钢铁炮弹也罢，都打了无数遍了，打出免疫力了，不怕，这不每天都准备着挨炸嘛！”鲁雄左手边的何多来副总，用的是一个精致且富有艺术气息的泛着白玉光泽的杯子，据说是限量版，某次参加国际贸易博览会带回来的纪念品，别人也不清楚每次用的时候里面添加的什么灵丹妙药，总之神秘兮兮的，添茶续水他都是亲力亲为。何副总是老谭挖来的人才，他还带了几个人过来，才干了大半年，说好的很多待遇都没落实，老谭又这样了，何副总有点意兴阑珊。鲁雄不得不尽量安抚，效果如何还不得而知。鲁雄自己用的是个大玻璃杯子，里面放点茶叶、枸杞、西洋参什么的，东西种类不少，但是一览无余。白莉用的是一个很小的杯子，如果把杯子像俄罗斯套娃那样套起来，那就是最中心的那个了，一般就放几朵菊花，同事戏称为眼药瓶。其他人用的呢，就是内地一家著名企业生产的玻璃真空嵌套水杯，男士的叫“亚当”，女款的就是“夏娃”了。在这些用普通杯子的人士中，还有一位吴副总，也有点来历，本来干了多年的市长，但和新来的书记不对付，两人各拢了一帮人，一来二去成了内耗的典型，领导就把他安排到峥嵘公司做个副总，待遇不变。有关系好的私下就说：“快到点了，挣几年洋钱就退休也还凑合嘛。”吴副总自然也就安于平凡了。还有一位由副总，手术后一直休养，几个月没有上班，本次会议例行请假。还有两位总经理助理。这就是公司的核心领导团队了。会场上有人偶尔会出去抽烟，会议气氛有点沉闷。

研究了几件小事作为预热后，就开始商讨重要问题了。战副总负责审计工作对接，鲁雄请他通报审计情况。

战副总就开讲了，一开始还双手转着“炮弹”，后来就一只手按住“炮弹”，另一只手在空中比画起来，说：“审计嘛，成绩当然有，主要还是讲问题，问题主要有三个，一是出款流程还有瑕疵，需要规范完善；二是证券资产还有些账实不符的地方，还需要彻底核实一下；三是关于风险资产，其中以赛马‘闪电小子’作为抵押借出的三百万美元要引起高度关注。”

说到这里战副总提高了声音：“上次吃饭时，那位马主綦老板还得意扬扬，大吹大擂，我都没好意思揭穿他，‘闪电小子’早已经抵押给本公司了，是本公司的资产，创出好的赛绩也是为峥嵘公司增光添彩嘛。”

鲁雄心里暗暗吃惊，为了掩饰，就故作轻松地说：“现在家庭宠物也多元化了，还被看作‘家庭成员’，狗啊猫啊受宠搂在怀里不说，蜥蜴毒蛇也要登堂入室，‘闪电小子’自然也是咱们峥嵘大家庭的一员了。”

“养活不起呀！”战副总两只手都离开“炮弹”，在空中比画出一些数字，“吃的饲料全都是从国外进口，喝水非高山矿泉水不喝，要一个大夫、两个护士、三个保姆，还有营养师、按摩师、心理疏导师，十几人的一个团队伺候，住处温度要保持绝对的18度，温差不能超过0.2度，一般的富豪也享受不了这个待遇呀。要是我们接到手里，一天也伺候不了，这马太娇贵了，要是生个病发个烧什么的，那真是要了人命了。这件事以前也研究过，大家都挺担心，老谭那是力排众议，说马术是正宗的奥林匹克项目，咱们的放马岛正好承接一些有关项目，这些都离不开綦老板和爱马俱乐部的支持，先将此作为切入点，将来市场很大，很有干头。”

战副总又用双手按住“炮弹”，似乎是为了防止它飞起来，说：“有点小麻烦，那个贷款合同没有找到。”

会场发出一片嗡嗡声。

鲁雄就问白莉：“你协助管理档案室，知道这件事吗？”

白莉很肯定地说：“这是谭总亲自保管的。”说着找出了《峥嵘公司规章制度汇编》，翻到《文件档案管理暂行规定》，指给鲁雄看：

> 第二十三条　某些重要的文件资料，总经理认为确有必要时，由其亲自保管。

鲁雄一时无话可说。会场上就议论开了，有的说，在查扣的老谭的东西里没有找到，捎话问他本人说记不得了；有的说，复印件也没有吗，当时这么重要的文件至少复印五份，本公司怎么也得保管两份，就没人了解情况吗；有的说，再找找当时委托的律师，或许能有些线索；有的说，可千万不能打草惊蛇呀，要是对方知道了这个情况，搞不好会有变化，人心难测呀。主管业务的何副总说：“对方目前还是正常履约，按时足额付息，咱们最好内紧外松，先找到合同，再落实其他补救措施，千万要谨慎。”

鲁雄也感到问题有点棘手，就总结说：“咱们成立个审计整改领导小组，我当组长，几位副总就担任副组长。”接着点了几位得力干将为成员，准备回头再另行研究部署。强调了会议保密纪律后，他发觉已到正午，就宣布休会。

下午继续开会，主题是研究加强内部管理和开拓对外业务的措施。

战副总首先开炮，说："这办公作风早就应该整顿了，你看看，上班人手一台电脑，看着挺忙乎，谁知道干的啥呀，这还算是好的，有的直接身在曹营心在汉，上班画油画的，读佛经的，就是不务正业，再不整顿就松了垮了，看着真是心里着急呀！"其他人也纷纷附和说出了办公作风松散、效率低下等种种问题，最后议定由战副总牵头，搞一个《关于整顿办公作风提高办事效率的暂行规定》。

鲁雄随后就讲："干企业呢，还得精打细算，过紧日子，莫说我们还没怎么发展起来，就是做大做强了，开支方面也得量入为出，细水长流。我到这儿以后呢，也做了一些调研工作，感觉招待费方面控制不严，还有很大的节约空间，可招待可不招待的都招待了，可高可低的都是从高，客人一两个人我们陪上一大帮。还有内部招待的，各部门之间相互宴请，部门之间调整个岗位，这边送行，那边接风，费用也在公司入账。此风绝不可长，这种做法不光把同志关系金钱化、庸俗化了，也是纪律不允许的。"

大家说这些不合规的现象原来就有，可时间长了就没有人管了。何副总说："原来有个'一支笔'的规定，就以一把手的一支笔为准，其他的通通不好使，后来这'一支笔'的规定也慢慢放宽了。现在就把这'一支笔'恢复起来，请鲁总行使'一支笔'的权力，就像水龙头一样，你把着这阀门，放多少水，什么时间放，全部由你。"

鲁雄想了想说："我全部管起来工作量挺大，也不符合咱们管理的初衷，不如实行限额管理，标准以上的，我就签，标准以内的，就请其他领导签。招待费实行限额管理，对每位公司领导，每年给予一定额度，部门也给点，只能用于对外招待，要杜绝内部互请，部门也可以考虑和营业额、利润挂钩。凡是加强内部管理的措施，我看可以由战副总牵头，综合今天大家的意见，再做些深入的调查研究，搞出方案，拍板实施。"

大家表示同意。

研究宿舍管理标准时，鲁雄说："我摸了摸情况，住房方面漏洞不小，大家都知道这里寸土寸金，在同类公司中我们的住房条件算好的，租给职工只是象征性收点费用，连房产税都不够，但疏于管理。压缩规范一下，我们能省出几十套房子，无论对外放租还是自己开个小招待所，都有不小的收益。大家都知道赚钱的难处，先从内部开源节流事半功倍呀！有的同事已经离职还占着公司的房子，这太不应该了。公司为了员工着想，家属探亲什么的都照顾一下，安排个像样点的房子，可很多人家属走了也没有退房嘛。还有同事把房借给亲友等。非整改不可！我的意见，公司领导每人一套房，但也不要安排太大的房子，最多两居室，我要个一居室就行了；中层干部每人一间房，普通员工两人三人合住一间房。”

众人哄笑起来，说此处不比内地，那些房间跟鸽子笼似的，只能放一张床，两张床得叠罗汉，就成了榨油坊了。议来议去定下了方案：一是中层干部占有一套房的，一居室也不行，要坚决进行合并，保证一间房；二是已经登记结婚的双职工，要腾退一处，恋爱阶段的不算；三是已经离开公司的坚决要求腾退。另外，有些房子的客厅要利用起来，改造成普通员工宿舍，这样算下来，能省出二十多套房子。这件事同样交给战副总负责落实。

“我老战是个筐，啥事都要往里装。”战副总调侃说。

“还没装完。”鲁雄好像找到了状态，越说越来劲，“车辆司机的管理也要加强，我也不要专车，大家都使用公务车，车和人都排开班，轮着谁是谁，司机和车辆都不要养成挑肥拣瘦的坏毛病；车辆有富余，就安排承担游勇他们旅游部的业务，好过外租车辆，省到就是赚到嘛！”

没有人提反对意见。

这几项后勤事务的顺利安排鼓舞了鲁雄，他拿起玻璃杯子喝了几口水，接着说道：“并非我鲁某人天性抠门，节省这几个小钱。万丈高楼要从基础建起，不从这些小事做起我们也干不成大事。”他指着墙上齐副省长的题字说：“脚踏实地才能攀登高峰，诚非虚言，我们天天耳濡目染，反倒有些熟视无睹了，还得经常相互提醒提醒。对公司未来的发展，我最近也思考了一下，还很不成熟，抛砖引玉，今天不说定论。汤总的帆船集团搞的速食方便食品很受市场欢迎，我看可以积极合作。有些业务量比较大、运作规范、有发展前景的部门，像旅游部、贸易部，可以促进转为子公司，条件成熟后成立集团，按照现代企业制度运作。”

鲁雄又喝了口水，说：“新世纪马上就要到来了，和咱们同期成立的浩大公司这几年发展很快，领导也很看重，说峥嵘、浩大这两个公司发展好了，就像给老虎插上了两个翅膀，外向型经济起飞就有了保障。领导有意加强峥嵘和浩大全方位的合作。首先，我们在内地开设机构，开展业务会便利许多，又可以享受投资的优惠政策，像由副总，可以边治疗康复，边做一些力所能及的工作；浩大公司在这里开设代表处作为窗口，也方便和我们联系，加强业务协同。”

鲁雄转对吴副总说：“吴老啊，家有一老，如有一宝，您在公司担任领导是我们的福分啊，公司的事还得请您多费心，也把您的资源都利用起来，大家共同把公司做大做强！”

“哪里哪里，老朽怎堪大用。”吴副总还算愉快地回应，“我保证紧跟鲁总的部署，紧跟不踩鞋，慢跟不掉队嘛，哈哈。”

鲁雄表示回头再与个别同事交流。他又谈道：“招聘、晋升、薪酬几个方面都要改革，招聘时要在媒体登广告，严格考试，择优录用；中层干部实行聘任制，竞争上岗；薪酬可以考虑和效益挂钩，杜绝大锅饭。”说到这里，他转向何副总，说：“你手下那几员大将就安心在这里发展，肯定能实现自身价值，今天有关业务拓展方面的议题，就请何副总牵个头，再做做调研和论证，形成文件，下次议定。有关人事薪酬方面的，先放我这里，我和各部门的同志先议议。”

鲁雄忽然想到一件事，说：“我来这么长时间了，还没有拜见凌先生，同样是外商，分量不一样啊，凌先生就是霸王龙，最少也是大象，和猴子绵羊什么的，不在一个量级啊。凌先生号称港口之王，领导十分希望请他投资带动基础设施建设，无论怎样，近期都要拜访一下。”

大家七嘴八舌地说：“这个不用研究，研究也没有用啊，凌先生那叫一个深居简出，神龙见首不见尾，我们只在电视上见过，在座的见过真身的就只有白秘书了。”说着都把目光投向白莉。

白莉趁机推开记录本，放下笔，抓起她的“眼药瓶”喝了一口水，说：“我呢，也只是在去年十佳青年颁奖酒会担任志愿者的时候见过凌先生一面，简单说了几句话，可惜的是，我也没有给凌先生点雪茄，凌先生也没有把红酒洒到我的裙子上。”

众人就笑起来。

白莉说：“联系凌先生，得先和他的秘书助理联系，要转好几次，但不管怎么说，公司的事，鲁总的安排，我一定竭尽全力去办。”

快到下班时间了，有人打起了哈欠，鲁雄惦记着还有几件事要在会上议定，就安排白莉定盒饭，说：“大家辛苦辛苦，晚上再加加班，把剩余的议题都讨论完。”

2.2

鲁雄的“新政”进行得并不顺利。公司员工都有点抵触情绪，还有些顺口溜流传开：

说鲁雄，真不赖，
三板斧，砍下来；
没有钱，怎招待，
光喝汤，不吃菜；
真夫妻，硬拆开，
假鸳鸯，合一块儿；
拉游客，送外卖，
累苦了，小车班儿；
……

省里也有些杂音传来，说：“峥嵘公司是不是真不行了，你看到了以后接待也不热情，吃个饭还这么紧张。搞这么个窗口不就是为了大家方便嘛，招商引资的渠道多得很哪，搞外向型经济也不差这一家嘛，这个搞法要自断生路呀！”

鲁雄给自己打气，想着根据以往的经验，办好事大家自然是笑逐颜开，卡点钱物就要挨骂，这种事必然经历反弹期和磨合期，先稳一段时间再说。谁知，后来发生了一连串不大不小的事。

这天深夜，一阵紧似一阵的电话铃声把鲁雄惊醒了，是战副总打来的，说几个小时前，负责审计工作的几个人和公司的几个人，一共七八个人都被抓到警局了，本来以为很快就能放出来，现在看来有点麻烦。鲁雄一惊，这事非同小可。他赶紧穿衣下楼，想找司机又觉得夜已深了，就在路边打了个的士。的哥是个替班的老头，路也不熟，七转八拐总算赶到了警局，鲁雄看表已经是凌晨三点多了。战副总迎上来，说审计的工作完成了，大家挺高兴，晚上他就陪着吃了个饭。饭后，审计局的几位就说："战副总工作这么忙，也别早晚都陪着我们了，我们来了这么长时间，情况都熟悉了，就让沙子他们陪着随便转转就行，十二点之前赶回。"战副总就这样和他们分手了，估计是他们在路边店吃饭时出了问题，因为对方也有几个人在这里等着。

沟通后，警方同意放沙子出来和他们协商。沙子说，和战副总分手后，一行人溜溜达达来到了龙门海鲜一条街，两边的店铺都是灯火辉煌，嘈杂热闹，店员也是十分热情。他们一问海鲜的价格，也不贵，红斑二十元一两，海螺五十元一盘，星斑二十五元，老鼠斑就三十元，他们想着一斤也不过几百元，也挺公道，就找了一家门面好的进去了。工作完成了，大家都很放松，天南地北地聊了起来，又叫了红酒，推杯换盏好不惬意，可一结账，三万多！这下大家都傻眼了。

他们拿账单一看：海螺三个一盘，吃了几十盘；红酒论杯不论瓶，也有几十杯；海鱼都是按十六两一斤算，一斤零三四两，算账就是二十两。他们就跟店家吵起来，说哪有这么算账的，这不是明着抢钱吗，早就实行公制单位了，还搞十六两制，早就听说有个"杀人"街，没想到还真是杀人不见血呀！

对方说这已经很优惠了，海鲜是时价，几十万一斤的都有，没钱消费就别来装阔，明码实价，一分都不能少。

就这样吵了一阵子，有人掏出了几千元放在桌上，带着大伙硬要离开，店家自然拦着不放，几个人推搡了起来，混乱中有人被玻璃杯划伤流血了，有人报了警，结果……结果就是现在这样了。

沙子眼含热泪，说："给领导添麻烦了，真不应该，很后悔。"

战副总眉头紧皱，握着拳头，说："早就知道龙门海鲜一条街由几个地头蛇把持，这么长时间我都没有去过。你们倒好，硬闯龙潭虎穴啊，这下知道厉害了吧。"

鲁雄问众人受伤的情况，沙子说审计厅的一位科长被打破的杯子划伤了手指，流了点血，用创可贴包好了，应该没有大事。鲁雄说："看来不算太严重，接受教训吧！"

一直到上午九点多，才有警察出来调解，这种事他们司空见惯，处理起来轻车熟路，双方都有过错，都有不冷静的地方，饭店没有解释清楚价格，食客也没有充分了解情况。警察对双方进行批评训诫，各打五十大板，最后由警长拍板，对方把零头打掉，食客即刻支付三万元费用，负责人把涉事人员领回，严加管教。

这边战副总牵头，几个人连现金带卡，凑足三万元交给对方，取回了收据。公司来了两辆车，一行人垂头丧气，几个人先上了前面的七座公务车，鲁雄、战副总和沙子就上了后面的轿车。

战副总砰的一声关上车门说："这下子好了，我这一年的指标一顿都吃进去了，今后再有客人我也不管了。"

鲁雄正要答复他，忽然想起另外一件事来，就赶紧给汤姑娘打电话，简短地说了刚发生的事。对方哈哈大笑起来，说："杀生不杀熟，海鲜一条街附近有个小码头，刚捕捞上来的海鲜尽挑尽选，自己买了海鲜到饭店去加工，再带瓶红酒，他们只收加工费、开瓶费，花不了几个钱。店家也不容易，他们就是干这个的嘛，是食物链上的一环，大鱼吃小鱼，小鱼吃虾米，虾米吃海草，你鲁雄大老板也体会不到这些生意人的艰辛呀。"鲁雄打断了她的借题发挥，说："我担心的是那几家小报，他们一直想找点破绽没有找到。"汤姑娘说："这倒是，你提醒我了，我找朋友问问。"

过了一会儿，汤姑娘打来电话，说："鲁总料事如神，还真有家小报嗅到了风声，一篇《中资公司强吃霸王餐喋血龙门》已经出了清样了，一小时后就要见报，幸亏找朋友摆平不发了。这个朋友真够意思，鲁总有空也认识一下，以后有事直接找他就行了，也不用我中间传话了。"

放下电话，鲁雄感觉还有点紧张，心中庆幸：好悬！

2.3

过了几天，鲁雄请战副总到办公室汇报住房调整的进展。

战副总端着他的炮弹杯子，在鲁雄的办公桌前坐下来，说："不好弄，特别是那几个离开公司要腾退的，都是关系户，省里部门接连来电话，都是说情的。你说坚决顶着不退的，一个没有，都是要求宽限个一二年，说合适的地方不好找，找到了新的住处自然搬离公司，不是故意要为难新上任的鲁总，不会做老赖。"

鲁雄说："我有个思路，既然他们都要求宽限，那就以一年为限。我们公司租几个地方，租期一年，让这几个钉子户搬过去。一年结束，租期到了，我们也就不用再管了，他们也就彻底离开了。"

战副总说："也想过这个办法，可是这几个人和公司已经没有任何联系，公司现在再出钱为他们租房子，恐怕不符合财务规定。"

鲁雄说："那我个人承担这部分租金吧！"

战副总说："像这样的事情挺多，你那几个钱管不过来。这都是原来老谭答应的事，我们责任不大。现在有了新的规定，也通知他们了，这就行啦，不能赶尽杀绝。咱们是公司，不比行政机关，到省里各部门办事，求着他们的地方多着呢！不如这样，这些部门的人出国什么的经常从这里路过，到时候您再亲自和他们沟通，强调一下公司的困难，也许就解决了，来硬的不如来软的。"

鲁雄盯着战副总，心想：公司的事情还真有点复杂，你看老战，看着猛张飞似的，怎么抓起工作来就魄力不足、油滑有余了呢？他又问道："那公司内部员工的住房调整得应该差不多了吧？"

战副总的底气足了一些，说："这部分进展很大，还差几户就完成了。"又压低声音，努努嘴示意外套间，小声说："按照方案，白秘书和黄缨应该搬到一处，可她俩现在都不配合，拖着不动。"

鲁雄问为什么。

战副总说："这两个人不对付，尿不到一个壶里去。"

鲁雄有点生气，心想：既然了解这个情况，为什么当初制定方案的时候不加以避免？看着战副总一张无辜的脸，想着自己也说过不分亲疏、一视同仁、铁面无私这类的话，他就按捺住不满，严肃地说："方案里也有奖罚规定，提前完成的奖励，到期完不成的，敬酒不吃吃罚酒，那就对不起了，处罚措施坚决执行！"

战副总使劲地点了点头，并没有说什么。

两人又商量了几项具体事宜，战副总就告退了。鲁雄叫白莉进来，要和她谈谈。

白莉看领导示意她在椅子上坐下，就知道应该汇报得详细点。她就先从手头的几件急事说起，说"闪电小子"那个合同，在公司多处查找，现在还是没有发现。她有个好闺蜜在綦老板那边做事，她有心让闺密找机会"拷贝"

一份，但这个风险挺大，闹不好要付出被炒鱿鱼的代价，最关键的还是怕惊动对方，无论怎样行动都要请鲁雄把关，她也会把最新进展情况汇报给他。

她又汇报拜访凌先生的事，说前一阵子凌先生早上和几个老友打高尔夫，偶感风寒，前几天大夫不同意让他见客，这几天，大夫已经开绿灯了，可风水师还有不同意见。看鲁雄做出惊异的表情，白莉就解释说：“过去皇帝老爷的朝廷里不是有礼部嘛，现在凌先生有这么大的事业，请几位风水师也是顺理成章的事，这也是本地富豪的常规做法。像咱们联谊会主席戈先生，儿媳连生三个女孩，这不也是请了大师作法，听从风水师建议，给儿子改了名字，儿媳换了医院，现在儿媳连生两个孙子，把老爷子乐得给风水师送楼呢！”

“啊，送楼？”鲁雄真有点吃惊。

“其实，也就是一套房。”白莉说，“本地房子价格这么高，普通打工仔一辈子也买不起房，送一套房那是很重很重、顶着天的人情了，所以叫‘送楼’。”

白莉的汇报尽管详尽，但也有所隐瞒，比如她给凌云集团提供的鲁雄的背景材料。除了官方的版本，对方还要求提供其家庭成员、生辰八字等信息，她就没有告诉鲁雄，从侧面了解了一些情况，又在网上查找一番，七拼八凑，满足了对方的要求。

鲁雄有点云里雾里，有些事不确定性太大，又都是些自己不熟悉的领域，看来还真得下苦功好好补补课了。他想换个话题，说：“小白啊，我也来了这么长时间了，你来公司的时间比我早，咱们抛开上下级关系，就从朋友同事的角度，你谈谈对公司一些人和事的看法，我也只是作为参考，绝对不会对其他同事领导讲起，尽管放心。”

白莉挪动椅子离鲁雄近了一些，说：“有些事本来早就想跟鲁总说说，也是平时工作太多，一直没有顾得上，再说有些事我也拿不准，只是有些疑惑，现在就跟领导和盘托出，也只是作为参考，建议鲁总从其他各方面再了解核实。”

说到各部门负责人，白莉说：“别的几位感觉都称职，唯独财务部经理常冲这个人有点阴，看不透。这个人谭总先是安排过来干会计，后来连升几级，就提拔成经理了。他和谭总那叫一个铁，办什么事都在一起，感觉他给谭总出了不少主意，但谭总出事了，这个人却什么事也没有。‘闪电小子’那份合同，财务部应该有备份，可现在常冲坚持说被谭总拿走了，一时半会儿也不好对质，可无论怎样也应该留个复印件吧。编鲁总顺口溜的，很可能就是常冲。前台小姐牛勤的合同快到期了，老担心被提前裁员，常冲就利用牛勤这个传播中心，散布一些消极的东西，干扰公司的改革整顿。另外，账实不符的那几个股票户头，就是常冲的财务部门操作的。”

鲁雄说：“这个坚决不行，财务负责记账、统计、监督就行了，不能操作业务，这个要安排分开。”

鲁雄又问财务部谁比较可靠，白莉说：“财务部的訾蕊，华东大学硕士毕业，业务过硬，人也忠诚可信。”鲁雄默默记在心里。

鲁雄和白莉一直谈到下班，都没有提调整住房的事。

又过了几天，鲁雄问约凌先生的事，白莉说没什么进展。鲁雄正郁闷，忽然传来好消息，说齐淮副省长外出访问归来，要从本港转机，停两天。本来这个级别的干部凌先生一般也不见，齐副省长却有点特殊，他做市委书记的时候就和凌云集团打过不少交道，故人来了凌先生自然要尽地主之谊，给他接风洗尘，而且他可以带几位随行人员赴宴。鲁雄感叹山不转水转，老天不负苦心人，立马筹备起来。

公司三排座的轿车倒是在，只是资历最老的司机韩师傅随同游勇到内地陪旅行团了，还有个小夏师傅，三十多岁，也不小了，技术也不差，只是重大活动参加得少一些，原来这些机会都被韩师傅占了。白莉有点担心小夏这边，就问鲁雄：“咱们是不是干脆租个车？”鲁雄觉得租个好车怎么也得一万多，自己有车，再花钱租车说不过去。他还有心要培养一下小夏，就拍板说：“锻炼一下小夏吧，不压担子永远也不能成才。”鲁雄安排小夏跑了几趟机场到凌云集团的路作为预习，顺便接了几拨无关紧要的来客。受接待的来客都有点受宠若惊，说：“早就听说峥嵘公司压缩费用不理我们了，看来传言不实呀，鲁总还派这么好的车接机，鲁总够意思！”

这天，大家在机场的贵宾通道接齐副省长一行人，齐副省长接过白莉献上的一大捧仙客来和红玫瑰，打趣道：

“这不是小白吗？个子又长高了。”

“人家早就是大人了，不长了。”白莉嗔怪说，“省长老把人家当小孩。”

齐副省长的秘书文山说：“小白比上次见的时候瘦了，自然显得高，省长和小白都没说错。”

齐副省长说：“你看看，鲁雄来这儿几个月，把他们都累瘦了。我了解鲁雄这个拼命三郎，你们跟他干都挺受累。因此呢，他要说得对，你们就听。如果是官僚主义乱指挥，你们就不听。”

白莉说：“这我可不敢，鲁总的领导总是很正确。”

鲁雄说：“我们是劳逸结合，周末还经常一起爬山呢。”

“哦？爬山这个运动很好啊！”齐副省长说，“我也找时间在这边和大伙一块儿爬爬山。”

就这样说说笑笑，一行人上了车。一路都很顺利，都能看得见凌云集团凌先生办公室的灯光时，不知是因为太过紧张，还是大家高谈阔论分散了注意力，小夏突然就“迷路”了，围着凌云大厦转了几圈就是没找到正确的入口。一开始大家还沉得住气，说公司要安排个直升机就好了，凌云大厦的楼顶就有停机坪，现在早到了。后来都着急起来，白莉赶紧和凌先生方面联系，对方说安排一个叫阿添的助理驾车过来带路。他们和阿添会合后，阿添在前面带路，顺利地拐下了高架路。再过几个路口就到目的地了，也是合该有事，在一个十字路口，阿添刚开了过去绿灯就变成黄灯了，小夏想抢黄灯不被阿添落下，巧的是横向路的一辆皮卡车也抢黄灯，对着宝驹就冲了过来！说时迟那时快，只听砰的一声，两辆车车头撞在一起，车里人都系着安全带，齐副省长不知怎么的双手扑在了前面的座位上，紧接着就是一声痛苦的喊叫。

鲁雄听到了撞击声后，还隐约听到咯嘣一声，若不是安全带紧紧把他捆在座位上，他感觉自己就要沉到地下去了。

凌先生得到消息后，随即取消了欢迎晚宴，安排阿添协助处理后续事宜，说过几天到医院看望齐副省长。

2.4

鲁雄硬着头皮来到伊莎贝尔医院负荆请罪。

院子里绿意盎然，空气中飘荡着雨后草地特有的清香气息，路边的三角梅开得正盛，转角处的木棉花红红的一片，几株高大的榕树，似乎不甘于在高楼下被比得过于矮小，兀自向着天空奋勇生长，叶子间漏下的阳光如散落地上的金子，斑斑驳驳、亦真亦幻。鲁雄以往是很欣赏这种大树的，赞叹它们旺盛的生命力和昂扬的精神，如今，他却把这种懊恼的心情转移到树的身上，感觉这种树不像北方的树，北方的树根是根、干是干、枝叶是枝叶，清清爽爽。南方的这种树凭空从树干上垂下无数的根须来，像流浪汉长久不整理的胡子，散漫凌乱、毫无秩序，使人看了心烦意乱，就像这被意外事件打乱的生活本身，让人恨不得冲上前去为它梳整打理一番。

就这么胡思乱想着，鲁雄和白莉几个人到了楼下，这是一栋很高的建筑物。文山同志在门厅等到他们后，在来访人员登记处进行了登记。在上楼的空档，文山简单说明情况：齐副省长是左小臂骨折，送医很及时，这医院是顶尖的医院，主刀的王博士也是骨科的名医，经常满世界飞，正巧这几天他在家为老母亲祝寿，也是不幸中的万幸，就接手了齐副省长的治疗。手术很成功，算不得疑难杂症，待骨头愈合后还要动一次刀，把那些固定的钢钉取出来，治疗就算彻底完成了，应该不会留下后遗症。伤筋动骨一百天，皮肉之苦是免不了的，但齐副省长很坚强，到目前一切都很顺利。

鲁雄听着，那些钢钉如同钉在自己心上，十分难受，就说："都是我们工作没有做好，害齐副省长受苦，您也受累了。"

文山说："领导的意思，对犯错的同志批评教育和加强管理就行了，不要搞处分什么的，到此为止，接受教训。"

鲁雄说："太感谢领导了！最近司机同志思想负担也挺重，我们一定按齐副省长的意见处理好相关事宜。"

说着一行人就来到了齐副省长的病房，这是一个很大的套间，齐副省长在里间，应该还有别的客人，在外间就听得见讲话的声音。鲁雄等人快步进到里间，见齐副省长坐在沙发上，左臂已经用石膏夹板等固定起来了，白色的绷带吊在脖子上。见客人进来，他欠了欠身，鲁雄急忙上前握住齐副省长的右手，同时眼泪流了下来，说："真没想到，让领导遭这么大罪。"

"哪里哪里，有惊无险，正好休息一下。"齐副省长豁达地说。又指着身边的女士发问："你们认识吗？这位是浩大公司的董事长钱圆同志。"

"噢。"鲁雄点点头说，"认得，在会议上也经常见面的，只是最近几年联系少了。"这位钱总身形和汤姑娘差不多，记不得原来是什么发型了，现在却是整了一个"瓦片头"，她站起来和鲁雄握手，头上的瓦片掀动了几下。

鲁雄说："没想到和钱总在这里见面，浩大公司这几年发展很快，已经有了下属的财务公司和建筑公司，具备了大型集团的实力，峥嵘已经把浩大作为对标单位了，要全方位向浩大学习、看齐。钱总现在是名副其实，姓的是钱，管的是钱，坐地生钱。"

钱圆客气了几句，说："鲁总很有魄力，到峥嵘时间不长就进行了大刀阔斧的改革，听说很有成效啊。"

鲁雄尴尬地笑了笑，说："还在摸着石头过河，接管这么大的企业还是功底不够，不像钱总，已经是省内著名的闯将、搞企业的名家了。"

"俺就是省长的打工妹、守钱奴！"钱圆说着想学小姑娘那样扭扭身子，可惜身形粗重没扭起来，只是头上的瓦片又摆动了几下。

就在他们说话的时候，齐副省长已经起身踱到了窗下。窗外是繁忙的海港，无数的船只，或大或小，或快或慢，在阳光下航行。一艘很大的船泊在海面上，并不靠岸，几十架头尖身瘦的飞机挤在船上，通身灰黑，发出幽幽的光，远远看去，像一群黑老鸹停在木筏上。整艘大船像是一头熊冲进了羊群，别的小船都远远地绕着跑开了。

"看来，这就是那个'乌鸦号'了。"齐副省长感慨地说。

鲁雄说："媒体已经报道了，酒吧一条街、桂花巷这些地方又要热闹一阵子了，这些船比以前来得少了，但每年还得来几次。"

齐副省长说："从人道主义立场出发，照顾这些常年漂泊在海上的水手，让他们上岸休整娱乐一下，但他们千万不要以为我们软弱可欺。我们也在着手搞自己的船了，现在我们生产能力全球第一，但大而不强，广而不精，就说咱省的钢铁厂吧，'以钢为纲'的时候只能搞一百万吨。现在搞到了一亿吨，但是大路货多，高精尖的产品少；制造多，创造少；民用的多，能用于国防建设的还是太少。"

"像这个甲板，我们的就不过关。"齐副省长指着"乌鸦号"说，"这个制作要求十分严苛，我们制造的甲板，飞机一降落，耐受不住冲击，就变形了，战斗机起飞，经受不住摩擦产生的高温，又变软了，这个根本不行。"

"像这些钢钉螺栓，也还是外国生产的嘛！"齐副省长想拍拍左臂，但最终只是轻轻用右手抚了一下，"钢铁厂正在组织科研攻关，你们也要积极参加进来，国外有好的能解决问题的专家、装备、技术、专利，都要大胆引进，一切按市场经济方式运作嘛！"

鲁雄说："我们已经研究了业务重点，钢铁厂的外资引进和提升改造放在第一位，过去我们和钢铁厂有不少合作，但停留在矿砂进口、产品出口等低水平合作，现在齐副省长给我们指明了前进的方向，我们要和钢铁厂开展高水平的合作，促使他们的产品早日实现更新换代，已经定出的措施也要落实好。"

钱圆说："我们和钢铁厂的合作也在积极进行着，最近财务公司帮他们发了一期债券，为上新的设备再筹集部分资金。建筑公司在帮他们建设新的居住小区，有的厂区也要搬迁，'腾笼换鸟'，省长能亲自过问就太好了，这样原来的几个拦路虎就很容易拿下了，有了领导的精准指导，一定能实现多方共赢。"

齐副省长在沙发上坐了下来，喝了几口水，谈兴依然不减，用右手蹴了蹴不锈钢杯子，又指着茶几上的点心说："当然了，还得两手抓，一手抓钢铁，一手抓面包，也就是民生。这次到大洋洲去，感觉那边的旅游项目非常丰富，和我们这边正好是反季节，我们冬天可以组织游客到那边去避暑，也可以吸引外国游客到我们这边。相应的呢，邮轮经济、邮轮产业的发展潜力巨大，我们滨海市有这么好的条件，完全可以建设邮轮母港，再造几艘邮轮，那几个造船厂十年八年的都有活儿干了，钢铁厂也有市场了，造军舰不行，民用的话还是达标的嘛！"

"是呀是呀。"钱圆抢着说。"反季节"几个字触动了她的神经，让她想到她在县里干的时候，就是抓了反季节水果蔬菜的商机，让农民淘到了第一桶金，也给自己积累了不少本钱，那个时候，她的轿车里塞满了这些东西，到领导家串门的时候，就顺便递给太太或保姆，也值不了几个钱，领导也不会多说什么。现在齐副省长提出"反季节"旅游，正合她胃口。她说："领导站得高看得远，一下就点到了问题的本质。人呢，就是喜欢新奇的东西。上次到鱼狮之国去，那里离赤道那么近，常年只下雨不下雪，所以就造了个人工的冰雪馆，那叫一个人满为患，火得不得了，你说这人，热的地方待久了就想到冷的地方刺激一下，冷的地方待久了又想找暖和地方，人啊都是喜欢新鲜奇怪的事物。"

鲁雄也附和说："在民生方面我们也有所考虑，旅游业当然是首选，还有原来投资的制药企业，把钱放进去之后没怎么管，现在我们的管理要跟上，准备派几个高管过去，也有计划引进海归人才和海外专利。针对危害人民健康的那几大‘杀手’，努力几年搞些新药，社会效益有了，制药厂也就彻底翻身了。还有食品工业，特别是方便快捷食品，准备和汤姑娘的帆船集团合作，利用内地丰富的原材料和劳动力资源，使用一流设备，再加上汤姑娘发明的专利配方，应该很快就能占领不少市场。”

齐副省长点头赞许，说：“你们这些想法都很好，不过呢，路要一步一步地走，饭要一口一口地吃，要打好基础。你们都在领导岗位干过，也都干得不错，省里是有数的。”说到这里，齐副省长顿了顿，用交底的语气说：“也有建议说把你们两家再整合，捆起来，这样报表的数字就更大了嘛，有利于冲击五百强什么的。”

听到这里，钱圆恨不得把耳朵竖起来，这正是她此行的主要目的！自打老谭出事后，有的老同志就说：“小钱这几年干得也不错嘛，干脆把她一块儿抓起来就得了。”后来又听说鲁雄砍了三板斧，引得大家议论纷纷，她借着探望齐副省长的机会，正想着怎么把话题往这方面引引，不想领导就主动说起了。

齐副省长缓缓地说：“我的意见呢，还是保留原有体制，形成良性竞争关系。飞机要成对的发动机，轮船也要成双的螺旋桨，好保持稳定平衡嘛！不要过于纠结三百强五百强，不要那些虚名，还是实实在在为人民多干实事。你们重点企业就是发动机和螺旋桨，该冲刺的时候，就要开足马力，该拐弯的时候，也要搞好配合，这个特别重要。”

钱圆听明白了齐副省长的意思，感觉不虚此行，就表态说：“省长讲得很全面，很透彻，给了我们今后工作的路线图。我明天就赶回内地，抓紧落实省长指示。”

鲁雄也赶紧说：“一定按照领导要求抓好公司各方面工作，齐副省长病中还操劳着大事，赶紧休息吧，探视的规定时间到了。”

两人又简短地问了问治疗事项，就告辞出来。临出门的时候，鲁雄环顾了一下摆在房中的花篮，知道凌先生、庄主任等人都已经来过了。

离开医院，鲁雄和钱圆商量着找个地方吃个便饭。陪同人员，鲁雄这边留了白莉，钱圆那边是一位三十多岁的男士，中等身材，面相忠厚朴实，叫柴福。吃饭的时候又谈到了业务协作的事，鲁雄说这边的联谊会主席戈先生准备在内地建设一栋七十二层的大厦，可以介绍浩大旗下的建筑公司参加投标。鲁雄这么主动帮忙，钱圆也不好无动于衷，就说这次财务公司发行债券筹集了一些资金，钢铁厂那边用款也没这么快，鲁总有急用可以拆借一下，打个时间差。两人谈得很是投机，最后鲁雄问到住宿和明天的送机安排，钱圆说："都安排好了，不用鲁总费心了。"说着瞄了瞄柴福。

柴福肯定地点了点头。

2.5

鲁雄安排的事都在有序推进着，但他有时还是有拳打棉花包，有劲使不出的感觉。本地休假太多，传统节日要休息，西洋的几个重要节日也要停工庆祝，还有历史上几位重要人物的诞辰忌日，都是假日，且这些假日与内地并不合拍，一下子减少了不少两边用于沟通的办公时间。在被挤得越来越少的上班时间里，台风还会时不时窜过来凑个热闹搅个局，所以除了关心阴晴冷暖，还要看一下气象台有没有发布台风预警，级别如何，也好防范。像前几天，本来凌先生方面已经约得差不多了，忽然往其他国家去的台风"鲶鱼"转向冲着本港来了，气象台由蓝色预警改为红色预警，这下地面交通也停了，股市也封盘了，学校也放假了，写字楼也关门了，一切安排都得调整。还好，"鲶鱼"并未在本港登陆，又转向奔着另一个国家去了，据说这是十多年来最诡异的台风。这天，气象台取消了台风警报，鲁雄赶紧来到办公室，他的桌子上堆着一摞比杯子还高的文件资料。

白莉进来说："既然凌先生约不上，那就和他属下多联系联系，扫清外围。凌先生的助理阿添今晚要组织派对，请鲁总参加，这不是送上门的好事吗？"鲁雄有了上次欢迎酒会的经验，就说："还行吧，回头我们搞个回请。"白莉说："下午三点钟在千豪大酒店大堂集合，派对开始前先开个座谈会，我这几天有点不舒服，不能参加了，安排沙子陪鲁总吧。"

到了下午三点，鲁雄和沙子赶到了千豪大酒店。见到阿添后，阿添说今天的活动改地方了，两人又上了阿添的保姆车。车却是向着后山奔去，到了一个叫巨浪湾的码头。码头停着几艘游艇，最大的一艘通体呈深蓝色，船身化成巨大的鲸鱼，阿添指着说："这就是'蓝鲸'号，也是我们今天的活动地点。”

鲁雄问：“不是开座谈会吗，怎么跑这儿来了？”

“钓谈会。”阿添故作幽默地说，“鲁总啊，这几天被这台风骚扰得厉害，鱼儿们也饿了，人呢，也闷得不行。现在好了，台风走远了，咱们搞个钓鱼比赛，人鱼大战，人鱼联欢，以钓为乐，以渔会友，咱们不拘泥于形式，随时交流好的生意、创意，这不就是钓谈会吗？”

鲁雄有点犹豫，说：“没有想到这么复杂，既然是海上活动，那安全第一，应该是速去速回吧？”

“不会在海上做窝，但晚饭肯定在船上吃。”阿添说，“食材绝对是最生猛、美味的海鲜，这就是海钓的魅力之处。鲁总啊，咱们打交道比较少，你可能还不太了解我，今天给你看看我阿添海钓的手段，有过这第一次，下次你肯定要主动找我了，套用一句广告词——‘来了还想来’。”

鲁雄看向沙子，这位无论去哪儿，都背着他那套写生的装备。鲁雄就说：“沙子你的意见呢？”沙子说：“感谢鲁总，感谢凌先生和阿添，我还从来没有在海上画过落日，机会难得，我一定画一幅让人震撼的作品。”鲁雄只得说：“画家的意见挺权威，过去都是我指到哪儿，你们就打到哪儿，今天破例，你们打哪儿，我就指哪儿了。”几个人边走边谈，钻进了“蓝鲸”的舱门。

顶层的甲板上，已经有十几位客人在候着，他们找到位置坐好，和熟悉的几位打过招呼，船就开动了，而且越开越快。海面上浪不大，船体也十分平稳，只有行船带来的风从身边擦过，阿添和沙子讨论起“四大贵族运动”来。阿添说：“海钓要放在这四大运动的第一位，那从海岸上钓的都不算数，只有游艇出海，而且是深海，才算真正的海钓。上次凌先生亲自钓起了一尾上百斤的黑鲈，现在养在大厦顶层的贵宾室里，有机会可以去看看。凌先生正在组织一个全世界的海钓协会，如果奥运会有这个比赛项目，那金牌自然是凌先生的囊中之物了，神仙老儿也染指不得。”

说话的工夫，船的运动轨迹由直线变为弧形。在海上兜了几个或大或小的圈子后，船在海面上泊定了。阿添说去看一下钓位的准备情况，安排了一位救生教练陪着大家。

鲁雄环顾四周，只有几个拳头大小的离岛孤孤单单地浮在远处的海面上。天蓝得像一块幕布，云白得像新涂的白漆，空气像刚刚漂洗过一样清新。海里涌动着舒缓的波浪，在太阳的照射下泛起柔和的白光，展现出大海的友好包容。鲁雄感觉机会难得，和几个游泳发烧友在教练的陪同下围着游艇游了几圈，然后上船看沙子他们钓鱼。

沙子有模有样地挂好钓饵，投出线缆，架好鱼竿，守在钓位上，一会儿的工夫就钓上来两尾黄鱼。鲁雄说："人不可貌相，看不出，这里还有位行家，我怎么就没有这个耐心呢？"沙子说："鲁总您是干大事的人，肯定不屑于做这些抓鱼摸蟹的事。我呢，从很小的时候家父就带着我钓鱼，说是培养我的耐力、毅力、观察力、决断力，这些力长没长成不知道，但是掌握了些基本的技能，扔掉了菜鸟的标签，现在业余时间忙着作画，还真有很长时间没有钓鱼了。"

鲁雄说："令尊很有远见，惭愧呀，菜鸟舍我其谁？"我就朗诵一首白居易的诗《垂钓》，为各位助兴：

临水一长啸，忽思十年初。
三登甲乙第，一入承明庐。
浮生多变化，外事有盈虚。
今来伴江叟，沙头坐钓鱼。

几位钓者都齐声说好，说鲁总不愧是一员儒帅，对传统文化了如指掌，如果加入钓坛，也是古比姜太公，今似凌先生的杰出人物。

说话这会儿，阿添回来了，他换了一套紧身的短衫短裤，显得精神干练，手里拿着一些装备，说："我给大家表演个'路亚'，这里还有凌先生的几个新发明，等会儿再给大家介绍。"说着给鲁雄看了看手里的假饵，是一尾橙色的文具刀尺寸的小虾，有节奏地发出奇怪的叫声。阿添把钓竿装好，把那些附带的零件顺好，然后用尽全力，把饵抛到很远的地方，说："我现在用的就是假饵了，你们看看就知道怎么诱鱼了。"阿添一会儿做出腾跃急泳状，一会儿又似乎精疲力竭，做出停顿休息状，一会儿好像受了伤，快速逃窜，一会儿又急速抽搐。随着这些动作，手中的鱼竿鱼线或者急摆，或者慢移，或者急旋，或者骤停，假饵在水中若隐若现。又过了一会儿，阿添说有了，就不再做那些花哨的动作，只是来回收放，把猎物的蛮力耗尽，最后从海里提上来一尾半人高的大鱼，纺锤状的身子闪着银色的鳞光，是金枪鱼。阿添说："今晚的刺身有了。"大家都喝起彩来。

阿添又把假饵换作一只绿色的小蛙，又表演一番，这次钓上来的鱼比金枪鱼略小，头部很大，嘴巴更加夸张，是一尾鲢鱼。

鲁雄来了兴致，说这真是一种创新，主动出击，改变了传统钓法“独钓寒江雪”的枯坐呆等，他也要体验一下。阿添为他挂上一只鱼形假饵，像辅导小学生写字般手把手教着，忙活半天，有鱼上钩了，又遛了半天，拉上来时，却是一只硕大的鱿鱼。大家七手八脚地去抓，不料鱿鱼放出墨汁，喷了鲁雄满脸满身。众人哄笑起来，阿添说：“鲁总中彩了，彩就是财，鲁总独占鳌头，财运挡不住，可喜可贺呀！”

吃晚餐的时候，阿添安排鲁雄等人进了一个榻榻米房间，鲁雄见联谊会上认识的搞选美的黄老板和喜欢美食的蔡老板也在其中，唯独不见马主綦老板，心想这三个人是经常在一起的，就问起綦老板的行踪，他俩答复说綦老板带着“闪电小子”到海外参加锦标赛了。鲁雄吃了一惊，“闪电小子”已经抵押给峥嵘公司了，怎么不声不响就出境了呢？他摸出手机想给何副总打个电话，想问何副总是不是了解情况，但是没有信号。阿添说鲁总有急事可以通过卫星连线的海事电话联系，鲁雄担心泄密，表示不急，想着回去再说，就说：“咱们出来也不远，晚饭简单点，一会儿就回去得了。”阿添说：“不行啊，不在距离远近，在于航道管制，有些区域晚上禁行了，如果绕路呢，船速快，慢不下来，万一与别的海上交通工具或者夜泳健将有点碰撞，弄得一身蚁蛘，得不偿失，咱们还是安下心来，放开吃喝，休息的地方都安排好了，不用担心，不比千豪大酒店的条件差。我之前认识的干部呢，都很好，很朴实也很勤奋，就是放不开，好像有绳子捆着手脚。”蔡、黄这两位也抢着说：“鲁总啊，不急不急，人嘛，就是吃吃喝喝、玩玩乐乐、热热闹闹，凌先生这次安排阿添招待大家，表明对投资很有诚意呀，凌先生一出手就是大手笔，保准鲁总你在省里立个头功！”

阿添安排服务生上酒，拍打着又像暖水瓶又像炮弹的清酒酒瓶说：“你看这东洋人净弄这些虚张声势的事，‘倚剑长啸’‘千峰独行’‘拔山盖世’，不知道的呢，还以为要来个武松打虎、霸王别姬什么的，其实呢，这酒太寡淡，还不如啤酒，也没有太大的感觉，状态出不来，什么事都办不了，不如喝伏特加，至少也来个威士忌。”蔡老板就说：“东洋风格的料理呢，清酒那是标配，可以先喝着热热身呀。”黄老板说：“给鲁总开瓶劲大的，今晚上可得喝好了，一会儿给你配个金发碧眼的大美女。”边说边对着鲁雄坏笑起来。鲁雄听他们吵吵嚷嚷，感觉这宴席似乎还有什么下文，但也拿不准。这时他忽然想起前不久的一个内部通报——处分了某个以办公务为名到东洋之国私自参加派对的干部，一下子激灵起来，他赶紧胡乱吞了几口饭，推说要洗手更衣，起身逃离出去，相邻的几位也没有拦住。

鲁雄到下层找到沙子所在的舱室，刚好沙子那边也结束了。两人就把小屋里上上下下全部检查了一遍，倒是没发现什么异常，关门上锁。不一会儿，阿添几个人在外面砸门了，喊着：“鲁总，你的上层豪华舱位都准备好了，到这里来挤什么？”

“两个大老爷们在一起干什么？”这是黄老板的大嗓门。

任他们如何喊叫，鲁雄也不开门。一晚上外面音乐、吵嚷的声音不断，鲁雄想今晚这件事是不是要和领导汇报一下，先和谁汇报呢？齐副省长还在治疗康复中，也不好过多打扰；纪检委廉副书记是个高射炮打蚊子的主儿，闹不好惹出更大的动静；找管干部的管副部长吧，事情还没严重到这个程度。

直到东方微明，鲁雄才沉沉睡去。

第三章

潜流暗涌

3.1

在看望齐副省长后，钱圆并没有着急返回内地，她还想在这里盘桓几天。

柴福说他有个同乡好朋友叫常冲，是峥嵘公司的财务主管，当着老板一半的家，对这边的情况相当熟悉，是不是叫他过来介绍介绍，看有什么好吃的好玩的，体验消费一下，也算不虚此行。

钱圆说："那就让他过来一起吃个早茶。"

常冲如约前来，和柴福见面，两人相互亲昵地胡乱拍打了几下。钱圆看去，这位年龄和柴福差不多，身形瘦而长，比柴福高了一个头，面皮挺白，走起路来还会扭腰，和柴福真是有点互补型的契合。柴福叫他"长虫"，有时干脆称"虫儿"，他叫柴福"大音乐家"，钱圆就很奇怪，说："小柴唱歌比驴嚎还难听，啥时候成了歌唱家了？"

常冲说："钱总有所不知，本地习惯把汽车驾驶员称为'柴可夫斯基'（司机），简称'柴可夫'，大音乐家。"

钱圆就笑起来，说："也是，看来小柴真是开车的命。"

柴福就借机抱怨，说："这个队长，别人一听就是开车的，要是主任多好，至少弄个副主任介绍起来也好听啊，峥嵘的老韩就是办公室副主任。"

钱圆笑骂道："好你个小兔崽子，队长的乌纱帽还戴腻了！别光想着升官，先好好干活儿。"

说是早茶，但泡的时间都挺长，钱圆和常冲就攀谈起来。常冲见柴福和老板关系挺近，说话也挺随便，就顺杆儿爬树，琢磨起钱圆话里的意思。

钱圆问道：“本地号称自由港，全世界的好东西都集中在这里，那要带个纪念品礼品什么的回去，都带些啥？”

常冲说：“那还要看赠送的对象，像老谭，每次回内地，燕窝、虫草、人参等各种补品那是少不了。现在新来的这位鲁总，那还不知道，估计也离不了这些东西。”

钱圆就一一论证起来，说：“燕窝，就不如直接到千岛之国去弄了，那是上佳的血燕的产地。虫草和人参的老家都在内地呀，没必要舍近求远到这边增加行李重量。”

常冲又说：“实在不行买点珠宝，那工艺和设计都是当下最流行的。还有名表，这里的几大表行也是名冠全球。”

钱圆又摇摇头，她心里想的是：这些都不能直接入账，要另外想办法套出钱来干这件事，不到迫不得已也不能这么弄。

就这样盘算了半天，常冲忽然想到一件东西，说：“现在流行一种礼品，有利于健康，又方便实用，可能钱总也知道，就是‘马桶’。”

“啊？”柴福质疑说，“那个大家伙，整卡车往回拉呀？”

“你看看，你看看，这土包子，外行了吧？”常冲奚落柴福，随后把这种产品的功能用途详细介绍了一番，说：“就是一个盖，下边笨重的瓷墩子那都差不多，关键的核心技术在上面，能自动调节水温，有清洁按摩功能，最重要的是，能检测人体排泄物的各项指标，超标自动警告，相当于一个把保洁员、保姆、家庭医生捆在一起的超高科技产品，性价比也比较高，花钱不多，是人就得用，再大的领导也得亲自拉屎撒尿。”

柴福说：“看那些当官的都是一本正经、人模狗样，其实呀，也是乐意‘两巴’舒服，一个是嘴巴，一个是尾巴。”

钱圆瞪了柴福一眼，这种东西她也听说过，但她还是问了常冲一些更具体的细节。

常冲看她的主意基本拿定，就大包大揽地说：“干脆定它三十套，我找个两地牌照的车，先运到珠尾市，再往回弄那就不费什么劲了。”

钱圆说：“初次见面就这么麻烦常经理，真是过意不去。”常冲说：“以前只在电视报纸上见过钱总，没想到钱总这么平易近人，太荣幸了。”

三个人端起茶杯来碰了碰。

常冲有意拉近和钱圆的关系，就趁热打铁，说：“不知钱总下午有没有安排，今天是赛马日，陪着钱总去看赛马如何？”

钱圆没想到他如此提议，就思考一会儿，说：“这赛马，好看吗？”心里想的是在生产队时，自己的爹和光棍汉二瘸子为了争夺养马的差事，还打了一架；当学生时，老师让背那些马字偏旁的字，那么多，烦死了！现在出门就是坐车，公司里都说小柴就是她的马，生活中真实的马还真有好长时间没怎么关注了。

常冲说：“好看好看，看了就知道了，现在各地都在发展赛马产业，钱总也可以考察了解一下。从来没有看过就更好了，生手绝对赢钱，这是一个铁律，有机会成为亿万富翁。”

听到能变亿万富翁，柴福乐得脸有点变形。

钱圆轻轻地踢了柴福一脚，说：“你小子，见钱眼开，不见钱也眼开。”

下午，三人打车来到稻田马场，进场后，钱圆感觉马场和内地举办运动会的体育场差不多。这里人山人海，观众手里拿着海报、报纸、彩票什么的，都在热烈地谈论着。看台分为几层，二层又分隔为若干区域，有的敞开，有的封闭。常冲看钱圆注意到这些，就解释说：“咱们安排得太急，否则像钱总这种身份的，怎么也得进个包厢，还得找爱马俱乐部的熟人安排个餐饮，有个马主綦老板热情好客，喜欢交朋友。”钱圆摆摆手，说：“这样就好，皇帝老儿也是喜欢微服私访，咱们自己玩。再说我和鲁雄都道别了，再让记者给捅出来，面子上也不好看。”说着往前面挤去，柴福就急忙上前，尽量护着钱圆。三人找到位置坐定，周围的人有的坐着认真查看资料，有的站在座位前面大声地喊着什么，好像是啦啦队，但更像是为自己加油打气。他们视线被挡住了，柴福就招呼正前方的几位坐下。

场地中间的显要位置，耸立着一块巨大的电子屏幕，马的名字和楼盘名字一样，都是些很响亮的名号，像天下无敌、白雪战神、智多星之类的，钱圆和柴福一时也记不住那么多。紧跟名字的就是一些闪耀的数字了，有的不怎么变化，有的快速变动，而且他们发现，周围观众的情绪都是随着这些数字的变化而变化，时而低沉沮丧，时而高亢呐喊。有人犹豫不决，有人果断地下注。

常冲说：“这就是‘赔率’的魔力了。”钱圆原来也知道一些，但还是乐意听他讲下去。常冲说：“咱们看到的赔率数字，意味着投注一块钱，赢了的话能拿回来多少。你们看，这数字小的，一块五，一块八，说明这马的状态好，获胜的希望很大，所以大家都下注，赢了挣的钱也不多，这叫热马；那马状态不好的，赢的希望不大的，人们不怎么下注，赔率反而很高，要是押对了就能挣很多钱，这就是冷马了。”看这两位都在认真地听，常冲就发挥了一下，说：“咱们的足球队，在世界杯上拿冠军的赔率是一万，那就是说，咱们投注一万，这谁都拿得出来，要是足球队夺了世界杯冠军，咱妥妥地就是亿万富翁了，哈哈，有意思吧？”

柴福说：“那拿不了冠军，是不是咱的一万也就分文不剩了，还能给咱留壶茶钱吗？”接着又摇了摇脑袋，挥了挥手臂，说：“人生能有几次搏，我柴某人今天不搏，更待何时？我今天就要搏个亿万富翁，快看看有没有赔率一万的。”

那些数字跳动很快，几个人找了一会儿，还真没有这么大的数字，有几百的，最多上千。常冲就说：“现在万元户也不算回事了，你就搏个百万、千万得了，以后我喊你一声柴百万，不也挺有面子？”

钱圆说：“你搏个鬼，小心把自己也赔进去，留下你当马夫。”

常冲说：“能当马夫也不简单，比开车挣得多。”

钱圆就说：“小柴啊，你看常经理这么专业，情况这么熟悉，你也得学着点，也好进步啊。”

柴福说：“那我可比不了他，他是有名的‘虫儿’，能钻研能琢磨，点子多着呢。”

说话的工夫，就有一队马驹在骑手的驾驭下进场，看这些马，都高大健硕，有的通身乌黑，像用墨汁染过一样，有的是枣红色，泛着油油的亮光，有的浑身铁青，蹄子却是白如面团，像是刚从雪地里奔来。周围的喧嚣声小了些，高音喇叭里在介绍出场选手的背景信息和曾经获得的各种荣誉，那些马也很通人性，每当介绍到自己，要么对着观众怒吼嘶鸣，要么疾跑一段，展示不凡的实力。随着比赛主角的登场，电子屏幕的盘口唰唰地跳动，观众的呐喊声此起彼伏。常冲说：“快点下注，马上就要封盘了。”

柴福说：“我就选1号枣红马，现在排名也是第一，你看它撒欢这个架势，状态爆棚，头名没得说，虽然赔率低点，我先赚个小钱，先不惦记千万富翁啥的。”钱圆选了3号黑色马，说看好这个马稳当，有潜力，常冲选了5号“踏雪寻梅”。

比赛开始！枣红马一马当先，四蹄狂奔，驭手紧紧地贴在马背上，身子随着马的奔腾有节奏地起伏，同时挥动手里的鞭子，从身后狂抽马的臀部，人和马像是一部设计精密、协同完美的运动机器，风驰电掣般在赛道上狂奔，3 号、5 号紧随其后。到了中段，枣红马依然领先，和后面的马拉开几个马身的距离，3 号、5 号吃力地保持在队伍中间。柴福兴奋地呐喊着，眼看枣红马还有几十米就要撞线，马却突然没劲了，速度明显慢了下来，任骑手狂甩鞭子也不起作用。3 号黑马却像突然复活一样，特别是驭手，原来似乎不怎么用力，这会儿却是狂抽坐骑，3 号像装了电动马达一样从群马中突出重围，抢在 1 号之前到达了终点！ 5 号和另外一匹马也几乎和 1 号同时撞线，后面的几匹马也呼呼啦啦结束了比赛。

经电子系统核对，结果在大屏幕上显示出来，3 号“黑旋风”得了第一，7 号“智取华山”得第二，5 号“踏雪寻梅”仅以千分之一秒的微弱优势险胜 1 号“火红家族”，得第三，1 号屈居第四，虽然靠前却拿不到奖牌，憋屈尴尬得很。人群好像炸了锅似的，有称奇的，有感慨的，有爆粗口的，有人把那些成了废纸的彩票撕碎抛在空中，一会儿纸片像雪花一样飘落下来。

这边钱圆押中头马赢了不少，常冲押的是第三名，也小有斩获。独柴福倒输本钱，两手空空，他说：“眼看着 1 号就赢了嘛，怎么突然就不行了，这里面不会有什么猫腻吧？”常冲说：“这就叫大热倒灶呀，1 号状态出得太早，冲刺的时机明显超前，最后时刻被超越也在情理之中。恭喜钱总旗开得胜，喜拔头筹。”钱圆慢条斯理地说：“小柴你还嫩了点，你不能光看表面现象，能叫的狗不咬人，能打鸣的鸡不下蛋，我今天也是蒙了一把，选了个黑色的马，还真成了黑马了，其实我也不懂马，纯粹靠运气。”柴福说：“不服不服，咱们重新来。”

下一场，钱圆选了 2 号栗色马，柴福选的是 5 号黑色马，常冲押 6 号杂色马。比赛结果出来，钱圆的马进了三甲，其他两位都落空。柴福说：“黑马黑马，我选了黑马了，可它就不黑了，不黑别人黑了我了。”钱圆说：“此黑马非彼黑马，你不能把上场的套路用在这场上，这你就落了庄家的圈套了。知道我这次怎么选的吗？我是根据地形，这 2 号‘草原霸王’的道次好，这和运动员赛跑一样，相邻的几匹马都是热马，把 2 号带起来了，2 号状态还行能跟住，得第三也在意料之中。”常冲忙说：“佩服佩服，钱总初涉赛马就这么有心得，制胜有方。”柴福还是不服，说再来再来。

随后的几场，柴福都是迟迟拿不定主意。按状态吧，出场状态不代表比赛状态，有的马出场是生龙活虎的，可跑起来就变绵羊了；按毛色吧，那纯粹有点自欺欺人；按过往战绩吧，那高音喇叭里介绍得很快，让你没有时间仔细斟酌。因此他就胡乱撞运气，负多胜少。钱圆和常冲倒是小有斩获。

比赛结束，在大屏幕前举行颁奖仪式，主礼嘉宾颁奖后，和马主、骑手还有马匹一起“拉头马”合影，一群端着相机的记者像苍蝇一样围了过去。常冲悟道：“怪不得记者这么能抢，今天凌先生亲自来颁奖了，这还真不多见。”钱圆顺着他的手指看去，一位身高中等、清瘦干练的长者西装革履地站在冠军马旁边，手拉缰绳，大屏幕上显示出一张意气风发的笑脸。

这时，彩票碎屑又从天上纷纷落下，钱圆也没有再说什么。

3.2

晚上，按照常冲的建议，钱圆和柴福登上了邮轮“星际旅程”号。

上得船来，第一感觉就是大，这庞大的“海上堡垒”好像把半个城都装在里面了。船开行的时候，没有任何颠簸，好像不是船开动，而是有股巨大的力量把码头和城市推开了，那些熟悉的建筑——双子星国际金融中心、竹笋状的凌云大厦、刺刀一样直插天空的华银广场，以及千家万户的灯光渐行渐远，慢慢消失在视野里，海上只剩下星星点点的渔火和偶尔滑过的灯光。两人从甲板回到灯火辉煌、豪华富丽的船舱。

“哇！”柴福不住地发出惊叹，“这真是刘姥姥进了大观园了。”大船通体有十几层，中间挂着巨大的吊灯，璀璨夺目，周围点缀着红灯笼，充满节日的喜庆气氛。每层都有密如蜂巢的客房，尾部是各种娱乐场所。柴福感叹：“玩不过来呀，你看：三楼电影《龙争虎斗》，四楼芭蕾《天鹅之恋》，五楼西洋马戏，六楼水牛乐队，七楼八楼直到十几楼，这节目太多，我是分身无术呀，大姐你干脆批我一个月的假期得了，我就待在这里不下船了。”

钱圆说：“怎么样，你这土包子开洋荤了吧？跟着姐干还能亏待你吗？民以食为天呀，看光景看不饱，先找地方填饱肚子。”

柴福说：“姐你提醒我了，常冲就说过，十楼是餐饮区，有世界各地的风味餐厅。最大的一间自助餐厅的餐费，船票就包含了，不用另外花钱，姐你看咱是吃个风味的还是自助餐？”

说着众人来到餐厅这一层，自助餐非常丰盛，中式、日式料理都有，海鲜、烤肉、热炒、面点一应俱全，两人找到餐位坐定。柴福说：“我今天就放开肚皮了，得把本钱都捞回来。”又不住地感慨：“洋人就是会玩，能享受，听说洋人自己家里就有游船，能出海玩，船这个东西是不是洋人发明的？”

钱圆随口答道：“这么个玩法当然还是洋人弄的。船这个东西谁先发明的还真不好说，估计也是从造个独木舟，扎个木筏什么的做起，咱们古代造船技术也不差，诸葛亮火烧赤壁烧的是船，朱元璋大战鄱阳湖用的是船。”因一时说不清谁先谁后，钱圆就烦了柴福，说：“这个跟你说你也不懂，你问多了也没用。”

柴福就把话题转到车上，心想：我对这车还是内行吧。就说：“姐啊，咱公司在省里也是数得着的，可第一没有飞机，第二没有轮船，咱就有几台车。您那台‘舵手’牌国产车都用了几年了，再用就成老爷车了，也该换换了。我有个朋友叫大章，他的汽贸公司新进口了几台宝驰轿车，您要就让他给咱留着一台。”

钱圆说：“咋没有飞机呢，咱有航空公司的股份呀，云航公司每架飞机的两个翅膀就是咱的。上边说了，轮船也要搞。车这玩意儿，就别讲那么多排场了，现在限制进口车，还限制排量什么的，不够麻烦的。”

柴福说：“那些当官的都是拿屁股想事，就限制一个排量2.0，国外专门就对着这个标准搞了新款，排量下来了，安全标准、配置方面都提高了不少，豪华气派，比老款上了不止一个档次。”

钱圆说：“车是固定资产，还有集团购买限制，购车要集体研究。”

听到“集体研究”几个字，柴福就不再吭气了，根据以往经验，只要老板这么说，那这事多半是办不成。

餐后，两人找了一间最大的“卡西诺”试手气。

大厅里灯火通明，秩序井然，一桌桌客人围在一起，态度虔诚认真，都很有风度地下注。荷官手里纸牌翻飞，动作熟练得如同机器，脸上却没有什么表情，对赢了的客人，就把筹码送上，对输了的，就用手里的小耙子，把其筹码通通扫入台面上的一个圆洞，那些代表金钱和财富的红筹蓝筹瞬间不见了踪影。在柴福看来，这简直像个老虎口，一会儿就吃下了不知几部进口车。每个客人面前都放着一小堆筹码，有的渐渐增高，客人并不张狂，只是自信地微微点头；有的客人眉头紧锁，筹码越来越少，最后剩了几个抓在手里反复摩挲。过了一会儿，筹码时多时少的几位还在全力厮杀，赢钱的和输光了的就离场了，随时都有新鲜血液补充进来。柴福还想问问题，钱圆说："不能大声喧哗，这里不是马场，讲究个绅士风度。你这个菜鸟，我领你玩个'角子机'吧。"

角子机在大厅的边角上，这里声浪大了些，客人也不时来往走动。柴福看见一台台一人多高的机器被涂得花花绿绿，有的围着三三两两的客人，有人离开，别人赶紧就占下那一台。机器画面上显示出小鸟、绵羊、骆驼、老虎等图案，把硬币投进去，按动按钮，上面的图案就随着滚筒旋转起来，待到转动停止，若是花色不对，那硬币就被吃掉了，声响全无，只能再投再来；若是四五个全是相同的图案，就能听到机器吐出硬币的清脆悦耳的声音，赢了！

柴福刚开始还有点兴趣，可把手里的一把硬币玩完了也只赢了一次，得了几枚小钱，就说："我感觉这些东西都是糊弄小孩的，我今天手气有点背。"

钱圆说："小孩子可不能来这个地方，这是严格禁止的，别把小孩带坏了。老虎吃肉角子机吃铁呀，吃肉不吐骨头吃铁不吐钉都属正常，要不怎么叫老虎机呢？小柴啊，你今天和亿万富翁多次擦身而过呀，你看现在机会又来了，你可不能再错过了，你数数这'奖池'现在有多少钱了，你数得过来吗？"

在几个角子机的上方，有个电子屏幕显示着奖池的累积金额，最前边的，柴福自然认得是"3"，后面位数挺多，柴福数了半天才弄明白这"3"应该是在十亿位上，最后面的数字还在不断跳动着增加。钱圆说："怎么样，小柴你有机会拿下这大奖，现在就看你的努力和运气了，再来！"说着把手里的硬币又分给柴福一些。

柴福说："好，财神保佑，得了这大奖先给姐买个顶尖的高级轿车，不受这规定那文件的限制了。"他又转了半天角子机，可惜那些绵羊狐狸什么的都不听使唤，该来的时候不来，不该来的时候乱扎堆，渐渐入不敷出，清空了手中的硬币。柴福说："这财神还在路上，看来这海挺宽，财神一时半会儿还渡不过来。"

钱圆说这都是胡话，还得老娘亲自上阵，就一挥胳膊把柴福拨到一边，自己坐上操作台。说来也怪，也可能钱圆有种特殊的气场，不出几把，转盘慢慢停止，机器上就齐刷刷出现了一排气宇轩昂的骆驼，接着就是钢镚唰啦啦落下来的声音，足足有几百个。

“好好好！”柴福高兴得几乎跳起来，“还是姐和财神有缘。”那些角子两人四只手也抓不过来，柴福又装满了一个口袋。钱圆说：“知道为什么赢了吧？成功就在于最后再坚持一下，你已经投入那么多了，也该有回报了，小柴啊，姐和你说了无数遍了，你还要好好磨炼耐心。”

柴福说服了服了，接着就要再投入硬币，钱圆赶忙制止了他，说：“这里见好就收，姐给你演示个‘轮盘’。”

到了“轮盘”的台面，钱圆先是观察了一阵子，接着就下了几注，手气还行，赢了些钱，感觉今天也差不多了，就带着柴福离开了。柴福稀里糊涂地没弄清怎么回事，钱圆就耐下心来说：“这几十个数字呢，已经出现的，再出现的机会就少了，就得找好久不出现的数字，那些再出现的可能性就大得多，就押那些数字，我用这个法，屡战屡胜，还行！”柴福说：“我的妈呀，我从小算术就不行，一看数字我就头昏脑涨的，看来我这辈子也发不了什么财了，我还是死心塌地给姐开车吧。”

3.3

打发柴福回去休息后，钱圆自己来到顶层甲板上，头上的星星比平常明亮耀眼，仿佛天挨得更近了。她手扶栏杆向远处看去，天海茫茫一片，看不清边界在哪儿，只听得远处海浪打在船上的沙沙声。她想自己静一静，这几天经历的事不少，要在脑子里过滤一下，把有用的储备起来，那些纯粹闹着玩的，只是找找乐子、打发时间罢了，也就随风消散了。

这时，有个身穿侍应生制服、身材很好的女孩过来打招呼，说：“这位贵宾，为了回报广大嘉宾，我们特地推出一款超值的针对高层次女士的Spa套餐体验，而且前二十位费用是全免的，现在还有名额，一看您就是一位事业成功的卓越女性，太值得拥有这项服务了。您如果感觉满意，还可以成为我们的宣传推广大使。”钱圆半信半疑之中，随着侍应生来到大门装饰得五颜六色、霓虹闪烁的“皇冠 Spa”。

进得门来，却是另一番景象，灯光暗暗的，是暧昧的粉色调。钱圆被引到一间包房，灯光亮了些，房间内陈设简单但非常整洁，有台儿、沙发和一张看起来很牢固的按摩床，床上铺着洁白的床单，隔壁应该是浴室，用推拉门隔开。没一会儿，进来一位皮肤颜色比较深，看上去挺干瘦的少女，态度很是谦恭，自我介绍说叫维莎，来自千岛之国，今天很荣幸为老板服务，做老板的责任技师。说着她在台儿上点上一炷香，屋里就飘起淡淡的雨后花草的气息，又为钱圆挂好外套，递上饮料，安排她在沙发上休息一下，边闲聊边把手边的坛坛罐罐、毛巾垫子整理妥当。

得到钱圆的同意后，维莎就开始工作了，她看着块头很小，但力量十足，一下子就把钱圆温柔地抱起来，轻轻地放在按摩床上。钱圆有点不适应，维莎就说：“老板不用紧张，您想象一下现在就躺在春天碧绿清新的草地上。”说着她打开顶棚的屏幕，上面放出蓝天白云的画面，响起曲调舒缓悠远的《牧羊女郎》。她一件一件地把钱圆的衣物除掉，最后只余内衣，然后就用毛巾擦洗她的身体，仔仔细细擦了三遍，又用大浴巾把她的身体裹得紧紧的。维莎感觉客人全身暖透后，就把浴巾松开，开始按摩。

维莎倒出一点儿精油，在自己的手心里快速摩擦加热，然后按在客人的身体上。钱圆觉得暖暖的感觉过后，按到的部位有种很神奇的清爽。维莎就介绍起这款精油来，说：“这是‘皇冠 Spa’的头牌产品，老板您知道它为什么珍贵吗？您能说出它包含了多少种香料吗？”说着递到钱圆的眼前，钱圆使劲地嗅了嗅，说：“里面有玫瑰，有薄荷，有麝香。”维莎说：“老板太棒了！里面包含了几十种香料，有这些，还有薰衣草、茶树、甘菊、尤加利、天竺葵、迷迭香、柠檬、牡丹、月季、槐花、檀香等等。那些植物的‘香囊’，有的掩在花蕊里，有的藏在叶下，有的深埋在根茎中，这都是花的精华、灵魂和生命呀，萃取十分不易，它们能轻易交出来吗？可还是人办法多呀！现在这些精华用在您的身上，浸润到您的体内，完全融入您的身体，把能量转移给您，您会越来越有魅力，面容焕发光彩，身体充满活力。”软软的一番话语和精油独有的幽香使钱圆十分受用，加上精油慢慢起效，技师按捏搓揉的技术也很是到位，她在维莎的摆布下享受起来。

维莎顺着经络把客人全身按摩了一遍，又对着明显凸出的腰腹部和臀部大力揉捏，说：“老板您的事业一定做得很大，平常也是经常谈判呀，签合同什么的，所以有这些累积的赘肉，现在就给您重点燃烧这些部位的脂肪。”钱圆也感觉最近应酬太多，体重有点控制不住，就十分配合维莎的动作，那些部位被按得热辣辣的。维莎说：“今天的效果肯定很明显，但您还得经常做一做，至少做一个疗程，保持下来。”

做了个把小时，维莎的一套动作都完成了，钱圆感觉浑身舒服，但不知为什么，心里还觉得有点小小的不满足。没想到维莎说：“老板啊，我的任务是完成了，可这套餐呢，也只是完成了一半，另一半要耗费的体力太大，就得由男生操作了。还有这费用呢，套餐是免费的，可您这么体面的大老板怎么也得打赏技师一点儿小费吧？”

钱圆正想着怎么应对，眼前却像变戏法一样，换成了一位金发碧眼、面皮很白的小伙，自我介绍来自雄鸡之国，叫诺朗，说：“姐姐您叫我朗仔就行，姐姐放松，听我的安排，您前面的套餐做得不错，后面的好好做就完美了，千万不能前功尽弃。”说着操纵电钮打开天窗，把音乐换成让人沉沉欲睡的《摇篮曲》，说：“姐姐您看世界是多么辽阔，多么美好，您想象一下融化在里面吧。”钱圆看见漫天的星星像雾一样飘过来，身体逐渐软得像面条一样，嘴里呢喃了几声。

钱圆感觉自己真的融化在那片星星里了。

3.4

第二天，钱圆起得很晚，和柴福吃过东洋拉面后，她打发柴福去玩滑道，自己则来到顶层的游泳池边，做日光浴。

阳光温暖和煦，海鸥在不远处追逐嬉戏，海风柔得像新春的柳枝，钱圆半躺在摇椅上，脸上架了副很大的墨镜，身上只搭着件又短又薄的衣物。她身体依旧很疲乏，思绪却静不下来。过了一会儿，她忽然联想到为拉关系买的“马桶”，思绪从这里开始，竟然把一些往事给串了起来。

小时候，大人们白天都忙着下地，孩子们都像野马一样放养着，她整天和男孩子一起玩，上树掏鸟、下湾摸鱼。快乐的生活总是容易淡忘，要说印象深刻的事，大概就是拉屎了。有一阵子，家家户户的茅房里都养起了猪仔，人一进了茅房，猪仔们蜂拥而上，专等着人的排泄物呢。那些猪仔吃到肚里也就罢了，可越是吃得舒服，它们越喜欢甩头摆尾，弄得脏东西到处都是，经常粘在衣服上，叫人又烦又怕，每次进茅房都是一场人猪大战。时间长了她也摸出一些门道，顺手给猪们带点吃的，调虎离山，再就是手上备根棍子，也练出了速战速决的本事。

公社安排钱圆的三姨去照顾一位荣誉军人钱满仓，这人后来成了她的姨父。姨父在战争中失去了一只胳膊和一条腿，姥娘说是成了半个人，最要命的是他被炮弹皮穿了裆，姥娘说“不能生长了”，三姨似懂非懂。姥娘在灶台前抹眼泪，三姨却是非常坚决，说公社王书记说了，他们就是最可爱的人，一条腿也好，半个人也罢，他们的心灵是最美的，值得一辈子去爱，三姨就这样嫁给了姨父。

后来，荣誉军人到县城集中安置，三姨本来想带着脾气好的二姐，可二姐去了茅房就是不出来了。她知道，二姐这是和猪仔们杠上了。门外的大解放车急得拉笛，他们还要去拉后村的张铁头，还有几十里的山路要赶，姨父在驾驶室副座上也急得用拐杖敲车门，三姨急眼了就把钱圆给拎到车厢里，和柜子板凳一起颠簸着上路了。来到县城，三姨照着城里的风气给她取了个圆圆的名字，从此她就管姨父三姨叫爸爸妈妈，管自己的亲爹亲娘叫爹和娘。

上中学的时候，她学习成绩一般，可身边叽叽喳喳总围着那么几个人。她们几个商量着要办一件大事，就是在县城的丁字街口重新建一个巨大的影壁，画一幅巨大的工农兵画像。说干就干，几个人分工，有的去找石头，有的四处搜罗砖头，有的到建筑工地上弄沙子水泥。她拿着瓦刀，跟着师傅学砌墙，手上磨起了血泡，虎口都震裂了，鲜血滴了下来，疼得钻心，但她觉得这是对自己意志的磨炼，便用纱布包一包继续战斗。就这样从早到晚忙活了十几天，影壁建成了。她们又找来文化馆的美术师打着格子把一张邮票上的工农兵像放大画了上去，成了！人们老远就能看见高举齿轮的工人老大哥站在中间，旁边是抱着麦穗的女民兵和手握钢枪的战士，他们威风凛凛地站在街口，好像从小人国里冒出来的几个巨人。

可惜好景不长，有人举报了她们，说她们一伙用坟砖砌了工农兵像，是对人民群众的不敬！风云突变，她被送进了在山里煤矿上办的“学习班”，白天下井劳动，晚上写检查，检查一遍遍还过不了关。那个时候，不知怎的兴起了一股刨坟挖墓的风潮，整个田里被挖得千疮百孔，人们只是取走了有用的砖头石头，也不及时回填整理，大地如同被宰割的人体，道道疤痕刺目惊心，空气中从早到晚飘着一股怪味。人们如常搞生产，也没人注意那些材料最后流向了哪里。她请来干活儿的有几十人，找材料的有十几人，把关检验的事还真不好说。当时她只是让师傅勤打墨线多瞅瞅，千万别盖偏了弄歪了，建得结实一点儿，也没有想到砖这方面会出事。她心里委屈得不行，泪水常常滴在检查稿上。

三姨天天在家里哭泣，到了这个时候，姨父也沉不住气了，说看来不能万事不求人了，不行就找找方政委。三姨问哪个方政委，姨父就说："县武装部的方政委，听说这方政委和我原来都是一个部队的，人家当官咱就没去巴结，现在为了咱这宝贝闺女，我把这老脸也豁出去了，可给不给面子就看人家的了。"

姨父拄着拐杖来到方政委家里，方政委是一个五大三粗、方头大脸的人，问过姓名后，他说："哎呀呀，早就知道咱们团里有个老英雄在这里，应该去看老哥哥呀。"说着让姨父赶紧坐在一个棉花包一样的东西上，看姨父有点疑惑，他解释说："这叫沙发，比木头凳子舒服。"

姨父说："我这半个腚还是坐凳子吧。"

方政委说："就这一对沙发，还有人给我提意见，说我是资产阶级。其实呢，这是康干事动手打的，弄个木头架子，再拴上弹簧，用麻袋片包起来，就这么简单，照样好用。什么资产阶级？纯粹胡说八道，这是自己动手丰衣足食。怎么样，让康干事也给你打一套吧，你坐不惯，可以给嫂子和孩子坐嘛。"接着又问家里人的情况。

姨父简要地回答："有个女儿在读高中，叫丰原。"

"啊，丰原是你的女儿？"方政委说，"知道这位小将，很有闯劲，应该好好培养，你不是姓钱吗，怎么她倒姓丰了？"

姨父说："她这不是嫌钱和资产阶级沾边嘛，要划清界限，改一个'丰收的原野'的意思。"

方政委就笑起来说："我猜对了，看来这闺女在家里也不好领导呀。"

姨父说："我这半截身子有没有权威的也没啥了，随她去，可这不刚又在外面闯祸了。"接着尽量简单地说了说情况。

方政委收起笑容，说还真不知道这件事，接着就要摸起电话找管政法的邢参谋，想了想又放下电话，说："老哥别急，我先了解一下情况，再看看具体怎么解决，我们要培养千百万无产阶级革命事业的接班人，小钱，唔，小丰很符合条件，千万不能掉队。老英雄身体也不方便，就别再跑了，在家里等信吧，有了结果就叫康干事过去报告。"

这样如热锅上的蚂蚁般又煎熬了半个月，三姨多次催姨父再去找方政委问问，姨父说："我不再去了，方政委太忙了，电话一个劲地响，通讯员进去出来赶着送文件，全县多少事呀，还都是关系几十万人的事。咱这点事不好再去麻烦老战友了，自己惹事自己担当吧。"

没过多久，有好消息传来。在全县庆祝五一节之前，方政委当众宣布，经过派出的调查组不分昼夜地工作，工农兵影壁的事情彻底调查清楚了。所有建筑材料，都是建设者们怀着对革命事业无限崇敬的心情"请"过来的，用的红砖，是东北洼的贫下中农专门烧制的。也有几块有问题的砖，都是打地基的时候用的，有点也不怕，已经被工农兵踩在脚下了嘛！这件事情就此定论，以后不再提了。

方政委还派康干事驾着吉普车到煤矿学习班把钱圆接回来。这是她第一次见康干事，当时的她也没想到后来的人生和这个人交集那么多。康干事中等身材，穿着四个兜的绿色军装，那时候没有军衔，级别就看几个兜，四个兜那是干部！康干事的帽徽领章是那么鲜艳，整个人英俊潇洒中透着干练，说话办事不拖泥带水，一应手续交接得清清爽爽，客气地和学习班的班长道别后，就带着她上路了。

她原来只坐过大卡车和拖拉机，小吉普还是第一次坐。她坐在康干事旁边，扭头也只是看到他鲜红的领章，还不太敢看他棱角分明的脸。小吉普的座位颤颤悠悠的，和拖拉机什么的没法比，山路上颠起来反倒有种舒服的感觉。康干事开得很熟练，小吉普在他手里就像被驯服的骏马，驮着主人在山路上稳稳当当地跑着。她不好意思主动开口，康干事全神贯注地把着方向盘，目不斜视，她忘了当时说过什么，只是当时希望路途再长一点儿，时间过得再慢一点儿。

经过这次风波，她对几个朋友不那么上心了，有事没事编个理由就往康干事那边跑。康干事给方政委写了讲话稿，她就帮着誊清；他们开会，她就帮着布置会场；他们要印刷什么材料，她就帮着刻写蜡纸。有一次，她刻钢板时不小心刺着手了，康干事心疼得赶紧找来红药水给她涂上，又找来棉纱给她包扎。还有一次，她熬贴标语的糨糊时烫伤了胳膊，康干事又立马用自行车载着她去医院。坐在自行车后座上，和康干事挨得这么近，她的心禁不住怦怦乱跳起来……柴福摇醒了她，她刚才做梦了。

柴福很着急地说："刚才办公室郝主任来过几次电话，我说钱总正在谈生意，郝主任说电力债券兑付的事有点小波折，和城市工业银行谈好了的那笔款子没进来，说上级要求紧缩银根，就让财务部放慢兑付节奏，可好像是走漏了风声，要求兑付的越来越多，闹不好会出什么群体事件。"

钱圆吃了一惊，还没有从刚才的梦境中出来。这时，海面突然就起了涌浪，把邮轮掀得颠簸了几下，柴福不小心朝她怀里扑去。

两个人有点尴尬地躲开了。

3.5

所有的城市都在快速发展，省城也摊煎饼般一直在建新城区。新区建得很漂亮，老城还得保留历史风貌，以"僖王府"为中心的老城分布着众多的园林名胜，新建筑如同下跳棋般成功避开了这些历史建筑。现代化的写字楼与老旧院落比邻而居，使人感慨岁月的沧桑无情，也令人产生穿越时空的错觉。那些园子里，曾走出不少叱咤风云、纵横捭阖的人物，如今却是熙熙攘攘的游人的天地。而衣着光鲜、高谈阔论，在摩天大楼里进进出出的一伙人，正用他们的思维和行动影响和改变着这个世界。

"浩大广场"就在僖王府旁边，"广场"是学习海外的叫法，其实是一栋二十多层的瘦高建筑，带一个红色的顶盖，老百姓把这栋建筑称为"火柴棍"，旁边还有"烟卷"和"烟灰缸"两大建筑，合称为"烟民三大件"。外面的人说钱总就在最顶层办公，地面铺着红地毯，墙壁也涂成红色，还有猩红的窗帘，女老板就喜欢红色。其实，顶层是一个多功能厅，可以开会，也可以开派对，里面也并不是红色，而是装了电子设备，想展示什么颜色就展示什么颜色，随心而定。

此刻，钱圆正在她的办公室里，俯视僖王府后边小巷子里的债券兑付门头，门前的人越聚越多，几个保安在维持秩序，还有些推搡，巷子里的人只进不出。她的心里似乎也被堵住了，越发焦躁不安起来。

前几年，电经常不稳，今晚这里断电闸，明天那里超负荷，省里想尽一切办法要破除发展的瓶颈，掀起了全省大办电力的高潮，也给了浩大公司十个亿的债券指标。她趁机搭车多发了两个亿，安排完了明面上的事，关系铁的几个老板都跟着沾光。就像过去在农村浇地一样，在大渠旁边偷偷摸摸开个小口子，也给他们放点水。干啥事离了本钱都不行，钱这东西和别的不一样，钱就像老母猪一样，能生崽，就像滚雪球一样，越滚越大，就像苞米粒，有了合适的温度能膨胀好多倍。有了本钱，盖房子、开工厂、搞养殖、跑运输，干啥都能来更多的钱。一时间，这钱大老板的名头不说震天动地，也是威风八面，省里那几个主要领导，见了她也是客客气气的。

可是计划没有变化快。本来说好了发新债还旧债，可上边要提前化解金融市场的风险，先还完旧债才给新的发债指标，她急忙在公司里面凑了六个亿，还差一半。又为了这缺的六个亿多方筹措。电力的效益虽然不错，但大家都喜欢现成的资金，发电厂纷纷要求债转股，说将来上市了获利有几十倍，可远水解不了近渴呀！那些老板跟她要钱的时候是孙子，如今都成大爷了，打电话要么不接，要么弄个说话酸溜溜的女秘书能把人膈应死。还有进财那一千万，想起她这个不争气的外甥，钱圆气得大喘粗气，立马打电话叫他过来。

进财急匆匆地赶来，一手提着皮包，一手拿着电话，嬉皮笑脸地说："老姨走了这半个月，我可想您了，老姨比老娘还要亲啊。"

"那一千万呢，啥时候还？"钱圆半仰在老板椅上，直接呵斥起来。

"老姨，本来这钱是准备好了的，可又有点小小变故。"进财解释说，"有个朋友股票生意做得特别好，就把钱放在他介绍的证券公司了。一开始也就是打打新股，弄点保险，可架不住朋友几番撺掇，就干了别的了，也赚了些钱，但前几天就重仓了一只网络股，结果连着两个交易日跌停板，套住了。"

"朋友朋友，你自己的脑子呢，你脑子进水了？"钱圆差点爆粗口。

"老姨别发火，我再想想办法。"进财说，"最近倒了几笔煤炭，待货款收回来，这一千万也能凑起来。老姨不是和电厂的人熟吗？那就和他们厂长打打招呼，再进几批，这个稳当，至少三成的利润。"

钱圆教训这个晚辈："和你说了不下一百遍了，叫你不要和那帮狐朋狗友搅在一起，你偏不听。那个熊局长的儿子，他爹就是个二混子，他跟了几个'老板’都没跟住，最后被放到职业学校。那个苟主任的女婿，招蜂引蝶，出了名的小白脸。你老和这些人掺和能好吗？一会儿干这个，一会儿又弄点那个，这说好的还款的事就这么儿戏？给你介绍的几个关系也不好好维护，又要给你疏通新的关系。这浩大难道就是给你家开的，你还知道好歹吗？”

钱圆越说越气，最后恶狠狠地说：“你看到下面堵住兑付部的人了吧？限你三天时间把那一千万还上，咱再说别的，还不上，你今后再也别来见我了！”

进财一开始还哭丧着脸听着，后来越听越觉得委屈，心想：当时要是我的娘没粘在茅房里，跟着三姨姥姥走了，那现在我就在老姨的亲儿子俊峰的位置上了，俊峰靠着老姨，干得那叫一个风生水起，这圈里的人都知道。他又想起自己一辈子吃苦受累、到死也没过上好日子的亲娘，眼圈发红，眼泪不自觉地滴落下来。

钱圆还想接着数落进财。她这个二姐，从小就是个软弱性格，找了个男人也是好吃懒做的主儿，还一天三顿离不了酒，有钱吃菜，没钱就着咸菜盐巴也是照喝，二姐辛苦了一辈子，眼看着生活要好起来了，身体又不行了，最后把进财托付给她。进财从小就调皮捣蛋，在村里上学的时候，经常欺负女老师，把蛇和死耗子偷偷放在老师的包里。后来找关系让他当了兵，干炊事兵风吹不着雨淋不着，正琢磨着疏通关系让他学驾驶，可他又犯了他爹的毛病，酒后把班长打了。让他提前复员，给找了个在公路局收费的差事，还憋屈得不行，闹着辞职。又扶持他开了公司，一年稳稳当当赚几笔有吃有喝就行了，可他又交了一帮不务正业的朋友，办事还是这么不靠谱，想起来就可恨。

进财像小孩子一般呜呜大哭起来，钱圆把不满发泄完了，也有点心软，就说：“这一千万你肯定得还，都在账上记着呢，怎么跑得了？给你三天的期限，也不是把你逼得去上吊，你尽量凑。现在不比过去了，老姨干事好多人盯着呢，咱们的亲戚关系也得回避一下，你那个进财公司也得改个名字，这太显眼了嘛。法人代表你自己就不要干了，找个可靠的人顶一下，你也不要经常过来了。要向你俊峰哥学习，有空多看点书，少喝酒惹事。你得理解老姨，老姨也有很多难处。”两个人都落下泪来。

进财像鸡啄米似的频频点头，说：“都记住了，一定照着老姨说的办。”

打发走了进财，钱圆摸起桌子上的电话打给城市工业银行的金行长。

“哎哟，我朝思暮想的钱姐姐。”金行长热情得让人有点受不了，“你可回来了，我可把你盼回来了。”

“姐姐有啥好的，你盼的是妹妹吧。”钱圆和他很熟，“嘴巴上抹了蜜了，这么甜。”

金行长说：“媒体都报道了，这次钱总在海外奔波劳苦，冲破条条框框，签了很多大单，有空真得好好庆祝一下。”

钱圆说：“离开了半个月，在海外开阔了视野，增长了见识，也办了些业务，还给你太太带了紫罗兰化妆品呢！约个时间一起聚餐。”

金行长忙说代表弟妹表示感谢，又说吃饭的事再等等，现在忙着应付上级的检查组，一时半会儿走不开。

钱圆知道近期见不到他，只得在电话里把那笔贷款的事说了：“这不是说好的事吗？我出去之前贷款合同都签了，那笔款子啥时候放下来呀？”

金行长说：“实在对不起姐姐了，照原来的规定一点儿问题都没有，我账上也有钱。现在上边又有了新规定，要求预判、控制金融风险，得有指标才能放款，指标在上级行里控制着呢，看来上半年是不行了，得安排到下半年了。那些合同呢，放款的时候改个时间就成了，也不用重新签了。”

两人又闲聊了几句，钱圆就放下了电话，心里琢磨着下半年放款兑付债券来不来得及。这时候又来了几个权威部门的电话，也是问有关债券的事情，要求不能出现任何问题。她低头瞅了瞅楼下拥挤的人群，决定去现场看看。

3.6

债券兑付部就在僖王府后边的巷子里，这条小巷有个接地气的名字，叫劈柴巷，是个充满人间烟火的地方，有各种小吃、饮品，风味俱全。僖王府在这里开了个后门，人来人往很是热闹。后来，僖王府改造，后门堵上了，从旁边开了侧门，那些摊点走掉了一些。原来售票的耳房稍加修整，被浩大用作债券销售部，和公司本部的办公区域分开，防止人太多影响正常办公秩序，但和公司隔得不太远，便于掌控。

初夏，人们穿着单薄衣服，又急着办事，难免躁动吵嚷。钱圆有意识地甩开了柴福和两个保安，听见旁边两个上年纪的老乡打扮的妇女聊天：

“大妹子，你也是来换钱的吧？”

“可不是！这都是前两年省吃俭用从鸡腚里抠出来的钱，大队里叫买电力债券就买了，现在换钱他们不管了。这不是几个邻居凑起来叫我来办，我昨天来了没办成，就在教书的儿子家住了一晚，今天再来看看。”

“那今天拿到号了吗？没号恐怕还是办不成。”

钱圆知道尽管过去了不少年，农民还是习惯把乡镇称为公社，把村子称为大队，就接着听下去。

“听说发这个券的是个女老板，还是俺临山县钱家屯的人，就在这个高楼的顶楼上办公，会武功，几个男人都近不了身。”

“不管怎么说，不会赖账吧？俺那边有个牛大胆，可是借了几百万跑了，找不着人了。”

“这真要把人急死。”

“那边拐角也有收的，给八毛钱。”

“八毛可不行，加上利息有一块三呢！”

越往前走越挤，渐渐走不动了，在现场接到消息的郝主任赶过来，和两个保安配合推着钱圆过了最难行的一段，来到债券兑付部门前。这里的场面稍微好了些，有两个窗口在办理业务，但离开的人和进来的人挤在一起，排好的队每过几分钟就要骚动一阵子，维持秩序很不容易。

郝主任说：“每天早上发二百个号，每个号限额五万，也发了安民告示，一定给大家兑付，可还是不行，现场好像还有人捣乱。”钱圆也观察到，有几个流里流气的小子，老是在人群里面瞅机会把队伍搞乱，有那么几次，还踩着人爬到了办业务的窗口上。这伙人好像还有个头儿，理着寸头，衬衫敞着怀，胸前“盘”着一条青龙。钱圆靠过去，听到这个头儿嚷着：

“这都是我的血汗钱，卖血换来的钱，在澡堂子搓澡挣的钱，容易吗？怎么说不给就不给了？我八十多岁的老娘还得靠这钱养老呢！”

钱圆就说：“怎么就不给了，这不挨着给吗？按顺序来。”

“你是谁？”

“我是债券部的工作人员。”

这小子感觉她是个管事的，就撒泼：“你们这些当官的，平常吃香的喝辣的，没事坐着小轿车闲逛，就知道欺负老百姓。”

“别扯那么多，你的券呢？”

闹事的这小子拿不出券来，拍着胸前的青龙说：“谁也别惹我，我刚放出来，我杀过人！”

“杀人呢，啥时候杀的，杀了几个？咱们比比谁杀的多！”钱圆和他对上了。

“这里有杀人犯，警察快来抓！”

“哈哈，公安局局长是我三叔，检察院检察长是我二舅，听你的？”

这小子环顾四周，感觉对方的人多，气焰一下就没有那么嚣张了。

“有券就老老实实排队去，没券就走。你要是捣乱，看我怎么收拾你！”钱圆一手掐腰，一手指到了对方脑门上。

“哼，好男不跟女斗，和你这老娘们儿扯不清。”这小子趁着混乱溜掉了。

再回到办公室，钱圆给公安局牛局长打电话，请求加派点警力，又安排郝主任赶紧和僖王府公园联系，把那个锁死的后门重新打开，好疏导兑换完毕撤离的人流。待把几件事安排妥当，钱圆就召柴福过来说：

“你辛苦一趟，到临山县把金行长的爹娘接过来，让他们享点福。这是地址和联系方式。”

柴福有点疑惑，说：“他的爹娘不是中央研究机构的高级专家吗？”

“哈哈，加里敦（家里蹲）大学，原子物理（院子屋里）系。”钱圆说，“这个小金就是好个臭面子，咱们就专门攻攻他。”

柴福挤眉弄眼地说明白了，明明办公室里也没有别人，却伏在钱圆耳边悄悄地说：“咱的债券要是绝对保险的话，就让进财他们也收点。”

钱圆说：“千万要小心行事，提防着像刚才那样搅浑水的人。”

柴福照钱圆的安排，假冒金行长的名义，到临山县接了金行长的爹娘到省城。他说金行长到北京开会了，他陪着老两口住到高档酒店，到处游玩吃喝。老两口平常也难得出门，儿子老让他们低调低调，现在看孩子这么有孝心，也就无拘无束地享受起来。

过了几天，金行长给钱圆打来电话，说帮着联系了一笔“过桥贷款”，能撑到城市工业银行的指标下来，钱圆就顺水推舟地应承了。

这么七拼八凑，债券兑付的难关总算过去了，进财他们也捎带着赚了不少。

第四章

浅湾微澜

4.1

这天晚上，鲁雄正在宿舍里看资料，有人敲门，是游勇。

鲁雄把他让进屋里，但没让座，以为他还要催成立旅游公司的事，就说："今天不是刚在办公室见过面吗？你按照会议要求抓紧落实那几个前提条件就行了。"

游勇笑眯眯地说："在办公室谈公事，在家里说私事。"

鲁雄说："哪有那么多讲究呢，有啥事快说吧，我还得抓紧看完这个材料，今日事今日毕。"

游勇说："我是学雷锋来了，要帮扶你。"

鲁雄说："我好着呢，你要没什么正事，我就下逐客令了。"

游勇不得不单刀直入地说："你老单着也不行啊，嫂子不是出国不回来了吗？"

说到这个话题，鲁雄情绪有点低落，放下了手里的材料，说："我全力支持她出国做访问学者一年，可她觉得国外的学习研究条件比国内好，就慢慢不想回来了，还想让我也过去，可我的技术专业早忘光了，不可能重新拾起来。再说，想到组织的教育培养，领导们的提携重用，我哪能一走了之？就这样，分歧越来越大，就办了正式的手续，我也给有关领导汇报了。咱们公司估计知道的人还不太多，你也别到处说了。"

游勇点头，又问道："那你们的儿子小龙是怎么安排的？"

"她那边呢，正在忙几个重要的研究课题，暂时还顾不上。"鲁雄说，"幸好小龙的姑姑是县实验中学的校长，让她给带带，明年参加中考，这样我也就没有什么后顾之忧了。”

游勇说：“那你就得考虑再找个人了。”

鲁雄说：“不急，现在不也挺好嘛，一人吃饱全家不饿。”

游勇说：“这不是你的办事风格呀，你哪能光为自己考虑呢？咱们公司这么大的家业，过去占山为王还得有个压寨夫人呢。你没见那些上层人物，这么多应酬往来的场合都是成双成对的，有几个独行侠？出席一些重要的场合非有太太陪同不可呀！”

说到这里，游勇反客为主起来，自己找东西吃，还煮了咖啡，给鲁雄也倒上了一杯，继续开导鲁雄说：“现在就有个绝好的对象，机不可失，时不再来。”

鲁雄半信半疑，喝了一口游勇准备的咖啡，说：“太苦了。”

游勇说：“先苦后甜，你再使使劲就是甜的了，实话和你说了吧，这个人你也认识，咱们还一起爬过山，就是河东梆子剧团的女主演吕燕。”

鲁雄没有什么思想准备，吭哧了一会儿说：“这不是跨界了吗？”

游勇笑了起来，说：“不跨界，难道你还要再找个女老板，白天在经济的战场厮杀，晚上回到家里，还要继续在商海鏖战吗？互补型的就最好！干旅游这行呢，认识的人还是多，早就帮你关注了，也确实没有合适的。直到最近安排了些剧团的行程，和他们聊起来，了解到一些真实的情况：吕燕确实是一位各方面都很优秀的女士，她本来有机会到北京工作的，但是为了爱情，到了剧团。男方也很优秀，演《武松还乡》中的武松，这演王婆的是个女能人，倒腾音像制品发了财，就在剧团里演了一幕王婆勾引武松的活剧。吕燕当时受到的打击和承受的压力非常大，可还是挺了过来。本来这《山高水长》最初安排的女一号不是她，可那位有点知名度的女演员被发展更好的剧团挖走了。救场如救火啊，吕燕顶上去大家都很认可，现在也是业内的青年才俊了。”

鲁雄说：“原来如此，那人家能看上咱吗？”

“那就要看你的积极性了。”游勇说，“你不是整天教训我们，有条件要办，没有条件创造条件也要办，轮到自己咋就不行了呢？”

鲁雄说：“最近事情还挺多，公司内部整顿正在收尾，内地要成立子公司，和汤姑娘合作的项目也到了关键节点，先把这些事忙完了再说。”

“那就贻误战机了，必须穿插进行！”游勇说的是鲁雄经常说的一句话，

"最近梆子剧团刚好出境演出，要在这里转机停留一两天。那边的一个老大姐已经给你约好了吕燕，她也是满世界跑演出，这次不见下次就难约了。再说这么优秀的女士追求者也是排长队，你可千万不要失去这次机会，辜负大家的期望。"末了，把事关公司荣誉脸面、发展蓝图的话又重复一遍。

事发突然，鲁雄勉强应承下来。

这是个星期天的下午，在紧邻国际金融中心女王街的街角公园里，鲁雄和吕燕见面了。两人一见面都稍稍有点不自然，不像上次大家一起爬山时那么放松，还都给对方戴了个高帽：

"鲁老板别来无恙！"

"祝贺吕大主演又得了菊花奖！您拿奖拿到手软，有机会我来做个搬运工，帮您照顾着。"

"啊？这太委屈您了吧，大材小用啊。"两人都笑了起来，尴尬气氛消散了些。吕燕说："我就是个普通的演员，演戏是工作，也是毕生的事业。我在舞台上演戏，在现实中是个真诚的人，从来不演戏，都是本本分分地生活。"

鲁雄也赶忙说："我也是个普普通通的工作人员，干什么事、在哪里干都是组织安排的，现在在这里干，也许以后又调整到别的地方，从来没觉得自己哪里与众不同。"

两人找到长椅坐下来，各自坐在椅子的两端，说了些自上次爬山游玩分开后，到哪里演出、最近刮了几场台风之类的闲话，就又陷入了沉默。

鲁雄突然想到，今天晚上浦江芭蕾舞团的《港湾血泪》上演，著名的舞星红枣枣将领衔演绎那一段金戈铁血的历史，和《山高水长》主题相近，表现形式却完全不同，就问吕燕有没有兴趣去欣赏一下，或许能学习到什么。

吕燕说："我知道这个剧，也很想去看看，确实会有启发，只是下午晚些时候团长还要开个会，让我讲讲最近塑造人物方面的一些体会，现在也不好变卦了。"鲁雄想着尽量表现一下，忙说找朋友搞个录像，回头慢慢看。

两人顺着街边走着，往来行人太多，也不太方便交流。过了一会儿，鲁雄发觉吕燕走路有点不对劲，就蹲下来帮她检查。原来她蹬着高跟鞋，那路面的石头又不太平整，所以走起来格外费劲，鲁雄问她怎么穿这么高的鞋子走路。

吕燕说："这不是为了向你的高大形象看齐嘛，缩小咱俩的差距呀。"两个人比了比，在八分高跟的支持下，吕燕踮起脚来，头发才勉强够到鲁雄的耳朵。

鲁雄说："咱们还是实事求是吧，别委屈了足下。不过你提醒我了，我得注意，不能太趾高气扬了。"说着像大猩猩一样半蹲着走了几步，搏来对方咯咯的笑声。鲁雄到街边的店里为吕燕买了双轻便的鞋子。这时候，天上下起了小雨，鲁雄又买了两把雨伞，打着雨伞，说话反而更不方便了，两人一前一后地走了一段就告别了。

第二天，鲁雄收到吕燕转来的鞋款。本地版权管理很严，那个录像一时拿不到，加上工作忙，两人就没再怎么联系。

俗话说，皇帝不急太监急。这天又到了周末，游勇急匆匆过来了，说："吕燕他们回来转机，都给你安排好了，明天去海洋世界，我早上开车送你们，先从咱宿舍出发，再到酒店接上吕燕就成了。"

鲁雄说："你这也太越俎代庖了吧。"

游勇说："剧团那边还有个红娘大姐，我也拗不过她。"

翌日，两人接到吕燕，只见她一身很干练的装束，人也十分精神，鲁雄夸赞她英姿飒爽。

吕燕说："这次的任务完成了，放下千斤重担，听说这海洋世界很有名，咱也享受下当观众的感觉。"

游勇说："最近新上了两台跳楼机，相当于从二十层的高楼跳下，争着体验的游人爆棚。"

吕燕说："我在大峡谷玩过蹦极，跳楼机还没有玩过，跳出去简单，不会有危险吧？"

鲁雄说："都设计好了，跳下来由慢到快，最后由快到慢，就像磁带倒放一样。不过呢，这都是年轻人玩的，我这老头儿就知难而退了。"

游勇说："鲁总年富力强，是公司的乒乓球冠军，身体好着呢！"

吕燕也说："你就勇敢地跳一跳嘛，给我们做个榜样。"

鲁雄嗫嚅着说："咱们搞经营的，跳楼机这名字有点'那个'。"

游勇说："鲁总入乡随俗啊，什么事也得讲究个'意头'了。"

一路上说着闲话，很快就到了山下的边门，游勇把他们放下就开车走了。

4.2

两人坐上缆车向山顶进发，刚开始是一段近乎直上直下的提升，车厢与悬崖擦身而过，仿佛伸手就能摸到岩石，叫人紧张。还好，缆车升起来后，进入相对平缓的路程，一个个车厢如同拴在电线上的灯笼，在高空中闪着亮光，又像一个个透明的玻璃鱼缸，飘在空气里。天空辽阔悠远，脚下是一个五彩斑斓的半岛，他们隐隐听见人们一阵阵绝望的喊叫和成功的欢呼。“门”字形的跳楼机，使鲁雄想起了家乡场院里的秋千。巨大又缓慢转动的摩天轮，吕燕将其看作一只美丽的眼睛，正看着这片多彩的风景。

“好一条腾飞的巨龙！”他们同时赞叹起来，又一队过山车呐喊着从空中飞过。

来到山顶，他们直奔最高处的海洋剧场。这里不愧是世界第一剧场，从肤色就可以看得出来，观众来自世界各地。两人找到位置坐好，表演就开始了。

站在水池边的表演师身着黑色潜水衣，有点像魔术师的装束，只见他做了一个动作，一群海狮就出场了。海狮们先在偌大的水池中自由追逐嬉戏，表演师一声呼啸，海狮瞬间列作整齐的一队，像是从一个模子倒出来一般，比仪仗队还要严整统一。随着表演师的指挥，海狮队伍或前进，或倒退，或下潜，或上冲，像士兵操练那样步调一致。它们时而在水面上立定，时而钻到水底，倒立、空翻，处处显示功夫不凡，还频频向人群招手，齐刷刷对着观众席敬礼，欢迎远道而来的客人。

这是一队训练有素的“爱心使者”，表演师佯装失足落入水中，海狮们临危不乱立刻施救，它们分工明确，有的驮着落水者防止溺水，有的拿来救生圈递给落水者，大家共同发力把落水者推上岸。海狮还要为落水者按摩心脏，做人工呼吸，直到落水者苏醒过来。观众席爆发出一片掌声。

随后登场的是海豚队伍，它们有着大大的额头，像画上的寿星。它们身手敏捷、活力十足，是天生的水中选手。比速度的时候，它们贴着水面飞行；争高度的时候，它们腾起在空中，让人担心要生出翅膀飞走了。它们能打比赛，能配合默契地玩转篮球水球；它们也是侠肝义胆的勇士，钻火圈、越障碍奋不顾身。

观众看得很投入，吕燕却悄悄落下眼泪来。

鲁雄忙问："怎么了，是不是离开舞台中央，当观众不适应？"

吕燕嗔道："人家心里难受嘛，你还要取笑人家。"

鲁雄说："明白了，你一定是看到这些演员这么专业的演出，知道它们付出了巨大的努力、经历了非凡的艰辛才会这样厉害。你是不是想起了自己这么多年的训练，练功的时候都很苦吧？"

吕燕说："这还差不多，看来你还是善解人意的嘛。我想起在戏校的生活了，那群海狮顶着皮球的时候，我就想起练'金鸡独立'的功夫时，头顶上就顶着吃饭的瓷碗，如果碗掉下来摔碎了，那饭也不用吃了。师傅在一旁盯着，一支烟抽不完不喊停，我就摔了两次碗，也饿了好几天呢。"

"宝剑锋从磨砺出，梅花香自苦寒来。"鲁雄把纸巾递过去，顺势抚了抚她的肩膀。

吕燕就伏在他的肩头轻声抽泣起来，说："那些海狮、海豚们吃东西的时候狼吞虎咽，看起来饿极了，好可怜，是不是在训练的时候受到虐待了呢？"

鲁雄感到几丝成熟女性的体香围拢过来，一种怜香惜玉之情油然而生，但他很快镇静下来，止住了自己的心猿意马，安慰对方说："不会，现在的训练方法都很科学了。吃得香，说明它们身体健康，胃口倍儿棒，状态呱呱叫。"

"是吗？你不会糊弄我吧？"吕燕抬眼望向对方，脸上还留着泪痕。

"放心吧，我要骗你就是小猫，咱们可以拉钩。"鲁雄伸出手指，还想玩小时候的把戏。

"我就先信了你。"吕燕轻轻推开男人的胳膊，"咱们走吧。"

刚离开剧场不远，鲁雄电话铃响，是庄龙主任。

庄主任问鲁雄在干吗，鲁雄答复陪客人。

庄主任笑着说："不就是吕燕吗？独乐乐不如众乐乐，我们在浅浪湾游泳，你们过来会合吧！"

鲁雄说："也不是独乐乐，我们两个人呢。"

庄主任说："两个人的时间有的是，大家在一起很难得，你们还是过来吧。"

鲁雄就向吕燕转达了这个意思。

吕燕倒是没怎么在意，说："横竖是玩，人多也好啊！"

4.3

下午他们赶到浅浪湾，找了一会儿，才看到庄主任带着白莉几个人玩得正高兴。海水浴场周日游客很多，浅海中浮着几个房间那么大的圆盘状浮子平台，庄主任正在离岸边最近的浮子上和白莉比跳水，看到他们来了，只是摆手打了招呼。鲁雄两人就在沙滩上找了个地方坐下，看他们几个在浮子上一会儿爬上，一会儿跳下，相当热闹，也没有停下来的意思。庄主任派人过来跟他俩说晚上安排吃大排档。

鲁雄问吕燕游不游泳，吕燕说："我是旱鸭子，你游吧，我在岸上等你，你也去表演吧，我今天观众当到底了。"

鲁雄说："我们经常在一起玩，和他们不用客气，我今天就是陪你。"

吕燕说："你今天吃了不少糖吧？这话听起来好甜，这里景美水美人美，好开心。"

他们坐在沙滩上，看着远处群山环绕，鱼鳞状的别墅层层叠叠铺在山坡上，几栋大型的风帆状的建筑物如异峰突起，很是吸睛。整个海滩像一剪弯月，又如一块巨大的璞玉，把碧蓝的宝石抱在怀中。人群点缀着海滩，像一幅永远也不能定稿的风景画。大海涌动不息，海浪慢慢浸上来，又退下去，卷起长长的白练。那些海沙经过了千年万年的淘洗，白得炫目，净得一尘不染，柔得叫人爱不释手。

吕燕两手把玩着沙子，突然像发现新大陆似的嚷起来，说："你看你看，这里面有金子，哎呀，金子还不少呢！"

鲁雄接过来，看到里面确实有不少闪烁的颗粒，对着阳光晃动，放射出星星点点的金色光辉。

鲁雄说："金子不太可能，如果有金子的话，轮不到咱们游泳，这儿早成了淘金谷了。"

吕燕争辩道："怎么不是金子，眼见为实，明明是金子嘛！"

鲁雄轻轻地吹了吹手里的沙子，那些金色的光辉就少了些。他解释道："吹尽狂沙始到金，金子是重的，现在被吹跑了，就说明不是金子。这是金云母，金云母是一种比较轻的矿物，能制成很薄很薄的薄片，在工业上用途很多，用来制作好多种电子元件，最常见的是电容器，像你常用的麦克风和手机，就离不开这些电子元件，要用到金云母。”

吕燕又抓起一把沙子对着阳光反复查看，说：“我明白了一些，那咱们就不从沙子中提炼金子了，提炼那个什么金色的云母。”

鲁雄说：“提炼这些就太费劲了，不合算，有天然的云母矿，港湾腹地的大山里就有云母矿。现在云母这种矿物也能人工合成了，成本又降低不少。新技术把成千上万的电子元件压缩成绿豆粒大小的集成块，产品日新月异，世界进入了信息时代，信息技术的发展比这大海还要波澜壮阔呀。”

吕燕点头赞同，说：“现代社会创造了这么好的条件，物质产品真是极大丰富。我们的艺术作品还在不断再现历史，这也是提醒人们不忘来路。听说，你的阅历也很丰富呀？”

鲁雄沉默了一小会儿，说：“我挑主要的讲吧。”

这时候，太阳已经西下，海面上起了微微的风，浮子平台上空空如也，庄主任白莉他们不知去了哪里，鲁雄陷入了对往事的回忆。

她叫裘思雅，是大学教授的女儿，曾经在我们小山村插队住过两年。

那时我中学毕业在家里干农活儿，好朋友栓子告诉我她要来我家的消息时，我还不太相信。可我娘喊了，小熊——这是我的小名，快把那两间小西屋收拾出来，队上要来知识青年了。

就这样，思雅和另外一个女孩住到我家的小西屋里。当时很大的一个困难就是用水，人哪能离得开水？做饭烧汤要用水，洗洗涮涮也得用水，我娘就找了个大缸给她们用，可水要到挺远的村头上去挑，全村只有这么一口井。我也帮她们打水，可生产队的活儿经常收工挺晚，所以也不能包下来。一开始她们两个人抬水，村里人还从来没有见过两个大人抬水的，说“两个和尚抬水吃”，怎么两个大姑娘也抬水吃，“大姑娘要饭死心眼”，大姑娘抬水怎么说？后来她们就学村里人用扁担挑水，那扁担村里人用起来颤颤悠悠挺省劲，可到了她们肩上就比铁棍还硬，比铁砣子还沉。她们的肩膀又嫩，就用两只手举着扁担，歪歪扭扭好不容易拖着装了一半的两桶水回来，看了也是叫人着急。

到井边打水，也是个技术活儿，辘轳架子早被拆走了，井水很深，要提着铁桶在水面上摆动，利用绳子晃动的惯性来回几次，猛地把水桶灌满。打水必须一次成功，一次不成功桶里有点水了，反而摆不动了，技术不熟练不光打不上水来，还会把桶掉到井里，这又得费一番力气打捞上来。每回我娘小熊小熊喊得那么急，我就知道准是思雅又把桶掉到井里了。

从井里捞桶就更难了，一般是用绳子拴上几个铁钩子慢慢转着找，运气好能挂上，运气差的话几天都捞不上来，实在不行就得下井了。我把绳子拴在腰上下到井里，让栓子在井口把着绳子。有一次，我在水中扎了几个猛子，一口气捞上来七八只水桶，有的铁锈斑斑都烂掉底了。还有一次，栓子拉我到半空，绳子突然断了，我一个倒栽葱又掉到井里，井壁那个滑呀，怎么也扒不住，眼看就要筋疲力尽完蛋了，也不知怎么就抠到了一条裂缝，勉勉强强地撑住身体，最后坚持到栓子把新绳子扔下来。他和几个人一起把我拖上来，回家腰疼了好几天，也没敢和我娘说。可我娘还是知道了，打那以后就不再叫我捞水桶了，说水桶没了就找铁皮匠我麻子二叔再打一个，把命搭上就没地方淘换了。

夏天的时候，井水是真凉啊，下到井里浑身发麻，像针扎一样，能活活把人冻僵。可到了冬天，下到水里反倒挺暖和。说到冬天，那打水就更遭罪了，井台上冻得都是冰碴子，那个滑呀，又没有扶手什么的，一不小心真能掉到井里去。那些女知青在井台上都急得哭，她们戴着手套攥不住井绳，不戴手套一个个手上裂着那些渗血的口子，到现在说起来我还觉着心疼。

说到这里鲁雄顿了顿，吕燕看着自己的手，又搓了搓，说：“剧团几个老大姐就下过乡，听她们说是挺艰苦的，第一年特别难过，你那边怎么样，后来好点了吗？”

鲁雄就继续说下去。

尽管生活上困难不少，可她们知青的精气神还在，有些文化活动，公社还经常过来放场电影。大家把样板戏和电影明星的照片传来传去，到我手里的时候，那些硬纸壳都磨得起了毛，折得不像样了。杨子荣也长胡子了，李铁梅挺好的人，眼也斜了嘴也歪了，现在知道叫追星，那时候也没有这么个词，反正就是觉得好看，看了以后干活儿的时候就有劲。

知青把报纸上登的明星的照片贴在床铺周围，思雅和大家不太一样，她崇拜的是女作家，她那里贴的是女作家的画片。我有一回数过，有三十多张，有从报纸上和书本上剪下来的，有挺好的画报纸，还有指头肚大小的照片。那些人我那时候一个也不认识，现在也认不全，有中国的，也有外国的，有现代的，也有古代穿着长长的衣服、梳着高高的头发的。

思雅是知青宣传队的骨干，有人喊她知青作家或诗人。那时候她们在村里办黑板报，我也跟着去帮忙搬个板凳拿个粉笔什么的。黑板报内容都是歌颂村里的好人好事，她们还给村里的先进人物画了像，旁边配着思雅写的诗：

女拖拉机手

发辫一甩昂起头，
公社姑娘驾铁牛；
左颠右簸不偏向，
犁波翻浪写春秋。

医生

十字映得满村红，
走东串西千家中；
一根银针驱千魔，
回春妙手舞东风。

仓库红管家

铁面无私谁能比？
一草一木归集体。
哪个要来挖墙脚，
坚决和他斗到底！

就这样，她们给队里的几十个人物都画了像，也都配了诗。社员们都爱看，出工的时候都议论，说“民兵连长画得像，本来他就是个长脸，你看那脸长得跟个大黑驴似的，记工员画得不像，本来他是个瘦子，画得太胖啦”。公社里还派人来参观学习，说要把思雅树成先进典型。

思雅也不在意上进的事，她太沉迷在文学的王国里了。她能几天不出屋，看完一部小说，也能在坡里一边锄地，一边大声背诵泰戈尔的《飞鸟集》，什么雨果、雪莱，那是张口就来。我娘还以为她说农业的事呢，就说：“我说吧，思雅这孩子灵着呢，什么农时节令下雨下雪落冰雹的，她心里都惦记着呢，农活儿慢慢就上手了。”

思雅还经常说一些我似懂非懂的话，比如：“人的身体可以四处漂泊，但灵魂一定要保留在文学的殿堂里，这文学的殿堂经过了几千年不知多少能工巧匠的打造，有的添块砖，有的加块瓦，有的架上了梁，有的雕朵花，这才有现在气象万千的样子。文学殿堂里的财富取之不尽用之不竭，心灵有了文学的滋养，无论走到哪里，受怎样的皮肉磨难，经历什么样的艰难曲折，你都能泰然应对。文学是春天的花，久旱的雨，夏日的冰，雪中的炭，一辈子也离不开，无论你走多远，有了文学殿堂的陪伴，就永远也不会迷失。”

她还经常说到她爸爸，她爸爸是著名的学者，还给我看过一本她爸爸写的书。在她的影响下，我也对文学增加了不少兴趣，也拿起笔来写点东西。我和思雅接触多了，村里人就经常开玩笑，我那时候干农活儿晒得黢黑，他们就说小黑熊想吃天鹅肉。

听到这里，吕燕笑了起来，说：“有点意思，那天鹅肉是怎么吃到你肚里的？”

鲁雄说：“你别急，我接着讲给你听。”鲁雄环顾一下四周，太阳已经落山，晚霞还残留着一些红色，苍茫暮色里，海上只剩下隐隐约约的影子，海浪相互拍打的声音愈发响亮了。山坡上高低错落的楼宇之间的植被丛中发出幽幽的光，随着树影的晃动时隐时现。

鲁雄语调有些低沉：“说起来思雅和这片土地有些渊源，她最着迷的是女作家薄莹，薄莹的香冢就在这山上一所中学的花园里。这位二十世纪初出生的文坛前辈身世坎坷、命运多舛，情路曲折离奇，对生活和创作道路的选择更是匪夷所思。在烽火连天的战争岁月，作家的出路多是奔赴延安，也有一些滞留在大后方，可薄莹夫妇却来到这座海港，最终落入了倭寇的掌中，青春早逝，遗恨终生。每当说到她最后的惨状，思雅都泣不成声。我们曾经相约，有一天要到这里寻访她的足迹，拜谒她的英灵，只是可惜，这一切永难实现了。”

吕燕拉住鲁雄的手说：“你别说了，我好伤心。”

鲁雄说：“能够告慰大家的是，薄莹生前的丈夫、著名作家玉竹先生前几年去世后，他当时的夫人、同为作家的光众女士把玉竹先生的灵骨又送回薄莹身旁，让他们九泉之下重聚，光众女士有多么宽广的胸襟，又有多么高尚的情操啊！”

天已完全黑了下来，他们向那片楼宇间的空地望去，星星点点的光忽明忽暗，有些车灯的光柱扫过，似有影子晃动。吕燕说：“我觉得冷。”鲁雄就把外套搭在她的肩上，说：“咱们该走了。”

4.4

两人来到海水浴场附近的一间咖啡厅，吕燕点了煎蛋汉堡，鲁雄要了意面，又点了一碗罗宋汤两人分着喝。吕燕说：“继续说啊，金凤凰是怎么落到你家的草窝里的？”鲁雄说：“这就得从恢复高考说起了。”

恢复高考是一件大事。那天栓子突然就来了，他在城里，消息灵通，说只要符合条件都能报名，不用批准。这可太好了！可栓子算错时间了，明天就是报名的最后一天。我赶紧去找思雅，当时她爸爸病了，请了几天假回家，刚回来，路上已经顺便报名了，问我怎么办，我说这不刚知道嘛，她说那就赶紧想办法报名吧。

忙忙乱乱地准备报名要的东西，把中学毕业证书从箱子底下找出来，我娘又把卖鸡蛋的三块钱给了我。可是遇到一个大难题，报名得交个人照片，可我没有照片啊！照个相要两块钱，平常谁没事花这个钱呢？再说我们那地方还有个说法，就是照相的时候闪一下，那是吸人血的，闹不好把魂给吸跑了，所以老百姓从来不照相。这可怎么办？我找后邻双收借了辆“大金鹿”自行车，驮着栓子到公社，乡里倒是有一家小照相馆，可要一个月才能取相片，加急也得十天，我们急得就和热锅上的蚂蚁似的。还是栓子说:“咱到城里找我姑父吧，他在二中当老师，看能不能想想办法。”这时候天也快黑了，我们又趁着还有点亮光往城里赶，走到半道上，车胎也瘪了，链条也断了，这么个破车子，哪里架得住这坑坑洼洼的山路和我们两个大小伙子折腾？没办法，我推着车子，栓子拖着他那条瘸腿，一直走到下半夜才到了他姑父家。

他姑父满老师见到我们的时候很吃惊，想了一会儿，说找他的好朋友蒯老师，他有办法。我们离开满老师住的平房，来到一个只有两间小屋的地方，砸门喊醒了蒯老师。他是很瘦小的一个人，架着副大大的眼镜，把我们请到屋里，屋里乱腾腾的。蒯老师说:“知我者，老满也！这件事呢，说小也很小，薄如纸片，轻如鸿毛；说大也大，没它办不成事，没法贴准考证，你就进不了考场，考不上大学就越不过这鸿沟。办事呢，都得讲究个天时地利人和，咱们地利人和都有，有没有天时就得看运气了。”

说话的工夫，他在屋子里清理出一角，把床单挂在墙上，又换一个很亮的灯泡，末了架起来一台“老爷相机”，咔咔地给我们两个照了相。蒯老师又钻到一个比柜子大点的匣子里，说是“暗室”，鼓捣半天，最后说成了成了，端出一个盘子来给我们看，我俩的照片都在药水里养着呢！跟照相馆比照得也不差，栓子要用手去摸，蒯老师把他挡住了，说还没有定型，千万别弄坏了。

弄完这一套，满老师说到他家休息，蒯老师说就让这两个未来的大学生在这里打个地铺凑合凑合吧。蒯老师找了几块纸壳子铺在地上，胡乱找了两床被褥给我们用，栓子可能太累了，倒头就打鼾了，我经过这一番折腾反倒睡不着了，就和蒯老师聊了起来。

蒯老师问我在中学学的什么课程，物理、化学学得怎么样。我说没听说过物理、化学。蒯老师就奇怪了，说物理、化学都不知道，这还怎么考大学啊。我说学过《工业基础知识》和《农业基础知识》，他说这就是了，《工业基础知识》就相当于物理课程了，那《农业基础知识》讲氮磷钾肥料什么的，就是化学了，还有点生物。他又问我喜欢学哪科，我说喜欢学工业，我的理想就是当个工人，在工厂里用万吨水压机，听说按铁砣子就和揉面团似的，多带劲，比种地抓锄杠强多了。还有书上说的电动机、发电机太神奇了，电这东西看不见摸不着、来无影去无踪，但能替人干活儿，当个电力工人也成啊。

蒯老师说：“那就学物理吧！物理学是研究物质运动规律的一门科学，大到茫茫宇宙，小到比灰尘还要小的基本粒子都是它研究的对象，物理学是自然科学的基础学科和带头学科，造飞机、修轮船、开汽车都要用到物理学。我就是学校的物理老师，刚才咱们照相用到了很多物理知识，这个以后咱们慢慢说，明天我先给你找几本物理书学着，你看不懂就来问我，我看看能不能把你这个徒弟带出来。”

这太好了！尽管蒯老师前面说的我似懂非懂，可他要教我学习真是太好了，我赶紧应承下来，然后很快进入了甜美的梦乡。

第二天早上我还做梦，梦到我真的成了一名大学生，正坐在课堂上听讲呢，忽然物理书就找不到了，是栓子给我藏起来了，我就追栓子，这当口栓子就把我推醒了，说还做梦呢，天都快晌午了。

太阳已经升得老高了，蒯老师手里晃动着照片从屋外进来，说：“天公作美，一会儿晒干了，天时地利人和都有了，这是个好兆头，你们一定能鲤鱼跳龙门。”

我们拿着照片来到县里的招生办，很顺利地报上名，栓子就回单位上班了，我找地方修好了自行车，骑着回到村里。

见了思雅，我把蒯老师要教我学物理的事和她说了，她也很高兴，可她学文科，要复习历史、地理，物理用不上。后来我们就赶紧备考，一天天学得昏天黑地，除了上工干活儿，别的什么都顾不上了，吃着饭也看书，上茅房也背题，在坡里干活儿有时候装着解手，溜出来到路边沟里学一会儿。可没想到思雅突然出事了。

那是个秋天的下午，小队长指挥着一帮人翻地，我们拿着铁锨，还从公社里借了个小拖拉机挂犁，人机结合，干活儿快了不少。干了半晌就休息一会儿，抽抽烟，喝点水，准备考学的就趁着这当口赶紧复习。就在重新开始干活儿的时候，大家忽然吵吵嚷嚷地向拖拉机下边围过去，说是思雅伤着了。原来思雅正躲在柴火边背题，也不知道开始干活儿了，拖拉机手超英不知道干草底下有个人，就开着拖拉机从她身上轧了过去，幸亏思雅反应快，赶紧滚出来，只轧着了一只脚。超英也觉得不太对劲，立马就把犁头提起来了，要是犁头从她身上过去可就惨了。

当时也没顾上那么多，我和几个人就赶紧找个地排车，拉着思雅去了公社卫生院，拍了片子，说是轧裂了两根脚趾的骨头。打了石膏固定住，她就在卫生院住了几天，我娘和知青组的人轮流照顾着。等恢复得差不多了，思雅就请假回省城的家里了。还算因祸得福，思雅有时间学习了。等我们快考试的时候，思雅基本已经好了，可走路还是一拐一拐的，栓子一边比画着一边开玩笑说："小熊你得把思雅让给我了，你看我们两个一个往右拐，一个往左拐，不小心就抱在一起，谁也别笑话谁，这太般配了，生活在一起就更好了，天作之合呀！"

我说："去你的，别白日做梦了！"

我还是没日没夜地复习做题，有时间就去找蒯老师。这蒯老师也是个怪人，自己从来不做饭，就是吃食堂，最多冬天在炉子上烤个玉米地瓜。逢年过节食堂放假，他就提前买一堆馒头包子窝头，饿了就烤着吃。也说不上一天吃几顿，饿了就吃，困了就睡，醒了就看书搞研究，小屋里还架起一个工作台，他在上面加工一些玩意儿。我觉得蒯老师生活在物理的世界里。

太阳光是七色的，空气还有重量，那时候觉得这些事好神奇。蒯老师说："社会要发展全靠科学技术，你看，那封神榜上说的千里眼顺风耳，现在这不都实现了嘛，顺风耳就是电话，千里眼就是电视呀。当然，现在这些东西做得都挺粗糙，就得靠你们来造更精细的了。"

我忽然想到，院子里放着一个屏幕很小的黑白电视，大家都挤着去看，蒯老师从来不看，我就问蒯老师怎么不看电视，是不是等我造一个和电影幕布那么大的才看。

蒯老师从工作台下面摸出一个好像是铁皮罐头的东西，笑着说："秀才不出门，便知天下事，我比他们消息灵通。"说着扳动开关，刺刺啦啦的一阵噪声过后，里面传来外国人说话的声音，也有中国话，但一听就是洋人说的，还没有听清里面说什么，我的心就怦怦地狂跳起来，好像要从嗓子眼里蹦出来，蒯老师赶忙把那东西藏起来，说那是"漏网之鱼"。

后来，我们还真一起听过几次。

在蒯老师的辅导下，我进步挺快。考试的时候，思雅、栓子和我考得都挺好，熟人投来羡慕的目光，我们被称为‘三剑客’，风光了一阵子。政审过关后，最后一关就是体检，很多考生没法淡定了，小心脏跳得贼快，血压也上去了。到了这时候八仙过海各显其能了，有的口袋里装上砖头增加体重，有的带着一小瓶醋，说是喝了就能平复心跳、降低血压。我是君子坦荡荡，常年在地里干活儿身体还行，不搞任何歪门邪道，体检顺利过关。思雅的脚也好了。可轮到栓子的时候，大夫说走几步看看。

栓子尽量显得正常地在屋子里走了个来回，可那条跛腿不争气，还是一拐一拐的，只得说前几天干活儿不小心崴脚了。

大夫说：“你脱掉裤子我做个检查。”栓子犹豫着刚把裤子褪下一半，大夫就明白了，大声地说：“你还想糊弄我，你自己看看两条腿差多少？神仙也崴不出这个效果来呀。我们培养的是德智体全面发展的人才，你文化课考得再好也白搭，身体不合格，今年不行，明年也不行，上大学这条路你走不通，趁早打别的谱吧。”大夫就随手在表格上盖了“不合格”的印章。

听到这里，吕燕说：“这栓子也够可怜的，这也不是他的错呀。”

两人都为栓子的遭遇感到惋惜。

4.5

鲁雄和吕燕正谈着，白莉忽然闯了进来，气喘吁吁地说：“可找着了，鲁总你怎么不接电话呀？”

鲁雄一看手机，果然有十几个未接电话，有庄主任的，多数是白莉的，就说：“抱歉了，刚才手机调静音了。”

白莉说：“庄主任不是安排大排档嘛，鲁总您怎么忘了呢，现在庄主任等着呢！”

吕燕说：“天这么晚了，要玩你们玩，我该回去了。”

鲁雄说：“都怨我，庄主任确实早就安排了，咱们和庄主任见个面，稍微客气一下，我送你回去。”

三个人向外走着，鲁雄注意到白莉穿着一套很漂亮的蓝色条纹的球衣球裤，胸前有个大大的“9”，就说：“小白，这么晚了还要踢球吗？”

白莉说：“不是踢球是看球，这不也是陪着庄主任高兴嘛！他是‘潜艇队’的铁杆粉丝，今天晚上‘潜艇队’和‘航母队’要进行决赛，我们约了一大帮球迷做啦啦队，为心中的偶像加油助威，强力声援！”

“好啊好啊。”鲁雄答应着，一行人很快就走到了目的地，这里和他们落脚的咖啡厅很近，刚才听到的嘈杂的呐喊声，应该就是这里发出来的。这是一个半露天的地方，几排长长的桌子从建筑物的一楼延伸到门前的空地上，一排被蓝条纹球衣占据，一排是黄格子球衣的领地，还有两排红白混合，阵线杂乱。“浅浪湾大排档”的霓虹灯在高处闪烁。几个彩色的大屏架在这些桌子中间。桌子上盘盏狼藉，球迷们时不时会大声吵嚷。

如果不是白莉引导，他们很难在人群中发现庄主任，他看着和普通球迷没啥差别，穿着白莉同款球衣，胸前是一个大大的“10”。

鲁雄很快上前开起了玩笑：“庄主任，您这正印前锋要是亲自上场，那肯定踢得航母队找不着北。”

庄主任说：“我是10号贝尔的铁粉，不过他今天状态一般，有两次单刀都踢飞了，小报上说他和女朋友闹别扭了。”又指着桌子说：“你们吃东西呀。”

桌子上蔬菜都弄乱了，几条鱼和几只螃蟹还算完整。鲁雄说：“刚才吃过了，来点东西喝就行了。”就倒了一杯啤酒。

吕燕点了一杯矿泉水慢慢抿着。

正在鲁雄觉得坐得有点闷的时候，上半场结束了，双方一比一暂时战平。大家在吃东西调整情绪。白莉就说：“庄主任啊，您咋这么爱看足球呀？这有啥好看的，忙活半天也不进一个球，急死个人了。您看个篮球多好，那三分线以外的进球唰唰的，像下雨一样，要多爽有多爽；要不看个排球，那‘短平快’‘时间差’‘背飞’，战术变化那么多，真叫人眼花缭乱，看一场好球激动好几天呢！今后您就少看点足球，多看篮球排球吧。”

庄主任就笑起来说：“烧饼不能代替油条，各有光彩，各有千秋。不是有个说法嘛——好处像篮球，大家都去抢，工作似排球，谁都推出去，困难是足球，人人踢得远远的。其实呢，这都是开玩笑，足球还真是有独特的魅力，是别的运动代替不了的。小白啊，你还得慢慢体会。”说着也扫了众人一眼。

庄主任也不用杯子，抓起啤酒说：“我先吹一瓶。”说完就咕嘟咕嘟一气儿都喝下去，然后开讲了：“当今世界呢，各国之间讲究个威慑，两军对垒直接开战的情况少了，很多都在竞技体育方面比拼了。如果把体育比赛比作皇冠的话，那这皇冠上的明珠就是足球了。为啥？因为这足球中包含许多谋略和智慧，这不光是跑得快、踢得猛的事，这里面的战略战术太多了，团队的力量怎么发挥出来，相互怎么补位，攻防怎么转换，很有看头。比赛有悬念，不到最后一刻，结果无法预料，叫人欲罢不能。那些篮球排球实力都在明面上摆着，胜负事先都能估个差不多，除非实力特别相近的才有看头，唯有这足球，时不时爆出来以弱胜强的好戏，这不仅要看智谋，还要看临场指挥，这里面学问大着呢。还有这球星的作用，关键时刻能扭转乾坤，叫人不得不叹服啊！”

一席话说得鲁雄很有同感，他一杯啤酒下肚，情绪起来了，就附和说道：“庄主任总结得很精辟，我也喜欢看足球。我喜欢把人生比作一场足球比赛。你们看，要靠集体的合作，离开了队友，个人孤掌难鸣；要不断地进取，创造机会，机会出来了，还得临门一脚，才能制胜得分，处处考验选手的意志。有的人就是差在这临门一脚上，明明很好的机会，可就是心理压力太大，反倒不会踢了，在这重要关头、电光火石之间还得保持平常心，这太不容易了。我就佩服这泰山崩于前而色不变的英雄、挽狂澜于既倒的好汉，像10号贝尔这样的。”

庄主任刚要搭话，鲁雄抢着继续说道：“把人生比作足球的妙处，还在于有个上下半场，上半场失去一些东西，下半场汲取经验教训，调整改正了，有新的思路，有新的举措，损失还可以追回来，命运还给你改正的机会。到时间了也不能绝望，还有补时，很多经典的比赛就是最后时刻绝地反击、反败为胜的，任何时候都得坚守自己的信念，都不能放弃，要有持之以恒的毅力，也许命运之神就来眷顾你了。”

下半场的比赛开始了，庄主任带来的几个人注意力转移到彩屏上，白莉和吕燕在悄悄说着什么。鲁雄说：“上半场平分秋色，下半场更有看头了。”

哪知，庄主任谈兴未尽，听鲁雄说偶尔打打乒乓球时，就开导起鲁雄来：“你来的时间不长，这干公司呢，得广交朋友，你在办公室打乒乓能认识谁呢，那都是自己窝里的人，你得打打高尔夫，这种运动层次高、品味雅，健身益智，能接触到很多人。下周我安排，咱们打场高尔夫，把吕燕也带上，我看这个同志呢，也是个事业型的。生活的内容不能过于单调了，还得丰富多彩一点儿。”

鲁雄说：“我这老胳膊老腿的可能不成了，听说这高尔夫讲究个童子功。”

庄主任说：“啥童子功呀，之前谁摆弄过这些玩意儿，这玩的事上手快着呢，有教练，包教包会，给你找个美女教练——那就不能带吕燕了，怕她吃醋。”说着自顾自地笑起来。

鲁雄说：“不急不急，等明年再说吧。”

庄主任就压低了声音说：“还得说件正事，这干企业呢，得讲究个造势，过去说酒香不怕巷子深，现在不行了，你得拼命吆喝呀。明年就进入新世纪了，千禧之年机会难得，得弄点动静出来，往后很多事就好办了。现在就有个绝好的机会，爱马俱乐部的綦老板，是个很好的朋友，他要在年关举办一场‘万马奔腾迎千禧’的赛会，这是企业加强宣传造势的良机呀。他们几个人正在筹备，我建议你也参加，这件事事半功倍，跟杠杆一样，投入点小钱就能撬动很大的利益，机不可失，时不再来呀！”

鲁雄一听是綦老板主导的，感觉有些玄乎，就推辞说：“我这是小本经营，就不参与这些大型活动了吧。再说，办这些大事，也要集体研究走固定流程，咱们决策程序太慢，和这些私营老板一起做事不一定合拍。”

庄主任说：“也花不了多少钱，一百万足够了。你出了这个钱，其他事光等着就行了，名利双收，筹委会的职务、媒体的报道都是顺理成章的事，这也是打入社会名流圈的最佳途径，各种光环在头上罩着，好处自然滚滚而来，公司的各个板块也不用另外做广告了。还有，你不是要认识凌先生吗？綦老板这次一定能把他拉进来，和凌先生成了同事，有什么事还不好商量吗？”

鲁雄说：“这个綦老板靠谱吗？他还欠着我的钱呢！”

庄主任说：“我知道这件事，不是还没有到期吗？不会赖账不还的，有什么事情我亲自来协调一下。”

鲁雄还是不吐口，说：“这件事挺大，怎么着也得和上面通通气。”

庄主任就紧跟着说：“不就是齐副省长那里吗？我也可以直接帮你找找。”

鲁雄只得说：“您对地方上的事还不了解，这有点复杂，如果不想办，谁说也没用。想办的话我们慢慢做工作，您千万别直接捅上去。”

庄主任本来觉得这件事问题不大，没想到鲁雄这根骨头还这么难啃。气氛一时有点尴尬，两人把注意力重新放到彩屏上。

下半场双方都没有进球，比赛已经进入加时阶段。这时，只见贝尔从前场得球，接连晃过对方两名后卫杀入禁区，把守门员也晃倒了，对方又有一名后卫突然像从地下冒出来一样上来拦截，如果过了这一关，就可以面对空门了，结果两人一起摔倒了。

蓝条纹们集体喊着：“点球，点球！”黄格子一群人就喊：“假摔，假摔！”

结果裁判判了点球，贝尔一脚射门。比赛时间到了，潜艇队得了锦标。

鲁雄举杯对着庄主任说：“祝贺呀！咱们的队旗开得胜，这是三冠王了吧？”

虽然赢了，可庄主任还有些意犹未尽，感觉不太畅快，没有碰杯，兀自喝了一口说：“裁判帮忙，胜之不武，咱们唱歌吧。”

球迷们开始散去，他们叫服务生取来话筒，把彩色大屏转换成卡拉 OK 模式，众人说歌唱家带个头，请吕燕先唱。

吕燕说：“我从来不唱流行歌曲，专业戏曲和流行歌曲是两条道上跑的车，别把我带到沟里去。”本来她几次要走，可看到鲁雄和庄主任谈的好像是正事，就忍住了。

鲁雄给吕燕打圆场，也为了缓和一下气氛，就说：“我毛遂自荐，给大家打个头炮。”说着拿了话筒，来到彩屏前面的空地上，和着音乐唱了一曲《爱拼才会赢》。

大家又请庄主任唱，这位也没有怎么推辞，就从座位上站起来，唱了一首《江山美人》。

众人齐声鼓掌，都端起杯子来说：“美人醇酒，一醉方休！”白莉不甘示弱，抢了话筒，一边慢慢围着桌子转，一边唱道：

是否每一位你身边的女子
最后都成为你的妹妹
她的心碎我的心碎
是否都是你呀你收集的伤悲
……
你究竟有几个好妹妹
为何每个妹妹都那么憔悴
你究竟有几个好妹妹
为何每个妹妹都嫁给眼泪

……

白莉边唱边配合着歌词做出数数的动作，还不时真真假假地对着众人飞几个媚眼。吕燕纳闷：这位说别人有几个好妹妹，那你又有几个好哥哥呢?

第五章

越洋试水

5.1

周日，鲁雄在办公室加班。外面下着瓢泼大雨，气象台已经发布蓝色台风预警。

何副总打电话说：“找您汇报个不好的消息，一个在航运界的朋友传来信息，媒体还没有报道。‘闪电小子’最近在本地的状态不佳，綦老板就带着它出境参加在枫叶之国举办的‘总督杯泥地锦标赛’，想着换换脚风，不承想在百慕大三角遇到滔天巨浪，船被打歪了，‘闪电小子’受伤了。”

鲁雄吃了一惊，问：“伤得重吗？”

何副总说：“人员和马匹都伤了一些，就近靠岸处理了。听说‘闪电小子’腿折了，要在兽医院治疗一段时间，今年的赛程恐怕要‘报销’了。我再密切关注着相关情况。”

鲁雄问：“那份贷款合同找到了吗？”

何副总说：“几个方面进展都不大，公司内部已经清理了几遍，不见踪影，现在正在从外面想办法。”

鲁雄就交代何副总这件事先不要在公司内部声张，抓紧拟定个针对“闪电小子”受伤事件的方案，方方面面考虑得细一些，公司核心层抓紧研究一下。

鲁雄到外间找白莉，白莉的座位空着，他这才想起今天是休息日，就给白莉打电话，好长时间才有人接，白莉说话时断时续：

“我在……离……镜……”

鲁雄气不打一处来：“你离境和谁报告了？不经过批准，你竟敢私自离境，我按规章开除你！”

最近白莉的状态奇差，弄得鲁雄经常发火。安排她起草文件，也没以前那么快完成了，催促几遍还是出不来；会见凌先生和查找“闪电小子”抵押合同的事，迟迟没有进展；写省经贸代表团的接待方案，传到电邮里的竟然是闺蜜的婚礼计划；报上来的材料经常颠三倒四，1998年竟然错写成1899年，这不成了上个世纪的事了？最严重的是，前几天差点捅出大娄子。

这事和庄龙有关，从和他认识的第一天起，鲁雄就记得这位庄主任是个研究型官员，十分注重搜集各方面的资料，最近又说要搞个有关地方经贸发展的调研，催着鲁雄要省里各方面的材料。鲁雄通过一些渠道找了一大堆材料，放在白莉这里，交代的是：

“这些材料，我再看一下，你给庄主任送去。”

白莉也知道给庄主任找材料的事，巴不得赶紧办成，正巧她手头上有别的活儿，不知怎么错误地理解成：“这些材料，你找找小夏，给庄主任送去。”

白莉就来到司机班，小夏有任务出去了，老韩在家。白莉就想，送个材料谁不是一样，就安排老韩去外环的国协局大厦给庄主任送材料。

等鲁雄发现的时候，老韩已经出发半个小时了，他让白莉给老韩打电话，电话不通。鲁雄顾不得和白莉发火，自己来到司机班，小夏刚好办事回来，一听鲁雄说这个情况，就说：“鲁总您别急，我去追他，应该追得上。”

小夏从公司地下车库骑着摩托一溜烟冲出去。那天下着大雨，小夏顾不得这么多了，连着闯了几个红灯。也是比较幸运，因为道路积水，车跑不起来。小夏发挥摩托的优势，在车辆中见缝就钻，在接近国协局大厦的时候，把老韩截住了，这时候老韩的电话也打通了。就这样把材料又截了回来。鲁雄又花了一个晚上的时间，把那些材料仔仔细细看了一遍，抽出了几个还在保密期的文件，把其余的整理好，第二天差人送给了庄龙。

为了这件事，鲁雄对白莉发火了，给她上起了政治课：从国际国内的政治经济形势，讲到驻异地机构的崇高使命；从峥嵘公司创办和发展的艰难不易，讲到未来的宏伟蓝图；从团队建设的目标任务，讲到办公室人员必有的保密意识、工作态度，讲来讲去，最后恶狠狠地说道：

“这么件小事你都办不好，你是有脑子还是没脑子？”

白莉听那些大道理还能勉强忍耐，鲁雄这么说让她想起了街坊骂人的话，竟嘤嘤地哭了起来。从那以后，白莉休息日就不主动来办公室了，安排就来，不安排就找地方玩。

因为刮台风信号不好，鲁雄和她反复沟通，终于弄明白了不是离境，是到一个叫镜子岛的离岛去玩，没法赶回来。她几次问有什么急事。

鲁雄无奈，只得压下满腹的急躁，说："等你回来再说吧。"

第三天下午，台风减弱了，离岛通航了，白莉这才回到办公室。她先想好了一套自我检讨的话，本来准备迎接鲁雄的狂风暴雨，没想到鲁雄竟然反常地和颜悦色起来。鲁雄说：

"好了，小白，平平安安回来就好，这么大的风雨，把我急得也够呛。前一阵子你工作也挺辛苦，过几天就是秘书节了，我来个入乡随俗，给你送礼物，请吃饭，怎么样？"

白莉转忧为喜，高兴得脚尖踮了几下，急忙说："好啊，太感谢鲁总了，想着我们这些手下干活儿的人。秘书节是个挺有意义的节日，听说凌先生过节给秘书送楼呢！"

鲁雄笑着说："等咱们条件好了也送楼，眼前呢，咱们学习凌先生的做法，先认可这件事情，在公司企业文化里面加上这么个内容，营造尊重基层员工、弘扬实干精神的风气，你说好不好？"

白莉说："老板有心记着就好，礼物、吃饭什么的也没有那么重要。"

鲁雄说："言必信行必果，说送就送，说吃就吃，不过呢，就咱们两个人吃饭有点孤单，你把沙子、小夏也叫上，这都是认真工作的青年同志，相当于业务秘书、交通秘书。就秘书节那天中午，在公司附近找个僻静点的小店，咱们聚个餐，大家敞开聊一聊。"

白莉答应着，然后赶紧去安排和处理一些急办事务。

到了吃饭的那天，四个人找了个很小的包间。等菜上齐了，鲁雄端起茶杯说："今天是秘书节，祝各位节日快乐，心想事成，咱们以茶代酒，干杯！"

几位年轻人纷纷拿起茶杯相碰，嚷着节日快乐、感谢老板之类的话。四人举起筷子开吃，有人悄悄地问同伴："不是说还有礼物吗，在哪儿呢？"

鲁雄笑眯眯地放下筷子，变戏法般抓了几个物件举过头顶，说："这是几个挂件，是上好的雄鹰之国的用白玉雕刻的幸运星座。不过你们别抢，咱们做个游戏，你们要是猜对了，我就发奖。"

大家都拍起掌来，说："想不到鲁总还有这一手。"

鲁雄把礼物放在桌子上，小挂件闪着奶白色的光，丝线是金色的，看上去也挺精致。他说道：“先请你们猜猜我是哪个星座的。”

几个人想了一小会儿，沙子先开口了：“我认为鲁总肯定是狮子座的。狮子座最大的特点就是有领导能力，狮是百兽之王，一呼百应，鲁总是天生的领导者，狮子座的错不了。”

小夏跟上说：“我觉得鲁总应该是白羊座。白羊座热情似火，爱憎分明，精力旺盛，咱们公司筹备‘推交会’的时候，鲁总一连几个晚上都打通宵，这个一般人还真是比不了。鲁总是最好的领头羊，肯定是白羊座。”

白莉是知道的，但故意错话错说：“我猜鲁总是天蝎座，谋略深厚，意志坚定，鲁总也有天蝎的狠劲，干起工作来是拼命三郎，批评起人来，比狂风暴雨还猛，连省长都知道！”

鲁雄总结说：“你们说得有点道理，但是当着我的面，把我夸成一朵花了，这个不算数。你们相互再点评一下。”

小夏说：“不用两位大秘评点，我自己先坦白吧，我就是白羊座的，白羊座的人最重情谊，我从内心希望鲁总和我是一个星座。鲁总的领导能力我比不了，可鲁总的优秀品质是我要学习的。公司有用得着我的地方，赴汤蹈火在所不辞。”

沙子说：“我也和盘托出，我是金牛座，我的幸运星是金星，本人有几个艺术细胞。要我猜，小白一定是处女座的，这么漂亮聪明，说话办事都很完美，时不时地进行魅力大放送。鲁总啊，咱们公司要找形象代言人的话，我觉得就得找小白了。我还一直想给小白画个像，可小白太忙了，总是抽不出时间来。”

白莉说：“当模特我不行，我没有耐心，坐不住。我也没有你说得那么好，我外表坚强，内心脆弱着呢！”

沙子跟着说：“那你一定是巨蟹座的，有厚厚的壳子，把自己包裹起来，心里柔情似水。”

白莉说：“实不相瞒，我是大年初一生的，如假包换的水瓶座，所以我做事从来都是追求四平八稳。我都是过农历生日，全国人民都在庆祝，你们说爽不爽？”

鲁雄把礼物亮出来，和几位的幸运星都对上了。沙子一边把玩着手里的小白玉雕件，一边若有所思地说：“这幸运星有了，下一步就是选择最佳配对了。”

小夏说：“这就别考虑我了，我孩子都三岁了，来不及了。”

沙子就把调侃的目标转向白莉，故意嬉皮笑脸地说：“小白，咱这水瓶女配天秤男最佳，六大天王里面的李天王就是天秤，他宣称非水瓶不找，你就配李天王，当天王嫂得了。”

白莉把挂件挂在脖子上，装作生气地说：“谁稀罕啥天王嫂，本水瓶就是油盐不进、永远的独行侠了。”

几个人都笑了起来。

鲁雄的怀柔之术果然见效，没几日，白莉汇报了个情况，说是翻看以往的工作日志，去年的某天，谭总曾经把一个保险柜放在了大厦的地下室里，当时跟着搬运的还有一个司机，现在调回内地了。谭总叫她记在本子上，公司其他人不知道这件事。

鲁雄忙问：“公司的账上有这个保险柜吗？”

白莉摇摇头。

鲁雄再问：“知道里面放了什么东西吗？那个贷款合同会不会在里面呢？赶紧找啊。”

白莉说：“可能有些文件资料，当时谭总说短期放一下，没想到时间长了，还真差一点儿忘记了。”

鲁雄说：“那就找几个人，先把它弄上来再说。”

白莉建议：“先别兴师动众了吧，我只是记得有这么个线索，谭总后来拿走没有我也不知道。要不我抽空先下去找找？”

鲁雄说：“你自己下去也不安全呀，得找个人陪着你，要不就找小夏。”又想了想，说：“干脆我下去一趟吧，还真不知道这地下有什么名堂，事不宜迟，今天就行动。”

晚上，鲁雄和白莉简单地装备了一下，换上结实的靴子，带着电筒，和物业打好招呼，就顺着步梯到了地下。负一层是食堂、超市和各种服务网点，灯火通明，和楼上没啥区别，平日他们也常来。负二层是停车场，空间很大，一眼望不到边。他们从一个很隐蔽的入口继续下行，也没数下了多少台阶，只是台阶从混凝土的换成钢板的了，感觉距离不短，有些地段有昏暗的灯光，有的地方开关怎么按都不亮了。白莉打着电筒，看着墙上标的字母和符号，对照着手里的草图，两人勉勉强强从一个缺口拐出来。

白莉说："这个出口应该错不了。"

两人按照柱子上的标识前行，灯光越来越暗，不一会儿就得完全靠手电筒了。脚下是厚厚的灰尘，走在上面发出噗噗的响声，像是到了煤场周围。乱扔乱放的桌椅残件、电线、机械零件等杂七杂八的东西时不时挡住去路，小的就踢开了，大的还得动手搬一搬。鲁雄就想：这大厦外表看着光鲜，大堂富丽堂皇，写字间也都是干干净净、漂漂亮亮的，哪知道底下还有这么乌糟的地方，老谭也真是的，有什么宝贝非得藏得这么深呢？

他们踢到什么金属的东西，声音在封闭的空间显得很响，有点瘆人，脚边有虫子爬行的窸窸窣窣的声音，还有什么小动物从身边跳过。

白莉忽然想到一件事，边走边说："鲁总，本港有个鼠后，您知道吧？"

鲁雄一下子没有听清，问："什么后？"

白莉解释说："鼠后，就是老鼠皇后，也叫老鼠女皇，大家都这么称呼，是本港的一个富婆。她和几千只大大小小的鼠类生活在一起，有的老鼠住在笼子里，有的就在家里放养。她的资产就用来养这些老鼠了，她平常就和这些小生灵们嬉闹，乐此不疲，你说怪不怪？"

鲁雄说："还真没有听说过，这位爱心有点泛滥。"鲁雄想起吕燕曾经提到过，她参加了一个动物保护组织，救助的动物有猫、狗，不知有没有其他的。

白莉继续说："鼠后的子孙越来越多，有一次，小宠物们跑到邻居家去了，这事一下子暴露出来。邻居投诉，环保局派人来把老鼠都清理走了，这位鼠后大病一场，接着就花巨款聘请了最好的律师和政府打官司。"

"谁赢了？"鲁雄问道。

"这种马拉松官司举证、审理都够麻烦的，没个三年五载下不来。"白莉一副司空见惯的语调。

这勾起了鲁雄的心事，心想：这个綦老板的马有些棘手，还不知道要出什么幺蛾子，当然，当务之急是找到那份合同。

这时，白莉突然惊恐地"啊呀"了一声，一只手紧紧地抓住鲁雄的胳膊。鲁雄顺着她手电筒的光线看去，面前五六步远的地方躺着一个人，似乎是个年轻女性，赤身裸体，胸前插着一把匕首，再远点的地方，还躺着几个，形状也很恐怖。

"报警，报警！"两人同时摆弄起手机，没有信号。

“赶紧走吧！”鲁雄拖着白莉就向外走。

5.2

两人急忙往回走了几步，还是鲁雄胆子大，感觉不太对劲，就回来仔细查看那个倒下的人的情况。那人面目虽然骇人，倒好像是画上去的。他用手碰碰躯干，像树桩子一样的感觉，轻轻一敲，发出空洞洞的响声，他喊了一声：“假的！”

“哎哟，吓死我了！”白莉惊魂未定，“你看前面还有那么多。”

左前方的几个柱子之间，摆放着几排机器，也放了一些假人，只是那些假人很少有躯体完整的，都是缺胳膊少腿，面目狰狞。那些伤人的刀剑就放在旁边，写着“楼价钻天”“成本高企”“劳工外流”等歪歪扭扭的字样，周围还有一些横幅牌匾之类的东西。鲁雄从这些支离破碎的信息推断，这大概是一个控诉本地工业萎缩的艺术展览，但不知为什么搞得这么恐怖。

“这也太恶作剧了吧。”白莉说，“上次来的时候，这里空荡荡的，谁有这些闲心，怎么搞成人间地狱了呢？”

鲁雄看了一会儿，说：“这像是恐怖电影的片场。小白，今天也不早了，咱们路线也搞得差不多了，要不咱们先回去？明天再多找几个人下来。”

白莉坚持说：“鲁总，到这儿我就完全记起来了，再向前走，到第三个柱子右拐就到了。”

到了白莉所说的地方，这空旷的地方也到头了，面前是一排锁着的房间。在右手第二间门口，白莉掏出钥匙，很顺利地打开了锁，开门时发出咯吱咯吱的声音，里面冲出一股霉味。

稍等了一会儿，两人才进入里面。电灯坏了，借着手电筒不太明亮的光线，他们看到一个很小的布满了灰尘的空间，里面杂乱地堆放着旧电器、办公用品之类的东西。白莉惊喜地说：“在在在！”

一个角落里，有个半人高的方形铁柜样貌的东西。鲁雄找布擦了擦正面，露出柜门、把手和密码盘。

“太好了！”白莉说着蹲下来，“先试试能不能打开，记得上次最后是我锁上的。”

白莉口中念念有词，全神贯注地转着密码盘。突然有一只硕大的老鼠跳到了柜子上，也许是责怪陌生人侵犯了它的领地。老鼠站起来有一尺多高，冲着白莉吱吱地叫着，两只血红的眼睛分外突出，长长的嘴巴向前伸着，胡须差不多触到了白莉的额头，随后嗖的一声越过白莉头顶跳走了。

“我的妈呀！”白莉叫着转身扑到鲁雄怀里。鲁雄没有什么思想准备，也被吓了一跳。猛然间，他感觉一个实实在在的躯体拥了过来，随后听到两颗心脏剧烈的跳动声，靠着一些杂物的支撑，整个人才没有倒下去。

鲁雄重新平衡好身体，慢慢把白莉推开，问：“小白没伤着吧？”

白莉脸色惨白，喘着粗气说：“没事没事，别担心。”

“好好好，没伤着就好。”鲁雄找了个可以坐的东西，白莉坐下来休息了一会儿，周围有虫子的叫声和老鼠的窜闹声。

“鲁总啊，我被吓坏了，咱们今天撤吧，明天再弄。”白莉的话音有些发飘。

鲁雄扶着白莉，原路返回，退出地下空间。

第二天，鲁雄安排小夏领着几个人把保险柜弄了上来，可白莉怎么也想不起密码了。白莉念叨着说：“这很熟的呀，和我的银行卡就是一个号，就在嘴边上，可好像隔着道坎儿，就是蹦不出来，咋办呢？”

小夏说：“不行我找家伙，给它硬整开，里面的东西比柜子重要吧？好像鲁总也挺着急呢。”

白莉说：“不行，里面有自动销毁装置，来硬的就全完了，前功尽弃，千万别莽撞。”

鲁雄了解情况后，说：“不着急，小白慢慢想，最好有什么线索能提示一下。”

可白莉的状态又不行了，回到秘书节之前的状态。鲁雄暗中着急，关心地说：“小白实在累了就休息几天，身体不舒服就看看大夫。”

白莉认真地说：“不用看大夫，我想我得去看看师傅了。”

“啥师傅呀？”鲁雄疑惑地问。

“对不起鲁总，原来没和您汇报过。”白莉解释说，“师傅是黄神仙嫡传的关门女弟子，神着呢，曾经预测过很多事，师傅对我特别好，每次去了都单独给我讲课，开导我启发我，解答我的疑问。最近工作特别忙，有一段时间没有去看师傅了，我想师傅也想我了，正好黄神仙的诞辰纪念日也快到了，再不露面师傅该怪罪我了。”

鲁雄也听说过黄神仙的名号，沉思一会儿说道：“小白啊，信仰自由，我不反对你去拜见这个师傅，我也希望你能尽快好起来。”

“谢谢鲁总！”白莉试探着说，“不过呢，我还有个冒昧的要求，想请您陪我走一趟。”

鲁雄有点奇怪，说：“你也知道，我对这类事务一贯的态度是不鼓励不干涉不参与，怎么到你这儿又搞特殊了呢？”

白莉说：“不是搞特殊，是有个具体情况。每次去看师傅呢，都是步行去的，坐车心就不诚了嘛。您不是一直想看看回鹰岭一带的风光吗？就权当爬一次山了，那一路的风景都很美也有特点。特别是从山顶向下看去，整个神仙府就像一只振翅欲飞的金色蝴蝶，但很多时候都是云遮雾罩看不见的，只有有福的人才能看见金蝶从云中蜕变而出光耀山谷的盛景，就在这几天，据说一年只有那么几次呢。”

一番话说得鲁雄有点动心，但他还是推脱说：“爬山啥时候去都行，让小夏或者沙子陪你去不就得了？”

白莉说：“他们都太‘单薄’了，师傅也说得找个‘厚重’的人陪着。就是请您陪着走个路，您就是普通游客，别的活动不会安排您参加。”

鲁雄看着眼前的小白，感觉有点陌生，心想：这位的信仰还挺复杂。他内心稍作权衡，然后意味深长地说：“好啊，小白，我跟着你沾光，看看回鹰岭的风景，也瞻仰一下这神仙府地。”

去的那天是个阴天，还不时飘落着小雨，回鹰岭的山路很是难走，他们也无从看见金蝶穿云的景象。到达的时候已经是下午了，当天返回已经不可能，只能调整原来的计划，在山中安顿一晚。按照府中男左女右的布局，主人安排鲁雄在左殿的男客寝室休息，白莉自去参拜师傅。

天色还早，鲁雄踱到院子里。这时，雨也停了，云也散了，天空中出现一道彩虹，一端连着大殿的一角，另一端就架在了山顶上。鲁雄想起在家里复习考学的时候，蒯老师引导他看这样的彩虹；刚大学毕业在山里教学的时候，也经常和思雅看雨后的彩虹。这样的天象很是常见，只是没有想到多年以后，在这里又出现这样的情景。天道有常，人事变幻，未来的岁月又会是怎么样呢？

鲁雄这么想着，也没有找出什么答案。这时候小徒弟在石桌上备好了茶水，鲁雄就坐在石凳上，一边喝茶，一边看一位老者舞剑。

老者穿着一身肥大的白衣白裤，腰间束起来。他头发差不多全白了，挽着发髻，像是从古代穿越过来的人物。只见他一手持剑，一手二指紧绷，先是大开大合的几个动作，如雄鹰亮翅，又好像厮杀前的预热，接着他机警地左顾右盼，脚下急转，像是观察对手的情况，又似乎在勘查准备搏杀的环境，随后主动出击，手指所向，利剑跟随，不断地做出刺、劈、斩、削等动作。好像有一个无形的对手，被逼到了山穷水尽的地步，但不甘束手就擒，困兽犹斗；无形的对手也时不时寻机向老者发起反击，老者跳跃腾挪，抵挡闪避，躲避着对手的袭击，寻找对方的破绽，终于找到一个稍纵即逝的机会，以猛虎出山之势刺中对方要害，最终制服对手，胜利而还。老者最后一个漂亮的收势，现场也没有别的观众，就对着鲁雄深深地一揖。

“老英雄武功了得，佩服佩服。”鲁雄热情地招呼说，“这边休息一下，请用茶。”

老者并不客气，又做了一个感谢的手势后就在鲁雄旁边坐了下来，把剑靠在石桌上。老人脸不红气不喘，端起茶杯慢慢品着，两人就交谈了起来。鲁雄了解到，老人就是住在附近的乡民，七十多岁，练武六十多年了，子女不在身边，平常和老伴过着平淡的生活，也会经常帮着照料些府中的事情，有空时就打打拳，练练剑，遇到意气相投的客人也会漫无边际地闲聊一气。

“今天香客真是不少，刚才在山路上就遇到很多同行的人。”鲁雄望着正殿里进进出出的客人说。

“这不算多。”老者说，“过几天就是黄神仙的诞辰纪念日了，那才真是盛事一桩，前后得忙一阵子。”

“我看人们的心意够诚的。”鲁雄说，“很多年事已高的、身体不便的也都是步行而来呀。”

“也都是有所欲求，无利不起早呀。”老者摇头说，“先生有所不知，凡参拜的香客都是有所求取。众生的欲求真是无边无际呀，求官的求财的求配偶的求子的，得了官还要升官，发了财还要再发，有了原配还要二奶三奶，生了孩子还得为子孙的前程事业谋划，永无止境呀！”

“是呀，神仙功德无量。”鲁雄跟着说，“怪不得有些神仙得有一千只眼睛，一千只耳朵，一千双手臂，看来天下人的事情实在是多，神仙也要分身有术呀。”

“这几十年，香火越来越盛。”老者自豪地说，“原来，神仙府在村子的边上，知道的人也不是太多。后来，凌先生从这里求子成功，黄神仙名声大振，神仙府连连扩建，现在差不多占了原来村子的一大半地界。村子里呢，人们都外出做事，老屋也是越拆越少，剩下的几户，常年就在这神仙府帮忙了。这金蝶展翅的建筑落成的时候，还请了凌先生来剪彩呢。”

“好呀好呀。”鲁雄赞许道，忽然产生了一些疑问，“老先生您看，虽说仙凡相隔，可这神仙也还是喜欢阔殿豪舍、锦衣美食，喜欢人们阿谀赞美，香火缭绕嘛，又怎么能够达到不计供奉、福佑众生的境界呢？”

“这个自然。”老者不以为怪道。“这都是一些小神，管管地方上的事，财物相通，金帛往来，你情我愿的事。强过那些恃强凌弱、抢掠劫取之徒百倍。还有的为取钱财，设下圈套，诱人上钩，谋人性命，都该打入地狱，叫他永世不得翻身！”老者恨恨地说。

鲁雄看了一眼老人的长剑，说：“老人家恕我冒昧，感觉您的剑也有几分杀气呢。”

老者就换了舒缓的语气说：“先生不必过于较真，乡民不过是闲暇时间胡乱挥挥，活动活动筋骨、强身健体罢了。剑术粗陋，先生见笑。”说着起身揖别，携剑飘然而去。

白莉这边，见了师傅，两人都很欢喜。白莉就把最近的一些事详细说了说，师傅送白莉一幅亲手绣制的《双英护犊图》，白天看是一只斑斓猛虎，雄踞于高岩之上，身后是莽莽苍苍的树林，几只小虎有露出耳朵的，有翘着尾巴的，若隐若现；晚上看就变成了猫头鹰，只见猫头鹰背靠巢穴，两只眼睛瞪得滚圆，仿佛一草一木都在它的严密监视之下，再无敌人敢靠近。师傅说：“最近有些小的冲撞，不碍事，只要把这双英图放在身边，一定护佑你越过这个坎儿，往后一切平安顺当。”

师傅远远地看见了鲁雄，又把白莉带来的生辰八字反复掐算，摇头叹息说：“你和这个男人不合，你是木命，这个男人是火命，你不能挨他太近，这样会烧着了你，可是也不能太远了，木太寒冷不能生长，还得靠着火来升温。你得找个水命的男人，水能托木，水命男人绝对旺你。”

师傅又把亲自写的《命理运程》交给白莉，嘱咐她回去好好研读，又说过几天就是神仙诞辰了，到时候一定再过来。白莉认真地答应着。

山里晚上天黑得早，也没有什么娱乐活动，客人都是早早就寝。鲁雄躺下，条件很是简陋，一间大寝室安排了几十位客人，都是一床一褥一毯，所幸并不相连，都隔着一人宽的通道，方便进出。晚上没有月色，山里起了风，殿角的风铃叮当作响，有相熟的客人在悄悄聊天。和鲁雄相邻的两位，说到了这里的来历：

“这里陆上交通不便。反正是天高皇帝远，慢慢成了海盗的巢穴。海盗的动静越闹越大，朝廷就派了兵马来剿灭，还是官兵势大，海盗被打得四处逃散，没有逃脱的就被抓住就地正法了，后来这里就成了刑场。你想，杀的人多了，哪能个个都罪大恶极、恶贯满盈？这屈死的鬼多了去了，地面上也就不太清静了。正好黄神仙云游四方走到这里，疲兽倦鸟也想歇歇了，人们就给了他这么个落脚的地方，一来表示乐贤好士，二来也镇压这些冤魂野鬼。早年也是经营惨淡、勉强维生，不承想风水轮流转，这几年就时来运转、风生水起了，真是世事无常，让人跌破眼镜啊！”

这一夜，鲁雄睡得也不是很踏实。

5.3

鲁雄感觉公司的一些事情处理起来逐渐顺手了。

白莉见了师傅之后，状态很快恢复正常了，保险箱也顺利打开了，“闪电小子”抵押的贷款合同果然在里面，还有一些别的文件、几块玉石和几个咒符一类的东西。鲁雄安排白莉列出清单，做好登记。那份合同比一块砖头还要厚，鲁雄翻了翻不得要领，就安排法务部进行研究解读。

内部管理方面，经历了最初的震荡和不适应以后，向着严谨正规的路子发展了。那些宴请招待，可请可不请的都不请了；可大请可小请的都小请了；指标落到个人头上，都知道节省了。上半年的招待费比去年省了一半。还有用车，这边公共交通非常方便，出租车招手就停，没必要动不动就派专车。有什么重要的庆典会议就派辆车充充脸面，省下来的运力搞经营创收，一反一正就有账可算了。宿舍清理方面，那几个钉子户看鲁雄态度坚决，公司做出要起诉他们的架势，也不想死皮赖脸地拖着，有一个动弹其他的也待不住了，一个个退了出来。为了内部的宿舍调整事宜，这天鲁雄又把战副总叫了过来，问调整是否全部到位了。

战副总还是和往常一样两手一摊，说："白莉秘书和黄缨经理还没有动嘛，大家都看着呢！"

鲁雄说："我看这样吧。原则就是每人一间房，也没有必要硬把她们两个捆在一起。你在她们两人现在住的两室房子，每处安排一个刚招聘来的女博士。所有人员限三天内调整到位，再不服从安排坚决执行公司纪律！"

结果，有关员工都乖乖服从安排了，这件事再也没有起什么波澜。

鲁雄琢磨着怎么在业务方面对症下药突破一下，就把主管业务的何副总找来一起商量。

鲁雄说："何生，你牵头弄的那个《经营目标兑现奖惩办法》，既然咱们在会上通过了，就抓紧实施。"

"好好好，就按您的意见办。"何副总嘴上这么说着，心里却不以为然，心想：这些东西过去都搞过很多次了，在班子里管业务的就自己一个人，要是提成太多，那管行政的、管后勤的都来争抢，狼多肉少，最后落在自己碗里的也不见得多出多少，还弄得大家伤了和气。再说，这做业务都是有风险的，自己得利不多，为了别人冒太大风险也没有必要。

鲁雄似乎也明白他想什么，就说："你放心，这次坚决兑现。"又问下一步重点往哪个方面开展工作。

何副总就扳着指头数起来，说："投资呢，现在国内城市化进程加快，人进了城得有住的地方啊，向政府要几块地皮，搞个开发卖房子能赚钱，就是需要的资金多一些，也容易受调控政策影响。和汤姑娘合作的食品加工厂正在考察，没进入实质建设阶段，效益一时半会儿还看不到。"他这么说，其实是在试探鲁雄的真实想法。

鲁雄说："我看可以从进口铁矿石方面主攻一下。这次省里升级改造钢铁厂是个机遇，齐副省长也很重视这件事，要创新生产一批国防用钢，对于咱们也是发展的良机。说句不谦虚的话，搞好了真是名利双收呢。"

"行，这个思路挺好。"何副总说，"几年来钢铁厂的效益时好时坏，这进口原料的事就受到影响了。现在省里下决心腾笼换鸟，咱们出把力是应该的。只是铁矿石有两大货源，大洋岛国的大路货进口市场多年前就已经饱和，是一片红海了，利润压得很薄，忙活一阵子刨去成本也剩不了几个钱，再进两船也就是不赚钱赚吆喝了。再就是南美洲的咸水湖的富矿，矿脉有上百公里长，几辈子也挖不完，这老天爷对他们也够偏爱的。可当地人不知道好好珍惜，都在争夺这块肥肉，局面总是不太稳定啊。”

“是啊。”鲁雄说，“老天爷是有点偏心，地质队把我老家临山县的好几座山都钻透了，可都是贫矿，开采的成本比漂洋过海运进来的都高，要不然咱们也就不用舍近求远了。”

“对呀。”何副总说，“专家整天喊着富矿在地球内部，要到深处找矿，也不知他们啥时候能从地底钻出铁疙瘩来。”

鲁雄说：“咱不说那么远了，咱说眼前吧，综合考虑，我觉得咱们还得把工作重心放在这铁矿石上。刚才我说咱们缺少人才，这有点片面，远在天边近在眼前，你何老总就是现成的人才嘛！”

“别给我戴高帽了。”何副总说，“矬子里面拔将军，我好赖还干过几单，比道听途说的强点，鲁总要有决心咱就再干一单。”

鲁雄说：“这干一单不是一锤子买卖，是开拓、试验，通过这一单，取得经验。既然省里钢铁厂常年都有需求，咱们就把它做成一个常态化的业务。我大力支持，你放手去干，资金、人员都有保障，你不用担心，奖惩兑现也从这一单试点。”

鲁雄见对方听得认真，就把自己的想法说到底：“我也觉得南美洲是个值得开拓的市场，百闻不如一见，你带两个人实地去考察几天，咱们随时联系。你那边谈得好就把事情定下来，该拍板就拍板，该行动就行动，坐而论道什么也办不成。”

“好啊！”何副总听鲁雄安排他带队出国考察，感到一把手对自己还是信任的。他原来也有去南美考察的想法，只是怕别人说自己借机游山玩水，就抱着多一事不如少一事的想法，没怎么上心。现在既然领导决心要办，他表态说绝不辜负鲁总信任，一定圆满完成考察任务。

鲁雄说：“还有件事，‘闪电小子’不是在那边治疗吗？你也顺道去摸摸真实情况。虽然说资金不是太多，又是老谭主办的，可毕竟是公司的资产啊，这还真是我的一个心病。”

何副总答应着，两人就商量起一些细节来。

过了几天，何副总带着两位助手出发了，落地的时候来了个信息，可从那以后就断了音信，一连几天联系不上。媒体报道说咸水湖一带来了飓风，闹洪水了。鲁雄暗中着急，饭吃不香觉睡不好，正想着是不是通过别的什么途径找一找的时候，何副总来了电话，说还算顺利，到山里考察的时候下大雨了，河水暴涨交通受阻，通讯也不方便，就和当地的农民一起住了几天，歪打正着了解到一些外人不容易得到的矿区的真实情况。咸水湖那边，看他们这么不惜力不惜命的，谈判也很有诚意，价格条件都比较优惠，建议鲁雄如果同意就先签个协议。

鲁雄谈了一些具体意见，要求何副总再压压对方，授权何副总先签个十万吨一船的单子。

又过了几天，何副总一行人回来。他顾不得休息倒时差，到办公室向鲁雄汇报说："这次去咸水湖真是开了眼了，从飞机上往下看，像是到了大峡谷，又像是大地肌体上一道道深深的伤疤，全是大规模的露天开采，几百吨的矿车从矿区采场盘旋而上。晚上也灯火通明，二十四小时不停工。对外宣传是生态采矿，采后恢复原貌，实际上眼前也顾不得那么多，先挖出来变现再说。现在，矿车越造越大，运输船也越造越大，单子也越来越大。越大成本就越低，就能够超过对手，占领市场，就能攫取更多的利润，感觉这么个地球还是太小，不够挖的呀。"

何副总喝了几口水，顿了顿，又说："咱们的人到了，表明了诚信交易的态度。对方的回应也很积极，除了承诺提供稳定的货源以外，还要和咱们进行多方面的合作，比如铁矿的调查、勘探、开采、分选、富集等，他们有国际一流的技术和设备，合作的潜力很大呀。"

鲁雄点点头，说："你这次出去很有成效，我看咱们也不用和对方进行一条龙合作，抓住重点环节就行了，比如重点落实选矿的合作，搞好了咱那些铁山就变成金山了，回头咱们再详细谈谈。你们这趟出去办了不少事，很辛苦，效果也很明显。"

鲁雄刚要安排何副总回去好好休息，突然想到"闪电小子"的事，就问："那匹马的情况怎么样，你们去看了吗？"

何副总摇摇头，叹息着说："不行了，两条后腿都骨折了，治好了也不能跑了，职业生涯就此结束，恐怕要人道毁灭。"

"啊，这么严重？"鲁雄让白莉把法务部颜经理找过来，说："你也别走了，咱们几个人开个小会，研究一下'闪电小子'那笔贷款回收的事。"

颜经理汇报说："那份抵押贷款合同，我们已经进行了全面解读，基本条款对我方还是有利的，还款是天经地义的事。'闪电小子'抵押给峥嵘后，就是峥嵘的资产，蓁老板不经过我们同意，擅自安排它出国比赛，是严重的违约行为，侵犯了我方的权益。现在贷款已经到期十多天了，不仅本金不见归还，利息也欠着不少，和蓁老板那边联系，对方口头上认账，只是说'闪电小子'不能比赛了，也就没有收入，自然没有办法还款，他们也在追究船运公司的责任，有了船运公司的赔偿就还款。部里建议抓紧起诉蓁老板的公司，对'闪电小子'也要采取进一步的安保措施。"

鲁雄同意，说："看来得抓紧安排起诉蓁老板的相关事宜，进入法律程序。"

颜经理继续说："蓁老板违约在前，咱们证据充分，估计打赢官司没有问题，只是什么时候能把钱要回来就不知道了。不查扣到对方有价值的东西，胜诉了也只是纸面上的胜利。这里转移资产比内地还方便，这些商人都是狡兔三窟，很难让他们吐出真金白银，这方面的例子太多了。"

何副总看着鲁雄说："这官司还是得打呀，打赢了对上对下总是有所交代。"

颜经理继续说："打赢官司是个目标，实现起来估计拦路虎也少不了，耗时费力是肯定的。蓁老板那边很可能也是引着咱们往复杂的道路上走。那艘船出事受损的客户很多，他们起诉船运公司；船运公司追究船厂，怀疑船的质量有问题；船厂再追建造商；建造商追材料商。这么一连串的事，怪不得媒体说这是世纪官司呢。"

鲁雄打断他的话，问道："这个'闪电小子'有保险吗？"

"有，有。"颜经理说，"我正要汇报，保险是有的，但这个保险有点怪。这受益人说白了它不是人，准确地说是'受益马'，就是'闪电小子'的后代。设立保险是为了保证出现意外情况时，'闪电小子'的高贵血统能够得到传承，血脉得以延续，赔偿金将用于这方面的保障，这和高门望族的情况有点类似。"

众人啧啧称奇，何副总问道："那这'闪电小子'有后代吗？"

颜经理说："这是一匹五岁的公马，按年龄应该有了，但这个怎么调查还没有头绪。如果'闪电小子'真是不行了，那这个问题就是要害了，恐怕最真实的情况还是掌握在蓁老板那边。"

几个听者都陷入了沉默。

颜经理又说道："这个案子的情况特别复杂。保险公司那边传来消息，说他们只负责十级以下风损的赔偿。据说出事时的瞬间风力达到了十二级，这就是承运公司的责任了。另外，出事的地点也很诡异，处在三国海域的管辖边界上，这三国的法律体系又有很大不同，这种案子光是适用程序上的事就够争执个一年半载的，整个官司打下来耗个十年八年也很正常。”

鲁雄说：“看来情况很不乐观，要打持久战啊。”

颜经理继续说：“我们下一步的工作，第一是提高思想认识，充分认识追偿这笔贷款的重要性，要提高到维护国有资产安全的高度，要克服任何的松劲和麻痹大意思想。”看着两位领导好像有点不耐烦，他赶紧说：“第二，我们会继续进行贷款合同的解读和外部的调研工作，为起诉綦老板做充分准备。第三，建议聘请外部最权威的律师团队接手此案，越是有名的律师胜算越大。这个案子太复杂了，咱们那几个人，光是日常工作就疲于应付，这么大的活儿怕是干不来，别耽误了公司的大事。”

鲁雄拍了一下桌子，说：“抓紧起诉綦老板。你们法务部今天晚上拿个具体方案，何副总再把把关，咱们随后研究一下。”

散会后，白莉悄悄对鲁雄说她认识“涂和杨律师所”的杨律师。杨律师名气很大，也打赢了几个这样的官司。白莉问要不要约他见面谈谈。

鲁雄正处于缺少头绪的时候，就同意了。

5.4

杨律师如约前来，时间掐算得分秒不差。本来，鲁雄说要去律师楼拜访，杨律师却坚持要到公司来谈。鲁雄觉得见面的地点倒也不是特别重要，就依了杨律师，让白莉安排好会客室。

杨律师中等身材，面白微胖，架了一副金丝眼镜，手里提着黑色公文包，很热情的一个人，满脸堆着笑，说：“老乡见老乡，两眼泪汪汪。鲁总好！咱们论起来还是一个省的，我爷爷这一辈闯关东到了东北。”

白莉接过公文包。鲁雄一边握着对方的手，一边回应道：“怪不得见到杨大律师格外亲切，您祖上是哪个县的？”他示意对方就座，白莉去沏茶。

“临山县呀，我爷爷离开家乡的时候只有十五岁，饥荒年没有东西吃，讨着饭一路北上。”杨律师坐了下来。

“这么巧！我的老家就是临山县。”鲁雄在杨律师的对面坐下，本来想说太好了，可对方说的是悲伤的往事，就改成了“有缘有缘”。

“太好了！”杨律师说出了这句话，也没有纠缠于往事，“三十年河东三十年河西，过去是闯关东，现在是经济重心南移，大家都‘孔雀东南飞’啦。”

白莉赶忙给鲁雄使眼色，意思是别净扯闲篇，这不是家乡老大爷在墙角晒太阳唠嗑，律师的时间都是按分钟计算的，这分分秒秒花的都是公司的钱啊。

双方就进入正题。鲁雄把“闪电小子”这个案子的来龙去脉简要说了一遍，又着重介绍了几个主要的困难，也强调了他们的目标——要求对方还本付息，承担相关费用。

杨律师说：“有把握打赢这个官司。”

鲁雄问：“执行资金到位有多少把握？”

杨律师说：“这个嘛，要复杂一些，看我们工作的力度，也看你们的配合。不过总的来说，鲁总也不用过于担心。有这样的说法，叫魔高一尺道高一丈，没有金刚钻不揽瓷器活儿。不是我吹牛，在这个地面上你找我打这个官司算是找对人了，我的团队肯定不是吃干饭的，本所律师就是爱马俱乐部多年的法律顾问，凌先生的好几匹马都是我给他打过来的呢。”

杨律师顿了顿，又说道：“鲁总担心的那几件事呢，也有解决的办法。对‘闪电小子’的子嗣问题，本所有些独门的调查手段，当然这不妨碍你们私下通过一些渠道去了解，一定会搞清楚的。找到‘闪电小子’的子嗣，还得解决一个父债子偿的问题，这架桥铺路的工程量大了去了，但是本所能解决，并且有过成功的先例。至于海上的风浪几级，受哪个国家法律管辖之类的，你搞得越细越是头痛，干脆不管那么多，就充分运用去年通过的国际保险业章程的一个修正条款：凡是不属于客户责任的损坏都得赔。当然引用这个条款有一些前提，只要你们积极配合，所有的绊脚石都能扫清。”

鲁雄听对方说得还算靠谱，就说：“可以考虑委托贵所。”

杨律师说：“不过呢，本所的收费比平均水平略高，但绝对物有所值，可能白秘书也和您讲过。”

鲁雄说：“我们公司这种案子都是委托‘风险代理’，也就是打官司把款项要回来，再从中提成。”

“这怎么成？”杨律师喊起来，“那我前期的费用怎么办？本所接手的所有案子可从来不垫资啊。”

“老乡也可以破破例嘛。”鲁雄端起茶杯说。

“不成不成。”杨律师摇摇头。

双方的谈判陷入了僵局。这个时候，不浪费时间是不行了，杨律师喝了点水，起身活动活动，观赏了一下墙上的字画，又攀了攀老乡交情，然后说：“鲁总啊，咱是亲老乡，一家人没法说两家话，我现在答应了你，回去也得和几位合伙人再商量。要是搞风险代理，提成比例不能少于百分之十，这样我估摸着商量成功的希望还大一些。”

“最高百分之八。”鲁雄说，“而且呢，对杨律师实言相告，我们这边制度比人大，制度管着人，不是人管着制度，按规定聘请外部律师都得走个招标程序。当然了，同等条件下我个人还是倾向您的团队。”

“哎呀。”杨律师站了起来，“鲁总这么大的老板，还这么抠门，您这锱铢必较的传统是好，可也得与时俱进、入乡随俗嘛。您又跟我绕这么大一个圈，就这么个小不点的业务投啥标啊，不谈了，凌云集团那边约的时间也快到了。”说着摆摆手夹起皮包自顾自地走了。

他就这么把鲁雄和白莉扔在了那里。白莉看了看时间，正好是约好的四十分钟，有点担心是不是彻底谈崩了。鲁雄说：“不会，做业务的捡到碗里就是菜，律师所打这种纸上官司没什么成本，他们应该不会轻易放弃这到口的肥肉。”

果然，到了招标的时候，白莉说了几句好话，杨律师也就借坡下驴过来参加了。颜经理他们利用几家相互竞争的局面又使劲杀了杀价，代理费降到了百分之六。杨律师发了几句牢骚，但还是签署了代理文件。

5.5

俗话说，东方不亮西方亮。在“闪电小子”的案子还没有什么头绪的时候，有好消息传来，何副总他们千里迢迢跑到南美定的那船铁矿石顺利到港了，货物的交割很迅速，刨去各种成本，每吨净赚一美元多，算下来就是十块钱，一船货净利润一百万。按照公司最新制定的奖惩办法，提取百分之三十作为奖励，其中三分之一奖励团队主管，也就是何副总，几个主要的业务骨干和其他辅助人员各得三分之一，下个月兑现。何副总知道这事挺难，就和鲁雄说等年底再说吧。鲁雄觉得定了制度就要执行，正好有个这么好的机会，也在公司树个标杆，给大家鼓舞一下士气，就把几位副总召集过来研究。

果然，研究制度的时候都没怎么在意，现在一看这个方案，看到真金白银要落到个人头上了，几个人都惊得“啊”了一声，感慨“这么多”，随后就沉默了一阵子，之后又是各种杯子开合、喝水的声音。

鲁雄讲了开场白：“前一阶段咱们搞了制度建设，也制定了奖惩办法，从这个月就开始执行。这个方案是测算的结果，大家看看还有什么意见？”

何副总跟上说：“我也不想拿这么多，可和业务骨干还有比例关系，自己不拿就把其他同志压住了。还好，我在家乡捐助建设的希望小学一共需要三十万，已经拿了二十万了，还有个十万的缺口，就用这个钱补上。”

战副总把名单从头看到尾，好不容易才在末尾的辅助人员里面找到自己名下的一千元，老何打头拿十万，这差了上百倍！他不禁一腔热血涌上头顶，心想：原来老谭都是按级别分配，人人有份嘛，现在这鲁雄怎么老想着搞些新花样呢？他手里摸着“炮弹”，心里那些反驳的理由一时还梳理不顺，就想先表达不满，说：“这差距也太大了吧？搞不好造成两极分化呀！”

吴副总本来是不太出头的，一般有什么研究事项都是在末尾附和一把手。这次也觉得这鲁雄闹不好要搞大动作，影响自己的利益，因此急忙顺着战副总的意见说：“就是嘛，老战的意见有道理，你看老何一个月十万，一年就是妥妥的百万富翁。老何自己也说，内地还有很多孩子上不起学，也有很多下岗工人揭不开锅嘛。不光老何，你看这几个小年轻比我挣的还多，这有点上下颠倒了吧？闹不好在公司引起混乱。”

鲁雄只得耐心地解释：“几位老总，咱们毕竟是公司，公司不是行政机关。行政机关有财政的钱，咱们可就得在市场上刨食了，有多吃多，有少吃少，咱们搞分配制度，就是为了激励大家、调动大家的积极性。公司积累的财富多了，才能承担更多的社会责任，帮助那些弱势群体嘛。”

鲁雄顿了顿又说：“最关键是收益和奉献、付出要成正比。好坏不分、奖罚不明，公司就会走下坡路。我感觉，这次做这笔业务的同志确实是付出了艰苦的努力的，效果也比较理想，值得加大力度奖励一下。”

何副总跟上说：“确实是这样，这次到南美，当地进入雨季，增加了一些意想不到的困难。说实在的，我们渡河的时候，风浪一阵紧似一阵，那个小摩托艇就像大海中的一片树叶，我还担心回不来了呢。多亏这两位年轻同志还比较镇定，帮着排水挡风，几经周折冲过了河心。要是出点问题，我就见不着同志们了。”

没有想到，这句话反倒点燃了火药桶，战副总瞪着一双牛眼，拍拍桌子说：“你这就危险啦？我在边境线上守了十多年，哪一天不是和非法越境的武装分子斗智斗勇？都是用血肉之躯守护国门！有一次，我亲手擒住了一个毒贩头目，可对手也给我来了一枪。你们看，这耳朵不是削去了一块嘛，再一偏就光荣牺牲啦。”说着把头扭了一下子，大家发现战副总左耳朵的下部果然少了一块，只是平常没怎么在意。

这引起了吴副总强烈的共鸣，他说：“是呀是呀，我和你一样，从镇里干到县上，再到市里，这当中又经过了多少风浪，多少磨难。有一年，四十多天不下雨了，我正指挥着群众抗旱呢，忽然天上飞过来一片乌云，大家说可好了久旱逢甘霖，可下来的是一堆冰雹啊！我把自己的车让给群众，把皮包挡在头上保住了一条命，可肩膀都给砸烂了，手指头骨折了好几根。”说着把短而粗的手伸出来晃了晃，大家倒没有发现太多异常。

这两人你来我往又说了些类似的话，鲁雄打断说：“这些历史贡献呢，组织上都是承认的，咱们别说得太远。咱们今天就事论事，确实是挣钱了，也确实应该奖励。那些押货的同志，在海上风里浪里二十多天；那跟单的，不敢有一丝一毫的懈怠；那调度资金、研判市场，各方面衔接跟进，都不是一句话那么简单嘛，学问大着呢。原则是有功则赏，当然有不合适的地方还可以调整。”

何副总说：“是嘛，当时谈判的时候，为了压下这一美元，我和对方整整僵持了三天。当时那个困啊，为了提神就猛喝咖啡、嚼咖啡豆子，搞得七八天没拉屎。怪不得有人说审问犯人时不让他们睡觉，这是治人的绝招。现在看来，也就赚了这一美元，当时要是一松劲，就是个平局了。”

那两位还是不服，说业务成功也是依托大湾区建设，背靠全省嘛，靠公司的商誉嘛，不应过分强调个人的作用。

鲁雄无奈就让了一步，用手指敲了敲方案，说：“这样吧，咱们各退一步，就先兑现一半，另外一半到年底统一结转，怎么样？咱们表决一下，同意的请举手。”

鲁雄和何副总举手了，反对的两位感觉面子没找回来，开弓没有回头箭，索性就反对到底了，二比二，还是个僵局。鲁雄想了想，说："在内地养病的由副总最近出院了，在当地办理一些公司的事务，这次会议没有赶过来。请白秘书把会议的内容完整地传达过去，由副总也参加表决，不得弃权，只能同意或者反对，这不就决定了嘛。散会！"

白莉知道由副总是个不太有主见的人，和他联系的时候就说："您这么长时间没有上班，怎么着也得和一把手保持一致，一些事情好争取主动啊。"由副总也感觉那几个人一下子拿不少，心里很不乐意，但也摸不清鲁雄的底细，怕搞僵了对自己不利，就说："那就先同意吧。"有了这句话，白莉怕他再犹豫或者反悔，就匆匆挂了电话。

鲁雄再见到何副总的时候，没有接对方感谢的话茬，只是说："你那天说的争这一美元的事提醒我了，矿石的价格变化太大，不好把握，咱们今后可以做做期货对冲一下，减少风险，你先做点调查。"

何副总点头同意。

鲁雄准备安排一次去内地的行程，十多天的工作日程排得满满当当。他还有点私心，就是想挤时间去看看吕燕。自从那次在浅浪湾大排档分别后，两人定了个规矩——每个周六的晚上通话半个小时，谈得也挺热乎。

这天是非通话时间，吕燕的电话突然打了过来，显得很是着急："有件事情还得请你帮忙呢！"通话质量不是很好，加上吕燕越说越激动，还急得哭了起来，鲁雄只听清楚了"有一车'汪星人'被困住了""它们的基本生存条件不能保证，有性命之虞"，吕燕又说团长有急事，一会儿再联系。

鲁雄正纳闷，栓子来电话了，也是求援的。这位大号叫李铁栓，已经今非昔比，在残协有职务，还是烹饪研究会的会长，头上的光环不少，是当地一位响当当的人物了。鲁雄最后搞明白了，这两位说的是一件事：交通监管部门在一个叫核桃峪的高速公路口查扣了一辆超速的厢式货车，不承想里面拉的是一车活物，就是吕燕口中的"汪星人"，也是栓子的烹饪协会订购的原材料。现在，超载违规倒在其次了，关键是这些货物违反了检疫规定，卫生检疫部门要进行人道毁灭。这两位都是来找鲁雄说情，让"刀下留命"的，当然他们的目的不一样。

鲁雄想起少年时和栓子一起度过的欢乐时光，说："那时候咱们上学、打草、游泳，都带着‘大黄’，‘大黄’还替我给思雅送过信呢。它们是人类的朋友啊，啥时候成了盘中餐呢？”

栓子“哎呀”了几声，说：“此一时也彼一时也，你清规戒律那么多怎么挣钱？”

鲁雄感觉这件事非同一般。吕燕这边，半天也没有动静，于是他起草一条短信——“不日返回省内，视情尽心办理”，给她发了过去。

第六章

沃土培根

6.1

“临山市设市十周年庆典暨招商引资大会”在市中心的人民广场举行，会场布置得很隆重，红旗招展，锣鼓喧闹，几只水滴状的大气球在空中升起，下面挂着长长的标语，随风飘荡。

齐副省长和临山市张市长陪着戈先生在主席台中央就座。主席台座位宽大气派，越往后排越挤，鲁雄和钱圆勉强坐在主席台最后一排，两人的座位差不多挨上了。

最近几年，兴起了追溯名人故里的风气。张市长“督战”，由临山学院历史系主任赵可锤“挂帅”，带领一帮老专家在纸堆里扑腾了几个月，又经过实地调研，最后证明先贤戈君的故居就在临山老城的一条巷子里。他们逐一批驳了几个半路出家的外省考古杂家发出的噪音，把论文发表在权威期刊《历史研究》上了 。市里联系了戈氏后裔中最有影响的戈先生，戈先生对归乡祭祖很期待，也看好临山市的经济发展前景，很快就落实了投资建设圣贤大厦的事。

既为先贤故里，先贤遗迹断不能少，可惜由于年代久远，又经过古代和近代的若干战争，恢复起来也是十分伤脑筋。先是戈府，老巷子里房子太小，周围规划都被限制住了，做不了什么文章，就把另外一处清末民初的、有三进院的、无主的老房子置换过来，建了一个“先贤戈君故居暨事迹陈列馆”，内容讲解包括先贤刻苦求学、著书立说的平生，和以戈先生为代表的杰出后裔发愤图强、事业有成的事迹。再就是戈庙了，幸好离城三十里处有个戈家庄，据赵可锤考证那是正宗的先贤后裔居住地，原先有个很小的宗祠，供奉着几位先祖，请大师开过光，属于有户口的主儿。于是政府拨了专款进行扩建，戈君和几位得意弟子的名字堂堂正正地入了正殿，原来的几位主家就屈尊到了配殿落脚。

还有戈家林，有了前面的铺垫，这个似乎也顺理成章了。赵可锤指导着，就以戈家庄老林的几棵歪脖子老松树为边界，划出了一块地。仗着周围是些山地，大小不太要紧，就建了一人高的围墙，圈起了几亩地，重修了戈君之陵，又植上几排翠柏。陵前有石桌石供，竖着两排石像，是从地下挖出来的古物，毕竟年代久远，这些东西也不是很配套，有的下半身佩剑，按说是个武官，可上半身却是捧卷研读，一副文官做派。就这样数目还不够，又重新刻制了几尊插队。远远看过去，倒也文武搭配，庄重和谐。

戈先生这次回乡，省里在接待和活动安排上没少费心思。住宿安排在五星级的“圣贤宾舍”，生活上的照顾自不必说，各种活动的安排是最费周折的，祭祖拜庙、大厦奠基、项目考察、欢迎仪式等一条龙搞下来要好几天，地方领导的时间安排不过来，但还都想着要参加。还是在省里当过秘书的张市长办法多——开大会！张市长从来都是主张开大会的，规模大，影响大，动静大，成绩大，事半功倍嘛。

借临山市设立十周年之机，他们在市中心的人民广场布置了会场。主题是“坚持对外开放，加快发展”。重量级的嘉宾不少，主席台特意加大了一圈。在大会议程方面，主要安排张市长讲话；祭祖方面，就在会场播放前一天祭祀的录像；奠基礼也不用到现场了，为节省时间和方便各方来客，在会场旁边设置了沙坑，摆上那块刻着“一九九九年九月二十九日九时五十九分吉时圣贤大厦奠基”的花岗岩石头，主宾挥锹填沙，再由工作人员挖出运到十多公里外的工地去。这样，全部活动在两个小时之内就完成了，设计堪称完美。

钱圆看到她的座位和鲁雄挨在一起，会心一笑，但见到鲁雄的时候，周围的熟人太多，所以她只是简单地点头示意。这两位最近合作还挺愉快，在鲁雄的穿针引线之下，钱圆的浩大公司中标了圣贤大厦的建设工程，浩大为钢铁厂发行债券募集的资金，支付了鲁雄的峥嵘公司进口铁矿石的花销。钱圆听说峥嵘那边不光挣到了钱，还为了分奖金的事吵架了。钱圆认准有钱能使鬼推磨的理，现在，吃喝都引不起她多大的兴趣了，她想办点大事，这最好有鲁雄配合。当然，没有鲁雄也能办，但可能就没有那么顺当了。

大会准时开始。前面的几项，两人随着众人该起立起立，该坐下坐下。张市长讲话的时候，他们认真听了，猜测可能和自己这边有什么关系。等到放映戈先生祭祖的录像时，因为鲁雄那天陪着戈先生跑了一天，而钱圆本来对这些事就不怎么上心，两个人就悄悄地聊起来。

“鲁总，你好帅气啊。”钱圆先赞美起对方，“生活中就是帅小伙，从电视上看起来更精神了。”

“哪里哪里，戈先生是主角，千万不能喧宾夺主呀。”鲁雄急忙说，“昨天一直陪着戈先生，我这半大老头了，都觉得有点累了，倒是戈先生一直精神饱满、神采奕奕。”

“你这小青年，跟姐摆什么老嘛！”钱圆假意嗔道，“也是的，不知这老头用什么保健滋补品，一天到晚精力这么旺盛。你这次把老头请过来，又联系了这么多项目，贡献很大啊！”

“戈先生多年来一直在寻根问祖，这几年确定了是在咱临山市，老人家回乡的心情就更迫切了，这次也是机缘巧合，几件事情凑在一起办了。”鲁雄满意地说，“当然，峥嵘这边做了一些协调，这都是公司职责明确的，理所应当。”

“那张市长这次可有脸面了，你看这腰杆挺得倍儿直，讲话中气也足了，还絮絮叨叨，恨不得讲到天黑才过瘾。你呀，也不能白干，得让领导明白，给你记上一大功。”钱圆快贴着鲁雄的耳朵了。

“不要紧，这不是刚开始投资嘛，等这些项目都建成了，产生效益了，让少先队员给我献个花敬个礼也成啊。”

“怕到那时候就晚了，摘桃子的时候大家蜂拥而上了，不一定轮得到你。”钱圆一副过来人的语气，“你分奖金不是还有几个副总吵吵闹闹吗？干活儿出力担责任，这都是一把手的事，拿好处却谁也不能落下，少拿一点儿就要到处埋汰你。”

“好事不出门，坏事传千里啊。”鲁雄有点奇怪消息怎么传得这么快，但还是有所准备，“有点意见也正常，不可能人人都百分之百满意，初期总难免有点小震荡，和火车过岔道一个道理，等上了新轨就顺当了。”

祭祖录像已播放近尾声，鲁雄发觉活动还是有不少瑕疵，尤其是围观的群众太多，有点像电视剧的片场了。如果这些人都是戈氏子孙，应该随着戈先生一起祭拜；如果是外村外姓的，应该把他们请得远远的。现在人山人海的，围着戈先生等十几个人录像，有点欠缺庄重。正想着通过什么途径再反映一下时，钱圆用腿碰了碰他，又说起了其他事：

“鲁总啊，最近生产电子元件的星光公司和开发化工产品的魔力公司都发生了一些变化，你知道吧？”

“不太清楚，好像是经营遇到一些困难是吧？”鲁雄答应着。

“那是年初的事情了，现在这事又转了几个弯。”钱圆的声音越发低沉，鲁雄只得和她挨近了，“这几年，星光公司生产的那些粗老笨重的电子元件根本就没有市场了，现在都是大规模集成电路，谁还用那些零散的东西组装？魔力公司也是一样，本来是制造冲洗胶卷的原料的，可这几年电子照相机兴起来了，胶卷都成了夕阳产业，原料市场也是一蹶不振。这两个公司的生产就都停了，账面上也没有什么钱了，上千的工人开不出工资，上边的领导急得晚上都睡不着觉了。”

“就是嘛，那时候我认识的一个中学老师就自己组装收音机，个人冲洗胶卷，现在谁还费那个劲呢？”鲁雄深有同感。

明明鲁雄在听，钱圆还是用手捅了对方一下，继续说：“这时候，有人就提出来让管星光的黑甘蔗和魔力的头儿白萝卜个人收购，好把这两个包袱甩出去。两家公司的资产都是负的，就把商标算了几万块钱，把大部分股权交割到这两个人名下。没想到，几个月的时间，这两个公司下边的厂子就都起死回生了。它们原来的设备都好好的，就是产品不对路，这回星光厂生产游戏机，现在大人小孩都好玩这个，销路根本不愁；魔力厂呢，就转产美容美发的产品了。生活好了嘛，特别是女同志，都得美一美。大黑和老白这两位很快就是千万富翁了。你说这变化快不快？”

“这两位运气还不错。”鲁雄反应还算平淡。

“岂止是运气，简直是命运大转折。”钱圆愤愤地说，“这公司就是他们个人的了。咱们出这牛力气，到退休了啥也没有，你还年轻，我这过几年就到点了。”

“大姐比我也大不了多少，你又懂美容，大姐肯定是青春永驻！”鲁雄觉得，这女老板都怕老。

“说正事呢！”钱圆踢了鲁雄一脚，“黑白两位就是咱的标杆。这账上的事都好说，账上好看那都是脸面上的虚事，现在就得反着弄了，固定资产就猛提折旧，库存打打埋伏，费用多列上些，这数就下来了。咱们两个同时行动，运作运作，就说是受经济大势影响，谁也没奈何，过不了多久，这浩大就姓钱，峥嵘也就姓鲁了。”

“唔？这得好好考虑一下。”鲁雄没有想到，钱圆说出了这么大一件事来，不知如何应答是好。这时候，录像已经放完，主席台上的嘉宾要参加下一个环节奠基填沙。众人纷纷起身，鲁雄和钱圆也随着站起来，一时被冲散了。

当天下午，鲁雄劝戈先生休息一下，说按计划是自由活动时间，明天考察卧牛镇的项目。老头哪里能闲下来，说：“尽量往前赶吧，有好的项目就抓紧进行。”鲁雄只得安排一辆大车，戈先生和他各带一名助手，一行四人去往以卧牛山命名的卧牛镇。

到了镇政府，院子里静悄悄的，鲁雄感到奇怪，心想：不是早通知他们戈先生要过来了吗？一般迎接客商都是使劲制造大动静，这怎么不见人影呢？他见院子里停着一辆好车，就和传达交涉，传达说戈老板已经来了，县政府办公室派车送来的，还带着一个很漂亮的女秘书，正在会客室和镇长谈着呢。

传达带着鲁雄几个人来到会客室外边，透过玻璃，他们看见一个肥头大耳、西装革履的胖子正在夸夸其谈。

“这次戈会长的投资绝对是大手笔，空前绝后，一共是十个亿，圣贤大厦两个亿，在卧牛山建设新型材料厂也是两个亿，戈会长派我来打个前站，初步考察。当然，还得看咱们镇上是不是有诚意，咱们要是不感兴趣，那边还有几个乡镇在等着。”说完扳着指头算账，旁边的女秘书在拿着小镜子补妆。

镇长满脸堆笑，一边递烟弄水，一边着急地说：“哪里哪里，我们怎么能不感兴趣呢，我们是求之不得呀。戈会长是活菩萨，您就是金刚，您有什么要求尽管说。”

鲁雄一看这个阵势，让传达把镇长叫了出来，拉住他说：“我是峥嵘公司的鲁雄，旁边这位才是真正的戈会长戈凡先生，没有派什么人来打前站啊。”

镇长先是一愣，随后明白过来，但也没有过于慌乱，只是连连说：“抱歉抱歉，乌龙了。”

随后镇长回到会客室，也不知说了什么，那位“先锋”就夹起皮包和女秘书跑了。经过戈先生身边的时候，看戈先生用眼睛盯着他，他就满不在乎地摆摆手说：“鄙人是澳洲效贤集团戈云先生麾下戈雨，失陪失陪，回见回见。”

镇长忙着安排戈先生一行人到会客室就座，那些欢迎横幅、水果点心都还对路，稍加整理也就不用换了，只是把席签重新布置了一番。镇长连连道歉，把刚才对戈雨说的欢迎话语又重复了一遍。经过这一阵子折腾，气氛有点尴尬。

鲁雄讲了这次考察的准备情况和需要解决的问题、合作注意事项等。

戈先生喝了茶水，吃了几瓣橘子，慢条斯理地说：“这个合作呢，急不得。依我看，过去是老虎太多，现在是猴子太多。”

“此话怎讲？”众人纷纷表示不解。

“你们看，这电老虎、油老虎、煤老虎、水老虎什么的，到处都卡你脖子吃你肉，能说老虎不多吗？猴子呢，美猴王不是会变嘛，吹一把毫毛，一个真猴子就能变出许多假猴子来，这不猴子也多了嘛。”戈先生伸出两手转了转，表示多得数不过来。

“哈哈哈”，大家都笑起来。

“那些老虎都是过去的事，现在不用担心了。”镇长自信地说，“现在领导都十分重视引资，投资环境大大改善，镇政府就连着高速路的一个出口，交通十分方便。老虎们都老实得不得了，有什么事都是主动上门服务。至于那些假猴子，有咱们戈会长真神坐镇，它们都现出原形，一阵风吹跑啦，哈哈。”

气氛活跃起来，戈先生谈到利用当地丰富的劳动力资源搞个贴牌内衣加工厂，原料和销售两头在外，订单有保证。有些残损什么的，当地也就消化了，处处有账算。镇长说：“好啊，正好镇上有闲置的厂房，是为一家生产帽子、手杖和太阳镜等旅游用品的厂子准备的，是外商，可惜那家没有办起来。厂房的建设标准还不低呢，镇上可以考虑以厂房和土地入股，现金嘛，说实在的，镇上还真拿不出几个子儿来。”

戈先生说：“好啊，咱们就到现场看看厂房吧。”

在路上的时候，鲁雄悄悄问镇长：“既然知道了刚才那两个人是假的，怎么不通知派出所把他们抓起来呢？”

镇长说：“您有所不知，现在这招商引资的任务压得太紧，就有了这些真真假假的外商，别人腰包里有多少钱，也不好上去解下腰带来检查嘛！说实在的，要是几天不来个‘外商’，我们也好像没干工作似的。这些人呢，也是蹬着鼻子上脸，混吃混喝也就算了，有的要提成，有的还要找小姐，像刚才那样自带女人的还是好的。刚才那两位也不知怎么联系的县里，就派车送他们来了，揭穿了对县里也不好嘛。”

鲁雄沉默了，过了一会儿说：“我在基层干的时候，还没有这些事，看来我得‘与时俱进’啊。”

6.2

鲁雄这次回到内地，有一项十分重要的任务，就是参加省里的“领导干部廉政防腐学习班”。其实，只有一天学习时间，主要内容是参观十里铺监狱，这里关押改造着他们曾经的同事，让失足落水者，进行现身说法。

大家都是普通学员，统一乘坐大巴车前往。车子开动后，鲁雄听旁边的人在悄悄议论：

“咱们这是第二期，上一期常书记、田市长也都进去了。”

“进去是进去，这不到傍晚又出来了嘛，就怕进去出不来。”

“是啊，此进去非彼进去。有这样的说法：不怕天天进去，就怕一次进去；该进去就进去不怕进去，不该进去硬进去活该进去。”

“呵，这都成顺口溜了。”

鲁雄环顾四周，不见钱圆的踪影，就和邻座的人打听，有了解情况的，说钱老板去欧洲考察了，听说是第四期过来。

“都跑不了，凡是够级别的谁也跑不了，早晚都得进去一回。”有人继续调侃。

这时，坐在前排的廉副书记回转身来，严肃地盯着开小会的人，众人都不敢作声了。车子跑得很稳，车轮摩擦路面发出好听的沙沙声，车厢有时还会刮到路边的树叶。很快，车子到了十里铺监狱的大门前。

到了这里，这些平日意气风发、夸夸其谈的官员们都沉默了，想说也说不出什么来。这里有一种独特的氛围，监狱的两扇厚重的大铁门严严实实地闭着，铁门两边是一丈多高的围墙，墙上绕着几道铁丝网，高墙拐角的楼上，有端着真枪的士兵在来回走动，身边还有些铁架子和探照灯之类的东西。停车的时候，鲁雄注意到，周围零零散散地种着几棵树，但好像没有什么鸟雀，不知是这里的环境叫它们有翅难飞呢，还是那些铁丝网带着高压电让它们难以立足。这里好像有种特殊的气场，人一到了这里，就感觉不得劲，浑身起鸡皮疙瘩。

下车之前，领队又宣布了几项纪律：

一、手机集中保管，不得带入教育基地；
二、参观时，合为一路纵队，不得落单；
三、遇到熟人，不得打招呼和交谈；
四、犯人作改造汇报的时候，不得鼓掌；
……

他们下车后排好队，来到大门前，大铁门缓慢地打开了，待大家都进去后，又轰轰隆隆地关上了。前面还有铁门挡着，抬头只能看见四四方方的一块天，真有落入牢笼中的感觉。鲁雄想起那些船闸，也是四面挡着，又想起到野生动物园参观的时候，也是这么在门口折腾了一回，那次幸亏没和吕燕一起去，她在场的话又该为动物们抱怨了。可现在这人和动物不也是一样吗？人到了这儿还有啥自由可言呢？这么想着，他们走完了安全检查、身份验证之类的程序。面前的门并没有完全打开，只是开了一个小门，学员们就一个个钻到里面。

院里的天地开阔了些，一边是几排车间，一边是办公楼，看不到犯人们住在什么地方。他们一连参观了三个车间，第一个是机械车间，犯人们在打磨金属零件；第二个是缝纫车间，犯人们在用缝纫机缝制衣物；第三个是工艺车间，犯人们在制作一些手工挂画。这里的犯人看起来特别机械、卖力，并不理会身边走过的参观者，只当是微风拂过。

鲁雄他们可都有点紧张，特别是那条“不得落单”的禁令让他们提心吊胆。大家知道这和几年前发生的一个事件有关，在另外一个监狱参观时，参观者中一个个子小的女同志失联了，后来在车间的下水道里发现她时她已经遇害。当然，罪犯受到了应有的惩处。可从此大家都明白了，凡是有铁笼子的地方，无论关的是人还是别的动物，这危险性都是蛮大的，看起来像绵羊的，也许转眼就变成狮子，都得小心为妙。

还好，一会儿就参观完了，鲁雄也没有遇到什么熟人。到了办公楼的报告厅，大家紧张的心情松弛下来，每个人面前都准备了暖壶茶杯，有等服务员过来倒水的，有自己动手的，纷纷喝了口水喘了一口粗气。这时候，监狱政委上台宣布："改造汇报会正式开始，先由 1085 号汇报。"

1085 号上台站在了一个角上，他穿着肥大的蓝白横纹的囚服，先是对着政委鞠了一躬，又对着不同方向的观众深深地鞠了三个躬，张口汇报说：

"各位领导，本人 1085 号，现年 45 岁，原系某国有企业负责人，由于法律意识淡薄，放松了对自己的要求，个人私欲极度膨胀，犯下了不可饶恕的罪行……"

鲁雄感觉这人面熟，仔细看看，这不是老谭——谭铎嘛！只是老谭是个胖子，现在这位像麻秆似的，那套衣服晃晃荡荡；老谭皮肤白，眼前的这人脸很黑；老谭平常架着金丝眼镜，这位戴的是个黑框眼镜。当然那说话的语气差得就更多了。鲁雄忽然想到大学时的谭铎是个瘦子，这是把他改造得"返老还童"了，看那张脸，他还是经受了不少磨砺。鲁雄听着那些汇报的内容，越发认准了自己的判断。

"我追求奢靡堕落的生活方式，经不起糖衣炮弹的进攻，被不良外商拉下水，收受贿赂十万美元；还腐蚀拉拢队伍内部的同志，对关键岗位上的人员放诱饵，行贿十万元人民币。天网恢恢疏而不漏，我已经受到法律的严惩，正义的铁拳是永远不会落空的！"

"在各位领导、政委、指导员、管教的教育下，我充分认识到我所犯错误的严重性。我像飞蛾扑火一般，挑战法律的权威；像跳蚤和臭虫，侵蚀社会健康的肌体，我是十恶不赦的罪人。我要认真改造，积极劳动，争取减刑，提前获得自由，改恶从善，重新做人！"到这里，老谭提高了声调，有人忘了纪律，会场发出啪啪几声零散的掌声。

政委威严地拍了一下桌子，说："不许鼓掌！"

会场就变得鸦雀无声了。

后面的几个报告，鲁雄没怎么听进去。

没有这场学习活动，鲁雄也是要见谭铎的，也办好了所有探视的手续。会见室里，一张长条桌，两边各有一个凳子，管理人员说："鲁总啊，到您这儿真是破例了，你们两个就在这儿谈吧。按规定不允许直接见面，能看见但不能接触，那些母子也是在铁栏杆两边隔空拥抱呢，你们就在这儿谈吧！我也不在旁边监督你们了，但有一条，说好的半个小时，一分也不能超过，请你也理解我们的难处。”

鲁雄表示了感谢，狱警就出去了。

随后谭铎进来了，看起来没有在会场上那么瘦了，脸也似乎白了一点儿。见到鲁雄他眼圈就红了，情不自禁地落下泪来，说：“谢谢你来看我，听说你去接那一摊啦？”

随后两人就坐了下来。鲁雄说：“是啊，刚才在会场上也听了你的报告了，你讲得不错，我都差点给你喝彩了。”

谭铎听鲁雄说他检讨时也在场，脸上更挂不住了，看狱警不在身边，小声地说：“人在矮檐下，怎能不低头。不过呢，就是确认了那两件事，是不是外面传得挺邪乎？真是墙倒众人推呀。”

“也不是，多数人心里还是有杆秤的。”鲁雄摆摆手说，“你看起来气色还不错，事已至此，相信法律，相信组织，好好改造，五年的时间很快就会过去。你有专业知识，有外经、外贸经验，还能做些事情嘛。”

“你这么说，我心里就踏实了。”谭铎抽抽鼻子，“也还好，凡事有弊必有利，祸兮福所倚，福兮祸所伏，塞翁失马焉知非福。到这里后，我追悔过，也绝望过，现在呢，都过去了，眼下是彻底放下了，有些事情也想通了。特别是让我管理监区的图书室后，有机会读一些过去想读没时间读，或者心情浮躁读不下去的经典著作，思考一些深层次的问题，真是大彻大悟呀。”

“还可以嘛。”鲁雄点点头。

“我现在身体也好了，压力没有那么大了，饮食也规律了，体重也达标了，三高也降下来了。”谭铎又拧了拧鼻子，略带自嘲地说，“还有那些整天缠着我的女人，这下好了，彻底隔绝了，难得这么清心寡欲呀。”

“你呀，就是对自己要求不严，没有搭起防火墙。”鲁雄诚恳地说，“看来，早晚得补上这一课呀。”

“是得怨自己。”谭铎又想起了往事，懊悔地说，“我被她们的香风迷雾吹得晕头转向，没有主心骨，用人不当，办事发昏，一失足成千古恨哪。”

说到这里，谭铎突然问起鲁雄：“你来公司这么长时间了，情况都熟悉了吧？”

“唉，你看你这个情况，咱们也没法办交接。”鲁雄叹口气说，“我只能自己摸索着干啦，还好，情况基本也搞清了，业务也慢慢走上正轨。”

“这就好。”本来，谭铎现在再管这些事，有点咸吃萝卜淡操心了，但不知怎么的，打开话匣子就刹不住车了，就问鲁雄："人员的情况也都掌握了吧？"

"掌握个大差不差。"鲁雄觉得对方可能有话要说，"你有什么想法直接和我说，我保密，作为参考，你不用有什么顾虑。"

谭铎说："到了现在我也就没脸没皮、不怕你笑话了，我正要和你反映，原来我有个相好的在邮局，本来在外面送件，我给说和着到办公室当内勤了，这不挺好的嘛，可人心不足蛇吞象，慢慢她又提出新要求了，非把她弟弟弄到咱公司不可，不办就闹着要到纪检委告我，这又费了不知多少周折，好歹让他进了公司。"

"要是个人才，倒也是件好事。"鲁雄说。

"啥人才呀。"谭铎愤愤地说，"有几个证书，那都是别人替他考的。也没有什么像样的文凭，可咱们这样的公司没有大学文凭能行吗？那只能再开动脑筋，把别人的毕业证找来，把他的照片贴上，改头换面一番，再弄个复印件糊弄糊弄。人事部门审查的时候，有我提前关照，也就睁一只眼闭一只眼啦。"

"哎呀，老谭啊。"鲁雄有点恨铁不成钢，"你这违反原则的事还不少呢。"

"这都是报应啊。"谭铎恨恨地说，"我多少大风大浪都见过，没承想在这小阴沟里翻了船，我出的这两件事都和这小子有关哪。"

"啊？有这么严重？"鲁雄疑惑着。

"可不是嘛，这小子尽管没什么文化，可办事还算机灵。先是安排他在财务部当出纳，跑个腿送个信还算牢靠，就这么着，后来我办什么事也带着他，还比较会看眼色，也出了点力，就被提拔起来，扶上了财务部经理的位子。"谭铎回忆道。

"你说的这个人我知道了，就是常冲吧，我从别人那里也听到一些反映。"鲁雄关切地说，"财务部经理是多么重要的岗位啊，你这用人有问题，看来真得好好反省了。"

"现在是悔之晚矣！"谭铎懊恼地说，"你要愿意听我就说，愿意看的话，我就把这血肉模糊的伤疤再撕开一回。"

鲁雄认真地点点头。

"那个'闪电小子'的马主綦老板，就是这小子牵的线，说得那是一个天花乱坠。正巧省里一个领导讲话提到要发展赛马文化，我就想着响应一下。

开会研究的时候，老战他们都反对，是我力排众议，拍板定了，很快手续也办完了，资金也放出去了。”说到这里，谭铎似乎恢复了一把手的气派，脸面紧绷，眼神有光，但随后就松弛和暗淡下来，“说实在的，我只是想着赶个赛马文化的浪头，还没想着个人得什么好处。这件事办完没有多久，有一天这小子笑眯眯地来到我的办公室，说是綦老板送我一盒加勒比海湾的上等雪茄，放下东西就走了。”

“后来呢？”鲁雄问道。

“哪里有什么雪茄，一卷卷的都是美元嘛。”谭铎接着说，“刚开始的几天，我觉也睡不好，心里不得劲，烟也抽得多了，过了几天，别的事一多，就慢慢忘了这件事。”

“哎呀，这么重大的事，你也太不上心了。”鲁雄责备道，“那么送钱的事呢，也和常冲有关？”

“正是。”谭铎说道，“财政部门拨给咱们三千万的扶持资金，厅长都签字了，可就是迟迟不到位，我就寻思着该找找具体经办的处长了。晚上这小子开着车，我们就到了处长家的楼下，他在车里等着，我就提着提前准备的茶叶和高丽参到了处长家里，客气了几句，处长也就收下了。回到车里，这小子才告诉我，他把茶叶换成了十万元现金。”

“这胆子够肥的。”鲁雄说。

“把我给恨得，当场就要开除他，交纪委查办。这小子连连求饶，说是为了公司着想，把事办得牢靠些，不行就自己垫上。结果第二天那款就下来了，我一高兴，又觉得家丑不可外扬，就饶过了这小子。过了几天，他胡乱找了些单子让我签字，冲了那十万块钱。”谭铎两手一摊，不知是表示数目呢，还是显示无可奈何。

鲁雄气不打一处来，大声斥责：“都是别人教唆，那你自己……”话还未说完，狱警进来，说时间到了。

两人的谈话也就戛然而止。

6.3

鲁雄离开十里铺监狱的时候，大巴车早就开走了，是栓子派司机来接的他，两人约好一起吃个晚饭。

两人来到一个叫“小团圆饭局”的地方，这是栓子自己开的一个比较隐秘的店，有十几个房间，只接待熟人。两人占了一个很小的包厢。一进门，栓子坐在沙发上，也不让座，也不看茶，大嗓门嚷嚷开了：

“你们这些当官的，我算是看透了，都是一副德行。”

“哪个当官的又惹你了？”鲁雄一边笑着应道，一边自己找地方坐下。

“你说你对得起别人吗？”栓子抱怨着，“重色轻友，典型的重色轻友啊。上次在核桃峪，我还以为你会为我说句话，谁知你跑来跑去，都是为了那个唱戏的女的。最后周局长挑出了几十只有免疫证的狗交给她们，她们都欢天喜地的。我这边什么都没捞着，路子也断了，弄得我在朋友面前好没面子。”

“你怎么想是你的事，我是有原则的。”鲁雄板着面孔说，“她们是动物保护志愿者和爱心人士，保护动物的出发点是好的，只是着急了点。你们这种做法不行，违背公序良俗，能赚到钱也是火中取栗，断掉是早晚的事。早断比晚断好，你们赶紧找别的项目，就不要在这件事上再撞南墙了。”

这时候，服务员早把他们平常喜欢的饭菜酒水准备停当，给他们开了一瓶“临山大曲”。鲁雄举杯，栓子勉强碰了一下，愤愤地说：“你给我唱高调，演员也给我上政治课，我是老鼠进风箱两头受气啊。”

“啊，吕燕怎么惹你了？”

白酒下肚，栓子说了起来。

在核桃峪那天，鲁雄去找周局长说话的当口，吕燕和栓子在车上等着。栓子打发司机去买核桃，虽然他感觉这吕燕没有舞台上好看，但不管怎么说也是场面上的人，就想借着机会套套近乎，从他各式各样的名片中，找了一张只标有残协副会长头衔的名片递给吕燕，说：

“太荣幸了！以前在舞台下见过您，那都隔着老远，在电视上见过您，那还隔着玻璃。没想到您在舞台上光彩照人，生活中这么平易近人。”

“谢谢李会长捧场！”吕燕看了一眼名片，心想这位铁拐李还有几分幽默，“舞台上呢，打着些灯光，罩着些虚幻的光环，把平平常常的人硬生生拔高了，那都不太真实，不如生活中实在。”说完又把话题转向对方：

“听鲁总说，您当年高考成绩很好啊，就是因为体检给耽误了。”

这触着了这位李会长的痛处，他拍了一下残腿说：“就是嘛！当年那办事的大夫太不通融，气得我几次不想活了。有一次，系好扣子把脖子钻进去了，谁知道那草绳子太烂，禁不得重量，我从门框上摔下来，死里逃生。”

“这好可怕啊。”吕燕同情地说。

“大难不死必有后福。”李会长很快从回忆中摆脱出来，拍了拍真皮座椅，“幸亏没死，要是死了，也就坐不上这好车了，也就看不到您演的戏了。”

“就是嘛。”吕燕说，“现在有政府扶持，也是为了弘扬人道主义精神，很多像您这样身体有点小毛病的人事业都做得越来越大了。”

“唉，凑合着混口饭吃，还得请您和鲁总今后多关照。”李会长客气起来，又指着前面乱哄哄的人群，“说起这人道，我就有些不明白了，还得请教您这有学问的人，您看这‘人道’兴起来也没几天，吃饱肚皮也没几年，转眼这‘狗道’‘猫道’就火了，好像比‘人道’还着急。这么大的阵仗，也耽误不少别的事吧？”

吕燕思索了一下，认真地说：“我觉得其他动物和人一样，都应该拥有基本的权利，首先是生存权。天地创造万事万物，动物和人在同一片蓝天下，应该是和谐共生的关系。人应该关爱和保护动物，特别是那些和我们朝夕相处产生感情的动物。有人说它们是宠物，我觉得更应该把它们看作朋友和伙伴。现在有些人为了牟利，把黑手伸向这些可爱的动物，这种行为应该受到谴责和处罚。”

李会长感觉话不投机，可也不好直接争辩，就敷衍说：“是啊，上层人士都这么说，您也是爱心满满啊。”

“我只是服从自己的内心，感觉对的就坚持。这生态保护的事真是刻不容缓了，保护动物呢，也是保护人类自己，保护生态的平衡。现在动物消亡的速度很快，假如所有的动物都灭绝了，那人类还能独善其身吗？”吕燕坦诚地说。

李会长觉得自己有点像在肥皂泡泡中游泳，无所依靠，浮不起来。

听到这里，鲁雄笑了起来："你这上的是一对一的正课啊，那我还旁听了一个晚上呢，又能怎么样？"

"有点意思，详细说说。"

昨天晚上，鲁雄一直等到吕燕演出结束，从幸福剧院侧门接到她，两人慢慢在街边走着。华灯初上，宽阔的林荫大道通向远方，从剧院里鱼贯而出的汽车一辆辆消失在夜色里。

"演出很顺利吧？要是累了就早点回去休息。"鲁雄关切地说。

"演出百分百成功！我一点儿都不累，我还能再演一场呢。"吕燕仰起脸来，一只手臂在空中挥了一下，劲头十足地回答。

"啊？"鲁雄有些迟疑，指着那些汽车的尾灯，"咱们把他们再招回来……"

"嘿嘿，我想演他们不一定想看了，不能强人所难。"吕燕歪头略加思索，"咱们去划船吧。"说着两只手做了个划桨的动作。

两人来到不远处的大东湖边上，白天供游人自划的平底小船，这会儿都用铁链拴了起来，微微地浮动着，像是进入了梦乡，又像一个巨大的舞台。有几只舢板亮着昏黄的灯，幽幽地泊在码头上，像是舞台边上几个零散的观众。听到有人走动，一个三十多岁的精壮汉子从船上转过身子问："两位老板，坐船吗？"

"想坐啊，还没打烊吧？"鲁雄回答。

"您来得正是时候，过几天上游的水就下来了，那这个点就都在家看电视了。"

两人在船上坐好，精壮汉子把舢板推离码头，几乎没有什么波浪，他们只听得摇橹的哗哗声。船滑行着离岸越来越远，微风徐来，吹在身上十分惬意。两人随意地聊着，这位艄公却像是猛然间有了重大发现，转向吕燕喊了起来：

"您是云嫂。"他说出了吕燕在戏中的名字，又面向鲁雄，"您是八路军的伍团长。"

鲁雄连忙否认，这位艄公细细观察两人的表情。"伍团长拿不准，云嫂绝对是错不了的，您还没有完全卸妆嘛！"他打开话匣子，"春节慰问复员退伍军人的时候陪着老父亲看了这个戏，他高兴得和小孩子似的，老人家当年就在戏里演的那个地方打仗。后来老人家托人搞到了影碟，经常在家里看，前几天还说云嫂的表演有深度接地气，还想在现场再看一遍，不想今天就在湖上巧遇二位了。我回家给老爷子一说，那他不得高兴得又多喝二两？到邻居串门又有的白话了。”

吕燕也很高兴，说：“咱们留个联系方式，下次演出的时候我给老英雄留个好座位。”

两位越说越投机，反倒把鲁雄晾在了一边。两人从表演说到剧情，艄公疑惑地问道：“您说世界上真有这么狠心的人吗？真的不要自己的小孩了，留下一个没有任何血缘关系的刚认识没几天的孩子？”

吕燕说：“是啊，一开始我也有和您一样的疑问，感觉这个母亲太绝情了。可深入走访那些故事的原型人物，了解当年浴血奋战的情景，再一场场演下来后，就慢慢融入当时的情境之中了。您想啊，千钧一发之际，哪容得下慢条斯理地思量，就一瞬间的事，只能丢弃自己的孩子，把八路军的后代保护下来了。”

“也是这么个理，可感觉还是太残酷了些。”艄公摇橹的节奏有点加快。

“这就是一道‘大我’‘小我’之间的选择题了。”吕燕说道，“为了整体的利益牺牲个人。为了主力部队抓紧转移、村里的群众赶快隐蔽，只能牺牲自己的家庭。根据地的老百姓是有这个觉悟的，云嫂作为一名多年的老党员、村里的干部，做出这样的壮举也是情理之中的。”她在灯影里抹起了眼泪。

“很不简单啊，咱这些普通人只有仰望的份了。”艄公摇橹的动作慢下来，感慨道。

“学习英雄可以有多种多样的方式啊。”吕燕真诚地说，“我呢，演好了云嫂就是向英雄致敬；您呢，这么晚了还在认认真真地工作，回家还要照顾老爷子，也值得人们好好学习啊。”

“还真是的，您这么说我身上的劲头就更足了。”艄公调整船头，开始回航，“今年的汛期结束后，大东湖马上开始清淤拓界，按照国家级园林的标准再建设几个新的景区。明年这个时候你们来就更好了，湖至少比现在扩大一倍，风景自然也更好看了。”

鲁雄想：那这两位还不得一气儿聊到天明啊。

“哈哈，你吃醋了。”这会儿轮到栓子嘲笑鲁雄了，“你这醋都倒到大东湖里了。”

“去你的。”鲁雄挥挥拳头。

“别动粗，说正事呢。”栓子一本正经起来，“说真的，你这位女朋友人长得漂亮，能看出来事业心挺强，思想境界也高。”他又和鲁雄碰了一杯，说：“你搞得咋样了？你得抓紧进行，赶紧进入实质阶段嘛。”

“这八字还没有一撇呢，你急啥，皇帝不急太监急。”

“你赶紧搞成了，让她也给我从剧团找个人。”

“你还找？”鲁雄吃了一惊，放下了筷子，“你和模特彩云不是去年刚结婚吗？怎么了？”

“这不是最近又离了嘛。”栓子轻描淡写地说，“我经营婚姻不行，这不又失败了嘛。”从口气听不出是遗憾还是庆幸。

“这就怪了。”鲁雄疑惑地说，“有些企业家做起生意来都是人精，所向无敌，一个接着一个成功，可搞家庭生活怎么就不行了呢？失败挂在嘴上，还比谁失败的次数多，好像次数越多越光荣似的。”

“也不是。”栓子辩解说，“现在女的毛病都挺多，太挑剔。”

“不是吧，那你找的这几个还能都是坏人？”鲁雄批评起这位老友，“你不要觉得口袋里有了几个钱，就烧包起来没完了，你还是找个人踏踏实实过日子吧。”

“哎呀，你不也找明星嘛！”对方很不服气，“你们这些当官的，都是属手电筒的，光照别人不照自己。”

“你说得不对，有空我真得好好给你上个政治课了。”鲁雄有点生气。

两人话不投机，又转回到核桃峪的事。栓子感慨起来：“周局长之前的唐局长，那办事叫一个利索。有时候，他们也不管，直接就交给我们处理了，怎么往上写报告那是他们的事了。有时候，身边人早把地点透露了，到了现场，他们那边处理，我们这边接收，下家早等着了，流水作业，一条龙一切OK。”

鲁雄严肃地说：“正因为这样，我不但不能帮你，还要让你马上停住！看来这里面，有人不但违纪，很可能还违法。我可是提醒你了，你那些朋友也许有人会受到调查，你要有什么事尽早说清楚，我这就是帮你了。”

“我花钱买东西，一手交钱一手交货，公平买卖。”栓子还是嘴硬，“你别拿大帽子压人。”

“要赚钱，要合法地赚该赚的钱。”鲁雄继续开导他，“我的李会长，你这乌纱帽戴在头上也是有分量的，不能随性而为。”

“这算啥乌纱帽。”栓子不屑一顾地说，“真正的当官的从来不戴这些帽子，这都是你们这些官糊弄人的东西，是纸糊的鸟，光好看不能叫唤。”

“哈哈。”鲁雄摇头苦笑，“我就不明白，你每分钟都烦这些当官的，可还不是想法巴结他们，整天和他们搅在一起嘛。”

“我这叫勉从虎穴暂栖身。”栓子好不容易从戏文里找到这句话，又故作深沉地说，“肥肉都在他们的利爪之下，我有啥办法呢？等我挣到那个数，就一脚又一脚蹬了那些局长、主任、明星、委员什么的，带着一帮手下遁入深山老林，占山为王，岂不快哉！”他一边说一边挥舞手里的筷子和杯子，好像真入戏了。

“你醒醒吧！”鲁雄拿杯子迎着碰了一下，“你挣到啥数啊，一个亿还是十个亿，多少才能喂饱你？”

“这个嘛，不是小时候咱们一起掏鸟蛋的时候了，那时候我对你比对自己还实诚。现在不能告诉你。”栓子卖了个关子，又刺起鲁雄来，“我听当官的朋友说，官场整个就是猴子上树，往上看，都是屁股，往下看，全是笑脸。看笑脸大家都喜欢，摸冷屁股谁也不乐意，哈哈。”

“这是胡说八道！”鲁雄一本正经地说，“革命队伍内部哪是这样的呢，这都是一些不务正业的二混子编出来埋汰人的。”

“哈哈，别发怒嘛，又不是指名道姓说你鲁某人。”栓子嬉皮笑脸地说，“不过呢，据我对你的了解，你受了委屈也不会在我面前说。说句心里话，趁着现在有权，还就得办点个人的事，官场上那些烦人的事整天把你搓揉个半死，也得弄点补偿嘛。我这里准备了几个项目，你出资也行，不出资出力也行，只要你真心实意参与进来，给你算个干股，分红少不了你的，比你那工资高多啦。”

“给你说了多少遍了，我不参与你那些项目。”鲁雄坚决地说，“今天刚刚进行了现场教育，活生生的例子就在那儿摆着，这都是曾经的同事、同学、战友，一个不小心，越过红线就犯事了，得警钟长鸣，再不警惕可不得了！下次我就建议，把你们这些组织的会长、理事什么的，也带进去看看，也得受同等教育。”

“这些假官没有你们这些真官容易吓唬。”栓子摇摇头，继续说道，“你看见公路上跑的车了吗？你看见天上飞的飞机了吗？这车是隔三岔五出事，飞机也有掉下来的，可这坐车坐飞机的还不是照坐，也没见哪个吓得不敢坐了呀？”

“你越发胡说了。”鲁雄气得放下杯子，“你这个比方挺荒谬，不喝了。”

“随便。”栓子也没有再劝，“不过呢，你也别太认死理了，我知道有个姓钱的女老板，和你一样都掌管着一家挺大的公司，她外甥就一直在外围和她联手倒弄一些事，都是自己人，左手倒右手。我和她这个外甥吃过饭，好像也没有多少文化，从农村过来没多久，说话还带着土坷垃的腥味。”

“别人的事我管不了。”鲁雄摇摇头，又联想到钱圆当面说的那些话，暗忖这个人行事有点出格，今后和她打交道也得小心点。两个人都喝得差不多了，鲁雄换了亲切的语气说道：“我肯定还是要帮你的，明天就带你去见个外商。”

“好嘛，你再不帮我，这个世界上真就没人帮我了。”栓子嘴上这么说，心里却想：你就是块生铁，我也得把你给焐热了。

“我琢磨着，咱们都从农村来，你待在农村的时间比我还长，对农村和农业比较熟悉，咱们国家又是人口大国，民以食为天，围绕农产品做文章很有干头。”鲁雄推心置腹地说，“我给你介绍的这个女老板，就是搞农产品一条龙开发的，你可以和她长期合作。”

“还是女老板，多大岁数？长得漂亮吗？比吕燕怎么样？”

栓子的口水似乎要流下来了。

“你别想歪了，她不是你的菜。”鲁雄吃完了，把面前的东西向外推了推，“我只管给你们接上头，你们自己谈，自己考察清楚了，赚了钱也不用感谢我。如果出了什么岔子和风险，也别怨我。”

“这就感激不尽了，赚了钱请你吃饭。”栓子放下筷子，狠狠地抱了抱拳，心想：根据以往和官员打交道的经验，先找个由头把你套住，以后有什么麻烦事你也脱不了干系。他看了看鲁雄的表情，又加上一句：“烤鸡翅，打卤面，保证不超标。”

鲁雄微微点点头，不知是表示同意呢，还是想到别的什么地方去了。

服务员换了茶水，他们又喝了一会儿茶。

6.4

秋天的原野上，艳阳高照，收割机轰鸣，好一派丰收景象。鲁雄、栓子和由副总来到临山郊区靠水镇，在一大片温室大棚前面下了车。他们钻进了一个大棚。别的地方忙着收获，这里却在忙着栽植，甚至播种，只见工人操纵着一台类似插秧机的东西把一棵棵小苗栽到土里，一排排的看起来倒也整齐，有个别栽得不是那么规整的，就人工再补栽一下。鲁雄看见有个农妇模样的人，指挥着几个穿工作服的人弄这弄那，就想过去问问情况，到了跟前一看，这不是汤姑娘嘛！

"哎呀，汤总！"鲁雄喊起来，"看你这身行头，真成了咱临山的农民了。"

"是吗？"汤姑娘也幽默起来，"这说明包装也很重要啊，农业产品要看包装，资本市场也要看包装，包装是一门大学问哪。说真的，我倒真希望变成咱临山的一介农妇，这样就更加熟悉情况了。"

"您这进入角色已经够快的了。"鲁雄赞叹道。

"太阳每天都是新的。"汤姑娘自豪地说，"我成了小学生了，时时学习，天天向上，现代农业学问太大了。"

汤姑娘说着按动手里的遥控器，棚顶上的遮光板旋动起来。"鲁总你看，通过调节进光量来调节温度，天再冷一点儿，还有一套独立的加热系统，有喷淋、滴灌系统，温度湿度全部自动控制。"说完，她又打开地面的一块盖板，地下的槽子里布满了蛛网般的管线，"这大棚和人一样是活的，血管、神经都在这里呢。这土也不是一般的土，都是根据科学配方调制出来的营养基。新进口的那台栽植机，出错还是多了一点儿，工程师还得再调试。现在栽下这些芦笋小苗，到了外面大雪纷飞的时候，咱们就可以收获了，直接出口也行，自己的工厂深加工也行，怎么样？"

"好啊！汤总干哪行都是状元。"鲁雄两只手都伸出大拇指，说完才想起介绍身边的两位，就一手揽住一位，简短地说："汤总呢，不用我细说，是著名的海外爱心企业家。这位是我的发小、农民企业家李铁栓，对投资现代农业很有兴趣；这位是咱们公司的由副总，今后由他来具体协调一些合作的事务。”

“幸会幸会！”汤姑娘想握手，发觉手上沾着泥土，就比画了一下，“你们看这田间地头，也没个茶水招待。”

“不用招待。”鲁雄爽朗地说，“大家对汤总仰慕已久，就在这飘着芳香的泥土地上看现场，敞开谈。”

汤姑娘又兴奋地和这两位说起来，话题慢慢从种植技术转向财务的核算方面。栓子毕竟是农民出身，也搞过经营，和对方能说到一起去，但他心里有个小九九，觉得搞农业这玩意儿太麻烦，还是想挣快钱。由副总可能是不上班时间久了，刚出山就到这野外来了，有点不适应。他穿着笔挺的西装，扎着漂亮的领带，和周围环境不搭。他对农业了解也不多，更没有自己的想法，凡是汤姑娘反映的问题，他都答应和鲁总汇报，凡是对方要求解决的事项，他都承诺请示鲁总。

趁着他们谈话的时候，鲁雄给公司主持工作的何副总通了电话，说：“我之前研究确定的几件事抓紧办理，包括常冲调回内地的事。”何副总都答应着。鲁雄又问公司最近的情况，何副总说一切正常。又谈了班子几个人的情况，鲁雄担心老战和吴副总对有些事看法不一致，原来老谭在的时候这种情况都是老战主持工作。鲁雄思考了一下，说：“这样吧，现在由副总也上班了，原来我想留他在内地配合推进咱们和汤姑娘的合作项目，不如换成老吴，毕竟他干地方官时间长，人头熟，有优势，由副总就回公司本部。你先不用吭声，待我和他俩分别谈话后再落实。”

何副总又汇报有关“闪电小子”这个案子的情况：“费了九牛二虎之力，终于在龙门地方法院立案了。举证这个环节很麻烦，那些媒体报道的都不算数，不能作为原告方的举证，幸亏我到南美洲去的时候偷偷拍了些照片，现在都用上了。再就是上了报纸的不算，记者采访的一手资料反倒算数了，当然记者也得履行做证程序，法务部又通过各种关系找了几个可靠的记者，委托的杨律师也出了点力。立个案就这么麻烦，以后这个官司还有得打。”

鲁雄说：“行啊，走一步是一步。”

正商量着，忽然两个工作人员来找汤姑娘，说：“不得了啦，工人闹事了，得赶紧去看看，否则真耽误大事了。”

一行人急匆匆赶往郊区的加工厂，这里原来有家罐头厂，因为经营不善进入了破产程序。这里租金低交通又方便，几排厂房还算完整，有些设备也能用上，汤姑娘和鲁雄商量后，就和清算班子签订了厂区的租赁合同，把这里作为他们合资公司的生产基地。还吸收了一部分原来罐头厂的技术骨干，重新签了就业合同。谁知这个消息传开后，那些没有被聘用的工人不干了，有几个挑头的就闹开了，说本来在厂子干得好好的，被当官的生生给搅黄了，现在又要送给外商，这是榨工人的骨髓给外商输血，砸了工人的泥巴饭碗给外商送金饭碗。

工厂大门前堵着两台旧机床，道路也被挖断了，一伙人打着“要工作要吃饭”“以厂为家以身护厂”的横幅拦在路中央。鲁雄他们停车走了过去，汤姑娘说：“哎哟我的妈呀，这阵势只在电视剧里见过呀，怎么咱们也遇上了呢？”

人群中有认得汤老板的，就喊了几句口号。

栓子悄悄捅了一下鲁雄，说：“我还约了个朋友，我先撤了，你和汤老板说一下，抱歉。”说完就上了自己的车，走了。

汤姑娘对着工人们大声喊道：“你们谁是头儿啊？你们推举代表出来，咱们谈判。”

对方吵吵嚷嚷，没有人出来。

鲁雄就找了一页纸，在上面唰唰画了个表格，对由副总说：“你找个地方复印一下，一会儿发给他们，征求一下意见，看看大家有什么诉求。”

第七章

老城旧事

7.1

钱圆从欧洲回来后，也参加了去十里铺监狱参观学习的活动，只是因为倒时差，她昏昏沉沉的，不在状态，就随着众人走了一遭，也没特意关注什么。

圣贤大厦开始建设后，不是很顺利，钱圆预感可能要有点小麻烦。果然，地基开挖后涌水不止，建设公司调了四台大马力水泵，设置在四个角上，日夜不息地抽了一周，出水量还是不见减少。这天晚上，钱圆没有和别人打招呼，带着柴福来到了现场，只见工地上灯火通明，竖着一些架子，有几个工人的影子在晃动着。她面前有一个深深的大坑，全是水，灯光打在水面上发出幽幽的光，深不可测的样子。抽水机的轰鸣声、哗哗的流水声和叮叮当当的敲打金属的声音混在一起，叫人听着心烦，抽出来的水汇成一条暗色的河，流到不远处的泄洪沟里排走了。

建设公司的巩经理还在工地，听说大老板来了，急忙就跑了过来，一副诚惶诚恐的样子。本来就有点紧张，加上工地上噪声太大，他说话有点颠三倒四，钱圆最后终于搞明白他的大体意思：建设公司的班子成员不敢怠慢，一天二十四小时在这里守着。“再增加几台水泵，找个专业的公司处理一下。”钱圆恶狠狠地说，“限你们三天之内把这涌水的问题解决了，还没有上路呢，就被这拦路虎给堵在门里了，这怎么行？”

柴福和巩经理有些交情，就尽量缓和气氛，说：“旺水就是旺财啊，这是老天爷给咱们送钱来了。听说这几年发现了不少矿泉水，有些其实就是普通的井水。这些水要是矿泉水，咱们再顺带建个水厂，那不是财源滚滚来嘛！

再往下挖，说不定还有温泉，建个高档的温泉酒店也不用自己烧水了。”

巩经理忙说：“马上安排采样，明天派人到检验所检验一下。”至于深处是不是有温泉，他现在一时还顾不得。

第二天下午钱圆在办公室，柴福急匆匆地来了，手里拿着检验报告，有点沮丧地说：“看来不行，有用的成分不够，无用的成分有点多，所长说过几天详细测测再出个报告。”

钱圆没好气地说：“不行就不行吧，这又不是医院的培养皿，过几天还能整出个啥景来？”心想：前几年一下子冒出那么多矿泉水，我就觉得不对劲，这猫腻少不了，不管什么水喝下去就完了，那有效没效多久才看得出来呀，肚子里也没个检测仪器。现在这些事慢慢都管得严了，再跟着去弄就变成别人牵驴，你成拔橛子的了。

柴福见惯了钱圆的冷脸，并不在意这个，想了想又说：“这姓鲁的推荐的这个项目看来是打着埋伏呀，如果好的话他自己怎么不干呢？贱钱无好货呀，这件事这么容易就交给我们，我就觉得不踏实。”柴福设身处地为领导着想，看对方还没有什么反应，就又说道：“我看这鲁什么也是个官迷，姐姐你和他打交道也得小心点，这想当官的人鬼点子多着呢。”

钱圆还是没有表态，柴福又说道：“临山学院有个老师叫赵可锤，考证这里原来是个古战场，几万个俘虏在这里被杀了。他们还为了是怎么个杀法争论起来了，光研究经费就有上百万呢。”

钱圆这才开了腔：“好嘛，你小子啥时候也看书了？”

“不是看书。”柴福跟上说，“这不是小车班的几个人在一起瞎议论嘛。”

“哼，看来这小车班有点清闲，净谈论这些不咸不淡的事，得给你们加加工作量了。”钱圆又恢复了严峻的面孔，说起这个“古”字，也勾起她满腹心事。这片土地历史悠久，遗迹太多，搞个建设挖个地基，搞不好就弄出什么古物来，那文物部门就得来勘查清楚，停工十天半月也很正常，可这损失谁来承担呢？这规定那规定，有些规定也是坐办公室喝大茶的人凭空想出来的，顾了这头顾不了那头。幸好这几年在她的调教下，这些事建设公司的几个人都能应付了。真发现什么赶紧处理掉就完了，万一出了事就往施工人员身上推，这么着才能保证效益嘛，弄出点老物件来就这么耗着，谁能受得了？这次这个涌水真有点邪乎。

柴福毫不气馁，继续建议说：“尽管好多年了，可死的人太多，煞气太重，得请个大师做做法事了。”

这倒提醒了钱圆，她说：“上次师傅开光的法器还从来没有派上用场，养兵千日用兵一时，师傅说大事可用，到了用的时候了。”柴福马上就要去取，钱圆拦住他说：“今天晚了，明天上午选个吉时到家里去请来。”

第二天上午柴福敲门的时候，老康刚把家里收拾完，在阳台上浇花。他开门后，柴福说了一声“老康，拿东西”，就直奔主卧室而去。老康怔了一小会儿，心想：这姓柴的小子越来越没大没小了，特别是每次说话的速度都很快，听上去像“老……东西”，他心里愤愤的。可钱圆的事他根本管不了，也从来不问，只能随他们去。

待柴福拿东西走了后，老康在阳台上架起了一张藤椅，半躺着晒了会儿太阳，又抽了一支烟。烟雾缭绕中，那些回忆中的碎片又慢慢聚拢起来，连成了比较清晰的画面。

他从西南省份的山区里走出来当了兵，也能吃饱肚子，但说实在的，这工程兵干的活儿比农民还苦上不知多少倍，农民给集体干活儿时偷奸耍滑最多被队长呵斥几句，可当兵的都是有组织有纪律有觉悟的革命战士，军令如山。他们部队奉命在大山里开凿“三线”工程，受多少苦就不用说了，最要命的是还要排除哑炮，大伙儿都知道这是个闯鬼门关的活儿。

这天，掌子面上又连着出了哑炮，他们班长在排除作业时，炮突然炸了，班长被炸成了重伤。他急红了眼，就要冲上去，刚提了副班长没几天的他不知哪儿来的勇气和力气，一下子把连长顶了个趔趄。他冲到炮眼底下并没有急着动手，而是凭着几年磨炼的经验仔细听了听，里面还有动静，他急忙退下来说：“再等一分钟。”

过了十来秒，就听到了一声惊天动地的炸响，他们也不管那些碎石烟尘，全冲到里面，方连长高兴地打了他几拳，说：“你小子，是个材料！”

他立了二等功，从此就跟了方连长。又过了几年，方连长提成团长，就把他提了干。他又跟着后来的方政委来到县里成了武装部的一名组织干事，他心想这下好了，到地方没难事了，谁知新的困难又来了：要写文章。小小的钢笔似有千斤重，他脑子也不转弯，不知何处落笔，打了退堂鼓。方政委把他叫到办公室，一只手举着笔，一只手拍着桌子训斥说：

“这是什么？这不是笔，这是投向敌人的匕首，是战斗的武器呀！革命战士怎么能被这么点困难吓倒了？能拿得了钢钎子，还拿不了这三寸羊毫？当然，在炸药包面前是英雄，在思想上可能是个狗熊。哈哈，你可给我想好了，英雄还是狗熊，你自己选。”

从此只要有空，他就琢磨写文章的事，晚上趴在桌子上一直写到后半夜。待那些抓钎子磨出来的老茧消得差不多，面皮也因为常年在屋里待着变得白起来的时候，这文章也慢慢写得熟练起来。

刚接触钱圆的时候，他也没怎么在意这个小丫头，只是觉得她挺活泼，人也勤快，不讨人嫌，说不上怎么喜欢。小钱慢慢和他熟络了，叫他“康哥”或者“健哥”，也挺爱跟他闹着玩。有时还会故意把他的军帽拉歪，说：“康哥你别总是这么一本正经，你演个匪兵给我看看。”有时还跑到背后用手把他的眼睛捂起来，让他猜，他就故意猜别的人，让她生气，说心里没有她。这样的日子过得很快，有一次，小钱彻底把他惹毛了。

方政委要到地区做发言，要求他一定得把这讲稿整得明明白白、清清楚楚，来个一炮打响。好嘛！他也觉得显脸面的时候到了，就下了一番苦功，熬了几个通宵，最后把这讲稿写成了，有血有肉，有骨有筋，自己也挺满意。这天下午方政委要看讲稿，他明明记得讲稿是放在桌子上的，可满屋子怎么也找不到了。

无可奈何，他只得硬着头皮来见方政委，方政委见他两手空空，严肃地问道：“小康，讲稿写完了吗？”

他只得解释说：“政委，还差一点儿，有个最新的提法我得加进去，再就是，还差一个东风公社活学活用的典型事例，就差一点儿啦。”

“那你回去赶紧弄，晚上送过来。”政委的脸色缓和了些。

“政委，那个新提法我还得核对一下原著，这个典型事例也得再核实，免得兄弟县市挑出什么毛病来。明天早上吧？”

“好你个小康，最近怎么跟掉了魂似的，别以为我看不出来！”方政委怒道，“明天早上六点，你这讲稿要是再拿不出来，耽误了地区开会的大事，我就剥了你这身黄皮！”

回到自己的办公室兼卧室，小钱还没走，他就厉声质问她：“是不是看到我给方政委写的讲话稿了？”

小钱只是摇头。两个人把床铺下、办公桌的抽屉又翻了几遍，还是不见稿子踪影。他就学了方政委的做派，对着小钱厉声说道：“这里别人也没有来过，你拿了讲稿就是偷窃行为，再不老实交代，我就给公安局打电话把你抓起来！”

小钱就嘤嘤地哭起来，说她看到字写得那么漂亮，就带回家想当字帖，可随手一放，她姨以为是没用的废纸，就点炉子了。

“岂有此理！”他气得在屋子里转了几圈，打定了主意，“你走吧，我凭着回忆，今天晚上再赶出一份来。”

“康哥。”小钱知道他又要开夜车，就黏着他，“不是有个说法叫红袖添香夜读书嘛，我陪着你，你这文章写起来也该如有神助吧？”

“啥红袖啊，简直是魔爪，还添香，你这乱添得还不够吗？”他不由分说把对方推出门外，插上门栓，回到办公桌前，排除一切杂念，在稿纸上奋笔疾书起来。

待到天开始放亮，讲稿基本完成，就像他和方政委说的，“只差一点儿”，他停下手中的笔，活动了一下发麻的胳膊。他想找点水喝，听到院子里有动静，就想到外面呼吸几口新鲜空气。刚出门，他看到小钱就在门外蹲着，手里还提着瓦罐样的东西，她说：“康哥你写完了吗？我姨给你煮的鸡汤面条都凉了，我给你热一下。”

让小钱进屋后，他很后悔昨天对她的态度过于粗暴，但随即他眼前就出现了方政委严厉的面孔，想起政委说过“成大事者不要儿女情长”的话，于是他摆摆手，重新拾起笔来，完成最后一部分。

待到把讲稿送到方政委手中，目送政委的吉普车驶出大院，他才回到自己的小屋放松下来，喝着已成粥样的面条。看小钱抽泣着做检讨，他忽然有种特别怜爱的感觉，就找了毛巾，给她擦去泪花，安慰说：

“别难过了，你也不是故意的嘛，我不怪你。”

小钱像得了大赦似的，认真地点点头。忽然她的头摆了一下，泪珠都飞了起来，破涕为笑说：“想起来了，姨烧的不是这一本。”随后回家从抽屉底下找到了那份讲稿。

经过这番折腾，他再次认真地看那份原稿，比较两份稿件，领悟到一些东西，感慨道：“马要骑，人要逼，看来这一紧张，还真的有所提高呢。”

“就是嘛。”小钱摇着他的手臂说，“康哥，我一直都是向着你的，啥时候也不会害你嘛！”

“好了好了。”他再次帮她整理梨花带雨的妆容，吓唬她，“今后可不能这么闹了，要是出了大事，连你姨和姨父都得受牵连。”

“康哥，你放心吧，就是给我熊心豹子胆，我也不敢了。”

小钱说着连连点头。两个人的距离有点近，她就顺势在他额头上吻了一下，他有点蒙，心脏怦怦乱跳，好像要蹦出嗓子眼。

谁知后来小钱和他又闹出更大的动静来。

7.2

老康还沉浸在对往事的回忆里。

方政委敲打过他，叫他不要和小钱走得太近，可他心肠太软，不忍心给这个热情天真的女孩下逐客令，小钱也是死缠烂磨，有事没事就往他这里跑。

他知道小钱有个肚子痛的老毛病，这天下午她在他的宿舍里又犯了，他叫小钱躺在他的床上休息一会儿，小钱不肯，说：“不好吧，这么个大姑娘躺到你的床上，真成了金屋藏娇了，让别人看见了不太好吧。”

他要送她去医院，小钱说：“不用了，每个月都得有这么几天，忍一忍就过去了。家里有止疼药，吃几片就好了，康哥你送我回家吧。”

幸亏隔得不太远，他用自行车把小钱驮回家。家里静悄悄的，小钱说姨父的气管炎犯了，这几天姨陪着他住院，不碍事。

到家里烧了水，吃了药，他又给小钱做了鸡蛋面，扶着小钱在床上躺下。他想着该走了，可小钱不让他走，说：“康哥，你走了，我要是疼得厉害了怎么办呢？你还得陪着我，咱们说说话吧。你离我那么远，我说话多费劲呀，人家生病呢，你躺过来，挨在我身边嘛！”

小钱说起她家的一些老事，比如姨父和姨怎么走到一起的，还有她小时候的一些糗事。一直到了晚上，她肚子忽然又疼得厉害，他说：“热敷一下吧。”

“好啊。”小钱答应。他又忙着找毛巾烧开水给她热敷，小钱感觉疼得轻了一些，但还是平复不下来。

“康哥你帮我揉揉吧！”小钱哀求他。

他想说我不是大夫，可看到她疼得头上冒汗，就又一次迁就了她，在她身边躺下来，双手在她肚子上揉起来。他感到手下的皮肤又软又滑，还微微发烫，心想：幸亏是这拿笔杆子的手，要是带着那些握钢钎磨出来的茧子，还不得划破人家的肚皮。

有他的大手揉捏着，小钱就有说有笑的，可把手拿开，就又疼得厉害，冒冷汗，这可怎么办才好？他也慢慢地不淡定了，打坑道的那几年，哪里见过女人的影子？到地方上才有机会和女学生说话，他喜欢看她们活泼顽皮的样子，听她们银铃一样的笑声，所以尽管领导提醒了，他还是像禾苗等雨一样盼着小钱冒冒失失地造访。现在这么一个活生生的大闺女就在怀里，特别是对方身上那种雪花膏混合着奶香的气味，让他兴奋中又有点晕乎。

又按了一阵子，两人挨得越发近了，小钱悄悄伏在他耳边说："康哥，和你说个秘密，你得发誓就咱俩知道，谁也不告诉。"

"好，我要告诉了别人，夏天打雷……"

"别胡说。"小钱堵住他的嘴，顺势把他抱在怀里，"我姨说了好几回了，要想把这个病治得去了根儿，就得有个男人帮着……"

他浑身都软了下来，有种腾云驾雾的感觉……

小钱手忙脚乱地帮他解除了那些束缚，他觉得，他俩就像刷了糨糊的标语一样，紧紧地粘在一起了。

后面几天，趁着小钱姨和姨父不在家的当口，他们又一起"治疗"了几次。

再后面的事，有点超出了他的掌控。他在老家还有个"媳妇"，没见过面，更没圆过房，可她已经和他家里人一起生活了，他爹娘都老得不能行动了，得有人照顾。他几个月没往家里写信，他们觉得不对劲，就派了他的大哥带着他媳妇，坐了几天几夜的火车赶来找他。这边是个县城，没有不透风的墙，他和小钱的事也传开了。方政委把他找去，劈头盖脸一阵猛批，他站在那里，低着头一声也不敢吭。到了最后，政委反倒和颜悦色了，说：

"康健啊，你帮了我一次，我也帮你这一次，咱们找平了。不过你可记住了，只有这一次，绝对不会有下一次……"

"到此为止！"政委最后决绝地说。

政委安排他躲了起来，见到他大哥和那女孩的时候，政委一本正经地说："组织上安排康健重回工程兵部队，这次是一个更加光荣、更加艰巨，也是一个保密性更强的任务，可能永远都不允许和家里联系。"

那女孩一听就哭了起来，大哥也是发蒙，说："那他也应该和家里说一声嘛。"

政委在工程兵部队的时候，不知经历过多少生离死别，对付这两个人哪里在话下？他板着脸说道："无数先烈为了人民的利益牺牲了，有的连根头发丝都没有留下。康健只是去执行任务，人还活得好好的，只是不允许和外界联系。他的将来，包括家庭什么的，组织都有安排。"

第二天，政委安排人给他们买了返程的车票，派吉普车把两人送到了车站。那个女孩在他家里又住了不少年，直到给他的爹娘养老送终，老大不小才另外嫁了人，他一直觉得挺内疚的。

转业后，他就脱下了那身绿军装，到红岭公社农机站担任了副站长。小钱中学毕业后，靠着方政委发话，在红岭公社广播站干上了播音员。他们成了家，安定下来，转年小钱生了个大胖小子。小钱姨父的身体熬了这么多年熬不下去了，姨父去世后，姨就搬来和他们同住。老太太料理家务是把好手，看着孩子还不耽误洗衣做饭。他每天下班回家就吃现成的，感觉生活真是爽，希望这样的日子永远持续下去。小毛头长到三四岁时，他把孩子放在拖拉机驾驶座上，说："好小子，开拖拉机，农业机械化就靠你们啦！"

那座位太高，四周也没有什么依靠，小毛头吓得哇哇大哭起来。

小钱在旁边，就赶忙把孩子接过去，一边哄孩子一边抱怨："看你爹这点出息，这么个破拖拉机有什么好开的，咱长大以后开汽车。咱不开车直接坐汽车，怎么着也得坐个方政委那样的吉普吧！好不好，好不好？"

小钱把孩子举过头顶，这回孩子不光没哭，还咯咯地笑了起来。

也得承认，小钱想法比他多。她渐渐对这播音员的活儿心生厌倦了，经常抱怨说："这个活儿真是鹦鹉学舌，不知道的呢，还以为你有多大能耐，指挥着全公社五万人民战天斗地呢。其实呢，就是照着稿来念，那些稿子都是别人定好了的，你一个字都不能错，念错了还要受罚。再说了，这播音员也是吃青春饭的，等到人老珠黄，别人赶你走的时候就惨了。"

他不明白为什么播音员还要吃青春饭，可小钱的事他管不了。那时候，方政委已经离开了这里。小钱打听到新来的米县长的住址，就买了两只烧鸡，上门毛遂自荐。米县长听了她的想法，说："很好嘛，现在农业工作队要求老中青三结合，就缺你这种风风火火有闯劲的年轻女同志。"知道她家里有小孩，米县长回了一包糖果。

自打参加农业工作队后，小钱就不怎么顾家了，全县到处跑。她暗中总结，老百姓忙的时候，工作队还清闲一点儿，老百姓闲下来，工作队反倒忙上了。到了冬天，不光组织学习整顿这些事，还要搞农田水利工程，为了抓进度树典型，有时候还要亲自上阵干一把。冷风刺骨的季节，挖土掏泥，那些男的都吃不消，可小钱从来没有叫过苦，人越多越是来劲，慢慢成了组织上的重点培养对象。

等红岭公社变成红岭镇的时候，小钱成了镇长。她腾出手来抓乡镇企业，“无农不稳，无工不富，机器一响，黄金万两”这些话天天挂在嘴上。她到处跑着找项目，到省城里请星期日工程师，回来说：“进门就要脱鞋，看来出门要换双新袜子。城里人都在屋里拉屎，茅房和做饭的屋挨着。”镇上的工厂渐渐多了起来，原来农机站的几个工人在街面上还能晃荡晃荡，现在他们淹没在那些打工的人群之中。

钱镇长在镇上也盖起了茅房在屋里的房子，接待那些外来的老板、客户、技术人员什么的，还取了个好听的名字“红岭客栈”。可自那以后，钱圆回家的时间越来越晚了，有时开会晚了就在客栈住下。他很不乐意，姨也时不时叨叨几句，可钱圆要么不吭声，要么讲一通舍小家顾大家的大道理：“你们这鸡零狗碎的事重要还是五万人民的大事重要？现在这千年不遇的发展机遇来了，再不抓紧干事群众能答应吗？”说得他们两个哑口无言。再后来，他还要求着钱圆帮着解决侄子们上学、就业的事，在这些事上两人也就各随其便了。

钱圆的仕途越走越顺，米县长后来到省里当领导了，钱圆成了青山县历史上第一任女县长，一时风头无两。夫以妻贵，他也跟着成了县农机局的副局长。可这风光的外表下面，难办的事一大堆。前任县长好像犯了点事，调到一个不起眼的部门干了个副职，勉强保住了原来的级别，走的时候灰溜溜的，不少人放了鞭炮。县里已经三个月没发工资了，大家都盼着新县长来了，先把这口粮发下来。

可县财政的账上确实没钱，债还欠着不少。钱圆照着“办好酒厂，当好县长”的老套路，和手下的人说到酒厂看看。到了酒厂，厂区静悄悄的，她问陪着的厂长：“你咋不干了呢？”厂长忙不迭地说：“干干干，怎么不干，干部职工的积极性高着呢，就是生产出来卖不动呀，都在仓库里堆着呢。”

到了仓库，东西还真不少。大曲一个库，二曲一个库，还有存老窖的地下仓库，三十年五十年的有，再老的也有，包装也挺漂亮，真假就说不准了。

钱圆边走边看，嘴里还念叨着："钱，酒，有酒无钱，多酒少钱，酒酒酒，钱钱钱，钱换酒，酒换钱……"就和念经似的，两只手还比画着，好像一只手拿的是酒，一只手拿的是钱。她忽然对身边的秘书说：

"下个通知，以后搞接待，就用咱青山酒厂的产品，不允许再喝别的酒了。"

"好，马上办！"秘书答应着，心想：这种要求过去也有过，那都是杯水车薪，不顶事。

"从这个月开始，到了开工资的日子，咱就发酒吧。"钱圆拿起了一瓶老窖。

"啊？"秘书吃惊不小。

"这不是钱吗？"钱圆指着包装盒上的"定价一百元"，又对着厂长说，"你也别太贪心，打个折，就算八十元，怎么样？"

"菩萨下凡！钱县长是我们千名职工和家属的再生父母，请接受我的敬拜。"厂长说着鞠了一大躬，要下跪的样子。可这人心里也嘀咕：这酒拿走了，那钱什么时候给呢？他还不好直接问，因为摸不清这位新来的女县长的心思，心想这些事还得以后和秘书掰扯。

"全部发酒行吗？原来也发过一个月，酒和钱一半对一半。"秘书还有疑问。

"怎么不行？别看原来的老皇历，我来了就照我说的办。"钱圆坚决地说，"每人发一张酒票，限三天内到酒厂取货，出差在外的放宽到五天，过期就是自动弃权，县里不再负责。"又和发愣的秘书说："回头安排个酒场，请银行的行长们喝点。"

7.3

县里几家银行的行长都到了，和钱圆寒暄后，每人面前摆了个海碗，倒满了青山大曲，可就是迟迟不上菜。钱圆见火候差不多了，就慢条斯理地开了腔："欢迎各位！也有点抱歉，自打我把发钱改为发酒后，他们就只有酒喝没饭吃了，县一中的老师，男的写诗骂我，女的就带着孩子上访，说孩子都喝成小酒晕子了，怎么培养革命事业的接班人？咱这招待所的大师傅也都喝高了没法掌勺了，咱们就干喝吧！”

行长们也都是见过些世面的，一看这个女县长不按套路出牌，就打圆场说：“县长千万莫要着急，有困难都能克服。”这个说冰箱里还有三斤牛肉，那个安排秘书送两个菜来。不一会儿，居然凑了一桌菜，这才慢慢开喝。

钱圆诉苦说：“你们都是中央军，干两年提拔走人了，哪里知道地方上的难处呢？”

行长们纷纷表白：“我们喝着青山的水，吃着青山的粮食，这就是地地道道的青山人嘛。为了青山的发展，为了欢迎新到任的钱县长，落实县长的意见，豁得出去！”

钱圆说：“好嘛，一家人就不能说两家话啦，第一个任务就是喝酒。”说完示意坐在对面的酒厂厂长敬酒，厂长是个海量，喝酒的辞令也是一套又一套，不一会儿，有些战力较弱的就吃不住劲了。

县工商银行的尹行长是这伙人的领头人，他觉得这个女县长不太讲理，不好对付，本来是想着追追酒厂的贷款，现在看来不如以退为进，给新县长卖个人情，也为以后打交道做些铺垫，就表态说：“那笔技术改造的贷款呢，也到期了，本来应该收回，可钱大姐初来乍到也挺不容易的，怎么着也得给大姐个面子。这样吧，把技术改造的贷款再展期三个月。另外呢，就以老窖仓库做抵押，再发放一笔一百万的流动资金贷款，让咱酒厂彻底活起来，怎么样，美女姐姐县长？”说着举起了海碗。

“哈哈，尹行长好样的，一言为定！”钱圆也端起碗迎了上去，“姐姐不是美女，姐姐给你们另找美女，包你们满意。”

另外几个行长看这阵势，知道不吐点血是不成了，下手早的话还能押住东西，晚了的话酒厂可没啥好抵押的了，一分钱不掏也不好看嘛。于是这个五十万，那个三十万，把酒厂那点家业全部抵押完了，心想这下该差不多了吧。可钱圆还不满足，又问道：“各位行长是不是有结对子帮扶的企业呀？”

“有呀。”众人回答。尹行长说：“我的就是酒厂。”其他人就说还有毛巾厂、面粉厂、机械厂等。

钱圆说：“这就好比，俺们这些企业都是黄花大闺女，你们这些银行都是些老油条男人，一年恋爱，两年上床，就是不和俺结婚，把俺们糊弄起来没完了。你们看这几年咱写了多少材料，发了多少新闻，可实际到位的东西又有多少呢？”

“冤枉呀！”行长们说，“俺们也都是真心实意的，肯定要结婚。咱这聘礼是少了点，可也受各种主客观条件限制呀。指标、资金都在上级行那里，僧多粥少，这不也在拼命争取嘛！”

“行，咱们有这个真心就好。”钱圆对秘书说，“今后各位行长到上级那里争取什么事，咱县里也一起配合着。既然结婚，那就先把这证扯了，赶紧把那帮扶协议什么的细化一下，安排个时间签了。”又对着众人说：“怎么样，各位？”

钱圆这第一炮打响了。从第二个月开始，下面那些部门，听吆喝的，先进的，就发钱；不听话的，落后的，就发酒。局面逐渐被她稳定住了。在银行的扶持下，企业的效益也慢慢好起来。当地的几股势力觉得她待不长，也没怎么和她较劲，放出风来说好男不跟女斗。钱圆上省报了，这次的题目是：“杯酒换巨资，当代穆桂英挂帅；银企结良缘，且看新青山崛起。”

老康觉得，钱圆给没给行长们送女人不知道，送东西是少不了的。也就是在这期间，柴福进入了钱圆的视野，钱圆觉得他办事牢靠，有应变能力，渐渐地柴福就成了她的专职司机。在家里，老康与钱圆的交流却是越来越少了，姨老得有点糊涂，不能一个人待着了，就送去了养老院，孩子也长大了。越到节假日，越是钱圆忙的时候，他就一个人弄弄花草，靠着看电视打发时间。

等到钱圆到省里任职的时候，他又跟着沾光了，成了省农机局的一名副处长，提了一大级。可是这次，感觉和在县里不大一样。在县局的时候，局长对他十分客气，大事小事都和他商量，到外地采购都是安排他来带队。可这次，处长给他分派了办公桌就再也不见人了，好几天也没有什么具体的工作安排，同事看他的眼神好像也怪怪的。

一次在厕所里，他听见两个人在议论：

“这个女老板够折腾的，这次来了个一拖二。”

“啥一拖二，不都是一夫一妻制吗？”

“这不是还带了个姓柴的司机嘛。”

把他给恨的，心里骂道：这林子大了，真是什么鸟都有啊！

7.4

柴福到卧室把东西取走后，老康又郁闷了几天。这天他突然接到柴福的电话，说是钱圆请他过去，帮着处理一件事，马上来车接。他觉得奇怪，自从转业后，他还真的没有“帮”过钱圆什么事，在农机站有一次，她也只是问了有几台拖拉机，挂斗能拉几个人。可疑问归疑问，他还是上了柴福派来的车，来到了离圣贤大厦工地不远的一个地方。

到了后，只见一群人围着两男一女三个人在审问什么，钱圆过来，让老康用家乡话和他们拉拉呱儿，看他们是不是同乡。虽然家乡话多年不用，但老康调整了一下状态，还是能说上几句。可这几个人听不明白，问是哪个村的回答不上来，用普通话问只能说出县名，也不是地方话的说法。不是老乡！他领悟过来原来是帮这么个忙。这时突然警笛声大作，来了两辆警车。冲过来几名警察，不由分说把那三个人带走了，一个带头的警官还和钱圆简单说了几句，点头后又快速跟着上车走了。

原来，柴福到家里把法器请来了。法器是两面开过光的宝镜，钱圆就按照大师的嘱咐挂在工地的高处，过了一两天涌水丝毫不见减少。钱圆把大师请来，他带着几个徒弟从黄昏直到拂晓诵经念咒，把咒语焚化了扬在水里，又在水池的四个角各抛下一只纯金的镇水兽，可好像作用也不大。师傅说：“再等等，十天之内必有效。”

圣贤大厦的甲方戈先生，因为投资事情比较多，还在内地，听说这边工程开挖后不太顺利，就约着鲁雄赶了过来。他们和钱圆还有几个技术人员一起研究资料、商讨对策，一直折腾到晚上。一位工程师提到最近有人发明了爆破堵漏法，听说挺灵的，问是不是可以拿来试试。大家挺感兴趣，正当讨论细节时，忽然有工作人员闯进了会议室，说巩经理安排他报告钱总，工地上淹着人了，正在组织捞救。

一伙人急忙赶到工地。现场又加了些灯，比先前更明亮了，照得如同白天一样，只是下面那潭死水更浓更暗了，如同一池墨汁，好像再强的光也穿不透它，又如一锅糨糊，再大的力气也搅不动它。水面上架了些板子，几个工人拿着竹竿在水里捅来捅去，还有人跳到水里捞，扎一个猛子很快就上来了，冻得直打哆嗦，旁边的人说快喝点暖和暖和，不一会儿，这边就飘过来一阵酒气。

旁边有几个人在议论，有的说：“晚上施工怎么这么不小心，这么深的水一点儿安全措施都没有？”有的说：“这抽水机的管子够粗的。别是从里边顺着水冲走了吧？听说这地下还有暗河，通着东海哪，进了暗河可就没办法找啦。”

巩经理冒了出来，浑身湿漉漉的，头上沾着泥水。钱圆把他揪到一边，两人比画的动作挺大，外人却听不到声音。

鲁雄和戈先生在现场待了一会儿，感觉晚上的风越来越凉，就对戈先生说：“地盘工人出点事也不稀奇，估计很快就能救上来了，天这么晚了，您还是早点回去休息吧！”戈先生摇摇头，在旁边跪下了，口中念念有词，手还在前胸频频画着十字，鲁雄也不好再多说什么了。

戈先生祷告一遍，钱圆也回来了，对鲁雄说：“鲁总你陪戈先生回去休息吧，这里估计很快就解决了，有我在现场，你们放心吧。”想了想又说：“今天这个情况，请两位不要对任何人透露。”

戈先生说：“这个自然，我最讨厌的就是狗仔队了。”鲁雄也点了点头。

回到宾馆安顿好，鲁雄刚要休息，有人打来一个电话，搅得他一夜没有睡好。

第二天一大早，鲁雄起身给戈先生留了个条子后，直奔圣贤大厦工地现场。进门的时候有保安拦着，听得见里面有吵嚷声，他不得已只好给钱圆打电话。钱圆很不耐烦，态度和昨天晚上完全不一样，最后撂下一句：“你要是不嫌事多愿意掺和，你就进来。”

鲁雄进退两难，想立马就走，但还有些事想和钱圆交代一下，最后还是硬着头皮往里走了。保安见他和大老板很熟，又是昨天来过的领导，就把他放了进去。

鲁雄进到里面，人群乱哄哄的，没看见钱圆在哪儿，倒是有几个抢险队员正在整理皮筏子、潜水衣之类的，看来是准备撤离了。他再一细看，捞上来的人就摆在旁边的一个垫子上，上身盖着衣服，看不见面目，浑身的水还在往下淌着。旁边的人说：“救护车来了又走了，这么长时间肯定不行了嘛，殡仪馆的车马上到。听说他的父母离得太远了，有个姐姐在邻县打工，已经连夜往这儿赶了。”

“我那苦命的亲弟弟哟！”随着一声撕心裂肺的号叫，一个三十多岁的女子分开众人冲了进来，顾不得泥水，一下子扑在落水者身上，号啕大哭起来：“我苦命的弟弟，你咋这么狠心说走就走了。我苦命的爹娘！一个瞎了眼睛看不见，一个瘫在炕上动不了，就指望着弟弟这棵独苗苗打工挣钱再讨个媳妇，可怜我们家绝了后呀！”女子一把鼻涕一把泪，拼命地拍打死者的胸膛，不一会儿头发也乱了，身上也沾满了泥水。一阵子哭天喊地的号叫过后，女子可能受刺激太深，抬起头来目光呆滞，发现了她弟弟的两个同伴，扑上去撕扯起来，吼道：“你们是怎么照顾他的？你们说不求同生，但求同死，你们去死呀。你们还我的弟弟！”

这两位也只能好言相劝，说教导他不下几十遍了，他还是年轻，安全带没有拴牢，太不小心了。事到如今，人死不能复生，也只能看看今后的事怎么办了。

女子还是哭号不止，索性躺在了落水者身边，说：“我们家的独苗苗断根了，我也不活了。哪个黑心的老板，光知道挣钱不管工人的死活呀，明明知道危险还是硬逼着上工地啊。还我的弟弟，他只有二十岁呀！”

那俩人也没有再去劝，就蹲在了旁边。鲁雄想起昨晚的神秘电话，正要再找钱圆时，一个工作人员过来说钱圆在那边等着他，他就跟着这人离开了现场，一路上心里七上八下的，想着怎么和钱圆沟通。一见面，钱圆示意手下人离开后，劈头盖脸就朝着鲁雄咆哮起来：

“昨晚咱们不是说好了吗？这件事先不要外传。你这倒好，直接就捅上边去了。你真是嫌我这里还不够乱，我干这么多年还没见过你这么拆台的。”

“这要解释一下。”鲁雄耐心地说，“我昨天晚上接到这边工人的举报电话，反映死者不是工作中失足落水，而是同伴中有人做了手脚，怀疑这当中有人涉嫌刑事犯罪。打您电话已经关机了，来不及沟通，考虑再三，我也只好先报警了，由警方调查落实。”

原来鲁雄报警后，钱圆在警方的关系很快就报告了她。钱圆一听有点急火攻心，问：“还能压住吗？”对方说完全压住不可能，有人报警了肯定要处理，但可以晚来一会儿，这边有什么要抹平的事赶紧处理一下。

钱圆还是指责鲁雄：“报警由我去报啊，你这瞒着锅台上了炕，你就不能先和我说一声吗？你安的什么心啊？”

“昨天实在太晚了，又没有别的联系渠道，想着今天早上第一时间向您报告，这不一大早就赶过来了。”鲁雄劝解起对方来，“而且，我觉得您不知道反而好，有些事情处理起来更有主动权。”

“嘿！看你说的，你这倒成了帮我了。”钱圆不屑地说。

“确实是！”鲁雄非常认真，“经过打电话的这位提醒，刚才我在现场，确实也看出了一些端倪。这位死者的姐姐，好像只是在干号，那些悲恸并不是从内心深处发出来的，喊的那些话也很有逻辑，好像事先编好的，并不是突然的感情迸发。而且，最重要的一点，她并没有见到死者的面貌，核对身量衣服鞋子什么的，怎么上来就认准了是自己的亲人呢？”

事到如今，钱圆觉得再和鲁雄吵下去也没有什么用了。这些事她也有所耳闻，只是她觉得不过是死了个民工，他是谁的儿子或者弟弟，不是她关注的重点，她只关心花多少钱能摆平和怎么减少对工程的影响。见鲁雄坚持要刨根问底，警方也知道了，只得顺水推舟地说：“那就把这几个人先控制起来审问一下。”

钱圆审查这两个同伴和死者姐姐的身份证，发现两人竟然和老康是一个县的，巧了！她就安排老康来验证一下。再往后，就是老康看到的情景了。

7.5

经过公安机关的审讯和周密侦查，挖出了一个欺骗受害者一起打工，趁其不备暗中加害，再冒充受害者亲属，利用雇主尽快息事宁人花钱买平安的心理，索取高额赔偿的犯罪团伙。

这伙人都是刑满释放在社会上流窜的，用他们自己的话说，叫“电大（电网里面的大学）毕业生”。他们也算是孜孜不倦地研讨一个题目了，那就是出去后怎么混钱。从这里出去有谁管他们的死活呢？活命需要钱，享乐更要用钱，至于这钱的来法，那就八仙过海各显其能了，他们也看不上那汗珠子摔八瓣换来的小钱。那个女的，人称“阴阳脸”，能一半脸对人笑另一半对人哭，可惜走错了路，走进娱乐圈可能就是个明星了。两个男的是同监舍的狱友，矮个儿、虚胖的叫“捡漏儿”，另一个个子稍高、身形瘦削的就是他们的头儿了，坏点子都是他出，叫“鬼拍门”。

他们结伙干了几票后，“业务”更加熟练了，就来到劳务市场寻找目标。鬼拍门和捡漏儿扮成要找工作的劳务人员，但挑三拣四，在网住那个“雏儿”之前，谁也别想雇走他们。这天傍晚，一个中等个子、身体看起来蛮结实的小伙子还没找到雇主，满脸掩盖不住的疲惫和失望，他们就过去搭讪。

捡漏儿说：“现在找活儿越来越难啦，那些真有钱的大老板还好对付，这些小包工头毛病太多，用人挑三拣四不说，工钱还克扣得厉害。”

“有好的也有差的，看运气，今天再等等，不行明天再来。”小伙子说。

“我们也是等了一天了，凭力气找不到活儿干，你说这是啥世道！”捡漏儿发牢骚。

他们又等了一会儿，估计不会再有雇主来了，捡漏儿提议他做东，一起去吃点东西。

“不用了，我带着干粮呢。”小伙子想起吃人嘴软、拿人手短的话，谢绝了他。

“那就AA制。”捡漏儿看透了他的心思，“认识一下交个朋友嘛，多个朋友多条路。”

三个人一起去找吃饭的地方，小伙子还暗暗担心：听说有的骗子专挑高档豪华的酒店，吃饭后悄悄溜了，留下冤大头买单，可得小心点。

他们找了个干净实惠的小饭店，点了三个菜，还要了一瓶二锅头。菜点好后捡漏儿就抢着付账了，小伙子看着钱不多，也就没再客气，觉得这两个人还挺仗义。小伙子自我介绍小名叫墩子，大号叫金墩，捡漏儿说：“这位是门大哥，你叫我搂仔就行了。”三个人就慢慢聊起来。

他们了解到小伙子来自西南的一个地方，就问他为什么一个人到这里打工。小伙子说还有一个同伴，最近回去相亲了，如果合适就连喜事一块儿办了，多耽搁几天。他现在在这里，一方面是打工，他娘最近检查出了肿瘤，做手术还要用不少钱；另外也想找一个在这边混得不错的老乡，原先在部队，现在听说在农机局是个有实权的处长。因为是刚认识的人，小伙子不好说早年他娘在这老乡家里当过童养媳。要是能找着熟人，他想看看能不能找个长期的事干，可惜联系方式弄丢了，只能托人回老家再去查。

捡漏儿说：“这事就托门大哥办吧，他熟人多，路子广。你不如就和我们一起干，三个篱笆一个桩，三个好汉结成帮，咱们结伙干，不怕老板赖账，真有什么事弟兄们还能互相倚仗嘛。”

小伙子问：“那干什么呢？老乡们都说下煤矿、烧砖窑的活儿坚决不能干。”

捡漏儿说：“谁说干那些出大力不挣钱的活儿了，咱们就干个泥瓦工，门大哥是大工，咱们两个跟着干小工。这个活儿好找，到处都盖楼，这家不行换那家，也累不着，现在很多活儿都机械化了，掰掰电闸就行了。再说，咱们两个跟门大哥干活儿有个替换，吃住都有个照应，打着灯笼也难找这么好的事了。”

小伙子有点动心，说：“我也干过几天泥水活儿，可那都是在农村盖个小土坯房，这城里的楼那么高，不会有什么危险吧？”

捡漏儿不高兴了，说：“都有保险带拴着呢，有啥危险？你要是这么矫情，那还出来做啥，在家里待着得了。你扫大街，那是老头老婆子干的活儿，你干家政，还得整天和半老娘儿们混在一起，也不挣什么钱。你又要轻松又要挣钱，那只能坐办公室当官了，就看你家祖坟是不是冒出青烟来了。”

小伙子有点心虚，就说：“我也不会多少技术，到了工地上能行吗？”

鬼拍门很少说话，这时候干笑了一下，说：“我就是老母鸡，你们两只小鸡都有我罩着呢。你有职业证书吗？”

小伙子摇摇头。

捡漏儿说：“门大哥在劳动局有熟人，办个证书小菜一碟，你把身份证给我看看，再弄几张照片就行啦。”

小伙子就把身份证给他们看了，两人说为着找活儿顺当，今后别人问起来就说他们是一个村的。

没过几天，就碰上了巩经理派来招工的人，提了几个问题，鬼拍门都能回答上来。验看证件，就看了金墩的身份证，他们俩说自己的证件在原来的工地上押着，还欠着几件工具，过几天取回来。招工的急着用人，就采取“先上车，后检票”的办法，先让他们上岗了。实际上他们获取金墩的身份信息后，专门找造假证的伪造成一个村子的同乡，便于行事。过了几天，那些伪造的身份证、职业等级证什么的提交了上去，工地劳务简单登记了一下，并没有严格审查。

鬼拍门见这家正在挖基础，心想今年合该发财，这不很简单嘛，弄个塌方就完了。过了几天，他又见有师傅来作法什么的，嘿，这更好办了。于是他先和捡漏儿安排好，这天晚上，等班长安排他们护坡作业，三个人聚在一起时，他就故意说："好运来了挡也挡不住，该着咱们发财，你们看到今天早晨大师往水里抛的金子镇水兽了吧，有半尺长，明晃晃的，像个小冬瓜，少说也值大几十万哪。这水也不深，我试探过，就到脖子，没不了一个人。这么着，把绳子拴在我的腰上，我下去摸上来，我得一半两条腿。你们两个，一个拉绳子，一个望风，各得一条腿，合起来是一半。"

捡漏儿说："哪能让师父您下水？我下去，师父您拖绳子，还是按师父刚才说的分法来。"

鬼拍门说："你下水了，你就得一半，天经地义。"

金墩最近这段时间和他们处得确实不错，庆幸自己运气好遇到了好人。他也亲眼看见大师把那镇水兽抛到水中，他还暗暗记下了地点，心想等水抽干了说不定能捞上来，还提醒了鬼拍门。鬼拍门说："等那时候恐怕就晚了，咱们还得想别的办法。"如今看这两个人这么仁义，都是为对方着想，就忍不住说："我下去吧，我水性好，那个地点我也记准了。"

鬼拍门说："你摸上来一半就归你了。"捡漏儿假装有点不舍，两人争执了一会儿。鬼拍门最后说："就让墩子下吧，他老娘有病等着用钱，再说，他名叫金墩，和这金坨子有缘，有了这几十万，今后啥也不用干了，娘的手术费有了，媳妇也有了。"

金墩把绳子拴在腰上，在他认准的地方悄悄滑进水里，一个猛子扎到底，感觉有好几米深。他在水底摸了几下，都是淤泥，只摸着几块烂砖头，感觉那水冷得刺骨，像是万千根钢针扎到肉里，就赶紧浮出水面。鬼拍门问摸着了没，金墩伸了伸空手，想上来，又有点不甘心，面子上也挂不住。鬼拍门说："你已经下水了，干脆再来一次，累了就赶紧摇绳子，我们拉你上来。"

金墩又扎到水底，这次摸到的东西像是打碎的瓷片，他冻得实在受不了了，赶紧摇身后的绳子，哪知这两个恶人把那绳子系成活扣，一摇反倒脱开了，金墩一紧张，不光四肢发麻，脑子也晕乎起来，整个身体都不听使唤了。

待金墩浮出水面，捡漏儿就把他按到水里，不过两三回，金墩呛了几口水，身体也被冻得失去了知觉……鬼拍门冷笑一声说："哼，还想啥金锭，这回成铁砣子啦！"随后，他们赶紧和躲在附近的阴阳脸联系，按照"剧本"往下演了……

7.6

这一阵子可把钱圆折腾得够呛。公安机关封锁了施工现场要取证，工地上啥也干不成，有干系的几个人还要随时准备回答质询。警方找人把那几个镇水兽全部打捞上来，哪里是什么金货，都锈成铁砣子了！直到警方把那几个犯罪嫌疑人带来指认犯罪现场，拍了照，录了像，一切都确认无误后，才把现场解了封，还要求他们无条件配合今后的调查，随叫随到。

钱圆对鲁雄烦到心底了，先是对公司整体改制的事他不上心也不配合，再是给介绍了这么个泥腿的活儿，刚开始就这么麻烦，今后还不定再出什么幺蛾子。还在她公司的地盘上抢着报了警，弄得她处处被动，在圈子里丢尽脸面。其实对这类事情她过去也有耳闻，只是觉得越追究自己麻烦事越多，不如赔点钱，一劳永逸，她也叮嘱手下选人要严格把关，但百密一疏，意外事一年半载就得出一回。谁给鲁雄告的密呢？钱圆跟鲁雄打探了几次，鲁雄戒备心很强，守口如瓶。她暗中布置人查了好久，也没有查出什么头绪。

钱圆想着无论如何也得和戈先生讨论一番了。戈先生也是个认真的人，找了设计施工人员和监理单位的工程师一起研究，反复审看图纸和现场采样分析，果然发现了问题：这里地下是个古河道，勘探地基的时候急着赶工期，少打了两个钻孔，就按照常规情况推断了，现在看来是个失误。古河道形成了一条地下暗河，那水是抽不尽的。现在更改规划，把建筑物挪到别的地方是不可能了，只能因地势调整设计，把涌水充分利用起来，形成天然的泉群，在地面上建个水体公园，水面之上再造建筑物，如竹笋拔地而起，又像天降蛟龙，戏水流连。白天看，水面如镜，摩天大楼的倒影亦真亦幻。晚上流光溢彩的灯光一打，就更加美轮美奂，好似人间仙境。

这么一来歪打正着，设计脱胎换骨，可也产生了相应的问题，那就是建造费用上去了：水下变成了架空结构，原来设计的地下几层通通拿掉，减少了有效的使用面积，同时成本增加了，桩基要加密加深，必须穿过暗河的砾石层抵达岩石基底，造价足足增加了两千万！可戈先生只能再多拿五百万，说实在不行就停下，谈判进行了几轮没有丝毫进展，卡住了。

眼见苦苦引进的项目刚刚开头就要烂尾，鲁雄非常着急。他也想引进当地资本，可谈了几家都不理想，有的实力不够，有的狮子大开口漫天要价，有的一点儿也不懂城市商业地产，谈不到点子上。实在无奈，鲁雄约上钱圆，找了张市长，又请齐副省长过问，最后总算协调市里按照城市建设配套的模式，承担了水体公园建设的大部分工程。最后，各方在原来的主合同基础上，签订了补充协议和备忘录。这个项目经历一番波折后，重新步入了正轨，钱圆和鲁雄的关系，表面上也缓和了一些。

圣贤大厦建造的事情安顿好后，鲁雄关注的重点就转移到和汤姑娘的合资工厂上来。他把收集到的上百份诉求表格差不多翻烂了。有的表格填写还算认真，有的应付了事，有的纯属涂鸦，但鲁雄还是把这些诉求大体划分为几类——理由正当也能很快解决的，有点道理但短期难以解决的，没道理不靠谱纯属胡搅蛮缠的，等等。鲁雄想把吴副总调回来帮着汤姑娘协调一些杂事。于是他给吴副总打电话，可能吴副总早已风闻有这么件事，电话里先照例推托了一番：

“鲁总啊，我原来在地方待得好好的，非得派我到外面，这边刚适应，又要让我回去，回去不适应咋办呢？”

“咋又不适应了呢？”鲁雄只得耐下心来做思想工作，“关系什么的都不动，只不过回来工作一段时间。管副部长经常和我们说，要做优良的种子，组织撒到哪里就在哪里发芽生根、开花结果嘛。”

“那些小苗还行，老朽就经不得折腾啦。”

“老什么？你这才五十多岁，这几件事都很有干头，能发挥你的优势，正是你老兄大展拳脚的机会。”鲁雄点了点他。

“老伴好不容易办好了手续，过几天还要来探亲，她来了我又走了。”吴副总还想推托一下。

“哈哈，你回来不就和嫂子团聚了吗？”鲁雄笑着说，“嫂子啥时候想过来看看，叫游勇他们安排一下就成了。咱们打算在内地成立子公司，把这边的业务都拢一拢，我个人意见，你先兼着子公司老总，能提高不少效率。”

吴副总一听还有这么件好事，就答应下来，两个人随后谈了些具体安排。吴副总和何、战两人分别辞行，战副总有点吃惊，说：“这不是姓鲁的调虎离山之计吧？他要对咱们两个分而治之啊。”吴副总装作沮丧地说：“可不是嘛，可胳膊拧不过大腿啊，人家是一把手，有靠山，硬顶顶不住啊。我老伴盼了好几年要来探亲，刚办好了手续，这不也泡汤啦。”

鲁雄和汤姑娘商量，说：“咱们和罐头厂的工人谈了好几轮都没有成效，这里面还有深层次的事。我听说出面的是几个马仔，有个叫‘钻头’的是他们真正的头儿。咱们就得直接找这‘钻头’说事，不入虎穴焉得虎子，就到他的老窝去找，而且晚上去，那肯定堵得着，不知你怕不怕？”

汤姑娘说：“这有啥可怕的，我在内地当知青下乡的那几年，那男的干偷鸡摸狗的事，都是我们女的望风，我们和邻村的人还经常打群架哩。”

当天傍晚，两人就去了罐头厂宿舍。在市区的那段路还行，到了郊区变成了尘土飞扬的土路。有些地方不知什么缘故，拐了几个弯，门牌号码也挺乱，相邻的单位，门牌号能从20号飞升到100号，也能从300号陡降到60号，问工业大道2号没人知道，打听罐头厂筒子楼宿舍还有点线索。在工业大道接近尽头的地方，穿过一条虽然宽，但路边胡乱堆着垃圾、通行并不顺畅的胡同，终于找到了宿舍。

看得出这里原来是有大门的，现在却只剩了两个垛子。进到院里，只有一幢四层的筒子楼，稀稀拉拉地亮着灯光。楼前一条窄窄的通道，被一些杂物堵得难以下脚，借着昏暗的灯光，依稀能看出是废木板、泡沫、旧自行车之类的东西。院子里有人影晃动，鲁雄听到一种奇怪又熟悉的声音，扭头一看，几步远的地方有人在磨刀！磨石上的尖刀发出寒光，接着又有扑棱扑棱的动静，一个男子大喊：

“快堵住，别让这一公一母跑了！”

伴随着什么声响，断电了，院子里突然一片漆黑。鲁雄和汤姑娘两个人互相抓紧了对方的手。

第八章

世纪光华

8.1

鲁雄和汤姑娘很快镇静下来。伴随着脚下咕咕咯咯的叫声，有两团黑影闪过，那个拿着刀的男子擦着他们的身边过去。有阵难闻的腥膻气味飘过来，是从不远处一口大锅里飘出来的，锅下面烧着柴火。火光中，一个十几岁的男孩拉着风箱，一个壮壮的中年妇女正在锅前操作，旁边一个大盆里放着收拾好的白条鸡，地面上杂七杂八地堆着鸡毛内脏什么的。这是一个加工活鸡的简易作坊，里面还站着几个不避腥臭和灼热的闲散人。

“刘大嫂，明天早上给我留两只扒鸡。”有人在楼上喊。

“好嘞，忘不了，您放心李大哥。”中年女人利落地答应着。

鲁雄向那几个看热闹的人打听：“你们知道有个叫‘钻头’的工友吗？是住在这边吧？”

一提“钻头”，这几个人来了兴致。有的说：“他不住这里还能住到天上去吗？”又一个跟上说：“也不一定啊，看这小子的折腾劲，将来要住个金銮殿呢！”还有一个说：“我看千万别跟着他胡折腾，就各人自扫门前雪，咱嫂子的扒鸡铺子这不是越来越红火啦。”

最后有人说：“找他不难，你看这楼上，天天都停电，漆黑一片。那最先亮起光来的，就是他家错不了，那是他们点着蜡烛研究斗争方案哪。别的人家，不来电就早点洗洗睡了，点灯熬油白白增加开支也没人给你报销不是？”

鲁雄故意问道：“咱好好的日子不过，斗争啥哩？”

旁边的人说：“你不了解情况，这罐头厂黄了，几百号人下岗了，各人自找门路不是？钻头钻头，本来就是开钻床的把式，管着一台机床的这么个头儿。可这人挺讲义气，也有股钻劲，硬是在身边聚了这么一伙人，没想到和厂里争还得了点便宜，这动静就慢慢大了起来。我觉得这回挺悬……”

旁边有人拉了他一下，这人就没有继续讲下去。

果然，没一会儿三楼边上的一个窗子亮起昏暗的光，鲁雄二人用手机照明，找地方上楼，脚下老踢到废旧纸壳一类的东西，楼道里也弥漫着一股混合着煤烟的怪味。

刚踏上三楼，一个嗓门挺大的人的声音传过来：“顶住，坚决顶住，坚持就是胜利！玻璃厂的弟兄们生生坚持了七七四十九天，对手没招了就服软了。”

“大哥，我看那女老板有点不耐烦。”一个年轻人说，“她说这是最后一次了，再不答应他们就另找地方，不和咱们谈了。”

“别信她的，那是吓唬咱们。”大嗓门说，“在郊区比咱们厂更合适的地方她也不好找，我听说设备什么的她都定下了，农业生产基地也定下了，她跑不了太远，跑出去还得回来。成功就在于再坚持一下的努力之中。”

“好！那我们就坚决不让步，让这个娘儿们答应咱的全部条件。”

“咱们得以攻为守，再加大声势。”这会儿声音小了，但听得出还是大嗓门，“再多拉几条横幅，门口也弄得再严实一点儿。半成品车间不是还放着两台报废的铲车吗？也拖出来一块儿堵上。”

“好好好，就这么办，喝酒！”一阵子乱碰杯子的声音。

两人穿过几个灶台走过去，推开半掩着的门，一阵酒气涌了出来。看不清屋里有几张床，有老人睡觉的鼾声，还有小孩子的嬉闹声。靠近门口的地方，有一张矮的四方桌，五六个汉子围着桌子挤在一起，一个光脑袋的壮实汉子独占了一边，看来就是钻头了。桌子上杯盘狼藉，一根蜡烛孤零零地闪着橘黄色的光。

有认识的赶忙打招呼：“鲁总、汤总，亲自过来啦，咋找到这个地方的呀？”又转而介绍壮实汉子，“这位是占师傅，也是咱们厂技术创新的钻研能手。”

“哈哈！”壮实汉子说，“啥钻研能手，你说钻头不就得了。”这位乍见到鲁、汤两位有点诧异，但很快就恢复常态，说：“欢迎欢迎，咱们这楼第一次来这么大的官，这么大的老板，寒舍蓬荜生辉呀，可惜电老虎不识趣，天天停电，晚上用电的时候非得停，到了后半夜又来电了，真是扫兴啊。”说着站起来和鲁雄握握手，又对着汤姑娘拱手示意，说：“喝点吧。”另外几个人忙着倒酒，又找来两个马扎，却只能放在门外的楼道里。

鲁雄接过酒杯，嗅了嗅说：“好香，好长时间没喝这么香的白干了。”

汤姑娘却把酒挡了回去，假装冷着脸说：“没这心情，鲁总啊，你有国家发着工资，有心思喝这闲酒，我个人这小本买卖哪里耗得起？”又直接对着钻头说：“今天也见了占师傅的真身了，也是打个招呼，我那个‘三三归一’的方案行不行？行，咱们就继续谈，不行，我们就另起炉灶了。”

“不行。”钻头摇头说，“我们要求在册职工百分百上生产线。您这亲自到咱们家里来了，咱就让一步，至少安排百分之八十，这我还得做做弟兄们的工作。”

“那就不在这里浪费时间了，死了张屠夫，不吃带毛猪。”撂下这句话，汤姑娘拖着鲁雄就走，鲁雄急忙把酒递出去，有一些洒到了地上。

两人一路下楼，经过扒鸡铺子，都没有什么动静，直到出了大门，就要坐上汽车时，忽然有七八个人追了出来，有三四个是刚才喝酒的，为首的说：“两位且慢，占师傅答应汤总的条件，请两位再回去谈谈。”汤姑娘扮黑脸说：“不必了吧，下一家还在等着呢！”鲁雄忙劝阻：“既然占师傅有这个诚意，那就不要舍近求远，在这里花半个小时的时间，速战速决。”

汤姑娘鼻子里故意哼了一声，又回转身和众人一起往回走，路过柴火灶，突然说道：“没必要再上楼了吧，在这里说说不是更好吗？这里更宽敞，这灶火也比那蜡烛亮堂啊。”说着就找凳子坐下了。周围的人也慢慢聚拢起来。

估摸着楼上的人也该下来了，汤姑娘从座位上站起来，清清嗓子就开讲了：“各位工人兄弟姊妹们，我这个‘三三归一’的方案呢，就是挑选百分之三十的工人上生产线，这个收入高一点儿，但劳动强度也大；百分之三十干保全、运输这些服务保障性的活儿；百分之三十就转产搞农业了，咱们的农业基地建起来，有当地的农民参加，可是论组织纪律性、团队管理水平，还是咱们工人靠得住。这个‘一’呢，就是百分之十可以提前离岗退休。什么叫归呢？就是咱们和郊区合办养老院，将来乐意住养老院的，都住到里面去，谁没有老的时候？最后大家都在这个地方聚会，宾至如归的意思。”

人群议论开了，有几个妇女问：“听说搞农业的地方挺远，那我们奶小孩的咋办呢？”

汤姑娘微笑着说：“这个都有考虑，咱们开通班车，在基地建立婴幼儿托管所，方便哺乳，还有啥不放心的？”

妇女们都说好，汤姑娘从一个妇女怀里接过正在吃奶的小孩，小家伙毫不认生，在汤姑娘丰满的胸脯上又抓又啃。

“哈哈哈。”汤姑娘大笑起来，“小朋友，我帮不了你啦，我都当奶奶啦。我女儿刚生了宝宝，过几天她来帮我打理厂子，让她来喂你。”

汤姑娘这番话打动了在场的人，大伙儿都情不自禁地鼓起掌来。

钻头几个人看这阵势不对，没想到这姓汤的打感情牌还挺管用，可是又不能这么轻易认输。于是钻头从口袋里掏出一张纸，递给汤姑娘，说：“你说的‘三三’的办法，要大伙儿认可也不是不行，可我们工人也不是挨宰的活鸡，这是我们要求的工资，达不到这个标准我们坚决不干。”

汤姑娘把孩子还回去，扫了一眼那张纸，对着大伙儿说道：“工资是大家都关心的，这个自然要说。我们的工资比社会平均水平高百分之十，另外呢，每年要从利润里提取一些给大家发福利，还要建设养老院，这些都离不开生产的发展和企业效益的逐步提高。要是脱离了企业正常的经营水平，要求不切实际的高报酬，那就是杀鸡取蛋了。”说着把钻头那张纸团成一团扔到灶底，纸团化作了一股火苗。

这下像捅了马蜂窝，钻头一伙人嘴里骂骂咧咧，甩胳膊抡腿就要冲上来。鲁雄紧紧地抵住钻头，一群妇女把汤姑娘保护在中间，对着钻头呵斥道：

“汤总说得在理，你们别闹了！”

“再闹下去这厂子就真黄了，钻头你别把大伙儿的饭碗钻漏了。”

“闹起来没完没了，钻头你真成了造反派头头了。”

鲁雄站出来说：“汤总是实心实意为厂子和大家考虑的，咱们个个都拖家带口的不容易，老人要看病，孩子要上学，没有收入寸步难行，厂子早开工一天就有一天的效益，晚一天就受一天的损失。咱们生产正常了，就选举工会组织，分配的大事都要经过职代会批准，工人的权益就更有保障了。”又对着钻头说：“钻头，你的想法我也能理解，可一口吃不成胖子，提高待遇还得一步步来。你有这能力还是要用到正道上，继续搞技术革新，再就是带着你那帮兄弟和汤总一心一意搞好厂子，这才是咱们上千口人真正的家啊！可不能再散了。”

鲁雄讲到最后，对着众人说：“汤总提出的工人上岗方案，行不行，好不好？”

“行！好！”大伙儿纷纷响应。

这时候突然来电了，院子里一片光明，人们热烈地讨论着。钻头觉得这样也差不多了，可面子上还有点下不来，嘟囔着：“没想到栽到这伙儿老娘儿们手里。”几个人拖着黑色的影子开溜了。

8.2

罐头厂正常运转后，鲁雄松了一口气。吴副总回内地后，鲁雄就安排他协助汤姑娘协调和当地的关系，效率提高了不少。好消息接连传来，游勇的旅游部单独创设为全资子公司，几单大生意做下来，业内评价很好，游勇说等鲁雄回来，再搞个像样的揭牌开业仪式。鲁雄忙中偷闲，约吕燕见了几次面，谈得挺开心。最近的这次，刚分开没有半个小时，吕燕的电话又追过来，说刚刚得到消息，她入选了丹拿夫人蜡像馆的最新递补名单，问鲁雄这是不是真的，不会在做梦吧。白莉打来电话证实了这个消息，并且说到时候要举行一个隆重的剪彩仪式，峥嵘公司也在受邀之列，时间挺紧张，催促鲁雄赶紧回去。

鲁雄暂时结束了在内地的工作，带着由副总返程。在机场候机的时候，好像有什么重要新闻，人们突然挤到电视下面，鲁雄看过去，屏幕上闪过游勇牵头办的旅游公司的标志，他第一反应是这是个负面消息。登机后，鲁雄想给游勇打个电话，空姐过来劝阻，鲁雄不想为难人家，默默地把手机装进了口袋。

鲁雄一路上惦记着这件事。小夏到机场来接他们，汽车进城的时候灯火璀璨，鲁雄没心思欣赏这些美景，赶忙和游勇联系，又从小夏这边了解到一些情况。他对小夏说：“你把我们放在港湾广场，把行李拉回去吧。”

到了广场，他远远看见“港湾晨曦”的塑像下面聚了一群人，有人在喊着什么，有人在挥舞拳头，由副总有点想打退堂鼓。由副总本是央企的一个中层干部，管行政后勤，夫人在地方上工作很久了，央企转场的时候，由副总不想再挪窝了，就转到了峥嵘这边。他觉得老谭太霸道，在工作上就没太投入，如今看鲁雄这么多事，心里有点怯场，后悔刚才没有坚决要求回去休息，他拉了拉鲁雄的胳膊说：

“鲁总啊，我看这阵势不太对劲。咱们还是别明知山有虎，偏向虎山行吧？”

“怕啥？”鲁雄拍了拍他高大的肩膀，“不要紧，此地是国际上著名的文明之城、法治之都，不会有别的事。咱们不来，他们要闹，咱们来了，他们就安稳了。”

“咱们可不要引火烧身啊！”由副总并不放心。

“一会儿你就陪着他们在这里聊天，我去想救火的办法。”鲁雄平静地说。

“啊？”由副总惊恐地说，“你这不是金蝉脱壳吗？拿我当人质啊？”

“没有那么严重，但是确实需要认真应对。”说话间两人已经到了人群跟前，由副总不好跑，那样就太掉价了嘛，只得硬着头皮陪着鲁雄和这些陌生的面孔打招呼。可人群中有见过鲁雄的，自然气不打一处来：

“你们这是搞的什么名堂？昨天已经有游客露宿广场了，今天又把我们带到这里，导游也不见了，是不是还想再坑我们？你看看，这团里都是老人，哪能禁得起这么折腾？我们不光要在国内投诉，还要到国际法庭控诉你们！”

由副总急忙挡驾说：“我们也是刚从内地回来，还需要了解情况，是不是我们旗下的旅行社还不好说。”

鲁雄和几个游客简单交流了一下，核实了一些情况，还真就把由副总作为挡箭牌，躲到一边为这些游客联系住宿的地方了。

联系了几家，回答的口径都像商量好了似的一模一样：“你这不是开玩笑嘛，现在是旅游旺季，那房间都是提前几个月订好了的，现在马上要住，哪里去找闲房子？变也变不出房间来。”鲁雄央求着只要解决一晚就行，实在不行五六个小时也行，人家说：“越是这样的越难找，住的时间再短也要这么折腾一回，再说你这人数挺多，要是三两个还可以商量着挤一挤。”

夜越来越深，那边的吵嚷声一阵阵传来，鲁雄觉得真是遇到难题了，好像当领导干部以来还没有遇到过这种事。化整为零，也要安排几十家酒店，工作量也够大的。公司宿舍还能不能挤挤？他想抽支烟，可摸遍口袋也没有找到香烟，打火机也在机场被没收了；想喝几口烈酒，可那几瓶老窖在包里被小夏拉走了；想踢个什么东西或者抓起什么扔到海里去，可花岗石地面光滑如镜，那些栏杆台阶都建得无比坚固，没处下脚也没处下手；想大声地喊叫或者咒骂，可只有海浪的不紧不慢的声音传回来；想现在就把游勇揪到眼前，大声责骂一阵子，要么干脆痛殴一顿，也无法实现。

8.3

鲁雄正在广场上急得抓耳挠腮，有电话打进来，是汤姑娘，问他现在在哪里，到家顺不顺利。

鲁雄就说了眼前的事，汤姑娘笑起来。

鲁雄说："我急得都快要跳海了，你咋幸灾乐祸呢？"

汤姑娘说："你说怪不怪？这第六感告诉我，你这次回去肯定得遇上点事，我就提前准备了计策，只是没有塞到你的锦囊里面。我那间敬老院，虽然说不上高档豪华，倒也算安静、整洁，还有个好听的名字叫慈怀山庄。最近这房间空出来不少，接待一百多人没有问题。有人说对旅游协会开放一下，我给挡住了，让他们全面清洁一遍，不着急挣钱。没想到歪打正着，这还真派上用场了，哈哈。不过呢，也只能给你一周时间。"

鲁雄忙说："太感谢啦，这真是雪中送炭啊！我们马上派人过去交接，有三天就能调整过来。"

待鲁雄把事情全部落实好，回到宿舍，也没放由副总回去休息，他又把游勇找来，说："咱们三个人开个小会。"

游勇哭丧着脸说："两位领导坐着，我就站着吧。旅游公司成立以后，利用原来的业务渠道扩大规模，业内反响还好。可这旅游市场竞争太过激烈，有些人慢慢就不那么守规矩了，各种歪招都搬了出来。就拿团费来说，本来正常的费用开支和利润都包含其中，这样也比较合理，可有的旅行社为了拉客，抢占市场，把团费报得越来越低，什么地价团、零费团、倒贴团都出来了，那些正常经营的旅行社很受冲击。不花钱白玩？世界上哪有这么好的事，羊毛出在羊身上，凡是这么弄的，都圈着游客买假冒伪劣的东西，达不到内定的数额就不放出来，真正的游玩内容大大缩水，造成游客和导游矛盾不断，吵架成了家常便饭，动手的也不稀奇，还有把游客给活活气死的！"游勇叹了一口气。

"可这人就是这么怪，只认报价，低的就吸引人，弄得咱也没有办法。原来的价格没人报，只能狠狠心打个七折，这样全部自己干就包不过来啦，有些环节只能外包。一开始合作的几家还行，后来业务多了，把关就没有那么严了，对方设下的陷阱咱没有识破，掉到坑里了。”游勇说着，拿出一份合同递给鲁雄，鲁雄翻了翻，都是些常规内容，没看出什么破绽。游勇翻到一页，指着角落的一行小字说：“猫腻在这里呢。”

> 本合同以英文中文两种文字写成，如有歧义，以英文文本为准。时间采用伦敦时间和北京时间，如不加标注，一律为伦敦时间。

游勇说：“你们看，咱们和合作方的交割时间定在晚上，自然想着这住宿就归他们管了。可对方硬说按伦敦时间，那就是当地时间第二天早上，这整整差了八九个小时，晚上还得咱们安排。没人安排，这游客不就掉到空里去了嘛！”

鲁雄说：“看来这些旅行社真是良莠不齐啊，这又交了国际学费了。这种问题全面清查了吗？”

游勇说：“全部清查了一遍，和这家就定了三天的合约，其他的还没有发现这个问题。”

由副总说：“这太可恶了，在媒体上给他来个曝光，谁也别再和他合作。”

鲁雄说：“这不是已经曝光了嘛，好事不出门坏事传千里啊。咱们犯了个低级错误，再怎么着也是杀敌一千自损八百了，幸亏有汤姑娘的养老院托底，接受教训吧。”

游勇检讨后又说了整改和补救的几条措施。鲁雄交代道：“今后可以多和钢铁厂这样的大企业进行合作，他们有十几万人，光先进生产者就好几万，每个人来一趟咱们就得干几年。散客的市场，这么不规范，咱得抽身退步了。”

由副总也提了些建议，鲁雄就安排由副总帮帮旅游公司这边，顺带着也帮着联系央企的业务。一直到了天放亮，才把所有的事情议定。

由副总觉得，这一天过得挺漫长，跟好几天似的。

8.4

旅游公司的开业庆典推迟了，丹拿夫人蜡像馆新馆剪彩仪式却是照常进行。鲁雄一行人到达的时候，贵宾厅里已经聚了不少人，有些平常神龙见首不见尾的人物，这会儿都穿着漂亮的西装，系着鲜艳的领带，带着很强的气场现身了。凌先生和庄主任正在说话，看到他们后，庄主任朝白莉摆手，白莉过去，庄主任刚要介绍，凌先生说:“认得认得，白小姐更苗条也更漂亮啦。”白莉装作惊讶地说:“是吗？我现在每天一睁眼一闭眼，就考虑这瘦身塑身的事。”庄主任又介绍鲁雄:“这位身份特殊，不光是峥嵘公司的老板，还是吕燕小姐的男朋友。”凌先生满脸堆笑说:“双喜临门，可喜可贺呀！”鲁雄连忙摆手，说:“八字还没有一撇呢，就是普通朋友。”

凌先生说:“贵省物华天宝众多，从古至今风流人物绵绵不绝。”由此说到齐副省长，就谈起他臂伤的康复情况。鲁雄说:“感谢凌先生第一时间亲自过问，医院和主刀的王博士都是国际一流水平，现在齐副省长手臂的功能已经完全恢复，只是还得再受一次皮肉之苦，把那套固定的东西取出来。”凌先生连连赞叹说:“齐副省长英雄气概，令人敬佩不已，祝愿他早日痊愈。今后有什么需要协调的尽管说，联系方式白秘书这里都有。”

说到齐副省长，鲁雄还想把话题再展开一点儿，就说:“齐副省长主抓的招商引资工作很有成效，最近省里又面向海外推出了一批重大项目，戈先生刚投了几笔，正在筹资盖楼。戈先生在江湖上人称‘急先锋’，戈先生大步推进，您这主帅也该出马了。”

“哈哈。”凌先生摇头说，“不是这么比方，我也当过物理老师，这个圈子就是一个球形，那到中心的距离都是一样的。”又从侍者推过的小车里取出一片西瓜比画了一下，说:“就是西瓜外皮的结构，大家都差不多，差不多。”

鲁雄一时难以领悟这“差不多”的深层意思，是实力差不多，业务差不多，还是性格差不多？这不是明摆着都差不少嘛，可初次见面，他又不好反驳凌先生。这时旁边还有几个人等着和凌先生打招呼，鲁雄连忙说改日讨教，就走开了。

鲁雄又和碰到的熟人应酬了几句，就离开了贵宾室，通过步梯转到上一层。这里是一个玻璃大厅，平面上是个拉长的瓜子形，中间用彩带隔开，一面布置着新馆展出品，另一面就是剪彩典礼的主会场了，高处挂着大红灯笼，两列花篮呈雁阵状排着，地面上还画了些站位的标记。看得出现场已经基本准备完毕，一个负责人正对着几个工作人员检查督促着什么。鲁雄面向玻璃窗，视野之内再无遮挡，那些攀爬起来有点吃力的山峰都在脚下了，能认出曾经到过的几个郊野公园，还能辨出曾经吃过东西歇过脚的亭子，那些山间小路完全淹没在一片葱绿之中。一片巨大的云朵从上下左右包抄过来，脚下的建筑物仿佛变作一艘浮船，在云雾里漫无边际地穿行，有种很不踏实的感觉，不知何时才能突出重围得见天日。

云雾无边无际，鲁雄回过头来找那些蜡像，隔着彩带和其他东西，影影绰绰地看不真切。他想：真不知哪位天才设计家的主意，把这些杰出人物放在这种地方，和凡间烟火更难搭界了，又想到古人在险峻雄奇的山峰上，餐风饮露就能得道成仙。听说那些蜡像做得比本人还要逼真，该不会长期受日月之精华，久而久之生出灵性吧？他忽然想起曾经看过的一部电影，说的是一家著名的博物馆，到了晚上那些展品就会复活，演绎出一段段浪漫缠绵的故事。这杰瑞在圈里是有名的花心大萝卜，该不会对初来乍到的吕燕图谋不轨吧……

“哎呀，你在这里优哉游哉观赏风景，把人家给急死了。”吕燕和白莉、小夏几个人突然出现在眼前。鲁雄一时有点发蒙，说：“怎么、怎么了？”心想曹操是说到才到，这杰瑞刚刚想到，这么快就下手了？

吕燕急得说不出话来，白莉就替她解释了。现场管得也不严，他们几个就转进去看看，设计师正在为“吕燕”做最后的整饰，她穿着一身鹅黄色、绣着桃红牡丹花的旗袍。寓意她得了戏剧界的最高荣誉牡丹奖，发型也是她喜欢的披肩发，这些都让人满意，可是脖子上却围了一条黑色水貂的毛领，不光显得不伦不类，还和她倡导的动物保护理念相悖嘛！

她们和工作人员交涉，但凡是找到的人都说自己只管执行，不管决策，好不容易找到一个总监级别的，可这位自报家门说只是场地总监，不管人物形象设计的事。就这样，形体总监推给服装总监，服装总监推给饰物总监，饰物总监推给概念设计师，概念设计师说这是国际上最著名的费慕斯设计出的方案，也有征求本人意见这个环节，但不是现在。现在万事俱备，马上就剪彩了，一切都是板上钉钉，不可更改了。

吕燕说："那我不知道呀，没人征求我的意见呀。"

对方说："那就不清楚了，这件事不归我管。到了现在，莫说你个人，就是联合国召开个什么会议，做出个什么决定，那都来不及了。"

鲁雄说："这如何是好？"白莉建议找庄主任。庄主任大大咧咧的，说："没有什么大不了的，有毛领没毛领都不是什么大事，这叫一袭华服、两种准备呀。"庄主任装模作样地转了一圈，并没有找什么人，因为鲁雄几次没有提供出有价值的资料，加上也没有配合他做广告的建议，他心里对鲁雄也是老大不满意，只是明面上没有表现出来，才不想管这些不咸不淡的事。庄主任回来后皱着眉头说："不行了，这太难了，这方案都是一个月前定好了的，不能再变了。"看到吕燕着急的样子，又补上一句："实在不行我和报社打个招呼，做个技术处理，打上马赛克。"

"啊？脖子上打马赛克，这也太奇葩了吧。"吕燕委屈地喊起来，"知道的晓得是这么回事，不知道的还以为我脖子上长了什么东西，实在不行我就退场。"

鲁雄赶忙说："不行，那样的话事就大了，你也别太任性了，还得顾全大局。"吕燕说："我怎么就任性了，他们不征求我的意见，加了这么个貂皮，不知道这里面有多大的商业利益呢。"白莉急忙劝阻说："别急，还有五分钟呢，实在不行请凌先生出马试试。"

主持人请嘉宾到典礼现场集合，几个人各自想着自己的心事，表面上却都默不作声，随着众人到了现场。这时候，一直跟在后面的小夏突然伸胳膊踢腿活动了几下，又把车钥匙递给白莉，说："你把车开回去吧。"然后疾步上前，越过了那些彩带，在众人错愕的时候，已经取走了那条黑貂毛领，三晃两转，越过人群不见了。

几个保安急忙去追，哪里追得上，返回来说："已经报警了，他跑不了。"主持人经验丰富，虽然发生了一点儿小插曲，但无论如何典礼也得照常进行，就安排启动仪式，负责整饰的设计师急得都快哭了，说："这怎么行？那个脖子上还有瑕疵呢！"

吕燕正好围了一条上好的黛青色丝巾，就摘下来递过去说："你看这个，能不能临时应应急？"

典礼开始了，随着主持人的口令，凌先生、庄主任等六位重量级嘉宾齐齐剪断一条拴着一串大红花的细细的彩带，把一朵朵红花留在了礼仪小姐的托盘中，鲁雄排在另外一边的几十位嘉宾中间。大家一起鼓掌，有人开了香槟庆贺，酒香在空中飘散开来。

参观的时候，众人纷纷赞叹艺术家水平的高超，说真人和艺术品放在一起还真分辨不出来。只有鲁雄知道，那个脖子上没扎丝巾、眼角噙着泪花的就是真的吕燕，错不了。

8.5

周末忙完了公务，鲁雄建议吕燕到神仙府抽个签试试手气，吕燕说："好啊，正想看看回鹰岭一带的风光呢。"他们走山路走累了，就坐在路边的石凳上休息，吕燕说：

"你再继续讲和美女文学家的故事吧。"

"上次讲到哪儿了，是知识青年的青葱岁月还是大学生的青春岁月？"

"这都说过了，尽管裘教授不大乐意，可你还是成了人家的乘龙快婿。就接着说你在山里教学的那段吧，那个山区的风景好看吗？跟这里比怎么样？"

鲁雄沉思了一小会儿，开始了他的讲述。

这个还真是没法比较，也许那个山里的风景比这里美上十倍，可那会儿还真顾不得关注这些事。我们毕业后来到了临山县南部山区的冷水峪小学教书，那里各方面条件都很差，三间教室也是出奇地小，当地人称"蝈蝈笼"。学生只有十几个，可每个年级都有，挤在一个教室里，这个年级上课，就安排那个年级抄写；这边算题，那边造句，就这么换着来。没有电铃，我就找了半截犁头挂起来，上课的时候敲敲，权当敲钟了；没有旗杆，我找了棵长得细高点的白杨树修整一下，拴上绳子，做成旗杆，每天升旗唱国歌。

在这里不光是教学，学生的事哪方面都马虎不得。俗话说："家有二斗粮，不当孩子王。"还真是这么回事，那是操不完的心。学校和村子之间，有个采矿石留下的大坑，我来之前每年夏天都有孩子淹死。村民说淹死了新的替换下来，那先前的才能托生。

转眼夏天又到了，这可怎么办才好？天气这么热，这些孩子又是活蹦乱跳的，见到水沟就想往里扎，总不能找根绳子拴住他们。家长也是急得没有办法，就采了野地里生长的一种紫草，把叶子嚼成汁涂在孩子们的身上，那没有褪色的，就是老实没有下水的，那颜色被水冲掉的，少不了挨一顿暴揍。早上学生来上学的时候，身上也是青一块紫一块，搞不清楚是涂的紫草汁呢，还是家长下手太重打的淤青。不管怎么说，见到他们一个不少就挺开心，可每天放学后提心吊胆的滋味多么难受。我就到矿坑边守着，后来把矿坑包出去养鱼，我才解脱出来。

这一天，有个叫三妮的学生没请假也没来，思雅说："怕是她奶奶又犯病了吧。"我觉得不对劲，心里不踏实，就顺着上学的路一直找到她家里，她奶奶在炕上躺着，说："三妮早就走了呀，今天比往常还早呢！"这把我给惊得不轻，她奶奶拄着拐杖去找邻居，我又顺着原路返回，这回查看得就更仔细了，那些土路能辨出脚印的，我都试着推断一下，路边有什么树啊草啊水坑啊，感觉有点异常的，我都过去看看。别的村民都上山干活儿了，肯定一时半会儿也来不了，小路上没个人影。我腰里还别着个哨子，取下来没命地吹。别说，这个法子还管用，走到一个一人多高的石坎上时，就听见几步远的草里有动静，好像是敲石头的声音，再一细看，那周围的草被弄倒了一小片，脚下的石头上还有星星点点的血迹。我顾不得那些荆棘扎人，赶忙过去，躺在地上的不就是三妮吗？她穿着绿色的褂子，和周围的草是一个颜色，不注意还真分辨不出来。

三妮呜呜啊啊地说不清楚，我一看，她裤子被撕烂了，两条腿都受伤了，一条腿上的肉都给撕开了，还在流血，另外一条腿好像轻一点儿，我觉得可能是遇上野猪了。哎呀，没把孩子咬死还是万幸，她听见了我的哨子声，嘴里喊不出来，就抓着两块石头敲打，总算引起了我的注意，再晚了可就更麻烦了。我把白衬衫脱下来，撕了几块布条，给三妮包扎上，可还是有血渗出来，三妮疼得龇牙咧嘴的，一点儿都不敢动了。

路上不见行人，那会儿也没手机，吹哨子村里也听不见，从那里到乡里的公路还得有七八里。我看到顺着山坡滑下去，有个百来米就能到公路边上，只是还从来没有人这么走过，情况紧急，也顾不得那么多了，我用衬衫编了条绳索，把三妮捆在后背上，开始了这段行程。

这段路只能倒着走，三妮疼得时醒时睡的，三年级的学生怎么也得有七八十斤吧，驮着这么个重物下山真是要命。有小树的地方还好，把着树枝慢慢向下落，有些树带刺，也顾不得那么多了，手上划出些口子，身上的背心也给划烂了，成了血衣了。还有不知多少层梯田，一人高，平常也就跳下来了，可这会儿不行，我得先把三妮放在石头上，自己跳下去再抱着她转向下一层。也不知费了多少劲，过了多少时间，我觉得比走远路还是快点，终于下到了公路边上。

把三妮放在路边，我去拦车，可这条路上车不太多，拦了几辆车都没停。有辆拉货的小卡车慢慢地过来，我以为停下了，可司机伸出头来骂了我几句，绕过我又开走了，有几次那车都差点撞到我，我也只得再退回到路边。正急得无法可想的时候，远处来了辆红色的小轿车，到跟前就停下了。车里走出一个领导模样的人，简单问了问情况，就和我一起把三妮抬到车上，自己坐到副驾驶的位置上，让我在后排扶着三妮，对司机说到乡卫生院。

司机埋怨我："看你这小伙子这个冒失劲，这么多车你不拦，专门拦齐县长的车，县长要赶回县里开会，书记在等着呢。"

齐县长说："人命关天，这件事更要紧。"

司机又说："这是为了接待省里要来的领导才买的新车，才买了三天呀，你看现在这么一塌糊涂，客人怎么坐呀？"

我这才注意到，车上那些座椅靠垫什么的都是新的，三妮的腿上还在流血，我的身上也有血，车里都沾上了。我就尽量把身子挺起来，不靠在座位的后背上。

齐县长用一个很威严的手势制止了司机的唠叨，转过头来看到我这么别扭地僵着身子，就说："小伙子没受伤吧？"

我说："就是划破了点皮，不碍事，真对不起，耽误领导的事了，也把车弄脏了。"齐县长摆摆手。说着到了乡卫生院，院长一看领导的车来了，赶紧给三妮处理，把创口清理包扎了一下，又输上血，说为了保险起见，最好到县医院进行全面治疗。齐县长的车又把我们拉到县医院，路上，三妮的情况稳定了些，齐县长和我聊了些家常话。

到了县医院，给三妮做了全面检查，不幸中的万幸，没有骨折，可血肉模糊的样子真是吓人，大夫说是野猪伤的。大夫把那些伤口全部缝合上，挂上吊瓶，说不要紧，没有生命危险，我这一天都悬着的心才稍稍安定了下来。

当天我给思雅打了电话，待第二天把后续的事情安顿好回到家后，思雅不干了，和我闹开了，说："在这个穷乡僻壤的小山村什么时候是个头啊？这整天心脏都在嗓子眼吊着，那一湾水没淹死你就是侥幸，早先的一个老师还掉到悬崖下边摔死了，你当那些野猪什么的只吃小孩？你这百十来斤斗得过那些猛兽吗？还有山上的毒蛇蜱虫，哪一个不能要了你的小命？"

我反驳她，说："在哪里都有危险，在大城市里那整天车来车往的不也挺吓人吗？这文艺女神什么时候变成泼妇了，你再这么乌鸦嘴，我真出事了怎么办？"

思雅不服，说着说着眼泪鼻涕就都下来了，说："这里离城太远了，交通也不方便，爸妈生病了也没法照顾。你也不为将来想想，这里条件这么差，怎么生孩子？咱们吃点苦也能熬，难道你想让孩子也跟着咱们受苦？你光想着别人的孩子了，自己的孩子想过没有？"

我说："车到山前必有路啊，孩子这不是还没有嘛，等有了再说。"这样我和思雅就冷战了有十天半个月，谁也不和谁说一句话。

鲁雄说到这里，吕燕就松开了抓着他的手，自己从背包里找点心水果吃了，说："我看主要还是你的错，思雅挺委屈的，你们男人都太狠心了。那后来呢，你们怎么回城的呢？"

鲁雄又继续说下去："还是那句老话，努力加运气吧。我和齐县长在车上不是聊了一阵子吗？齐县长就记住我的情况了，团县委缺人的时候，齐县长就推荐了我，我就调到团县委工作了。思雅发表了散文集《山乡晨雾》，在文坛也开始有点动静了，县文联要她，我们就前后脚都进城了。进了城，才有了孩子，老人也经常过来，好像是正儿八经过日子了。不过，我还是很怀念在山区教学的那段时光呢。"

吕燕说：“你遇到贵人了，齐县长是不是就是现在的齐副省长？”

鲁雄说：“是呀，他后来到南方当了几年地级市的领导，这不又回来了嘛，老乡们还是称呼他齐县长呢。你好聪明！”

“哈哈。”吕燕摇头笑着说，“这是我第一次听别人这么说，我是棍棒底下打出来的孩子，够笨的。那你到了县里，是不是和教育部门的联系就少了？”

“一点儿不少。”鲁雄说，“团县委要管青年学生工作，管少先队，这些都离不开教育部门的配合。而且，当时一项很重要的工作，就是搞希望工程，建希望学校，这件事还真是花了不少力气。”鲁雄顿了顿：“说起来，这人和人真是有点机缘，现在经常打交道的人，有几个就是那时候认识的。”

8.6

鲁雄又陷入了回忆：

我在团县委还是挺顺的。我干到副书记的时候，来了一位女书记钱书记，说是市里哪个领导的亲戚，在这里干不长，不过镀镀金而已。这位钱书记长得挺敦实，作风也挺泼辣，讲什么事都是口若悬河，数字张口就来。这位在外面认识的人多，神通广大，干什么事也要在县里争个先。建设希望学校，别的县里领了十个任务，到了钱书记这里，拍着胸脯立下了军令状，不建二十个绝不收兵。可这希望学校花的不是小钱，又得逐个验收，心急吃不了热豆腐，一时半会儿还真张罗不了那么多。

也就在这个时候，钱书记不知怎么联系上了戈先生，跟我说：“戈先生是著名的海外爱国商人，捐个十所八所学校不费多大劲，鲁雄你别的事都放一放，陪好戈先生就行了，咱的任务就容易完成了。”

我就陪着戈先生在县里到处跑，考察建希望学校的地点。戈先生对捐资兴学挺热心，可也提出了一个要求，就是作为圣贤苗裔，戈先生想请县里配合着找找先贤的遗踪。一世祖戈惟老先生著书立说，只是功名不彰，没有名陵大冢流传下来也容易理解，可历朝历代众多的子孙中也有些大官，要是能找到一些先人的遗物遗迹，对于发扬戈氏家传的仁德思想、孝贤文化，真是功莫大焉，也能激励世界各地的戈氏后裔为故里多做贡献。

我把这个意思向钱书记转达了，钱书记说："这个不难，我认识临山师范的一个讲师叫赵可锤，对地方史、民俗什么的都很有研究，叫他给关注着点，实在不行帮着他弄个项目，花点钱，这件事准能成。戈先生只管张罗着各地的戈氏子孙捐希望学校就成了。"

过了些日子，事情还真有点眉目了。那个时候，各地都加快了建设的进度，盖楼房修公路什么的，也陆续发现了一些古墓。咱们临山，别看当时是个县，可在古代，好长时间都是州府所在地，那管的地盘比省还大哩。钱书记告诉我发现了一座汉墓，就是戈惟的十六世孙，在东汉做过大司空的戈弋老先生的墓，赵可锤的相关文章马上就要在《考古》上发表。我一听也是非常高兴，就赶忙陪着戈先生前去查看。

这个墓地在一个楼盘工地的角上，是施工车辆压塌了地面才被发现的。我们到的时候，文保部门已经完成了勘查清理，接待的工作人员说，根据考古价值，确定了整体搬迁的保护方案。尽管安装了照明设备，可下到里面后，还是感觉阴森森的，我也搞不清有几室几厅，可戈先生看得非常认真，还数数有几间耳房。他问工作人员发现墓志铭了没，工作人员说没有，这个墓曾经被盗过，陪葬品只剩下些搬不动的东西了。戈先生又问怎么能断定是戈弋墓，工作人员说年代、规制都能对上，和史料都有对应，专家论证过的。

戈先生指着那些残破的陶俑陶片说："我看不像，我看这位是个酒肉之徒，你看这么多家畜，这么一排酒缸。戈弋担任大司空之职二十多年，在算术和几何方面很有造诣，看这里面的陈设，主人也不像个读书人啊。"工作人员就笑了，说："也许有东西腐朽了，还真得专家才能搞明白。"

戈先生还是仔细地看，末了悄悄地和我说："你看这些画像石，全是歌舞欢乐、醉生梦死的场面。有史料记载，戈弋前辈一生只娶了一位夫人，可这里有三位女士陪着呢。"我说："也许当时的社会风气就是这样吧。"

钱书记不大乐意和戈先生见面，什么事都是我传话，这两个人又总是想不到一起去，我在中间两头作难。我又把戈先生的疑虑和钱书记说了，她就很不耐烦，说："这个老头真是太多事了，年代这么久了，能找到这些东西就相当不错了，那想着认祖宗的多着呢。"我心里还是支持戈先生的，觉得认祖归宗的事还是慎重一点儿好。

从那以后，戈先生就不太关心古迹方面的事了。我再陪他的时候，建议他到我教过的冷水峪小学看看。看了我领着学生一点点修起来的操场、自己做的篮球架子、石头做的杠铃，还看了我和学生修的让学生熟悉水生动物的鱼池，我又给他讲了三妮受伤的事，三妮也没落下什么毛病，现在到县里上中学了。戈先生很认可，说："看得出来，你是个干事的人。"他就拍板在冷水峪小学的基础上建一所希望学校。其他的备选的几个地点，戈先生没继续推进。

说到这里，吕燕又插话说："这位钱书记，是不是就是现在挺出名的那位钱总啊，那个什么大集团的老板？"

"正是。"鲁雄说，"我就知道你是最聪明的，一说就想到了。"

"你有机会就取笑我呀。"吕燕捶了一下鲁雄的胸口，"这个钱总好像是很厉害的一个女人。有一年她公司开年会的时候请我们去演出了，还在一起吃的饭，但没怎么说话。那你是不是和她闹矛盾了？"

"也没什么矛盾，这都是戈先生太较真，她也怨不得我。"鲁雄又继续讲下去。

过了一段时间我们就分开了。那个时候建设基础设施的任务挺重，齐县长把我调整到交通局的班子里。搞施工经常见到留下来的老东西，和文保部门经常扯皮，局长说我过去接触过这方面的事，就安排我和文保部门进行协调。我参加了一期省行政学院的培训班，专门讲文保方面的事，又耐下心来看了不少这方面的书，有机会就向专家请教。有我专门和文保部门沟通，办起事来倒是顺多了，施工进度也加快了不少，一年就修通了好几条路。他们就说我是一个懂文保的交通局局长。

吕燕听到这里笑了，说："真是的，你好像有点不务正业。我觉得，你应该多修点公路什么的，为民造福。"

“修了，我不光修公路，我还修铁路了呢！”说到往事，鲁雄的脸上焕发出光彩，“我不光修了临山历史上的第一条铁路，还生生演出了一幕纤夫的爱啊。直到现在他们还在谈论呢。”

鲁雄接着说下去。

我调到滨海市交通局的时候，境内平原地区的公路网基本建成了，可山区的还不行。建了一条盘山公路，标准也不高，遇到小车还行，遇到大车还挺费劲，得这边找个宽敞地方停下，那边才能开过去，有些矿石什么的物资还运不出来。有人就出谋划策，建议顺着出山的河谷修一条几十公里长的铁路线，打几条短的隧道，架几座桥，工程量不算太大，不光把盘山公路取直了，货运量还能大为增加，成本能降下来。论证了一年多，为了建窄轨还是标准轨，还争论得差点动手打起来。等我干上交通局一把手的时候，市里的财力也强了，暴露出的问题也差不多找到解决办法了，就拍板定了修这条地方铁路，而且要修标准轨，将来要和国家铁路联网。

大干了三年，终于把一条铁路单线修通了，滨海和临山也有了铁路通道，就从国铁部门买了些二手的车皮，还弄了一个旧的火车头，先跑起了货运。通车的时候，周围十里八乡的老百姓都跑来看热闹，那可真是盛况空前啊。

可是火车头经常出毛病，要是坏了，不光它自己跑不了，还碍着货运的车皮，要是复杂点的修理，还得拖到维修基地去。可就只有这么一个车头啊，怎么办呢？后来我想了个办法，就是拴上缆绳，安排民工和纤夫像行船似的，在路基两边拖着走。后来他们觉得这个办法挺管用，就干脆拖着车皮运矿石了！有一次思雅约了几个女作家，坐着我们的车皮到山里采风。那时候不是流行一首歌曲叫《纤夫的爱》吗，我就成了纤夫头儿了。可惜她们对这人力货车不感兴趣，也没有写出什么像样的东西来。

我和思雅各忙各的，好像上了不同岔道的火车，走得越远分开时间越多了。她后来调回了我们的大学母校，差不多是接替了当年她爸爸的位置。再后来，她就出国做访问学者，到了她向往的那所大学，去了她最崇拜的那位女作家生活的地方，就是那位曾经像不入时的花一样在尘埃里绽放的女士，实现了久有的“朝圣”的愿望。直到她接受了那所大学的教职，我们就彻底分开了。

“这倒挺曲折的。”吕燕感慨道，“已经中午了，咱们就在这里野餐吧。”

8.7

两人在附近找了个更合适的地方，把高的石头当桌子，带来的罐头、糕点之类的方便食品都放在上面，把矮的石头当凳子，两人挨着坐，一边看着周围的风景，一边慢慢吃着东西。

已经过了炎热的季节，从远处吹来的凉爽的风带着海的味道，山脚下的海浪不知疲倦地拍打着礁石，云中的神仙府若隐若现。过了一会儿，两人把目光移回，不知什么时候，身边出现了几支蚂蚁的队伍，有一拨蚂蚁正托举着一块巨大的面包屑加速离去。那些蚂蚁，尽管个头很小，可身上的特征鲜明，头上的触须好比两条天线，头和肚子如同饱满的草籽粒，锃黑瓦亮。身上像装了弹簧似的，活力十足，移动迅速，有点草上飞的意思。有一只似乎是它们的头儿，个头大一些，一会儿跑到前面拖，一会儿又跑到后面推，和别的蚂蚁碰碰触须，似乎是在交流什么诀窍，或者只是单纯加油鼓劲。吕燕看得高兴，指着那只大点的蚂蚁说道：“这不就是当年修铁路的你吗？好一幅愚公移山的图景啊！”

“还真是有那么点意思。”鲁雄看了一阵子感慨地说，“你别看这蚂蚁小小的，它们可是很有智慧的物种，它们建立起来的是真社会呢！”

“真社会？那我们人类社会倒成了假的了？”吕燕疑惑地问。

“不是说我们人类社会是假的，是说像蚂蚁还有别的一些生物，它们的内部分工、分配、种群繁衍，都是十分科学、规范的，个体离开组织就不能生存，个体绝对服从于群体，个体的一生是为群体利益奉献的。它们机械刻板、循规守矩、配合默契，整个组织像一台高速运转的精密仪器，没有纰漏，分毫不差。不像我们人类社会，真真假假，是是非非，人一多就要分帮分派，经常是矛盾重重、缠斗不休啊。”

“是啊，人类社会是有点复杂。”吕燕也感慨地说。

“当然，人类的创造性也是别的物种比不了的，否则就没有这个五光十色、高度文明的世界了。”鲁雄充满了信心，“征途漫漫，唯有奋斗。新世纪就要到了，中华民族的前景一片光明。在这个过程中，我们能增一分光，发一分热，真是无比畅快和荣幸啊。”

吕燕望着眼前的男人，他眼里的光彩叫人兴奋，棱角分明的脸庞使人着迷，她心底不由得有种小女人的感觉，说道：“我经常想起在舞台上扮演的角色，那些英勇的前辈们流血牺牲苦苦追求的，不正是我们今天所拥有的繁华世界吗？”

“是啊，我们更没有懈怠和颓唐的理由了。”鲁雄语气温和下来，“要是咱们能一起同甘共苦，那是再好不过了。”

“说实话，我这一两年可真是有点累了。”吕燕真诚地说，“在外人看来，该得的奖你都得了，该有的荣誉你都有了，身上的光环也挺耀眼的，顶着的帽子和头衔也挺压人的，不应该有什么烦恼了。但其实我每次登台之前都感觉压力挺大，特别是一些重要的演出，担心出错，担心有什么瑕疵连累大家，有一段时间还经常失眠呢。”

鲁雄握住对方的双手，亲切地说：“我能理解，这好比天上的小鸟，飞倦了要有个落脚的窝；又像是航行的轮船，千里万里，总得有个属于自己的港湾。无论你登不登台，我都喜欢，年龄大了，带带学生，讲个课也挺好的。”

“这还差不多。”吕燕把身子向他靠过来，“你还是有理想有追求的，身上还带着那么点憨厚味，我喜欢。你愿意做我的港湾吗？”

“求之不得！”

吕燕忽然想到小夏的事，问小夏后来怎么样了，没有什么要紧吧。

鲁雄说：“没什么大事，小夏第二天去自首了，把那件东西也还回去了，他就是扰乱秩序，没有造成严重后果，罚了个一周的社会服务。本来他周末有空也会去慈怀敬老院陪老人家聊天干活儿，顺便学习方言。这在别人看来是惩罚，他还求之不得呢，又奉献了爱心，一举多得啦。”

吕燕抱紧了对方，喃喃地说：“我累了，你别动，我休息一会儿。”一会儿又说：“我得给你生个小孩。”鲁雄的姿势有点别扭，他想调整一下，可吕燕已经睡着了，他只能这么硬撑着坚持，这又让他想起了在齐县长车上僵着身子的往事。

临近元旦的时候，吕燕专程飞来看望鲁雄。跨年夜，他们和几十万的男男女女、老老少少挤在海港，山呼海啸般齐声倒数：“……五、四、三、二、一！”

伴随着大大小小的轮船上发出来的汽笛声，礼炮轰鸣，无数烟花像利箭一样射向空中，璀璨的烟火把夜空照得比白昼还要明亮，周围高楼的灯光都显得黯淡了。天空中一片火树银花，淌金流银的枝干上结满了五颜六彩的果实，那些花朵和果实刚开始还在高处，有点遥不可及，后来花越开越多，果实也越结越多，簇拥着向人群奔来，人们沉浸在流光溢彩的世界里。

属于他们的新世纪来临了！

鲁雄和吕燕紧紧地拥抱在一起。

第九章

期货风云

9.1

新世纪来临了。岁月更迭，但大部分的人、事依然是老样子，并没有多么明显的变化，只是节日的气氛愈加浓厚了。鲁雄把派驻在外的副总召集回来，开了几个总结会，也把新一年的工作任务布置下去，签了不少“军令状”。

难办的还是分配的事。没有利润当然不行，有了利润，蛋糕怎么切，就全看掌刀人的领导艺术了。俗话说：听老婆话，跟组织走，多吃菜，少喝酒，千万别当一把手。

这当一把手的好处谁不知道？但既然这么说，那肯定还有苦处。奖金分配，中层以下还好办，班子里的几个人怎么摆平挺伤脑筋。鲁雄已经定了章程，就决定按制度来。何副总去年业务做得不错，提成比别人高出一倍，是班子成员里最高的；吴副总靠合资公司，由副总靠旅游公司，成效都不错，得了专项奖，紧跟在鲁雄后面成为第二梯队；战副总因为管的费用指标超了，调整宿舍又没有按时完成，考核扣了几分，就落在最后了，五个人形成了三个层次。其实差得不多，每个层次差大约百分之十，也就几千块钱。

何、吴、由三位感觉符合预期，就表示同意，只是客气地说鲁雄高风亮节，一把手应该多拿。有意见的还是战副总，说：“好嘛，我当兵担任的第一个职务就是副班长，站队排在最后，在边境线上巡逻的时候，我主动让战友先行，包断后，这次分奖金我又是最少，我都成了落后专业户了。原来谭总，别的事不说，分奖金就按照职务系数来，你一把手最多我也没意见，几个副总都一样，现在旱涝不均，这不是故意制造矛盾，让我难堪嘛！”

吴副总这次没有推波助澜，给老战“降温”，说：“你也是有得有失，弟妹这不是来探亲了嘛，你们在这里开开心心地过个年吧，为这点钱烦恼不值得。像我，今年探亲的事也黄了。”

战副总看老吴跟自己不在一条战线了，心里不乐意，就挖苦说：“你都回到自家的热炕头了，整天搂着老婆也没人管你，还探的哪门子亲啊？”

吴副总说：“这都花甲之年了，老夫老妻的，也没了那方面的需求，这不是想着沾个外派的光，到这里见见世面、开开洋荤嘛！你嫂子十年前到界河桥上买了条项链，高兴地唠叨了有半个月，说活了大半辈子终于出远门了，从那以后，再也没来过，这也是盼了好几年呢。”

吴副总看别人没有搭话，就自顾自地继续往下讲了。这人在官场浸润久了，也摸出一些门道，其中一条是越是研究重要的事，越是大部分时间都在说些不沾边的话，核心事项往往在几分钟甚至半分钟之内就决定了。所以，关键的时候绝不能离开，尿在裤裆里也不能上厕所，十八般武艺少不了憋。再就是说些废话消耗时间，让不同意见能自我消化，或者吐槽出出怨气，这有利于主持人掌控局面。于是吴副总故意大发感慨讲起故事：

“当年的界河桥，那叫一个火呀，两边的店铺，被人挤得水泄不通，店员在门口一天到晚招呼顾客，那声音就和吵架似的，人也不累，嗓子也不哑，叫你见识了什么是敬业。路边有一块小小的界石，人们都排着队去那儿照相。我那口子也排半天队照了一张，我说你老家伙还凑这个热闹干吗，她说越老越得凑，年轻人机会多着呢，我这黄土埋到胸前好歹弄了个出界，照下来纪念纪念。我说啥出界啊，这又不是踢球，你还出轨呢。老伴说过来的时候还用一个证，通过一个关口，把得比这里还严实，那叫出啥？我说不叫出啥，叫进了特区，她就不懂啦，说两边站岗的穿的衣服都是一样的嘛，这个跟她三言两语说不明白。”

没人打断他，吴副总接着说：“前几天我又去了一次界河桥，那真是物是人非，冷冷清清，有世事沧桑的感觉，怎么着有生之年也得再带着老伴去看一下，随便怎么照相都没人挡着了。”

其他人这才接话，有的说现在回归了，经济重心都转移了，这些小的市场变迁也是很正常的，现在就该到女郎街、大水埗这些地方了，热闹着呢。有的说各方面变化都很大，原来通关得好几个小时，现在快多了，多开几个窗口就完了嘛，这有什么难的？战副总孤掌难鸣，几次也没有把谈话的中心转到自己认为的“公平公正”方面去。

鲁雄看火候差不多了，就问大家还有什么意见，当然这就是正式的意见了，不再是那些扯闲篇的事，战副总保留意见，其他人摇头或者沉默，表示没有不同意见。鲁雄就总结说：“我们既然定了奖惩制度，肯定得严格执行，不能再搞大锅饭了，不然对上对下都没法交代。各位都是多年的领导干部了，一个是要支持改革，一个是眼光放远一点儿，心胸开阔一些。今年低一点儿的，可能明年业绩突出也会多拿，只要公司搞好了，大河有水小河满，大家都不吃亏。现在通过这个分配方案，当然，还得和上级领导通个气。春节前把钱发到个人户头，让大家过个欢乐开心年！”

过了几天，鲁雄找何副总商量公司业务，又把奖金的事提了提，说：“已经和领导汇报了，领导很支持奖优罚劣，拉开差距，你们可以步子再大一些。有了今年的铺垫，到明年就更加能放开手脚了。财务正在造表，搞好了我签字就发下去。”何副总忙说：“原来老谭整天说向一线倾斜，可哪有落实的时候？现在拿的比您这一把手还多，我这压力也不小呢！不过您放心，士为知己者死，这业务上的事有我这五尺汉子顶着，就是把我砸扁了，也不能让峥嵘的牌子掉在地上。”

鲁雄说好，两个人四只手紧紧地握在一起。可说到具体事的时候，何副总就没有刚才那么慷慨激昂了。鲁雄第一关心的是“闪电小子”的案子，何副总哭丧着脸说：“情况不乐观，綦老板尽管对咱们耍赖，但在救治‘闪电小子’方面还算尽心，请了世界上最好的兽医，又从南美的热带雨林里采了据说很神奇的草药，治疗了几个月，‘闪电小子’渐渐康复了，在当地参加了几次比赛，战果还行，綦老板就轻狂起来，想着把前面的损失补一补，弄了个奖金多的‘草地1800米万圣节锦标赛’，结果大意失荆州，就出事了。这个赛程不是有点长嘛，草地又打滑，到了临近终点较劲的时候，‘闪电小子’马失前蹄摔倒了，老伤复发又添新伤，这回是彻底不行了，华佗再世也白搭了，只能结束运动生涯，执行人道毁灭。”

“啊？”鲁雄惊异地说，“那你们也没有及时和我汇报啊！”

何副总说：“原来咱们有这个遭遇不测的预案，想着看看后面的进展一起汇报。《光电马迅》上也报道了，可能您没有注意。”

“是啊，有一阵子在内地，关注的媒体不太一样。”鲁雄说。

何副总又接着汇报："圈里说法多了，有的说綦老板不该贸然出海，深入这虎狼之地；有的说对手在抽道次的时候就做了手脚，泥地一目了然，草地容易打埋伏；有的说綦老板的御用骑师没有赶过去，聘了个本土骑手，人和马配合不起来，估摸着就是败局，但没有想到输这么惨。虽然'闪电小子'的肉体没有了，但战绩彪炳，精神永存，正身骨架进了爱马纪念馆总馆，复制的几套就赠给了各地的分馆，都举行了隆重的进馆仪式，可以说备极哀荣。

"咱们多渠道暗访，还真查实了'闪电小子'有一个子嗣，是一匹近一岁的公马，也是浑身火红，已经有了一个正式的名字叫'雷霆万钧'，现在正在培训的关键时期，本来养在綦老板的马厩里，每天都在咱们内线的严密监控之下，没承想委托的那位稍微一打盹儿，綦老板'狸猫换太子'，弄了匹红色的本地马李代桃僵，等几天后他反应过来去查问的时候，那真的'雷霆万钧'已经飞越重洋到了欧洲了。一开始查到是去了它祖上的发迹之地万堡王国，再查就失去踪影了。欧洲的国家太多，国家之间交通也方便，边境上也不设卡口，一旦没了线索，再去找这么个活物，那可真是大海捞针啊！"

"那也得抓紧找啊！"鲁雄着急地说，"要不惜代价，追到天涯海角也要找到'雷霆万钧'的下落。"

"那是一定。"何副总转而安慰鲁雄说，"主要顺着这么几条渠道去找，一是登记管理机构，二是俱乐部和各个赛会组织，三是民间的马评家、相马师、练马师、私家侦探等等，法律部颜经理和咱们委托的杨大律师都领了任务，很快就能有点眉目。"

鲁雄说："可得盯紧了，既然责任都落实到个人了，那咱们每周都了解一下情况。"又问："诉讼进行到什么程度了？"

何副总说："这个也挺麻烦，欲速则不达，想快快不了。经过前段时间的努力，总算在法院立了案，可一上来分歧就大了，咱们希望在民事法庭审理，杨律师也是那边的关系比较多，但对方不想，毕竟綦老板在赛马这一行里混得久。这又得争上个一年半载的，后面什么情况还不知道呢，你说熬人不熬人？"

鲁雄沉思了一会儿，说："尽最大的努力，做最坏的打算。我想，去年的盘子就这样了。今年还得多创利润，到了年底，宁可少拿奖金，也得先把这个案子的风险准备金提出来。"

何副总连忙说："是啊是啊。"两个人就一项项地分析利润来源和增长点。

生产门类盈亏不一，主打的铁矿石一枝独秀。何副总表示还是要谨慎行事，矿石价格变动太大，有时候运输也是问题，有的船还不挣钱，真有种把身家性命押上的感觉。

鲁雄感慨地说："世界上没有免费的午餐呀，想赚钱就得担风险。我考虑挺长时间了，咱们把铁矿石的期货业务开展起来，这样就可以减少现货对冲的风险了。现在财务部的人兼着证券业务，买买国债，炒点股票，比一潭死水也强不了多少。干脆咱们单独成立个证券部门，沙子干得还不错，就把他调过去先干个副经理主持工作，再配上两个人，就以期货为主，正儿八经地把这证券业务开展起来，将来发展好了，也转成单独的公司，这不是往这集团化的路上又走了一大步吗？"

"好啊。"何副总说，"这真是一举多得的好事，那就抓紧办。"

两个人商量了一些细节，准备开会集体决议。

临近春节的某一天，鲁雄正在办公室里研究最近几年铁矿石期货的走势图，白莉穿着一身大红曳地的连衣裙进来了，问鲁雄漂不漂亮。

"小白，你怎么没穿职业装，这不是违反规定吗？"鲁雄用余光扫了一下。

"哎呀，鲁总，这都放假了，同事都走光了，全公司就你一个人在上班。"

鲁雄这才勉强抬起头来，白莉做了几个大幅度的斗牛舞的动作。

鲁雄挤出点笑容，说："行，你登台保证叫座爆灯，能火起来。"

"这算啥。"白莉跟上说，"如假包换的舞星来了，著名的舞蹈艺术家红枣枣和蓝星星来贺岁演出，庄主任给了三张票，请您一定到场。"

鲁雄心不在焉，随口说："你就和沙子、小夏一起去吧。"

白莉有点不乐意了，说："人家庄主任这么重视又这么热情，这个票要是自己买，那得提前几天去排队呢。咱们这边就派这么几个小萝卜头应付，这不太好吧？"

鲁雄这才把心思收回来一些，想了想突然说："哎，老战的老伴不是来探亲嘛，我原来说一起吃个饭，这忙得还没顾上吃，现在就借花献佛，请他们看演出，你陪着去就行了。"

"鲁总您这么忙啊？"白莉不解地说，"那我岂不是当电灯泡了。"

"这有啥？"鲁雄满不在乎地说，"又不是小青年谈恋爱。看表演，你们也不用交流，没啥。"

白莉还是不太甘心，想着引起鲁雄一点儿兴趣，就找了个话题说："鲁总，大家都在猜红枣枣和蓝星星是兄妹还是恋人。"

"你去了不就知道了？"鲁雄随口说。

"我又不能上台去问他们。"白莉还是有点不满意，"去了也白搭呀。"

"哎呀，你就欣赏这美妙的艺术就完了，那些八卦的事回头再慢慢捯饬。"鲁雄摆摆手，不想再继续啰唆了。

白莉觉得老板今天怪怪的，也没有过节的心情，就转身走了出去，红色的光影在鲁雄眼前又晃了一下。

9.2

近代历史舞剧《香江血泪》在海港艺术中心的王子剧场上演。这是一座现代化程度很高的科技集成建筑物，具有浓厚的艺术氛围。现场座无虚席，观众正在聚精会神地观看演出。

蓝星星扮演的阿强和红枣枣饰演的阿秀是一对渔民夫妇，男的梳着长长的辫子，女的头顶上盘着发髻。丈夫捕鱼，妻子结网，他们在海边过着世外桃源般的生活。这天，阿强在海上遇到了风浪。随着音乐的节奏越来越快，乌云从四周翻卷上来，阿强驾的小船像一片树叶在波涛中飘摇。他忍痛把船上的重物抛到了海里，划着短桨与巨浪搏斗，一连串的跟头，前空翻接着后空翻，还时不时在空中连续翻腾两圈或者三圈，接着又是一串不歇气的旋子绕满全场，仿佛驾驭了这叶小舟就掌控了整个大海，那滔天的波浪又算得了什么？终于风停雨歇，阿强归航了，好一个不屈的踏浪高手！观众席响起热烈的掌声。

轻柔舒缓的音乐响起，风和日丽，阿秀在岸边织网，那灵巧的双手、柔软的身段、曼妙的姿态，仿佛是在制作一件精美的艺术品。网越织越大，两只有着漂亮羽毛的小鸟飞来，叼着网挂在树上。高处够不着，阿强就把阿秀托在肩膀上，阿强像有根的松柏一样坚牢稳固，阿秀似迎风的杨柳一样婀娜多姿。在阿秀的操作下，渔网不断延伸，半空中如同展开了一幅锦绣挂图。

阿秀怀孕了，他们拜祭天地，并向海神娘娘祈祷，希望她能赐给他们一个健康美丽的宝宝。为了新生命的到来，他们要造一所新的房子，阿强到山里去伐树，把木材晾晒在海滩上，清香的气息引来了漫天的蝴蝶。这时候，香气从舞台飘向全场，观众席弥漫着这种木材特有的醇香，那些美丽多彩的蝴蝶，也在转瞬间飞遍了全场，引得观众伸出手在空中乱摸，待到发现仅仅是光电造成的特殊效果时，人群中发出一阵赞叹声。

突然，台上响起了急如雨点的鼓声，原本平静的海面上出现了侵略者的炮舰，赤手空拳的渔民哪里是这些全副武装的魔鬼的对手？侵略者放火烧了原木房子，把他们掳走做了苦力。阿强背着沉重的木箱，走过平衡木般的木板装船卸船，稍有不慎就会跌落大海；阿秀拖着笨重的身子，在脏乱不堪的舱底淘洗衣物，周围的环境臭气熏天、令人作呕，那些臭气很快就飘到观众席，观众纷纷捂住鼻子。更可怕的是，老鼠就在阿秀的周围跳来跳去，一会儿，观众的脚下也响起了吱吱的叫声，一些毛茸茸的东西扫着观众的脚面，让人心里发毛，有人吃惊地喊叫起来。

白莉紧张地抓住战夫人的胳膊，嘟哝着害怕，战夫人倒还算镇定，说："闺女怕啥？不就是个耗子嘛，我随军之前在地里干活儿的时候，一天就抓个十来个，地头上架起柴火来烧烧，剥了皮吃还真香呢。"

白莉听了有点反胃，冲着庄主任做鬼脸，庄主任这会儿没耐心，冷着脸说："乱腾啥？这不都是提前埋伏的机关嘛！"

两位男士从入场开始就嘀嘀咕咕地小声讲话，舞台上演的什么他们根本没看进去。庄主任了解到战副总的行伍出身后，热情得不得了，说："我最佩服这当过兵打过仗的人，枪林弹雨生死不惧，响当当的好汉子。家父从小就参加了儿童团，先后八次负伤，九死一生，现在的太平就是老人家用鲜血换来的！"

战副总说："可不是嘛，令尊是不是大名鼎鼎的东南军区的庄司令？"

庄主任说："庄司令是本家，是我的堂叔。"他又问战副总戍边时的部队番号，旅长和司令是谁，得到回答后就更加遗憾了，说："这才是真的可惜了，这位司令是和叔叔一起出生入死的战友啊，旅长是叔叔的手下。你说那时候咱们要是认识的话，你在部队表现得那么好，让叔叔和这些领导打个招呼，你现在至少是战旅长，说不定就是战司令了！"

战副总说："是啊。"他想起这些年在地方上的种种不顺和委屈，眼里的泪珠在舞台灯光的照射下闪烁着。

庄主任看在眼里，说："老大哥现在怎么样啊？鲁雄这个人怎么样，和他搭班子累不累啊？"

战副总支吾了一下。

庄主任几乎挨着战副总的耳朵，声音压得虽低，但对方能听清，他说："都说贵省的人纯朴厚道，可这鲁雄好像挺怪挺邪的。你说他想当官吧，这都给贬到企业来了；你说想发财吧，给他介绍的高层人士也不理会，那些宝贵的商业机会，让他参与也不参与。去年那个'世纪嘉年华'的机会多好，一本万利的事，让他拿个小钱，结果一分钱没拿，弄得我好没面子，人家那些参加的都发财了。听说他在班子内部还要拉开收入差距，这不是明摆着乱来吗？"

战副总憨憨地说："就是乱来！我觉得他还是想挣钱，自己发财，班子里他就提拔个姓何的，他们肯定要琢磨一些东西。本来有个吴副总和我能说上话，结果他又派去给汤姑娘当助手了，说两人配合得还不赖，不知道暗中又搞什么名堂。"

庄主任恶狠狠地说："这就是典型的乱来了，堂堂的局级干部，去给一个卖馄饨的老娘儿们打下手，这不是让圈里的人笑掉大牙吗？"

两人真是相见恨晚，你一言我一语，把鲁雄说得一无是处。庄主任又说："有些事老大哥你及时和我通气，我准备过段时间把这些情况拢一拢，以组织的名义向你们省里反映一下，让姓鲁的先张狂几天，等把他弄走了，你老兄就等着接班吧。"

"啊，我可干不了这个活儿。"战副总盘算着，这活儿可能轮不到自己，而且这个活儿有经营指标压着也不好干，于是就说："碰上个开明大度的领导就是烧高香了。"

"老兄资历这么老，又做过这么大的贡献，弄个正职待遇合情合理。"庄主任的反应很快。

战副总不吭声了，这符合他的期望。庄主任又说："眼前没必要跟他怄气，该吃吃，该喝喝，该玩玩，有空和朋友们聚聚，放松一下也很好嘛。这些都由我来安排，你等我的消息。"又似不经意地说："部队上那些老战友现在联系多吗？"

这提醒了战副总，他说："有几位经常联系。对了，我干营长的时候，搭班子的傅教导员最近调到这边的飞船湾海军基地干政委了。这人工作能力挺强，虽然姓傅，可干的都是正职。他来这边之后，我还没见他呢。"

“太好了！”庄主任跟着说，“下次咱们就把这位傅政委叫上。”

“他们纪律挺严，不过平时也安排值班和轮休。”战副总说。

“好啊好啊。”庄主任轻松地说，“不着急，看他的时间。”

旁边，两位女士被剧情感动得直抹眼泪。

9.3

节后，鲁雄正在办公室看资料，白莉报告说有客人来访。不等鲁雄做出表示，这位客人已经一瘸一拐地闯了进来。

“哎呀，栓子。”鲁雄说不清是喜还是恼，“你怎么自己就闯进来了？”

“女秘书挡驾，我见多了。”栓子大大咧咧地在办公桌旁边的沙发上坐下，把拐杖放在一边，“跟我就别来这一套了。”

白莉瞪了栓子一眼，给这位不速之客端上茶水，又善解人意地把鲁雄的杯子也放在茶几上，悄悄掩上门出去了。

鲁雄并没有马上坐下，责备说：“你这么慌里慌张的，怎么来之前也不提前说一声？”

“说啥？”栓子满不在乎地说，“我就是要突然袭击，看看你这金屋藏娇搞的什么名堂？”

“你别胡说八道了。”鲁雄皱皱眉头，“都是正常的工作关系。你怎么突然来了？有事就快点说，我这里事都排得满满当当，下班以后请你吃羊汤拉面。”

“这不是好长时间没见挺想你嘛。”栓子委屈地说，又故作神秘地加上一句，“我发财了，到这边来找找机会。你想不想听啊？”

“好嘛，现在政策这么好，你发财大家都高兴。”鲁雄觉得立马把他撵走也有点绝情，就在沙发上坐下来，“那就说说你的故事，也别太啰唆，一刻钟吧。”

栓子就眉飞色舞地开讲了：“有一回，在城里看别人都在排队，觉得挺稀罕，现在不是什么都用票证的时候了，东西都随便买不用排队。这排队肯定是有好事，我也就跟着排上了，到了跟前，原来是在卖原始股，原先没听说过这个玩意儿。别人买咱也跟着买吧，就买了两万，过后就放在抽屉里忘了。没承想转年一上市，变成六万了。”栓子边说边做着手势。

“干别的都比不了这炒股票。倒腾点物资，还得找货源，还得找下家，还得有仓储，运输还要格外小心，防止被偷被抢被罚款，要是车子在路上出点事，那就全赔进去了。要是生鲜、时令果蔬这种季节性的，那更是不保险，品质一变就全完了，我干买卖这几年真是操碎了心。”

栓子喝了几口水，又继续说：“还是炒股票好啊，这个想来就来，想走就走，不用找熟人走后门，想大干也行，小打小闹也没人管，资金说到账就到账，不用再找财务经理磨叽。我现在都后悔，没早几年下手干这个事。”

鲁雄说：“炒股技术上是简单，可有收益就有风险，这个是对等的，没有稳赚不赔的买卖。”

栓子点头说：“也对。牛市来了，大家都兴高采烈的，一个个张狂得不知道姓什么了；熊市的时候，都跟霜打的茄子似的，熊市的时间再长点，这股民都垂头丧气，精气神全没了。还有借了高利贷来炒股的，跳楼的都有啊。”

“是啊。”鲁雄说，“你这真是富贵险中求啊。”

“我从来不借别人的钱干这个事。”栓子很快从负面情绪中出来，“我还真是没怎么赔过，还是赚得多。我悟出不少的道道来，这个和干别的一样，也得下本钱呀，我聘了大学里的数学博士，专门分析波形曲线，谷底的时候就买，谷峰的时候就卖，几个波段下来，就够吃够喝了。可这些曲线一般人整不明白，谁知道啥样是底，啥样又是顶呢？还得专家来看。股票这个东西，赔最多是赔个百分之一百，可赚的时候能赚好几倍呢，赚百分之一千的机会也有。”

“但愿你运气一直都是这么好。”鲁雄应付说，“无论干什么，你用心就好，有进步就好。”

栓子问道：“你们公司也炒股票吗？”

鲁雄说：“也有这方面的业务，但我们主要搞价值投资，没做短线。”

“啥叫价值投资啊？”

“就是长期持有那些经营稳定、业绩好的上市公司的股份，通过分红获取收益。当然，一般而言，这样的公司股价也会稳步提升。”

“分啥红啊？”栓子摇摇头说，“没听说分红的事，这都是大股东把持着，那都是属铁公鸡的，小散户别想从他们身上拔毛。当然，你们这大公司沉得住气，十年八年的也能等，那就等着吧。”

鲁雄无意和他争辩，就问：“那你有钱赚不是挺好的，咋又跑到这边来了呢？”

“唉，人心不足蛇吞象嘛。”栓子中气十足地说，“一来看看你，二来听说这边能挣大钱，这不就跑过来了嘛！”

“看来你的风险偏好很高啊！”鲁雄认真地看了看对方，“最近还真有个机会，我们准备做点期货。”

“期货是啥，也和股票一样这么炒吗？”

“有点类似。”鲁雄想了想说，“股票叫基本金融工具，就好比你经常吃的馒头，期货叫衍生金融工具，就有些花样了，好比花卷、包子什么的，但万变不离其宗，都是面粉做的，到了资本市场，就是离不开一个钱字。资本市场就是波涛汹涌的大海呀，海水为什么是咸的，这都是投资人的眼泪啊！”

“我明白了。”栓子并不在意那些形容的话，“这个更刺激，来钱更快，合我的胃口。咱能试试吗？”

“能啊。”这次鲁雄回答得很痛快，“这边刚开了一个远程交易室。”

“那现在不休市吗？”

“休啥市啊，洋人又不过春节，不过你得晚上操作了，那交易所都在南半球呢。”

“嘿，晚上干活儿，白天睡觉，我就喜欢这夜猫子生活。”栓子抓起拐杖在地上捅了几下。

鲁雄就把沙子喊过来，交代了几句，让他把栓子领走了。

第二天一大早，鲁雄刚到办公室，栓子就跟着进来了。他的病腿好像拐得更厉害了，双眼通红，兴奋中透着疲惫，冲着鲁雄嚷嚷：“快把我赢的那十万美金提出来，我得去花魁楼睡个好觉了，太累了，先睡上三天三夜再说。”

“你做梦呢，这都哪个朝代的事了，现在哪有那种地方？”鲁雄哈哈大笑起来，“我的老伙计，你别太当真，那都是模拟机器，和开飞机一样，玩真的之前先练习练习。”

“啊，你这不是玩我吗？”

鲁雄双手一摊，说：“拿来！”

“什么东西？”栓子不解地问。

“本钱呀，你昨天刚说的，干什么都要本钱啊。”

“那不是沙经理借我的五十万美金吗？”

“那是虚拟货币。公司的真钱能借给你吗？好嘛，你刚到，我就挪用公款给你炒期货了，有这样的好事吗？那纪检委还用找别人啊！”鲁雄连着发问。

“我算是服了。”栓子像泄了气的皮球，“怪不得别人说这里遍地是黄金，又处处是陷阱，你先给我摆了一道。”

“你要真想参加，我们搞了个期货基金。”鲁雄耐心地说，“你可以投资，但是一般来说，出资人不一定直接操盘，具体你和沙经理谈吧。”

栓子点点头，又不甘心地说：“一晚上钱出出进进，就和薅天鹅绒似的，这下好了，这天鹅眼看着又飞走了。”

沙子等在门外，鲁雄安排说：“你看食堂还开吗？先和客人吃点东西吧。”

9.4

鲁雄召集何副总、沙子还有两个业务骨干开了个夜间的会议，为期货业务正式开张做最后的准备。与会人员分别把手头工作的情况做了汇报，众人集思广益，商定了初步的方案。

他们讨论发现，价格波动差不多四年为一个大的周期，这和南半球某些国家的大选年有关，最近几年总的趋势还是稳中有降。探明储量增加，随着技术的进步，开采、运输的成本都在降低。国内经济快速发展，基本建设需求旺盛，铁矿石市场日渐成熟。鲁雄他们判断，铁矿石价格在去年冲高后，今年上半年应该有一定幅度的回落，因为雨季很快就要结束，矿石产量增加已成定局，国内选矿技术不断提高，这必然对价格起到平抑作用。因此，中期的趋势是看空。

他们决定投入一百万美元做保证金，短期内以做空为主，当然如果出现特别的机会，也可以轻仓做多。鲁雄他们决定了不同级别交易额度的权限，又特别强调了保密纪律，与会人员都签署了保密协议，如有违反，轻则按公司规定处罚，重则诉诸法律。

会后过了一周，鲁雄翻看各部门周报的时候，特意看了证券部的情况，结果全是些深度调研、准备充分之类的空话，他把沙子找来，问：“行情怎么走的，你们出手了吗？”

沙子说：“行情变化太快，也挂了几次盘，可刚挂上去行情又变了，超过了我能决策的额度，我又去请示何副总，等请示回来，那个价格又过去了，几次都没有成交。”

鲁雄就和何副总商量着，把权限再下调一些。

又过了几天，还是没啥动静，沙子说：“看着K线图上下跳动，心想这比不得股票，一出手盈亏就放大二十倍。怎么要真金白银地干了，原来模拟的时候那种成竹在胸、稳操胜券的感觉就没了呢？咬牙跺脚把盘挂上了，可价升了也没敢再追高，价落了也没敢再杀跌，过后看看，追着能成交也还不错，就这么错过了几次机会。”

鲁雄看了看那些波动的曲线，坚定地说：“这说明市场在横向盘整嘛，咱们得坚信自己的判断，抓紧入市，否则真出现了大的行情就晚了，再说咱们那几船货也得对冲一下。我考虑给你们一个免责额度，在这个范围内的损失，由公司承担。如果你们还是手软，那只能换人了。”

从鲁雄的办公室出来，沙子觉得自己真是没有什么退路了。看多还是看空，他自己心里也不太有底，他有点后悔拉起证券部这驾马车，虽然有奖励，但他也不缺钱，老爸一幅画就轻松换个几十万呢。这万一亏了，那几年来努力的成果也就化为泡影了。现在说什么也晚了，只能硬着头皮按照领导的要求行动。

接下来的一周，沙子他们陆续吃进了不少空单，一手是五百吨铁矿石，三手两手也吃，行情好时也来个几十手的大单，一算账，持有二百多手了，这才刹住。最高的价格是每吨93.4美元，最低的92.5美元，平均价格92.9美元，动用了接近五十万美元的保证金，算是个半仓。

刚开始，沙子他们的心随着行情的变动七上八下的，可每天上上下下也就差几毛钱，算下来浮盈或者浮亏数额不大，除去手续费也就万儿八千的，他们心里也就慢慢踏实了。行情一直是不死不活的样子，阳线不过提升十来个点，阴线也不过跌二三十个点，有点缺口随后就回调了，就这样小幅震荡了一个月。领导都去忙别的事了，仿佛忘记了有这么个业务，谁知道，变动突然不期而至。

因为事不多，证券部晚上只安排一个人值班。这天是沙子值班，开盘的时候，跳空高开了十个点，沙子感觉有点奇怪，就密切地关注着。果然，行情一路上扬，涨幅很快超过了1%，成交量也放大了，星星点点的空盘被几个大盘一扫而空。半天下来，整体涨幅超过了1.5%，逼近了半年来的最高线——95美元关口，走出了一根放量的阳线。就这么煎熬着又过了半天，价格变动不大，成交量还是不小，临近尾盘回调了十几个点，全天涨幅1.2%，收在了94.6美元，95美元的高地还没有失守。

早晨上班，沙子赶紧和领导汇报，鲁雄和何副总都很吃惊。两人打开无线电听《猫腻财经》，果然有消息了。一向稳定的拓荒人公司的工人闹事了，产量降低了，立马就引起了市场的波动。工人也没有罢工，还不能说是“闹”，是他们特有的一种表达不满的手段，叫“按章操作”，实际就是消极怠工，效率一下子就下来了。这和病毒传染似的，从一个矿区传到另一个的矿区，工人们耗起来了，看来是不达诉求绝不罢休。

何副总建议先稳稳，行情才变动了一天，说不定是主力震仓，那些消息也需要时间消化，幸亏他们是半仓，保证金足够，鲁雄同意了这个意见。随后的几天里，行情还是小幅上涨，成交量倒是没怎么加大，不利的消息却传开了。原来，拓荒人的老工会主席马克去世了，他的儿子小马克接了这个位置，可小马克太年轻压不住阵脚，上下都摆不平，产量下降了一半。

到行情击穿95美元的半年最高线，已经时不时接近96美元的时候，何副总沉不住气了，赶来找鲁雄商量，说：“这个上涨趋势不知啥时候结束，看来来势凶猛啊，不行就减减仓，也能避免损失，或者吃点多单，也能把损失对冲一下。”两人一合计，要是现在交割的话，那公司这半年别的活儿就白干了，全部的利润都吃进去了，两个人都觉得脊背发凉，身上冒冷汗。鲁雄思考了一会儿说：“我觉得咱们原来那些基本判断都没有错，市场的基本面没变，供求关系也没有变，资本市场有点起伏也是难免，这几天晚上我看看盘，咱们再做决定。”

鲁雄把别的事推掉，晚上和沙子守在交易室里。在现场感觉又不一样了，行情往上走的时候，觉得就和割肉一样，行情回落的时候，心里就变得踏实一些。还好，这几天的走势就在95美元的水平上小幅震荡。这天，又有消息放出来，说航运出问题了，欧拉湾一带海盗活跃起来，有一船货被海盗扣住了，别的船吓得不敢走，已经到达港口的货都不卸船了，说是等着涨价。鲁雄判断当天的市场肯定有所变化，果然，开盘跳空 20 个点高开，多方来势凶猛，猛攻 98 美元的关口。这天经过多空双方反复争夺，最后收在 97.8 美元，走出了一根多重 M 形的曲线。

随后一周的交易日，多方多次积蓄力量，继续进攻 98 美元的山头，但都被空方一一化解，如果量不大，空方可能放过去，如果是大的多盘，很快就会被空方的巨额资金吃掉。98 美元的高点始终坚如磐石，因为这是最近两年的最高值了。鲁雄判断，多方已经是强弩之末，行情很快就会回调。果然，这天盘中短暂冲上 97.9 美元的新高后，行情一路下行，当天跌去 2.3%，回到了 95 美元左右。消息面也翻转了，在拓荒人员工怠工的时间里，咸水湖开足马力加紧生产。拓荒人的工潮很快结束了，小马克起用老马克原来的一位左膀右臂担任了工会常务副主席，此君是和稀泥的高手，很快就要过复活节了，再闹腾下去也没什么意义，劳资双方握手言和，恢复了正常生产。航运方面，一条穿越鱼狮海峡的新航线开通，泊在港口等着卸货的船只多了起来，市场又向需求方倾斜了。

复活节后重新开盘，跳空低开 30 个点，行情一路走低。虽然进来几拨大的多军护盘，但很快就被空军扫荡一空。尾盘拉了个小阳线，全天下跌 1.8%。咸水湖和拓荒人都开足马力生产了，矿石很快就堆得和小山似的，那几条运输的航道也都畅通无阻了。几个交易日下来，空军先后跌破 90 美元和 85 美元两条防线。不过半个月的时间，空方从地狱直接翻到天堂了。市场纷纷传言，这次行情就是冲着地板价去的，很可能跌破 5 年的最低线 70 美元。

就在账面盈利一天比一天多的时候，鲁雄找何副总商量，说:“咱们变现吧。”何副总还有点舍不得，说:“这不是越来越好吗？离交割时间还早着呢！”鲁雄说:“见好就收吧，这么猛跌也不正常，市场变脸也是一眨眼的事。”沙子根据领导的安排，在空军进攻 80 美元防线、阵地反复被争夺的时候，不等战果，一手也出，三手两手也做，慢慢地在 80 美元至 81 美元平仓变现，平均价格是 80.7 美元，两周的时间清空了手里的筹码。算下来，盈利了足有一百万美元，这可是真金白银啊！

虽然要求保密，可全公司好像一个早晨都知道了这个消息。几个副总说这个活儿来钱快，这下好了，今年不用干了，下半年再操作一次就行了。中层人员都盘算沙子他们能拿多少绩效，也有人想转证券部了。员工也没心思干活儿了，不少人琢磨跟个盘搏一把，要是跟对了，就不用在乎那按月发的死工资了。还有人从沙子他们的表情判断做多还是做空，昂首挺胸就是多，低眉耷拉眼可能就是空了；穿衣服花里胡哨就是多，平常装扮就是空；吃饭也有人跑过来观察，吃荤就是多，素菜就是空了。表面上大家还是按时上下班，可心思全被这个事占满了。

鲁雄感觉这样子不行。开会的时候，他说："我们做期货盈利了是好事，但这中间的过程也曲折着呢。咱们本来是为了对冲现货，现在看来有点助长大家的投机心理。大家还得把精力用到本职工作上，保持正常的工作秩序。我觉得，有必要把证券部安排出去单独办公，和其他部门分开，先这样试试，不行再采取其他措施。"

大家都表示同意，就决定由何副总牵头考察新的地点，把证券部搬走。

9.5

证券部换了新址，消除了他们和总部混在一起时对其他员工的干扰，也给了沙子他们充分的自主权。鲁雄把上次交易利润的 20% 拿出来给他们独立运作，做多做空都可以，不用事事请示汇报。经过前一段时间的磨炼，几个业务人员摩拳擦掌、踌躇满志，沙子也变得底气十足，不再畏首畏尾。可事情就是这么怪，自打换了新地方，手风就不顺了。凡下的多单，那行情就往下走，撑不了几天就承受不了了赶紧斩仓；凡做几单空盘，第二天开始价格就往上攀升，三天五天还行，时间长了这个煎熬的感觉太难忍。一旦判断错走势，最怕的就是算账，一算就是一个大窟窿，又得赶紧平仓止血。这么过了个把月，保证金亏得快见底了。

何副总对鲁雄说："这个地方不行，不是他们不行，也不是我不行，就是证券部办公室的'位置'不行，原来的大洋证券公司就是因为这个搬走的。"

鲁雄皱眉说："这就怪了，在内环的中心地段，寸土寸金，旁边就是最高的建筑'港湾之星'，怎么就不行了呢，那原来为什么没有考察明白呢？"

何副总说："原来咱们不是太急了嘛，就光考察那些硬件了，过来以后，和邻居物业什么的接触多了，这软件方面的事才慢慢暴露出来。"

嘿，这又成"软件"了。鲁雄到现场去看，何副总指着从凌云大厦顶上垂下来的钩子说："你看到那排钩子了吧？"鲁雄说："看到了，那不是吊着几个人在搞清洁吗？"何副总说："搞清洁的时候这么挂着，不搞清洁的时候挂得更高，这个钩子太厉害了，把咱们的好运都给勾走了。"鲁雄觉得不大可能，可仔细看看也觉得这个钩子的尺寸远远超过了实际需要。何副总说："你再看看另一面，这边对着中金大厦，楼顶上有一只巨大的手掌，掌心里面有假山，还有一泓碧水。"鲁雄说："这是个游泳池呀，搞什么形状那就是他们自个儿的事了。"何副总说："这是说河山都在掌控之中呀，你看那个手指就正指着咱们这个窗子嘛！"

到了晚上，周围的建筑物灯火璀璨，五颜六色的霓虹灯描画出一幅幅生动的图景，那些图案极具攻击性，有不断发射枪弹炮弹的，还有的激光从远处穿过窗子，打在人脸上显得青一块紫一块的。何副总说："好嘛，咱们也不是峥嵘公司了，这下子成了狰狞公司了。"鲁雄说："这都是心理战，我来的时候看到了，咱们楼上不是也装了一些东西吗？"何副总说："是啊，那些法器隔段时间就要激活一次，上次请大师摊派的十万元香油钱还欠着呢。"鲁雄说："在总部埋怨有人为干扰，在这边又有环境干扰，你们这抗干扰的能力还真是差得远了，看来我得亲自下海了。"

鲁雄做了些工作安排，对外宣称出国考察，然后就闭关进场了。之所以这么做，是因为他还是有些底气的，上次做空获利增加了他的信心。那次平仓变现的时机还不错，尽管行情又下降了一些，但现在慢慢回调了，每天升多跌少，价格回到了 85 美元左右。他判断下半年还有一次大涨，现在的上涨，应该是空军主力的战略退却。空军还有一个大杀器，就是最近有一批二十万吨的运输船要下水，这是船舶协会的内部消息，现在知道的人不多，放出来的时候可能就是重型炸弹了。

鲁雄只留下沙子和另外一名助手帮着收集资料、分析计算，又加了五十万美元的保证金。虽然说有了那些基本判断，但他入市的时候还是非常谨慎，往往反复观察，挑选最有利的节点出手，都是三手两手的零散单子，绝不多吃，经过两周小鸡啄米式的运作，空单持有量达到了一百手，算下来平均价格是 85.2 美元。

可随后的几天盘面又起了一些变化，原来是锯齿状上上下下，均线变动不大，可现在是大涨小回，阴跌一天的时候，往往几分钟就填平了缺口。要是猛地暴涨一下，盘整一两天，居然还稳住了，不知不觉间，行情上涨了 2%，接近 88 美元。鲁雄他们商量，现在这利空消息还没放出来，出来的时候肯定要下跌，为了摊低成本，他们决定再吃点空单，于是在均价 87.8 美元时又吃进了一百手。

价格还是慢牛上坡，并不见回调的迹象。鲁雄寄予厚望的精选厂开业和运输船下水，也不过让行情下探了十多个点，0.5% 的水平，第二天很快就抹平了这个缺口，又继续向上盘整了。多方似乎很有韧性，就和牛皮糖似的，空军的几套重拳下来，当时激起一些水花，随后就被更大的波涛淹没了。鲁雄记得上次 97.5 美元时多空反复争夺，但 98 美元的阵地从未丢失，这次不但 98 美元的关口毫无抵抗力，99 美元多军也是易如反掌地拿下，行情已经逼近了 100 美元，这是三年间的最高线，对众人来说也是一个重大的心理关口。

担心什么就来什么，交易所来电话了，说根据现在的行情，第二个交易日必须补足保证金，否则强行平仓。收市后鲁雄再也没法休息了，如果在这个水平上交割，就把上次的利润全填进去了，还不算人力物力等各个方面的成本以及公司商誉等方面的损失。有些人的冷讽热嘲也少不了："证券部在赚钱的当口搬走了，明摆着不让职工跟着赚钱，想自己独吞嘛，这下可好了，谁知道几个人在外面偷偷摸摸搞什么名堂，不声不响就挖这么大个坑，那全公司的人当牛做马一年都不一定能填上呀！"

鲁雄强迫自己不再想那些糟心的事，集中精力处理主要问题，他给班子成员逐个打了电话，说明了情况，决定再增加三十万美元的保证金。和由副总交谈的时候，他有意识地多谈了一些，说："你在央企时间长，央企有没有这方面的专家，临时抱佛脚，咱们请教一下。"由副总想了想说："有个华夏矿石进口商联谊会的邝会长，可以找他。"

第二天，两个人如约来到了邝会长的茶室。邝会长是一位瘦高的长者，一身雪白的中式丝绸便装显得儒雅干练，他摇着一把电视剧里卧龙先生那样的扇子，很有几分仙风道骨。他一边把鲁雄带来的雪青茶叶放在茶柜上，一边说："听说鲁总原来是物理老师，你看我这茶叶，从正宗的龙须白茶，到墨山黑茶，再把雪青放在中间，这上百种茶的谱系，全部集齐了，盛暑馈茶，可以和雪中送炭媲美了，礼贵情重呀。"

鲁雄说："不足为道，请邝老笑纳。我们那地方，南茶北引的时候这雪青茶试种成功了，也有几十年了，价格很亲民，算不上贵重物品，您老人家喜欢就好。”

说话间邝会长亲手为客人表演茶道，不一会儿每人面前就布好了由浓到淡的三个茶盏，谈话也进入了正题。两人说明来意后，老者沉思了一会儿，缓缓说道：“这个水深着呢，太平洋不太平，期货业务云波诡谲啊。我看你们呢，也是急了一点儿。国外有些人，不看他们这些年从我们改革开放中得了多少好处，从国内市场拿到了多少利润，总认为我们用低价矿粉占了他们的便宜，所以呢，有机会就要兴风作浪，想把价格再炒上去，这次也是这样。”

鲁雄急忙问：“那您对未来怎么看呢？”

老者慢条斯理地说：“这好比喝茶，不像喝糖水那么直白，品透苦涩才能体会甘醇，透明如水的白茶也有肃杀之气，浓如墨汤的黑茶浑厚入脾；又像水里行当，大江大河可能闯得过来，泥水小沟不小心却会翻船，看把握也看造化。我这边也有一帮人在盯着市场，每天写写算算的停不下来，这次多方有些资金是从天然气市场那边过来的，这和压跷跷板似的，一边起来了另一边就下去了。从全球范围看，就能更清楚一些了，今年注定是个不太肃静的年头。”

鲁雄似乎解开了一些谜团，又好像疑问更多了，心想：也别说得太远，就讨教眼前的解困之策。

老者说：“就论这一笔，还不用过分紧张。这资金和人一样，有些腿长跑得快的，就到处跑了，我还得把他们请回来，特别是几个大钢企自营的，怎么也不能离开老本行。我判断就在今年内，要出台比较大的反制措施，有些游资随着季节变化还会跑到农产品那边去，我们集中力量反击一下，应该还有一次比较深的下探的机会，但能到达哪个价位还真不好说。看你们的情况，价位合适立马平仓走人，无论输赢，切不可恋战，因为对方反扑的风浪可能更大。”

两人回来，心里安定了一些。鲁雄把沙子他们安排好以后，也不在证券部待着了，回到了自己的办公室。行情偶尔会突破 100 美元，但难以巩固，成交量也跟不上，多数时间就在 98 美元左右徘徊。雨季到了，连着刮了几次台风，气象台不时发布预警，公共交通时断时续，本地金融市场时开时停。鲁雄每天出门之前，都盯着电视上角的天气预警符号琢磨一会儿，看这一天的工作怎么安排，有些活动不得已得推迟或者取消。台风性情多变，有时像热恋的女子，不顾一切地猛扑过来，有时又似淘气的少年，看着来势汹汹，突然又急刹车往别的地方奔去了。天空经常是迷蒙一片，不时狂风大作，急雨倾盆而下。那些高大的建筑物在雨水冲刷下更挺拔了。偶尔也会有广告牌脱落，制造几分险情。空气都是湿乎乎的，仿佛到处都能拧出水来。不能上班的时候，鲁雄就在宿舍里读书，看些资料。

一天深夜，外面下着瓢泼大雨，沙子的电话过来了，说市场有异动，多方疯狂扫货，价格上了 100 美元。鲁雄连忙打开电视机，财经新闻中，播音小姐用酸酸的语调说："咸水湖旁边的几个矿都已经挖完，根据最新的勘探情况，原来被认为很有前景的几个矿田深度不够，后续的储量难以为继，矿山资源将在十年内枯竭。加之运输航路又出了问题，有一艘新船落入了海盗之手，今后市场上将难以找到 100 美元以下的铁矿石了。"随后的几天，又陆续有各种不利的消息传来，行情也站稳了 100 美元。

正当鲁雄和几个副总紧急商讨对策，想着是不是再去拜访邝会长的时候，市场又转向了，多方站稳 100 美元的高地后，却并没有固守，不过横盘了一周的时间，就主动开始退却，行情下行。

空方大举反击，行情回到了 100 美元以下，消息也完全反转了。根据卫星最新探测的数据分析，咸水湖周围的矿十年采完的判断过于悲观，不说乐观派认为的上百年，就是几家权威研究所的中立判断，开采到二十一世纪中叶也没有什么问题，所以矿山储量方面绝对不用担心。还有更加振奋人心的重磅新闻，海军开始编队对运输船队进行全程护航，出发当天就击退了几波海盗，俘虏了十来个海盗，今后，再也不用担心这些海盗兴风作浪了。

空方乘胜追击，95 美元、90 美元的防线都没有遇到太大的抵抗，行情在 85 美元上下浮动。市场洋溢着乐观情绪，说咸水湖和拓荒人这两家展开了产量大赛，倾销大潮无论如何是免不了的，很可能要创造低于 70 美元的历史新纪录。

公司的账面上出现盈利，如同长久生活在黑暗中的人，终于得见天光。但鲁雄轻松的感觉很快就被现实冲淡，这是回光返照，还是艳阳高升一路光明？反复思考中鲁雄下了决心，说："咱们该走了。"班子里另外几个人都很吃惊，说："熬了这么长时间，眼看着越来越好了，干吗急着撤退呢？"鲁雄说："据我观察，空军已经获利不少了，这次行情下行是最近几年来下探幅度最大的一次，虽然大家都很乐观，但市场总是向人们预料不到的方向发展，现在平仓也许不是最佳时机，但起码还是盈利的。"

鲁雄力排众议，铁了心要平仓离场，他趁着市场在86美元上下波动的时候，慢慢清空了手里的砝码，算下来平均价格是85.9美元，毛利不到10万美元，刨去手续费等各种费用，净利润不过五六万美元，好像不太解渴。

但没过几天，盘整了几个交易日后，行情突变，一路上扬，多军疯狂进场，86、87、88美元都是一带而过，并无多少纠缠，收盘时已经到了89.6美元，离攻克90美元制高点一步之遥。原来，咸水湖发生了重大的尾矿库溃坝事故，几十年积攒的矿砂一泻而下，淹没了几个村庄，造成重大伤亡，死里逃生的难民围堵了矿区，不知何时才能恢复正常生产。当地的政局也不稳了，要提前举行大选，业内判断，市场在回到100美元前不会停止上涨。公司里的人都庆幸他们及时脱身。鲁雄还想再拜访邝会长，可老人家回了内地，一时半会儿回不来。

这天上午，鲁雄准备召开一个业务推进的专题会，他刚拿着笔记本从椅子上站起来，突然感到胸口发闷，紧接着像是被人在胸前打了两拳，眼前冒金星，天旋地转地歪倒在椅子上。白莉急忙喊人，众人七手八脚地把鲁雄送到了医院。

第十章

雪夜归客

10.1

到了伊莎贝尔医院，鲁雄慢慢地清醒过来。接诊大夫做了紧急检查，也没有发现太严重的问题，他又问了鲁雄从事的职业，然后若有所思地点点头，说："是了，可能和工作过于紧张有关，常年从事市场交易这一行的人，都得是钢铁的神经，钛金的心脏，平常人的血肉之躯难以承受啊。保险起见，就住几天院，先做一个全面检查。"护士给鲁雄抽了血，又给他背上一个公文包大小的铁盒子，把十多条电线连接到他身上的各个部位，安排他在单人病房里住了下来。临时不需要陪护，鲁雄就摆摆手让其他人回去安心上班。

第二天吃过早饭，鲁雄的状态好了一些，就挪动到窗前看外面的风景。他记得齐副省长在这里住院的时候，窗子对着花园，木棉花开得像火一样，可这次他是在医院主楼的背面，窗外是一间久负盛名的教堂。很多次经过，他只能仰视这座建筑物，如今却与它近在咫尺。鎏金的穹隆在晴日里熠熠生辉，四周的尖顶像巨型的手指直插天穹；花岗石堆砌的墙体显得厚重稳固，那些繁复的雕花如美丽的衣裳披在外表；几个小而圆的玻璃窗像是深邃的眼睛，透出五彩斑斓又带着迷幻的光。昨晚鲁雄刚要入睡，却响起了当当的钟声。钟声在这异域他乡的病房里显得空灵悠长、直扣心扉，使他不由得又想了很多。

医院后面有一条甬道，直通教堂的侧门，陆续有人过去做礼拜。鲁雄看不清他们的面目，只看到大多人都步履蹒跚，互相搀扶而行，有的还坐着轮椅。也许，这两座建筑比邻而居，还是有很多道理的吧！鲁雄这么想着。教堂正门通往大街的道路，已经排起了长队，但秩序井然，工作人员正在发放花花绿绿的材料。突然，有个熟悉的一瘸一拐的影子加入了队伍，比比画画和发材料的人交涉着什么。鲁雄想看得清楚一些，就打开一扇窗子，唱诗的声音更加真切地飘了过来，都是童声和女声，声音甜美，旋律悠长，鲁雄听了一会儿，暂时忘记了身上拴着的那些电极导线。

栓子接到鲁雄的短信后就赶了过来。这位对老朋友也没有表现出特别的同情和慰问，好像鲁雄应该住到医院里来似的，只是说："行啊，给你捆上这些电线，你就老老实实在这里歇几天吧。"鲁雄见面就想教训他，说："你就不能改改好斗的毛病，刚才在下面是不是又和人家吵架了？"栓子说："哪里啊，我是看那些宣传材料都是厚厚的一大本，就向他要简单点的，他们说回头给我找呢。"

鲁雄本来想和栓子讨论信仰问题，突然想到他投资期货的事，就问："我最近忙，也没有顾上问你投资的事，你和沙子他们的合作怎么样了？"栓子说："我以为他们和你汇报了呢，期货第一把赚钱后，基金再开放的时候，我就撤出来了，还是赚了不少嘛，你们后来赚得更多吧！"又忽然明白了什么似的说："你是赚钱太多激动得住院呢，还是手风不顺急得生病了呢？"

鲁雄平静地说："看来你的商业嗅觉还是很灵敏啊！我们呢，后来也没有亏钱。总的来说，锻炼了队伍，积累了经验，为下一步的工作打下了良好的基础。今后呢，我们还是以实业经营为主，期货业务就用来对冲实体贸易进口的风险，再就是控制好规模，把控风险。"说话间他还想到一件事，就是要把证券部的办公地点再调整一下，没有必要在那寸土寸金的地方挤着，只要资讯畅通就行了，但这点现在没有必要说出来，回头和何副总落实就行。

栓子从鲁雄的话里听出来一些东西，也明白不可能翻着跟头赚钱的道理，就故作感慨地说："你看这股票、期货、外汇什么的，我也搞不清你说的什么原生、次生、衍生、横生、侧生那些东西，反正最初都是洋人捣鼓的玩意儿，游戏规则都是他们制定的，洋人玩的年头也多了，玩得自然就顺溜了。本来一块钱的东西，一上市就成了十几块、几十块，这可真是点石成金啊，怪不得都挤破头要争取上市。这边多出来，哪里又少了呢？"

鲁雄解释说："搞市场经济，泡沫是免不了的，有些人就喜欢泡沫，想当年你抢了小兰吹泡泡的瓶子，被你娘狠揍了一顿，我在胡同里都听见你大哭着求饶了。吹出来的泡沫多了，就把真实的东西挡住了，可这是暂时的，就像咱们下河凫水不穿裤头，用肥皂泡泡遮着，可早晚也得露馅啊。但这经济社会就是这么怪，一点儿泡沫没有也不行，好比水太清了就没法养鱼，就得制造点泡沫来，拢拢人气热闹热闹。”

栓子说：“我想起来了，咱们小时候到山里去挖山泉水，那刚从石头缝里淌出来的水，又清又纯，真叫一个甜啊，这好比原始股，可二懒他们在山下就不行了，就和小散户似的，不光喝洗脚水，连别人撒的尿都得喝了。”

鲁雄就笑起来，说：“咱们尝点甜头也应该，这不是上山比别人消耗了更多体力嘛。上市的都是精英企业，都有专家团队和权威机构在管着，他们就代表我们，得相信他们。”

栓子扭扭头，不知道是脖子不舒服还是不同意鲁雄的观点：

“听他们说官场上的人都不说真话，有的当官的谎话连篇，你说的应该都是实话吧？”

鲁雄笑着说：“你不用担心，省里的人都知道，我宁愿不当官都要讲真话，下面我讲个实打实的例子给你听。”

我那年参加“一推双考”的时候，报名、资格审查、组织推荐几个环节都没怎么费劲。笔试和面试环节，也都是一路过关斩将，就和赛马似的，一下子就热得不得了了。可面试还有最后一个辩论环节，给你一个题目，抽签决定你是正方还是反方，比如说“先有鸡后有蛋”这个题目，正方就得想法狡辩确实是先有鸡，没有鸡怎么能生出蛋来呢，那反方就得千方百计证明先有蛋，没有蛋拿什么去孵小鸡呢？观点是规定好的，就看你的快速组织材料、思辨口才等各方面的能力，这个占分还不少呢！

考场的气氛，那叫一个紧张严肃，我现在都印象深刻。十几位考官坐在半圆形的高台上，不是省里主要部门的领导，就是大学的专家，那一对对的眼镜片就和探照灯似的，我都没敢和他们对视。两位考生被围在中间，分别是正方和反方，这有点像斗鸡。

那时候的峥嵘公司还是老谭当家，他要引进凌云集团投资的滨海市集装箱码头的项目，乍一听这也是个好事，可凌云上的是专用集装箱，只能进口国外的废纸废料旧衣服什么的，然后通过地方铁路，运到临山市的大山里去做处理，能再生利用的就挑出来，一般的垃圾焚烧掉，有毒有害的就填埋处理。这个也号称是国际领先的保洁整理项目，能安排上千人就业，还能把地方铁路的闲置运力用起来，临山市刚刚撤县设市没几年，基础设施还得加强，那人影都没有的深山老林也有用处了，这引起了不小的争论，所以这个事就被拿到考场上论证，好做最后的决定。

我是坚决反对上这个项目的，所以心里祈祷着拿个反方，可抽到手却是正方。让我先讲，我就摇头说："这个项目不行，滨海市的工业门类比较齐全，还是建议建个综合性码头，旅游产业发展很快，要创造条件修邮轮码头。铁路的运力，我正在想办法，联合山里的几个矿扩大生产规模，到年底就能吃饱了。深山里也不能建填埋场，那些有毒的东西几百年甚至上千年都没法降解，不能留给子孙后代。"他们一听不对啊，就各种提示我，连我的对手都急得够呛，好像我把她准备的话说了。评委也沉不住气了，说："三号考生，你再好好看看题目，你前一阶段成绩不错，这个题可是二十分啊，这个题回答不好就被别人超越了。"有一位直接说："咱们省这几年招商引资都是停滞不前，要是上了这个五亿美元的项目，那在全国的排名是前进一位，还是两位呢？"

我还是摇头说反对上这个项目。

考官席就嚷嚷开了，有的说，这个三号考生是审题出了问题，可惜了。有的说，最近的考试安排太紧张了，这个考生失常，脑袋发蒙，看来是思想压力太大，精神完全垮了。有的说，整反了，也不能给负分啊，那就零分吧。有的说，态度还算端正，给两分吧。

"哎呀，为了升官，你就说几句假话嘛。"听到这里，栓子也嚷开了。

"你看，你不是让我讲真话吗？这怎么又成了假话了？"鲁雄摊开双手说。

这边说话的声音有点大，护士小姐姐进来，对栓子下了逐客令，把鲁雄的手机也给没收了。

下午，鲁雄在床上躺了一会儿，睡不着，就起来给吕燕写信。吕燕要求他每个星期写一封，照过去执行的情况看，数量勉强达标，质量难以保证，有时也只是通过手机发个篇幅长点的短信应付一下。现在手机也没有了，干脆写信吧。写什么呢？鲁雄不想提生病住院的事，工作方面，“我最近很忙，我忙得够呛”之类的话，连自己都觉得絮叨。他坐了半天一个字都没有写出来。不知什么时候，乌云布满了天空，窗外下起了淅淅沥沥的小雨。夏季已经过了，树梢开始微微发黄，鲁雄想起家乡的树林，这时节应该是落叶满地了，那些祖祖辈辈居住在里面的小动物们，也许正在紧张地储备粮草准备过冬吧。

天色更暗了，教堂的钟声传来，平添了几分苍凉，云朵散去，天边出现了一剪弯月。鲁雄写写画画，最后写了一首诗：

寄友人

神州山河似锦绣，港湾烟雨使人愁。
北雁南归路几许？寒来暑往总是秋！
回鹰岭下论众生，凌霄阁里说风流。
夜来欲问别后事，素笺如水月如钩。

鲁雄找来一张大纸，每个字抄得有核桃那么大，整理好给吕燕寄了过去。

10.2

吕燕排练的间歇收到了鲁雄的来信，翻来覆去就只有这么几句诗，她觉得有点失望，正琢磨其中的意思时，同事又递过来一封信，还插着几根鸡毛。本来她以为是剧里的道具，就随手放在一边了，同事说：“写给你的，快看看吧。”这一看不打紧，把吕燕羞得满脸通红，气得七窍生烟，把两封信都撕了，呜呜地哭了起来。周围的人说：“这又怎么了？是不是写孩子被敌人给杀害了？别入戏太深呀。”

原来，这封鸡毛信是打印的，没有地址，也没有署名，揭发鲁雄是一只好色的芦花大公鸡，为了更形象，就插上了芦花鸡的毛。信上说峥嵘公司的人都知道，这是一只“七色鸡”，和众多女性都有纠葛。哪七色呢，就是白（白莉）、绿（吕燕）、黄（黄缨）、紫（訾蕊），还缺着三个色呢，就加个唐三彩（汤姑娘）。峥嵘公司的领导搞潜规则都是有传统的，原来的老谭就因为这个下台了。没承想换上这个姓鲁的，青出于蓝而胜于蓝，那比他的前任是有过之而无不及呀。

事发突然，吕燕一时没了主意。本来，她和鲁雄的事情传开后，团里就有了各种说法，说风凉话的也不少。有人说，自己出名还不满足，还想着傍大款当阔太太；有人说，有啥好的，找了个老头嘛，还没过门就得当后娘；有人说，听说那边原来的老婆过几年还要回来，到时候有好戏看了。这些话或多或少地传进吕燕耳中，弄得她心烦意乱。现在一下子冒出这件事，真把她气得七窍生烟。她想狠狠心跟鲁雄一刀两断，这样就再也不用和那些什么颜色的女人纠缠了，也堵住那些长舌妇的嘴巴。

可静下心来想想，她也是半信半疑，那几个女人，有的她不认识，认识的人中，汤姑娘是风风火火、侠肝义胆的老大姐，说她和鲁雄有什么出格的事，打死也不能信，听说她和峥嵘合资做生意，他们倒是有可能接触得多一点儿，被一些小人造谣污蔑也是难免的。吕燕一个一个数起来……可这个小白，每当想到小白这里，吕燕的心就揪起来，她可是整天都和鲁雄在一起，听人说，他们在外面交际的面都很窄，上班下班都是这几个人大眼对小眼。她还听说小白也是个不安分的人，和姓谭的就不清不楚。耳听为虚眼见为实，上次一起唱歌的时候，她那个酸劲，不是明摆着挑逗别人嘛！思来想去，吕燕觉得鲁雄既然当领导，肯定有得罪人的时候，别人添油加醋也能理解，可终究无风不起浪，嫌疑最大的还是这个小白。

吕燕老想着这些事，排练的时候就心不在焉，老是进入不了状态。一来二去，把雷导惹毛了，他说："吕燕你是咋回事呢？一心不可二用，你给伤员熬鸡汤就集中精力来干，让你添柴你怎么把军鞋给填到灶底下了？光烧柴火不添水，你把这老母鸡都烧煳了，还熬得成鸡汤吗？你这几年是有点成绩，也出名了，也拿奖了，可人不能飘起来呀，就和鸡毛似的，一阵风就吹上天怎么成？千万别觉得自己是什么腕儿，还得南山顶上滚碌碡，来点实打实的东西，也好给年轻的同志做表率！"

又是这个"鸡毛"！吕燕气得下班后大哭一场，心想：当断不断，必受其乱，就干脆跟团里请假，和鲁雄再当面对质一次，就此一拍两散，各走各的路。

鲁雄提着精选的几样水果赶到镜花酒店，本来想到房间里去，可吕燕说就在大堂的咖啡厅见面。两人坐下来各自点了咖啡，鲁雄关切地问她路上吃东西了没，坐经济舱累不累，吕燕没有反应。鲁雄又问她最近到哪里演出了，还有没有什么新剧推出，对方还是半天不回答，却冷不丁冒出一句：

“你是不是有事瞒着我啊？”

“没有啊！”鲁雄本能地说。他看对方的态度，心想她可能有事，这次来得也突然，一边飞快回忆着最近的行踪，一边说：“工作上的事，还不能说得太细了，这不是还有保密纪律管着嘛。”

“谁要窃取你的商业机密了？”吕燕皱了眉头，不满地说，“多少次给你打电话也不接，有几次倒是接了，可半天不说话，旁边还有姑娘们调笑的声音。她们说的方言，我听不明白，可好像提到你了，‘鲁生’这两个字我还是听得出来的。你还要找多少朋友啊？”有句话虽然到了嘴边但她没有说出来：你这已经是“七色”了，还要再加几个本地佳丽？怪不得是物理老师，非得把这光谱占全了才行啊。

“哎呀！”事到如今，鲁雄觉得住院的事不能隐瞒了，正巧他今天刚出院，那些票据还带在身上，就全部掏了出来，说：“真是对不起了，这不是刚从医院里出来，你看这些材料都可以做证。”他又详细说了栓子来探病，他手机被没收了的事：“我给你的诗就写在护士站空白的用药表的背面嘛。”

吕燕不提把那封信撕碎的事，只是追着质问：“我说的对嘛，你是不是隐瞒了？”

“你说的都对，我隐瞒不对。”鲁雄只得做起检讨，“我错了，这也是怕你担心嘛。”

“这还差不多。”吕燕口气缓和下来，翻着看了看那些医院的材料，问情况怎么样，还要不要继续治疗。

鲁雄说：“完全康复了，本来也没有多大事，就是工作太紧张了，再加上长期在交易室里，盯盘下单压力有点大，行情变化情绪就跟着波动，所以有点心律不齐，经过一个疗程的治疗完全好了。你看这几个单子，各项指标完全正常了。”说着他站起来，像年轻人那样用拳捶了捶胸脯。

“那你今后还瞒不瞒我了？”吕燕有点得意又有点居高临下地问。

“今后坚决改正错误，先请示后汇报，每周一次改为每天一次，一切坦白，欢迎随时检查监督。”鲁雄一本正经地回答。

“嘿嘿。”吕燕微微笑了笑，“我可不是你鲁某人的保姆。本来我想喝杯茶就算了，既然你这么有诚意，那就再一起吃顿饭吧。”

两人简单点了薯条披萨，边吃边聊，慢慢地有说有笑起来。鲁雄也是尽量小心，不再惹这位角儿生气。到了快吃完的时候，吕燕不知有意还是无意，提到小白，说：“你在医院住了这么多天，就没有人陪护吗？”

鲁雄说：“我没那么严重，不用陪护。”

“那你和白莉这不是分开了吗？”

鲁雄一听这话有挑衅的意味，耐着性子说：“她在办公室有的是活儿，我遥控指挥。”

“我寻思着，你们两个形影不离，她怎么也得照顾你几天吧？”

“就像你说的，她又不是我的保姆，是工作上的秘书，干吗要照顾我呀？”鲁雄只能装糊涂。

“听说，上一任老总在的时候，就是她当秘书，这个小白都成了秘书钉子户了。”吕燕还是不依不饶。

鲁雄最烦别人干预他工作上的安排，听了这话不禁涨红了脸，喘着粗气说：“我都说了无数遍了，工作上的事你别管。”

“哼，我才不管呢。”吕燕好像就等这句话似的，狠狠地说，“我哪样都不管，到此为止。”她摸出几张百元大钞递给侍应生，说不用找了。

“我明天坐最早的航班返程。”吕燕扔下这句话就甩手而去。

10.3

第二天，鲁雄起了个大早赶到机场，在值机的柜台前等着，可一直等到飞机起飞，也没见吕燕的踪影，鲁雄给游勇打了个电话。一会儿游勇回话说：“找到了，不过她还另外带着个小伙子呢，你得有思想准备。”鲁雄心中疑惑，马不停蹄地去往市内的琥珀酒店。他没有去房间，出于对吕燕的了解，他直接去了后面的花园，转过建筑物的拐角，就听到了吊嗓子的声音。到了假山旁边，他看到了吕燕的身影，旁边有位年轻人拿着她的外套。鲁雄有点生气，想转身离去，不想吕燕已经瞥见了他。

“哟，这不是鲁大官人吗？大清早的，耽误您的工夫了。”

"正是小人，前来问安。"鲁雄忍住心中的不满，也回了句戏腔。

"难得这么有心，本宫就赐个早茶吧。"吕燕还是以剧中人物的口气说话。

"谢过娘娘！"鲁雄和年轻人一左一右，像跟班似的，一直候着吕燕拿了几个大顶，又来了一套武生功夫，不紧不慢地把那套流程走完，才打道回府。

每个人点了一两样点心，在吃早茶的位置上坐定，鲁雄这才打量起对面的年轻人，这是个中等身材、看起来挺壮实的小伙子，肤色是健康的黑色。年轻人对着鲁雄勉强微笑了一下，眼神带着几分敌意。

"你要吃醋吗？那就给你多倒点。"吕燕拿起调料瓶，语带双关地问。

"搞不懂你这葫芦里卖的什么药啊。"鲁雄观察着调料瓶的形状，答了一句。

吕燕说："你别多心，这是我弟弟，这次到这边玩，散散心也开开眼界，这边做的点心不是好吃嘛，还想再学点手艺。你要是能帮忙就更好了。"鲁雄有点半信半疑，但又觉得不是难办的事，就赶忙应承着说："你原来也没提还有个弟弟啊。"

吕燕说："这不是亲弟弟，但比亲弟弟感情还好。"接着讲起了十多年前的一件往事。

那时候，交通没有现在发达，钱也没有现在这么好赚。刚入冬不久，上级安排吕燕他们到临山县一个叫靠山屯的地方演出，送戏下乡，慰问通过联产承包奔上小康路的村民们。团里派了吕燕和小于、小薛两个小伙子打前站，三个人早晨坐长途车从省城出发，本来应该中午到临山县城，可车在路上抛锚检修耽误了时间，到临山汽车站的时候，天色已经暗了下来。三人下车后找了几个顺路的当地人，准备花三十块钱把几箱道具运过去。

可这几个人上了个厕所回来变卦了，说少了五十块钱不干。小于脾气有点暴躁，说："都已经讲好了还这么不讲信用，这不是敲竹杠吗？就这么十来里路，我扛着都能走到靠山屯。"

对方说："刚才是照着好天好道儿说的，现在情况有变化了。你看靠山屯那边黑云都上来了，大概要下雪，这个钱不好挣。"

争执了一会儿，谁也没让步。这几个人还算有义气，帮着他们从车顶上把那几个大箱子卸下来，放在地上就走了，也没有要钱，走之前说："那咱们就在靠山屯等着看你们的大戏了，后会有期。"两个大人拖着一个十多岁的孩子，转眼的工夫就看不见了。

小于到附近花五块钱租了个地排车，把那几箱宝贝装到车上，简单地捆扎一下，三个人就上路了。小于驾着地排车走得飞快，说："三十块钱也不少，咱们省下这钱，回头到团部旁边的聚德林下馆子，吃他个肚圆。"

天色更暗了，空中刮起了飕飕的冷风。小薛是个瘦弱的南方人，从戏校毕业刚分到这边来，说："我还从来没有见过雪呢，都是在电影、画片上见的，从来没有见过真的。你们说今天会下雪吗？"

"谁知道呢？预报说有小雪，咱也不是气象专家。"吕燕抬头看了看天，不见一丝星光，路边房屋里的灯光倒是一片片亮起来。

"那些气象专家都是喝稀粥的。"小于调侃说，"还不如咱们呢，咱们还能扒几碗干饭。我们那里把气象台叫约莫台，不可不信不可全信。"

"要是下雪就好了。"小薛期待地说，"为了纪念第一次看到真雪，我要写一篇轰动文坛的游记。"

几个人说说笑笑，城里的一段路很快就走完了。出城以后，风刮得更紧了，天上落下星星点点的冰粒来，小薛张口接在嘴里，说："这就是雪吗？我怎么觉得也就是一些冰碴子。"小于就笑他，说："雪本来就是水冻起来的嘛，那你还要天上下冰糖吗？"小薛说："和我想象的差距挺大。"但他还是晃着脑袋接雪吃。一会儿，地面开始微微发白，天色反倒亮了一些，几人走着走着脚下响起了咯吱咯吱的声音。

风变小了，空中飘起了雪花，越飘越多，一朵朵一团团，有的好像不甘心这么快落到地面似的，在空中飞舞半天。小薛追着吃了几朵，品了一会儿，心满意足地说："这回能吃出个甜头儿来，这就是真正的雪了。"雪花飘飘洒洒，把道路、树林和远处的村庄都浸染得白茫茫一片，风不再寒冷，空气中反倒氤氲着潮湿温暖的气息，使人精神振奋，小薛更是有点撒欢儿，从路边捡了一根树枝，嘚嘚地来了几个快马加鞭的动作，开口唱道：

> 穿林海，跨雪原，气冲霄汉。
> 抒豪情，寄壮志，面对群山。
> ……

上坡路渐渐陡起来，脚下的雪也开始让人打滑，小于拉车有点吃力了，就喊：“兄弟啊，别打虎上山了，咱赶紧拉车上坡吧。”

换了小薛驾辕，小于和吕燕在后面推，速度也不慢。天完全黑了下来，雪影里残存着几分亮光。转过一个弯道，路更加陡了，风刮得又急又冷，雪也下得更大了，一团团雪球打在脸上，叫人睁不开眼睛，只能看见眼前的东西。他们艰难地向前走着，没过多久，地上的积雪越来越厚，走在上面像踩着棉花包，人越走越慢，车也越陷越深。最后，他们一步也走不了了，彻底困住了。

10.4

走不动的时候，寒冷飞快地袭上身，刚才流出的汗水，现在结成了冰，他们感觉像掉进了冰窟里，手脚冻得发麻，行动也越发艰难。他们三个舞台上寒风刺骨、冰天雪地的场面不知见了多少，一直都是胸有朝阳、春风化雨，如今那些虚把式都不灵了，得赶紧想办法摆脱困境。小于看看周围的地形说：“不远了，我上回来过，再往前走一段路，向右转个弯就到了，也不过一二里地的光景。实在不行，咱们把车放在这里，人先到村里，再找老乡来把东西拖回去。”吕燕说：“那可不行，千万别把箱子给丢了，团里经常要求，要像保护眼睛一样保护国家财产，人在财物在。再说了，很多东西都是战争年代先辈们用生命守护下来的，有些虽然是复制品，可教育意义非同一般哪。要不我在这里守着，你们两个到村里去搬救兵。”两位男士觉得，也只有这个分开走的办法了，只是不能让吕燕留守，他俩为了谁留下又争执起来。

正在吵嚷间，下坡路上有几个黑影闪了出来，两长一短，等走近一看，居然是刚才在汽车站讨价还价的几位。这几位不知是在县城休息了一下还是怎么，反倒落在了他们后面。三个人有心向对方求援，可谁也没有出声。这么窄的路，对方肯定也发现了他们，但只是擦身过去了，那个孩子好像想过来帮忙，却被大人拖着走了。吕燕犹豫着，觉得不能失去这个难得的机会，在她将要喊出声时，那个孩子猛地挣脱跑了回来，对着吕燕他们挥舞双手做出加油的手势，嘴里吼着，帮忙推起车来。

“铃铛，快回来，人家自己有办法，不用咱们帮忙！”两个大人喊着。

铃铛不理会同伴，只是用力帮着推车。说也奇怪，只是加了这个孩子的力量，车又直直地向前走了。

就这么走了一小段路，另外两个老乡没有办法，只得回来照应他们。正在几人都觉得挺尴尬的时候，年纪稍长的那个老乡猛然发现小于和小薛连帽子都没带，说："哎呀，这可不行，要是把耳朵冻掉了，你们还怎么演戏呀！"说着他从随身带的包袱里找了些旧布，帮着他们把头包起来，在吕燕的围巾外面也包了一些。他说："千万不能摸耳朵了，从现在开始，无论多疼多痒你们都得忍着，要不把耳朵拽掉了就真麻烦了。"小薛刚才冻得脑袋都发木了，感觉不到耳朵的存在，现在包上这些东西，稍稍暖和了一些，耳朵就又疼又痒。他听了老乡的话，不敢去挠，怕真把耳朵冻掉没法登台了，竟哭了起来，刚才的豪情壮志也不知道跑到哪里去了。

吕燕调侃着安慰他说："别怕呀，我都不担心你们还担心什么？没有真耳朵了咱们就安上假耳朵，那比真的还漂亮。我认识一个前辈就是这么办的。"

小于存心要埋汰小薛，就说："不成不成，下一步咱们要练那个变脸的绝活儿，听说机关全在耳朵上挂着呢，没了耳朵确实练不成了。"

小薛的哭声淹没在呼啸的风声和咯吱咯吱的走路声里。

后来大家的注意力都集中在推车上，就没人说话了，有时谁不小心掉到雪窝里咕咚一声，也只是爬起来接着赶路。雪还是一团团地落下来，风呼呼地刮着，几人很难张开嘴来讨论什么。老乡对路熟，吕燕他们不用认路了，几个体力好的轮换着在前面拉车，其他人就死命在后面推。可脚下的雪越来越厚，推着根本走不动，大家差不多是搬着地排车前进，一点点挪动。也不知过了多久，他们终于进了村子，村长从被窝里被拽了起来。

村长说："哎哟，我的娘，这几位戏老爷变成雪老爷啦，乡里不是捎信儿说你们明天来吗？正想着天亮了安排人接你们呢，这怎么比曹操还快，说到就到了呢？"

小于说："现在已经是明天了。本来安排的也是今天来，领导担心天气不好，安排我们三个打前站提前一天过来，再捎信儿改也来不及了。幸亏遇到这几位老乡，要不还真麻烦了。"

村长说："那就先住下吧。"几个人张罗着卸车，把地排车停好，箱子搬到村长屋里。村长安排吕燕住到隔壁铃铛家，家里还有他娘，两个男的再另外安排。铃铛拉着吕燕往外走的时候，小于和老乡又争执起来，小于拿出一百块钱，对方坚决不要，说："你们给我们送戏，一分钱也不应该要你们的。"吕燕看他们得掰扯半天，就喊了声："那我先走了！"也没有理会结果是怎么样。

铃铛他娘掌上油灯，看吕燕细皮嫩肉的，欢喜得不得了，说："下雪天掉下个仙女来。"铃铛不吭声，到院子里挖了一盆雪，开始给吕燕搓手、脸、耳朵这些容易冻伤的地方，把这些地方搓得通红，吕燕也慢慢有了知觉，疼和痒的阶段熬过去后，就好了。铃铛连着用掉了几盆雪，最后挖了一盆大的，把吕燕的鞋子脱掉，袜子在她脚上冻住了，根本脱不下来，铃铛就一点一点地搓她的脚，搓不着的地方就先埋在雪里，直到把两只脚都搓得血脉流通，把袜子融化。怕吕燕冷，他竟是把两只脚抱在怀里帮她暖起来。

吕燕感动地说："谢谢你啊，铃铛！"看对方没什么反应，她又大声说了一遍，铃铛就"啊"了一声。铃铛娘给他们准备饭，用手指指自己的嘴巴和耳朵说："这孩子太可怜了，小时候聪明伶俐着呢，要不怎么叫铃铛。一岁多的时候发高烧，也是这么个下雪天，出不了门去不了医院，一连烧了两三天，搓着雪才保住了一条小命，从那以后就再也听不见了。"

吕燕惊讶地张大了嘴巴。

娘说："他说不出来，可心里明白着呢，大人说的话都能领会！早就盼着你们来了，今天非要跟着他二叔进城，我就知道是因为这件事。"

吕燕的泪珠簌簌地淌了下来。

听到这里，鲁雄也是眼角湿润，再看铃铛，对方的微笑充满善意，眼神也温和了许多，他说道："我明白了，你放心交给我吧，保证把这个事情办好。"他又问了一些铃铛最近的情况，吕燕说已经资助他在职业学校的烹饪班学习，鲁雄说："等铃铛在这边学成后，可以叫栓子帮着找个工作，继续照顾他。"吕燕也挺满意的，就商量着再住几天。

10.5

回到公司，鲁雄把游勇找来，给了他铃铛的资料和两万块钱，说："你不是和'甜心'点心熟悉吗？安排个人过去实习，业余时间参观一下。"游勇问几个人，鲁雄说一个，游勇说："一个一万块就够了，不用翻倍。"鲁雄说："这个情况有点特殊，你还得专门配上个人照顾他，千万别走丢了，不然麻烦就大了。"然后又把吕燕这次来的情况简单说了一遍。

游勇说："好嘛，您这好事近了，啥时候请我喝喜酒啊？"

"那还早着呢。"鲁雄摇头说，"这个娘娘不好伺候，一月一小闹，三月一大闹啊。"

"哈哈。"游勇就笑起来，又想打探些详细情况，"这还有什么规律性吗？"

"有！和霸权主义一样，对所有的事物都是双重标准。"

"有这么严重吗？愿闻其详。"

"我给你举个例子。"鲁雄看了一下墙上的挂表，离开会还有些时间。

"比方说晚上俩人一起逛街，走到一个灯火通明的橱窗前面，里面是一张巨幅海报，著名的影星柳冰冰身着泳装，摆了一个很优雅的姿势，妩媚地盯着你。这时候，你有两种选择，看，还是不看？"

"扭头不看，我觉得她都是靠化妆，还真比不上吕燕漂亮。"

"这就有两种后果，一是表扬，说你是真汉子，能经得住诱惑；二是批评，说：'哎呀，你真是年龄大了，这么绝色的美女都引不起你的兴趣了。'"

"那就停下来仔细看看，好好品味嘛。"

"那也有两种可能，一是说你这个人挺真诚，喜欢美女就大大方方地欣赏，不掩饰自己的好恶，是个男儿；或者冷脸相对，说天下男人都是花心啊，遇到女人就迈不开腿了。"

"总得有些原因或者依据吧？"

"这个真没有，一切根据心情决定。送个礼物，高兴就说：'真好，我喜欢，正想自己买呢'；不高兴就说：'哎呀，这得花多少钱呀，你手这么松将来怎么过日子呀'。"

"哈哈哈哈。"游勇大笑起来，"这就对了，这说明你在她心中的分量很重，她特别在乎你呀，对你各种考验呢！我看这是板上钉钉的事，想跑都跑不了。"

"顺其自然吧。"鲁雄装得满不在乎，又换了公事公办的语气，"一会儿开总经理办公会，你也参加。"

会上，各位副总照例把分管工作和重点事项汇报了一遍，又汇报了今后的工作安排。鲁雄说："今年已经到了收尾阶段，上级派专员对几个主要的业务进行专项审计，以便掌握企业运行的真实情况。指定的审计对象包括钢铁厂和跟汤姑娘的帆船集团合资的企业等等，必须积极配合。”

会议主要的研究事项已经讨论完毕，鲁雄没有着急散会，反倒谈起集体力量和狼群战略，说：“一个组织、一项事业要获得成功，离开群体的力量是万万不成的，众人拾柴火焰高，团队划桨开大船。现在看来，我们在两个领域的进展情况还不错，一个是邝会长主持的华夏矿石贸易联谊会，大家集体行动就比单打独斗效果好多了，上次给咱们安排了个理事，我看下次就多交点会费，积极完成会上分派的任务，争取弄个常务理事，具体事项就交给由副总，有什么困难及时反馈，尽快解决。还有一个是滨海市的邮轮母港项目，过去我们一厢情愿地想依赖一两个人解决问题，结果几年都没有进展，后来转换思路请戈先生牵头做这件事情，联合了几十家外商共同投资，现在看来进展良好，最近戈先生还要组个团去滨海市考察谈判，这个事情我亲自来抓，吴副总辅助我，一定要做好必要的准备工作，安排好衔接工作，全力推动这个事。”

大家都去摸杯子，觉得这个会也差不多了。鲁雄摸起杯子喝了几口水，并没有停下来的意思，话头又转到了领导层的团结和建设，还生动地打起了比方：“上级为什么安排我们五个人搭班子，组成管理团队？这绝不是一件简简单单的事，是有深意的。我早就研究过，‘五’不是一般的数字，是一个很深奥的幸运数字。你们看，地有五湖，山有五岳，人有四肢躯干，加起来是个五，一主四次。脚也是有五个指头。”说着抬了抬脚，但并没有去扳脚趾，而是把解释的重点放在手上，做了个握拳的动作。他继续说：“这么说吧，这五个指头协调用力，抓东西才能抓牢，弹钢琴才能奏出美妙动听的音乐，要是有一个指头不使劲，那就别扭了，要是有一个打横，那什么事也干不成了。我这么说你们明白吗？”

“明白明白！”众人纷纷附和，在小本上把鲁雄的话记录下来。

谁知过了几天，就发生了一些不和谐的事。

起因和战副总有关，这位最近还是有点郁闷，自从认识那位庄主任后，他出去和他吃了几次饭，可庄主任关心的好像只有两件事，一是问他要资料，第二就是约傅政委了。战副总本来也不管业务，现在要到别人分管的地盘上去找东西也不大好，只得找了几期和国际业务有关的公司简报，见面的时候交给了庄主任，对方好像也不是多么满意。傅政委更是难觅踪影，不是有训练任务就是指挥演习，约了几次对方也难得走出军营一趟。庄主任见他也办不成什么事，言语之间就有些轻慢了，战副总在外面丢了面子，就想找个机会发泄一下。

果真被他找到了。几个审计小组回来汇报工作的时候，战副总对大指标赚多赚少，成本是高是低并不在意，反而专门听财经纪律方面有什么问题。峥嵘和汤姑娘联营的“新苗公司”有一笔五万元的费用被挑了出来，说的是宣传费，发票是印刷费，可印了什么东西却说不出来。这个事是吴副总经办的，吴副总解释了一下，鲁雄让他回头写个详细情况，其他人也没怎么在意。战副总觉得抓住了把柄，散会后就向上级纪律检查部门进行了举报。

这天，夜已深了，吴副总砸开鲁雄宿舍的门进到屋里，鲁雄蒙了半天，后来大体搞清了是什么事。吴副总说：“这个老战够狠的，这拿过枪弄过炮的人就是不一样，我也不知怎么得罪他了，搞到了我的头上。”鲁雄说：“我刚讲过五个指头要攥成拳头，你们都不听，那我这不是白讲了吗？”吴副总说：“我和老战不一样，他是胳膊肘往外拐，我是全心全意为公司办事，不干事啥错没有，干事难免会有瑕疵，别有用心的人就专门挑刺，无限放大，无事生非。”

吴副总说：“套出来的这五万块钱呢，汤总从头到尾都是知道的。到乡里村里办事，怎么也得抽支烟吧？赶上饭点也得在小饭铺里吃点东西，可农村哪有什么正规商店？也开不出正式的发票来，那些看小卖部的老娘儿们大字不识一箩筐，字都不会写还开什么单子？有时候找本收据让咱们自己写，说实在的这不更说不清楚了吗？还有一些给企业跑腿办事的，怎么也得给个一二百元的车马费吧？积少成多，就花了这些钱了。鲁总啊，从你来了我就没有一点儿二心，坚决维护你。兄弟啊，这回你可得拉大哥我一把，我要是倒了，唇亡齿寒，你也就不好干了。”

鲁雄还没有考虑到什么倒不倒的事，他找了点茶叶，泡了一壶水，给吴副总倒上一杯。

“我嗓子都要冒烟了。”吴副总指指喉咙，声音也有些沙哑了，“可我一滴水也喝不下。听说省纪检委的人马上就要过来了，我辛辛苦苦招商引资，抓合资企业，没想到还惹了这么一身骚啊！”说完急躁地在房间里转来转去，还打开窗子，探身往下看了几次。鲁雄担心有什么意外，不得不起身盯着他。在二十八楼俯瞰地面，黎明时分的灯光显得更加昏暗，马路上不见行人，不时有暴走族的机车疾驰而过，传来一阵阵刺耳的轰鸣声。

10.6

鲁雄评估了一下这件事，心里慢慢有了主意，就把吴副总拖回到椅子上坐下，严肃地说："老吴啊，不要说咱们搭班子，就是全公司上百号人，我也不希望哪个人掉队。可要我来处理这件事，从现在开始，你必须百分百真实地回答我的问题。"

"放心吧！现在你就是组织的化身，我绝无隐瞒。"

"那个印刷费的单子是你找的吗？"

"当然了，我找了个小印刷厂开的，给了他们两个点的费用。汤姑娘她也不认识地方上的人，这些杂七杂八的事还不都是我来办？为了负责，我这不是还在上面签字了嘛。"

"这五万块钱，全部用在合资企业上面了？"

"我以人格担保，你再不信，我就用脑袋担保。"吴副总说着又望了望楼下。

"省纪检委的人什么时候过来？"

"我听说，他们有个姓邢的处长在珠尾市出差，很可能是他顺便过来。"吴副总瞅了一眼墙上的挂表，已经过了凌晨三点，"邢处长今天在当地还有活动，最快明天过来。"

"那就一天之内完成这个事。"鲁雄把计算器和几样文具扔给吴副总，"从现在开始，你别的事不用干了，就把这五万元的支出一笔一笔全部写明白，有收据的附上收据，有证明人的让证明人签字。你得一分钱不漏地把账找齐，行吗？"

"我的娘啊，这够麻烦的。早知道这么麻烦，我就自己掏五万块钱垫上了。"

"拉出来的屎还能塞回去吗？现在说这个也晚了。你还得写一份深刻的检查，这流程才好往下走嘛。"鲁雄说，"你说咱们怎么办才好呢？"

"好好，就按鲁总您说的办。"事到如今，吴副总也只好表示同意。

当天上班后，鲁雄先和汤姑娘通了个电话，这位女强人正在内地的工厂忙着呢，弄明白鲁雄的意思后，她说："咱这够麻烦的，我个人把这五万元转到公司账上就完了。"鲁雄说："那样反而麻烦，你发个传真确认一下事实就可以了。"

公司这边，鲁雄安排白莉说："你帮着吴副总处理一下业务上的事，他可能忙不过来。"待老吴整理得差不多的时候，白莉就先帮他审了一遍，消除了一些不合理的账项。"你看这一张，这个无敌磷不是农药吗？怎么整成调味品了。还有这张，在农家乐一顿就吃一千多元，你再仔细看看，这不就是在一百后面又加了个零，颜色、字体都不一样嘛，这张得拿掉了。"就这样，白莉整整花了一天时间，帮着把那些东西都顺了起来，证明人的材料也都找全了，她又联系汤姑娘发来传真，把这五万元的支出整得严丝合缝，然后替吴副总写了检查，又为公司起草了一篇《关于吴能同志审计发现问题的整改处理意见》。大致内容为：对当事人进行了严肃的批评教育，认可全部支出都是因公发生的，并建议把整笔开支从宣传费调出来，列入招待费支出。接受教训，下不为例。

第二天一大早，邢处长带着一位随行人员闯进来，鲁雄热情地迎接，说："哪阵风把您吹过来了，早说一声我们到机场去迎接啊！"邢处长满不在乎地说："都是自己人，不用整那些虚套。我坐船从珠尾市过来的，领导有交代，就顺便到这边一趟。"寒暄了几句就进入正题，邢处长说："根据举报，咱们这边的个别领导有违反纪律的现象，现在'涉外'的干部是监督的重点，兄弟我也不得不奉命行事了。"

鲁雄让白莉把处理意见、吴副总的检查和详细账目这三个东西送过来，邢处长翻了翻，拿起处理意见重点看了看，日期就是当天，他在盖公章的地方用手一摸，沾下不少红印泥来。他说："鲁老板好啊，你这刚出锅的蒸地瓜，还热乎着呢！"

鲁雄严肃又带有几分忧虑地说："发现问题我的心里也是特别沉重，我们整改不过夜，当事人做了深刻检讨，内部也有了处理意见，请您和上级指正。我们还准备在公司开展一场廉洁从业的思想教育活动，就以这次事件为例，警钟长鸣，常抓不懈。"

邢处长早就听说驻异地的油水大，想着这回怎么着也得逮条大鱼，可现在鲁雄把那些漏洞都封死了，明摆着要保这位同事，就严肃地说："把当事人找来谈谈话吧。"本来他是想单独谈的，眼下看意义不大，只能走个过场了。

鲁雄安排白莉记录，五个人开了一个小会。无论邢处长怎么敲打，吴副总的回答都离不开检查的那几页纸，鲁雄也始终点头微笑应对，回答也是按照“处理意见”照本宣科。邢处长半天也没有找到什么破绽，只得偃旗息鼓说道：“好嘛，你们的态度还是诚恳认真的，我也只能把相关情况带回去了，怎么处理还得看领导的意见。”

还有些时间，白莉建议邢处长一行到廉政监督局做个交流，她认识那边的一位三级廉政专员黎小姐可以帮着安排。邢处长说：“好啊，这个主意不错。”白莉就带着他出门了，到了下午也没有回来，鲁雄猜测，他们从廉监局出来，可能又去海洋公园看新来的大白鲨了。

鲁雄烦透了战副总，送走邢处长，就着手解决他的问题。鲁雄苦思冥想了好几天，眼看到年底了，有了一个主意。

鲁雄把战副总找来，对方还是端着那个炮弹杯子，稍稍有点紧张，看来也做好了大吵一架的准备。鲁雄心里就更有底了，先谈了几个工作上无关紧要的事，接着轻松地问道：“老战，马上就要过圣诞节了，你计划怎么过节呀？”

一听是这个话题，战副总来了精神，心想鲁雄还不敢招惹他，就把平常积累的那些牢骚发出来：“没计划，对这些洋节我一向是不怎么感兴趣。当然，在这里，咱们也得入乡随俗。内地现在也是西风渐进，外来的洋节要盖过老祖宗留下来的传统节日了，有的人就不过咱自己的年了，就把圣诞节当年来过，这就不应该了。”

“是啊，节日的重要作用不可低估啊。”鲁雄凭着一点儿近代史知识发挥说，“一百年前，有些人就提倡废除春节，只过公历元旦，这太过激进，实践证明也是行不通的。过好传统节日，对于弘扬优秀传统文化、培养民族自信很有助益啊。”

“这个我明白。”战副总着急地说，“现在的问题是洋节攻城略地，传统节日节节败退。有些咱们没有的节日，洋节进来补个缺也没啥，可有些明明是咱自己的节日，怎么就被洋节给顶了呢？咱们的中元节祭祖追远、怀念先人，是个严肃庄重的事，可现在倒随着洋人过什么万圣节，还弄那么多妖魔鬼怪，群魔乱舞，完全娱乐化了，这成何体统？再说这情人节吧，咱们有自己的情人节呀，七月七鹊桥相会呀。夏日的夜晚，看着浩瀚无垠的天空，想象着牛郎织女分离的痛苦和相聚的喜悦，情侣们享受着团聚欢娱的时刻，这是多么美好的节日。可二月这个情人节，过年的热乎劲还没过，季节也在冬天，感觉怎么也不太合拍。”

“哈哈，你也很有想法嘛！”鲁雄笑着说，“你那就是在场院里的爱情了，现在整天住在有空调的房子里，季节感知都弱化了。我看洋节土节都过，一年多过几个情人节也没有什么，让情侣们感情升温，让商家多几个卖点嘛。”

“反正，我家里不过洋节。”战副总还是有点别扭，“单位里我说了不算，在家里还是有发言权的。”

鲁雄不理他的牢骚，说：“说了半天，还是说说怎么过圣诞节吧。”

“宅着吧，看书学习啊，有的人不是说我大老粗没文化吗？有空就恶补一回。”战副总不忘反击一下。

“我倒有个主意。”鲁雄用商量的口气说，“咱们利用这几天假期，组织年轻员工，到边防前哨你曾经战斗过的地方，寻访英雄模范，进行传统教育，你就担任个辅导员。你看怎么样？”

战副总没想到鲁雄是这个主意，他不由得回想起那段浴血奋斗的岁月，想到他曾经对着韦班长许下的诺言：每年都要去看望老战友。可烦琐的事一多，一晃已经有几年没去了。战副总不由得陷入了深深的沉默。

第十一章

新苗茁壮

11.1

战副总一行人到达老藤岭烈士陵园的那天，是个风和日丽的晴天。大家手捧鲜花，慢慢地拾级而上。当年那些鲜活的生命，化作了一个个水泥方块，无言地横亘在有几分陡峭的山岭上。一排排碑石肃立着，整齐划一，像在哨位值守的战士。松枝在微风中摇曳，几只鸟儿扑棱翅膀，飞过人的头顶，落在不远处的树上。

他们停了下来，战副总寻找着记忆中的位置，旁边突然传来了嘤嘤的哭声。他们循着声音走过去，只见前面的一方墓碑在风雨侵蚀后变得斑斑驳驳，那些小字都看不清了，中间的大字写着："韦达烈士之墓。"

正是韦班长！众人忙把鲜花和祭品摆放整齐，战副总这才注意到比他们先来的那位瘦小的老婆婆和小伙子，老人家已是白发苍苍、满脸皱纹，依稀能看出韦班长和她的相似之处，小伙子和当年的韦班长就更像了。战副总搀住老人，说："大娘您好，您就是韦班长的妈妈吧，我是韦班长的战友战起洪啊！"

老人仰头端详了他一会儿，说："知道知道，你们那些战友来我家的时候，经常说起你，说你干得好，进步也快，都当了大领导了，听说在特区给国家管着挺大的公司。"

战副总说："惭愧呀，也是混事。本来想去看望您的，好几次都买好票了，可又有别的事没能成行。"

老人说："你工作忙，责任重呀，我这里看不看都不要紧，千万别耽误了大事。也千万别混事，干什么就干出个好样来，你们那个部队就是英雄部队，出来的人个顶个的要强着呢！”

战副总自知失言，赶忙纠正说：“您老说得对，我一定好好干，决不给韦班长和英雄们丢脸。老人家身体还好吧？”

“不行了。”老人摸着自己的腹部说，“这里面长东西，大夫说晚了，不能动刀子了，只能吃点药止止疼。”战副总这才注意到，老人的身形消瘦得厉害，按说才六十多岁，可给人风烛残年的感觉。老人家拉着身边的小伙子说：“这个孩子，他爹牺牲半年以后才生下来。把他拉扯大，他要去部队了，我的任务也完成了，也能合上眼睛不再想别的事了，我这是最后一趟来，我走不动了，今后再也不来了。韦忠，这是你战伯伯。”

韦忠给战副总敬了一个不太标准的军礼。

战副总勉励了韦忠几句，留了联系方式，他觉得十分伤感，眼泪止不住地流了下来，对老人说：“大娘还是抓紧治疗吧，现在技术都进步了，好多毛病都能治了，我给您安排到我那边最好的医院里做检查、动手术。”

老人摇头说：“不用了，谢谢了，沾你们战友的光太多了，他们陪着我到省里的医院做检查，那大夫说是给省长看病的大夫。这就够好的了，老百姓的命哪有那么娇贵呢？我先走了，你再和韦达说说话吧。”

战副总安排两个人扶着老人家下山，看着他们三步一回头地渐渐消失在视野里。

随后的几天，一行人参观了战副总当年所在的边防站和哨所，和边防战士一起在国境线上巡逻，战副总也断断续续地讲了一些往事：

> 现在的条件好多了，房子也大多了。我那时候，没有自来水也没有电，更不用说电视和空调了。到过南疆边防的人都知道，闷热和潮湿最难熬，钻进小铁皮房子都喘不过气来，扒光衣服还是热，第一天浑身起疙瘩痱子，过不了几天，就得烂裆，两条大腿那个痒啊，语言没法形容，比一群小耗子啃着你的心脏还要难受，头拱着墙恨不得钻到地缝里去，抓烂了就流血，又疼又痒，有时候真想不顾一切从这吊脚棚子里跳下去，摔死也比这个滋味好受啊！我那时候干排长，执行潜伏任务的时候，经常带着韦班长和弟兄们埋伏在野外，深山密林的树洞也待过，荒原的野兽窝也钻过，后勤保障哪有那么及时呢，没亲

身体验过的人绝对想象不到那种艰辛。压缩饼干吃光了，就吃野果、小动物；没水喝，自己的尿、战友的尿我都喝过，这有个诀窍，捏住鼻子光喝别闻味就成了；獾子狐狸毒蛇什么的，有时候看见个活物还觉得挺亲切呢，观察它们的活动还能分散注意力，看它们怎么利用地形和猎物周旋还能对使用战术有启发呢。要说最痛苦的事，那就是战友间的生离死别了。

有一次，为了截一伙有武装的毒贩，我和韦班长带着七八个弟兄，在森林里依托一棵倒下的大树埋伏了三天。第三天傍晚的时候，这伙人终于出现了，可比内线提供的人数多了一倍，有十多人，一下子解决不了。我们又仔细观察，这里面有人质，还有小孩，贸然动手会误伤群众。我和韦班长商量，悄悄地跟着，搞清楚哪个是头儿，寻机动手，擒贼先擒王。我们慢慢在后面跟了一段，等搞清了哪个是领头的，这片树林也快走出去了，前面就是草甸子没法隐蔽，离边境线也很近了，再不动手真是来不及了。就在差不多快出树林的地方，韦班长从旁边摸了过去，一个饿虎扑食把对方的头儿扑倒了，唰唰几下子绑起来。这伙人一下子炸了窝，歹徒把人质抓在身边，我们不好动枪，只能一个一个地徒手解决。就在我铐住一个歹徒的时候，旁边草丛里被打倒的一个家伙掏出手雷来，嗖的一下扔到了我和几个战士脚下，手雷冒出白烟……

说时迟那时快，韦班长一个箭步抢过来，扑在了冒烟的手雷上……

鲁雄问："韦班长没有救过来吗？"战副总摇头说："受伤太重不行了，手雷就在韦班长身子下面爆炸了。毒贩本来是瞄着我们几个人的，是韦班长替我们挡住了这次劫难，我的命就是韦班长换来的。那次的六个武装贩毒分子，全部落网，有两个趁乱想冲过国境，也被我们击伤擒获了。我们也付出了不小的代价，韦班长牺牲了，还有两个战士受了伤。"

鲁雄说："现在我们在和平的环境里生活得太久，这些牺牲和付出就慢慢淡忘了，还得时不时回忆一下，我们也好背负着先烈们的期望，继续努力前行啊。"他顿了顿问道："你觉得这个假期过得怎么样？"

战副总说："很有意义，有时间就应该多搞传统教育。"

鲁雄说："我做了个规划，下次咱们回到省里，先看吕燕他们演的《山高水长》，然后就到这个戏的原型所在的地区去，寻访解放战争时期的纪念地和先模人物，深入推进这个活动。”

战副总连声说好。两人又说起工作上的事，战副总说：“你别说了，你的意思我都明白，过去我太看重个人利益了，对你工作的支持也不够，我得从内心深处深刻检讨。今后，我还得兑现对韦班长的承诺，每年过来看望战友一次，韦大娘那边的治疗情况，也得跟进一下。”

鲁雄点头说：“这就好，你为人正直，综合素质高，你把这帮年轻人好好带一下。另外，上级要求咱们加强纪检工作，本来是要派专人过来的，但现在他们也忙，一时还不能到位，你就把相关的工作先干起来，有什么困难咱们共同克服。”

战副总感动地说：“谢谢你的信任，放心吧，你讲的五个指头攥成拳的话我都记着，今后看我的行动就行了。”

两双大手紧紧地握在了一起。

11.2

常冲自从被调回内地后，感到受了冷落，就离开峥嵘公司投到钱圆门下，进了浩大公司。柴福整天在钱圆耳边撺掇，说怎么也不能埋没了这个人才。钱圆探听到，推荐后备干部的时候，她和鲁雄只能上一个。她现在手里有了常冲这张牌，前几天刚弄了个“七色芦花鸡”事件，现在她想把自己人安到鲁雄这边，找找他的软肋，她把常冲派过去了。举办浩大代表处揭牌仪式的时候，峥嵘派沙子和白莉过去应付了一下。钱圆请了庄主任，算是撑起了场面。

常冲挂着“浩大首席代表”的名头到处招摇，他自认天高皇帝远，行为越发不收敛了，晚上经常泡在桂花巷的酒吧里，等机会“捡猪肉”——把醉酒的女孩带走，蓄意侵犯。捡了几次没得逞，他心里越发不安分了，于是备了些“材料”，打算主动出击。这天，在昏暗的灯光下，他看到邻桌有一个落单的女孩，瘦瘦小小，打扮还算清爽，化妆也不是很妖艳，于是就点了两杯鸡尾酒，搭讪着坐在了旁边。

女孩接过常冲递过来的名片，哎哟了一声说：“常……首席啊，您这么年轻，就干到这么重要的位置，妥妥的青年才俊，前途不可限量。”

“哪里哪里，不值一提。”常冲反倒谦虚起来。

“您经常来这里吧？”

“偶尔、偶尔，工作太累就消遣一下。”

“我看不像，我怎么觉得你是个老手呢？”女孩突然熟络起来，盯着对方，“老实交代，你捡了多少次了？”

“误会误会。”常冲辩解，又色眯眯地说，“要不，就捡你吧？”

“太坏了！哼，想得美。”女孩突然一字一顿地说，“想、得、倒、美，有意思，巧了，我就叫阿美，看来和你真得发生点什么故事了。”

“就是嘛。”常冲觍着脸靠近，两人推杯换盏起来，又要了几杯洋酒，常冲把“听话水”悄悄加在对方的杯中，看着阿美渐渐醉眼迷离、摇头晃脑，身子也坐不稳了，他上前抱住阿美，上下其手，放肆轻薄起来……可也怪，好像阿美的醉态传染了他，没一会儿他就感觉头重脚轻，竟然在温柔乡里睡着了……

常冲醒来的时候，已经被牢牢捆住了手脚。他被扔在一间空房子的角落里。阿美嘴里叼着烟，跷着二郎腿，坐在旁边的椅子上，训斥他：

“哼，给老娘下药，你还嫩了点。说，耍流氓，猥亵妇女，你该当何罪？”

常冲看到了他那些丑照和视频。

“给你个选项。报警，或是发给你上司。你不是舔你女老板的脚嘛，我现在就把这些东西交给你那个女老板，好让她也跟着你开心啊。”

“别别，千万别，有话好说。”这击中了常冲的软肋，他忙不迭地求饶起来。

“听话，就好说。”戏弄对方半天，阿美居高临下、得意扬扬地宣布。常冲再看阿美，卸妆后的脸上布满了皱纹，两个二十岁还差不多，身体也是干瘦的。她上前用指头勾着常冲的下巴重复了几遍：“记住啊，一定要听话。”

这两个各怀鬼胎的男女就此勾搭上了。阿美短期内还没有给常冲派什么活儿，只是带着他到处玩，常冲乐得逍遥自在。

到了宝岛，阿美说：“咱们会会牛郎吧。”常冲哎哟了一声，说：“这都是啥口味啊？”阿美就指导他说：“咱们体验生活不是？给你的女老板也踩个点呀。你也换换装，将来各种复杂情况都能应付不是？”

常冲换上阿美的裙子，又从行李箱里翻出假发戴上，然后穿上阿美的内衣，拿了胭脂粉饼在脸上涂抹一气，往前走了几步，水蛇腰一扭，还真有几分女人味，乐得阿美也拍了几下巴掌。两人打车来到一个叫“孤岛牧场”的店。

阿美安排常冲装成女老板，自己扮成助理，两人选了个宽敞的包厢坐定。侍者递了一本厚厚的“菜单”上来，常冲无心细看那些花花绿绿、燕瘦环肥的图像，让阿美选，阿美为自己选了个五大三粗、疑似混血的猛男，常冲这边，却选了个看起来弱不禁风的白面小生。常冲心里不由得生了些醋意。

白面小生叫阿壮，很会察言观色，姐姐长姐姐短叫个不停，喜欢陪着常冲他们说话。他唱了几首歌，又给常冲他们变戏法，和他们玩行酒令，几个骰子抓在手里，想要什么数，就能变什么数，弄得常冲连输了几把，多喝了不少酒。常冲更加不服了，说：“咱们换过来，你喊数我来变。”结果他十根指头都和烧火棍似的不听使唤，还是输了个一塌糊涂，阿壮说：“姐姐这回服气了吧，要不要拜师学习啊？”

常冲说：“好兄弟，快教教姐姐。”阿壮拿起架子来，说：“咱们不搞拜师宴，怎么着也得送几朵花吧？”常冲忙说好好好。送一束鲜花，其实就是拿钱，那花都是现成的，自有侍者摆放妥当。阿壮就偎在常冲身边，俩人摆弄着手指变骰子。一股男士香水的味道直冲鼻子，弄得常冲心里感觉怪怪的，他担心露馅，就把身子挪开一些，半天也没学成什么东西。

阿壮觉得不能升温太快，对方也没什么经验，就拉着常冲的手，说：“姐姐我给你看看手相吧，姐姐的手有点硬也有点大，男人是大手抓草，女人是大手抓宝。”细细一看，他吃惊地张大了嘴巴，说：“姐姐的财富线又粗又壮，是个不常见的富贵命，健康线细且长，将来是个寿星婆婆，只是这感情线嘛，有几道分叉，姐姐很痴情啊，可遇上的男人多半都花心，姐姐也别太伤心了，那都是些不值得留恋的草包，有空就经常过来，也好找个知心的人说话解闷不是？”

看完了今生，又要看前世。阿壮把常冲的手掌反复摩挲研究了半天，说：“我一见姐姐就知道你不是一般人，姐姐的前世是太后，那个荣华富贵简直没法形容。”

阿状说得常冲一愣一愣的，忍不住摸了一下阿壮的胸脯，说：“就你这身子骨，还想伺候哀家？”

阿壮睁大了眼睛说：“姐姐千万别小瞧人家，人不可貌相，海水不可斗量，我不光有功夫，还有绝活儿，这里空间太小施展不开，我就给姐姐跳个钢管舞吧。”

常冲被他腻得难受，乐得他离远一点儿，就拍起巴掌说：“好啊，看看我兄弟的真功夫。”那边，阿美也被猛男折腾得够呛，吃了不少亏，赶紧嚷着别闹了。几个人就来看阿壮的表演。

阿壮在地上按了个按钮，一根钢管从地下笔直地冒上来，直抵天花板，阿壮检查好，打开彩灯，五颜六色的光不断跳跃，像是漂浮不定、越积越多的气球，使人担心会把这房子涨破。阿壮播放音乐，是一首节奏感很强使人血脉偾张的曲子，猛男打起呼哨，几个人的情绪都被调动起来。

阿壮开始热身，他先做了几个伸展动作，又把衣服一件一件地抛掉，每脱一件衣服，就穿插个弯弓射雕或者饿虎扑食之类的动作，刚劲有力，惹得几位观众齐声喝彩。到了最后阿壮剩下一条小得不能再小的短裤紧紧箍在身上，他不肯脱了，猛男各种示意让他脱光，阿壮做出羞涩的动作和表情，猛男要上来强扯，两个人搅在一起，最后还是阿美过来制止了猛男。

阿壮换成舒缓的音乐，身体贴到杆前，眨眼的工夫像燕子一般轻盈地上了杆子，先做了一个单臂的十字悬停，身体横在空中，另一只手还和其他人热情地互动。随后，是经典的波浪贴杆动作，他身体柔若无骨，像蛇一样在杆上起伏，似乎在传递某种能量，从头传到脚，又从脚上传递回来，循环往复。在几个无关紧要的动作后，又是各种令人眼花缭乱的旋转：卧鱼转、顶膝转、双臂支撑的大回环旋转、正转反转，正当观众以为要这么无休止地转下去时，阿壮却是几个收势的动作，最后一个脚踝用力的倒挂金钩，停住了，半天不见动弹。

阿美是懂规矩的，就赶忙找了些纸币，胡乱塞到表演者的短裤里面，阿壮这才慢吞吞地从杆上下来，做了一个谢场的动作，到化妆间里整理去了。

常冲的电话响了几遍，他这才听见，是钱圆催他搞峥嵘和鲁雄的黑料。

11.3

峥嵘和帆船集团合办的新苗公司，在汤姑娘的打理下，打开了国内外市场，慢慢走上了正轨，利润也是年年看涨，他们准备操作上市，也好多筹些资金，再扩大生产规模。这天，鲁雄趁着在内地办公的空档，安排助手开车到厂里看看。

这次来，厂里和半年前比又变化不小，下了国道，一条笔直的柏油马路直通厂区。进了大门，汤姑娘、吴副总等人热情地迎接，鲁雄边走边看：原先罐头厂的几排旧厂房拆掉，建起了新的办公楼和标准化厂房，办公楼前的广场上耸立着一尊石钢结合的雕塑——一位老农欣喜地看着几个少先队员给小树培土浇水，标注是仇翻江先生的作品《新苗茁壮》。鲁雄赞赏了几句，汤姑娘看他高兴，说："咱们就在雕像前面合个影吧。"几人把鲁雄拥在中间，其他人调整了半天，这才照成。参观大楼内部的时候，汤姑娘不厌其烦地介绍起那些培养室、研究室、化验分析室，鲁雄打断她，说："汤总啥时候也变得这么婆婆妈妈了，都有文字说明，我也不是外面的客人，自己看不就行了。"汤姑娘半开玩笑半认真地说："那可不行，我现在是弱势群体，见了当官的腿就发颤，嘴里也絮叨起来没完。"鲁雄说："现在这是怎么了，都喜欢给自己套上弱势这个新词，我哪是当官的，咱们是合作伙伴嘛。"几个人说说笑笑进了贵宾接待室。

接待室豪华气派，水晶灯亮得耀眼，几座大沙发像是能把人埋进去，房间的一面墙上是装裱好的题词，是某位领导的墨宝。另外一面墙装饰着各种漂亮的格子，摆放着大小不一、形状各异的奖杯奖牌等，可以称为企业的荣誉墙了。鲁雄细看，一等奖、优胜奖、创新奖、突破奖等各种表彰，来自行业、部门、协会，各种会议、竞赛评选等等。他伸出拇指夸赞说："咱汤总就是穆桂英挂帅，想赢不难，不赢很难哪。"汤姑娘看在场的也没有外人，就说道："这都是些花里胡哨的东西，咱们刚开张的时候，没有几个奖杯都不好意思让客人进门，多了也就烦了，这些杂七杂八的奖品仓库里还有好几麻袋呢！"

几人坐下说了说最近的经营情况，鲁雄问上市准备得怎么样了，汤姑娘说："正好巨人证券公司的包总在这儿呢，请他过来见个面吧。"随后鲁雄就见到一个白白胖胖的中年人，头发梳得一丝不乱，架着金丝眼镜，雪白的丝绸衬衫套在一条很考究的吊带工装裤里，扎着黑蝴蝶样的领结，让人感觉不是寻常人物。果然，没有太多的寒暄和客套话，这位就开讲了："哪个企业不想上市呢？这上市的学问，说大则大，说小也小。咱们先往小里说，就是包装，第一是包装，第二是包装，第三还是包装。各位知道的那几个当红女明星，哪个没有专门的化妆团队呢？这就是包装。还要垫鼻子抽脂肪什么的，这也是包装。还要资助失学儿童献爱心上电视，隔三岔五闹个绯闻保持曝光度，这就更是包装了。企业也是一个道理，过去说酒香不怕巷子深，现在哪成？商品社会，就得可着劲吆喝，比比谁的嗓门更大。

“本证券公司在资本市场纵横捭阖十多年，每年保几十家企业上市，不是吹牛，包装功夫登峰造极、炉火纯青。那个蔡郎纸业，别人都说污染太大效益不高，经过本公司包装，不出三个月上市了，妥妥的一匹黑马，多少股评家惊得跌碎了眼镜。还有那个戴宗物流，媒体说运的都是假货，超载挨罚也是家常便饭，这个我亲自操刀，一年的时间让它咸鱼翻身，成了经典案例，上了纽伦大学商学院的教科书。不知各位有没有听说，他们给本公司一个名号，叫‘首富流水线’，比点石成金的神仙也不差什么。”说着他双手比画起来，手上的钻戒闪烁着。

“当然，本公司收费的标准也是最高的，一分钱一分货，没有金刚钻，不揽瓷器活儿。就咱们这么个食品公司，小 Case。”说罢他打了个响指，悠闲地喝起咖啡来。鲁雄听了半天，也不好表态，只喝了不少茶水。

鲁雄和汤姑娘私下商量，汤姑娘说：“这个巨人证券也不太靠谱，他们做的推荐报告，三个生产基地能说成八个，库存还没发货呢，直接就算利润了，还有那些图片都不知怎么修的，那些生产车间我都从来没见过。”鲁雄说：“咱们不能为上市而上市，还得考虑企业的长远发展。宁可不上或者晚上，也不能把包装变成伪装。和这家签合同了吗？支付费用了吗？我看还得换个靠谱的证券公司。”汤姑娘说：“只是签了个意向，也没花多少费用，他们这次来的旅费是咱们承担的。巨人这一家也是庄主任极力推荐的，这不也想和你再商量嘛。”

鲁雄和汤姑娘反复考虑，觉得还是不能用这个巨人证券，用的话也得设置一些条条框框加以限制，最好走招标程序，这样就更加严格规范，也能防止别人插手干预。随后新苗公司发布了招标公告，入围的证券公司有十多家，经过严格的投标、论证、答辩等程序，最后亚太证券脱颖而出中了标。亚太也是一家老牌的证券公司，他们很客观地分析了新苗的优劣之处：长处是产品新颖，市场切入点好，市场占有率提升迅速，生产基地稳固可靠；缺点是公司创办时间短，财务数据还不稳定，还要和投资者进行解释和沟通。经过双方的共同努力，克服不少困难后，公司进入了上市辅导期。

可这么一弄，鲁雄又把庄主任得罪得不轻。巨人那边也放出话来：不经他们之手，看谁能摸得着交易所的大门！就在所有工作都在按部就班进行，年底就能上市的时候，突然间横生枝节，新苗公司就像刚出土不久的小苗，被不期而至的疾风骤雨打得枝断叶落，好不狼狈。

11.4

那天是个周日，汤姑娘正在蔬菜大棚里检查农作物的生产情况。他们采用最新的无土栽培技术，植物是直接从营养液里长出来的。南瓜从顶棚上垂下来，长在不同的模子里，想要什么形状就有什么形状；西红柿架得像大树一样，厚厚的果实像葡萄般一束束的，又像鲜花一样娇艳；韭菜长在一层层像抽屉一样的盒子里，依次缓慢地移动到收割机下，自动收割和包装。阳光、肥料、空间综合利用，各得其所。汤姑娘看得开心，对身边的吴副总说："真不错啊，我都想写诗了。"吴副总说："是啊，面朝大海，春暖花开。"两人正谈得高兴，办公室秘书突然跑来报告说公司产品出问题了，有人食物中毒送往医院，可能还挺严重。

汤姑娘急匆匆赶回办公室，桌子上已经摆了一沓传真，都是各地销售机构告急的文书。原来，滨海市中心医院接连收治了几个吃了不洁食物的病号，发现他们都食用过帆船牌的食品，检测机构随后发现帆船牌速冻食品有害菌群超标几十倍，临山、环湖、顺河几个市的检测结果也是一样，这都指向产品自身有问题。吴副总赶紧调度了一下，几个大的品牌超市正在下架，经销商纷纷要求退货，还有正在运输途中的，经办人员不知如何处理，都在心急火燎地等上级指示。汤姑娘这会儿倒是镇静下来，很快做出了三项决定：第一，启动本部实验室对原料、产品、包装运输的各个环节进行全面检测，以最快速度查明污染原因；第二，全部停产，在查明问题、整改措施到位之前不再生产，现有成品、半成品原料全部封存；第三，趁着停产的空当，对所有设备进行一次全面检修，对生产线工人进行学习和培训。

有人建议说："那些食品扔掉可惜了。什么菌群超标，放在锅里多煮一会儿，细菌都杀死了不就完了？干脆分给员工拿回家煮着吃得了，也避免浪费呀。”汤姑娘斩钉截铁地说：“不行，有问题的食品按规定要全部销毁，这没有什么讨论的余地。”消息传到车间，工人们议论纷纷，有人说：“上次分的那两袋速冻水饺，我都没舍得吃，送给我娘吃了。”有人说：“那发的云吞，我没舍得给老人，煮给上高中的儿子吃了，眼看就要高考了补补脑子。我爹这几天病得不轻，眼看就要不行了，这厂子又停产了，也不知老人家还能不能吃上咱厂里出的东西啊！”说着说着，人群中响起了一片哭声。

第二天，鲁雄马不停蹄地赶到新苗公司，这回没人和他客套了。汤姑娘赶往医院看望病号了，吴副总在自己的办公室安顿好鲁雄，说：“事故原因初步排除了原料采购、包装运输、人为破坏等因素，怀疑是生产用水和厂区空气质量有问题。污染很可能和西边邻居有关，西边是霓裳服装厂，也是政策鼓励的来料加工、两头在外的项目，工人最近经常闻到叫人恶心的怪味，可一阵风又吹散了，空口无凭呀，也不知道采集的样品有没有把那些毒素保存下来。这几天，区环保局也在帮着进行各方面的检测，我也正在对接这块。”鲁雄也不好催得太急，就点头表示肯定。吴副总说：“你先休息会儿吧，我去忙几个手头的急事，吃饭的时候安排食堂给你送过来，你饿了就吃不用等我。”

有人敲门，进来的是钻头。钻头本没有多少坏心，只是想为工人多争取利益，自打上次交锋后，他看到鲁雄、汤姑娘都是真心实意发展厂子，就慢慢转变过来，成了工厂的骨干，还担任了不脱产的工会副主席。钻头说：“西边那家服装厂呢，甭管营业执照写谁的名字，甭管总经理是谁，背后就是一个姓钱的女老板的外甥，叫进财。这服装厂老板嫌衬衫利润太低，认为加工皮包和皮夹克来钱更快，打着产业向上游延伸的旗号，进口了一批生牛皮，在厂区搞了个临时车间，偷偷搞起了熟化。你想，这比木板还硬的生牛皮熟化成和棉花那么软的熟皮，这得用多少化学原料啊！那些污染的水就偷着往地下排，也往外面排。”

“啊？”鲁雄听了好不吃惊，“新苗出事看来很可能和这个邻厂有关，那钱老总知道这个事吗？”

“谁知道呢。”钻头摇摇头说，“圈里的人都知道这两个人的亲戚关系，这个厂子具体是怎么回事，那熟化皮子的主意又是谁想出来的，这恐怕神仙也难猜了。而且，咱们这边的几个厂用的都是自己打的自备井，从地下深处抽水，挨得又这么近，谁能保证水在地下不连通呢？他们的排污口很隐蔽，和环保局捉迷藏呢，取样的时候，他就停了，深更半夜就偷着排，要是环保局那边再有个内线什么的，要抓他现行就更不容易了。”

“那你是怎么了解得这么清楚的？”鲁雄原来的问题没有答案，又多了些新的疑问。

钻头说他有个表弟在那边干事，也是个中层。“现在环保局掐不住他的七寸。外面的排污口你们能找到，厂里的排污口就只有几个关键的人知道，据说那里排的污水毒性比排到外面的高一百倍。”

“岂有此理，朗朗乾坤，还能容许这种违法犯罪的行为横行无忌？”鲁雄气得站了起来，在房间里来回走动，“一定要拿到最直接的证据。”

“不用太担心。”钻头反倒显得镇定，“我有办法能找到咱们最需要的东西。”

“行。”鲁雄冷静下来，“占师傅你也得快点，对方要是销毁了那些证据，事就不好办了。进展情况咱们直接联系。”

送走了钻头，鲁雄一刻也没闲着，忙着查看环保方面的有关规定和各种招商引资的优惠政策、各个层级的产业政策。看到关闭“五小企业”的时候，他眼前一亮，可查来查去，“小钢铁”“小水泥”被点名的次数最多，这“小服装”不在关闭之列，那只能做这“小皮革”的文章了，可“五小”很少有提及小皮革的，这方面的规定都很模糊。鲁雄心想：无论如何，污染空气和地下水，不光祸害邻厂，还危害后代子孙，这是绝对不行的。想了半天，核心环节还是获取关键证据。这一晚，鲁雄也没有挪窝，就在吴副总办公室的沙发上凑合了一夜。

隔天清晨还没大亮，楼下一阵高似一阵的吵嚷声把鲁雄惊醒了，他赶忙披衣来到楼前的院子里。原来，昨天晚上，汤姑娘派了钻头领着几个工人到服装厂设在雨水渠里的排污口去取样，没承想对方早有防备，一大帮人守着呢，这边硬要取，那边阻拦，加上双方早就憋了些火气，言语之中往来冲撞，吵着吵着就推搡起来。这边人少吃亏，钻头的一个徒弟顶在前头，被打得鼻青脸肿躺在了地上，取样的瓶子也被摔烂了，其他人赶忙把伤者送到医院，派了个人回来报告情况。

院子里的工人越聚越多，越议论越憋屈，群情激奋，汤姑娘更是怒火中烧，吼着说：“这还有没有王法？欺人太甚了吧！咱们集合起来到上面反映，区里不行市里，市里不行省里，我就不信没有讲理的地方！”那些工人也都簇拥着她直喊口号。鲁雄一看这个阵势，知道事态严重了，闹不好出大事，赶忙过来阻拦说："请汤总冷静点，问题已经反映上去了，很快就有结果，咱们还是得通过正常渠道解决。"汤姑娘不耐烦地说："啥正常渠道？别人都踩到头上拉屎了，这还能忍吗？我以前都听你的，今天你就听我的吧！老吴你赶紧把人数清点一下，按车间编队，咱们马上出发。"吴副总在旁边把情况看得很清楚，到了关键时候，尽管有几分为难，可要选边站队还是只能站在鲁雄这边，就劝汤姑娘："汤总啊，鲁总说得也对，集体出动不是办法，上级已经受理了咱们的投诉，再等等吧。"汤姑娘看平常这么驯服的老吴都不听话了，心里更不是滋味，说："你们这些当官的，就知道保自己的乌纱帽，哪里管工人的死活啊！"她想到最近受的委屈，忍不住蹲在地上号啕大哭起来。有的工人抄起铁锹棍棒之类的，要去服装厂拼命。

鲁雄眼见现场情况越来越糟，担心再这么拖下去局面更难以控制，赶紧安排吴副总守好工厂大门，不经允许任何人不得离开，又让一批骨干稳定军心，防止生乱。鲁雄站到高处，先让乱哄哄的人群安静下来，然后大声说：

"同志们，工友们，咱们的产品出了问题，这是任何人都不愿意看到的。我的心情和大家一样沉重，一样着急。对于事故的原因，我们已经有了线索和证据，也拿出了解决的办法，主管部门那边也在积极协调和落实。我马上和汤总、办公室主任、检验室主任出发，督促他们快点解决问题。请大家给我鲁某人三天的时间，我一定给大家一个满意的答案。一切行动听指挥，千万不能有任何过激行为，这不光不能解决问题，还会造成混乱，延误生产，耽误企业的大事。我有言在先，谁不听厂里安排，私自行动，造成的一切后果由个人承担。"

这时候，汤姑娘也慢慢冷静下来，站到了鲁雄身边。鲁雄继续说道："汤总搞食品行业几十年了，是我尊敬的老大姐，也是咱们速食产业的领军人物，汤总不光个人有上百项专利，建了不少现代化的工厂，也是经历过风风雨雨、见过大世面的人，以前遇到的困难比这个还严重，也都闯过来了。请各位相信汤总，相信我，我们一定能找到脱困的路径，让企业迎来更好的发展！"说完他看着汤姑娘，意思是希望她也讲几句，给大伙儿打气，稳住局面。

汤姑娘对众人说："听人劝，吃饱饭。咱们就尊重鲁总的意见，三天就是七十二个小时，明天后天大后天，还是这个时间，大伙儿还在这里集合，解决了问题就继续上班，要还是这么熬着，弟兄们的急脾气上来了，那我也没什么高招了。"鲁雄坚定地说："君子一言驷马难追，大伙儿放心，三天之内一定解决，解决不了我立马辞职。可在任何情况下，都得遵纪守法，这是底线，也是企业生存的底线。”他又对吴副总说：“啥时候都不能忘了咱新苗的企业精神，你整整队伍，带着大家唱唱厂歌吧。”

吴副总整好队后，挥臂指挥，大伙儿唱起来：

昨天我们在太空翱翔，
孕育博大情怀崇高理想。
今天回到地球可爱家乡，
哺育着阳光雨露茁壮成长。
明天走进千家万户餐厅厨房，
人人欢声笑语处处饭菜飘香。
人是铁，饭是钢，
给您增添无穷力量；
又美味，又健康，
请您一日三餐都品尝。
……

11.5

正如预料的一样，鲁雄、汤姑娘一行人的寻访之路并不顺利。他们先到了区里，区办公室的主任像见了活菩萨一样，热情地摆上了茶水瓜果，说：“两位大领导大老板难得光临，新苗公司是区里的纳税大户，贡献可大了！本来区长这几天要到厂里走访，可市里紧急召开一个重要会议，只能稍后再安排了。”鲁雄二人说到要求解决问题，这位就表现出很为难的样子，说：“这么大一件事，领导们怎么着也得分头听听汇报，再开个会集体研究才能定吧。现在陈区长正在督办卫生文明城的事，马虎不得；王区长主抓道德模范的评选表彰工作，正在关键时候；李区长陪着市领导调研惠农政策的落实情况，不能分身；刘区长和省教育局的专家在摸底失学儿童数字，下沉基层了。还有两位区领导在外地出差，一位参加上级举办的培训提高班不能请假。要想开会，这周无论如何是来不及了，最快下周末，这还得我多协调。还要保证别有什么紧急事插进来。你们也别太着急了，咱们保持联系，随时沟通。”

第一天眼看着就这么过去了，汤姑娘也不抱太大的希望，说：“前几天跟区里反映过的，白搭，看来咱们还得往上找。”鲁雄趁着办事的空当，给钻头打电话，钻头电话关机，把鲁雄急得够呛，以为他出事了。到了晚上终于打通了，鲁雄说：“别的证据都找齐了，现在就缺那个厂内排污的铁证了，你要有办法就赶紧解决，再晚了就来不及了。”钻头沉默了一会儿说：“鲁总你放心吧，今天夜里一定成事。”

隔天鲁雄一行人赶到市里，市里办公区比区里大多了，部门间都隔得老远。他们先到了环保局，对方答复说：“这要是普通的企业投诉，也就处理了，可两家都是外资企业，得先经过外经办，这个外经办是个强势部门，主任还挂着市长助理的职务呢，得他们先有个态度我们才好办。”他们又赶到外经办，负责接待的人了解了一下情况，说：“你们投诉对方破坏生产得先报案呀，报案了吗？”他们说报了好几回，还有受伤的职工在医院躺着呢！接待的人说：“这就是了，那还得公安方面先拿个意见。”到了公安局，公安局答复说：“打架受伤的人最多就是轻伤，连这种事都管的话局里也不用干别的了，要是都推到局里来，那还要当地派出所干什么？经济纠纷方面最好到法院立案，由他们来审理是非曲直，也好给你们判个经济补偿。”他们又来到法院咨询立案的事，法院的人说：“你起诉对方排污导致你的产品出现问题，那你得提供一个完整的证据链条啊，第一环，还得由环保部门的检测报告开始……”转了大半天，从环保局又回到环保局，绕了几个大圈，从起点又回到了起点。

中午，他们找了一间水饺店坐下来，问：“有帆船牌饺子吗？”老板说：“这个一直卖得挺好的，挺受客人欢迎，可前几天听说把人吃吐了，批发商都召回了。冰柜里剩下的几包，也都给搜走了。你们要是真想吃，我家里还藏了几包，可现在来不及了，晚上给你们带过来，不过咱们有言在先，要是真吃出什么问题你们别怨我。”几个人听了这话，心里真是五味杂陈，也没什么胃口，胡乱吃了点面条了事。汤姑娘挺沮丧，说：“这回真是领教了他们踢皮球的水平。”鲁雄解嘲说：“咱们来个以毒攻毒，找熟人吧！我想起来了，市政府有个副秘书长姓兜，我们在一起学习过”。于是他赶忙给兜秘书长打电话约了时间。

下午见到兜秘书长，兜秘书长说：“鲁雄你来得可真巧，明天我要跟着市长到省里开会，这个会场封闭管理，不允许见客的。”两人说了些闲话，很快就进入了正题。兜秘书长也感觉问题很棘手，帮着鲁雄分析道：“这个‘外’字不简单，要不怎么说‘涉外’呢？牵扯外资的事就得特别慎重了，那几个部门说的也不是没有道理。我们欢迎外商投资、改善投资环境的立场是不会变的，只会更加开放，当然，投资环境牵涉的内容挺多，内外环境、软硬环境、大小环境方方面面都要改善，这个总不能一蹴而就，得有个过程。”

兜秘书长又说到产业政策：“你们是个食品加工厂，对方是个服装加工厂，不在关停的五小之列，都是一般民生项目，还不是高精尖的科技产品，按说管理指导的难度不大，不应该发生这么大的分歧嘛。”顿了顿又说：“可既然发生了，怎么办呢？我看你们上午找的几个部门都对，就是缺个牵头的，对了，就请外经办牵头，你们两家坐下来好好协商，不愁找不到解决办法。我这几天还能见到外经办主任，我先跟他打个招呼，你们再联系。怎么样？”

兜秘书长本以为鲁雄会很满意这个办法，可鲁雄好像很不满意，竟然直截了当地说：“我们要求立即关停这个霓裳服装厂！”

兜秘书长两手一摊说：“强令企业停产，这么大的事，任谁也很难下这个决心啊。”

“可我们这不也停产了吗？”鲁雄追问。

“各有各的情况啊，一家一家停下来没完，这不是损失更大了？鲁总啊，也就是你来找我，我这才亲自过问一个企业的事。外经办主任会认真处理的，你放心吧。我一会儿还要主持个产业升级的协调会。”秘书长下了逐客令。

辞别了秘书长，几个人也想不出更好的办法来。汤姑娘生气地说：“实在不行就散伙，把设备卖了还能折几个钱，我卷铺盖走人，农民工兄弟还是回家种地，这个好办。就是苦了工人出身的同志了，本来有些已经下岗了，好不容易才重新上岗，现在又要下岗，再上岗可就不知猴年马月了。”说着擦起了眼泪。

鲁雄赶忙制止对方：“哎呀，可不行，别人有这个想法不要紧，汤总您千万别这么想。您也说了，还得带着广大的工人兄弟走出难关，这关系到多少个家庭的生计呀。”

得空的时候，鲁雄电话联系钻头，可这位不是关机就是不接，鲁雄无奈，只得考虑后续的补救措施。根据这两天交涉的情况，鲁雄在脑海里把那些证据理了又理，诉求方案改了又改，解决对策也是反复斟酌，最后觉得只有直接报告齐副省长这个办法了。他这么想着，就给齐副省长的秘书文山同志打了个电话。

对方埋怨他想见领导为什么不早预约，说齐副省长带领省经贸代表团去东南亚访问，明天晚上就要出发，走之前的时间全排满了，一分钟的空余都没有了。

鲁雄跟对方说了几句好话，试探着问还能不能调整一下。

对方冷笑说："明天见的都是这次访问国家的大使，最低也是领事，你用脚丫子想想，这个事还能改吗？"接着挂了电话。

鲁雄感到一股凉气从脚上来，直冲头顶，身上出了些虚汗，他呆坐了好大一会儿。这天晚上，吃的什么，住在哪里，鲁雄全都没有计较。晚上躺在床上，他还在想对策：还有什么办法能见到齐副省长，见不到这位领导又该找谁？也不知啥时候睡着了，凌晨，他被钻头的电话惊醒。钻头说取样已经得手了，于是鲁雄安排吴副总派人用最快的速度把东西送过来，强调路上千万不能有任何闪失。

原来，连着两个下半夜，钻头都带着一个弟兄翻墙到邻厂，悄悄摸到了西北角二皮车间的偷排井口。这里有人把守，钻头想：老虎还有打盹的时候呢，我就不信你不挪窝！结果这位守卫只是一支接一支地抽烟，几个钟头愣是待着没动。第一夜钻头他们埋伏在车间外的冬青棵子里，天色渐亮也只能撤离了。第二夜的守卫换了个"水神"，这位带着个大水壶一个劲地喝水，钻头想：这下好了，喝了水肯定要撒尿啊，我不信你的尿脬比水桶还大！结果这位自备了个袋子，喝了撒，撒了又喝，就是不换地方。连着两天无功而返，钻头压力很大，鲁雄又来电话催促。怎么办呢？急中生智，他还真想到个办法。第三天的守卫迷迷糊糊的，看似歪在椅子上睡觉，可有点小的动静马上就起来了。钻头悄悄放过去一只野兔，这位刚开始以为是只大老鼠，吓了一跳，待看清是野兔后，他立马来了精神，说："这不是送上门的下酒菜吗？"趁着守卫追兔子的工夫，钻头他们迅速用瓶子完成了取样，又顺手取了块白皮子包了起来，安全撤离了。

鲁雄睡意全无，起床洗漱后就把相关资料又整理了一遍。不知不觉间天已大亮，他接到文山同志打来的电话，是好消息，对方说："齐副省长吃早餐的时候问起你，说这么长时间没见鲁雄了，不知这小子都忙啥，我赶忙把你的情况说了，又说今天的日程已经排得很满了。首长说那就晚上在机场见个面吧，让他们跑跑腿。你运气不错嘛！千万记住了，这个机场是首都机场。”鲁雄连声感谢，撂下电话，赶紧通知了汤姑娘。

晚上十点，鲁雄几人赶到首都国际机场三号贵宾候机厅的时候，齐副省长一行十多人早已到了，鲁雄赶忙上前握手，向领导问好。齐副省长明知故问：“鲁雄，你也要赶飞机出国吗？”鲁雄赶忙回答：“祝省经贸代表团访问东南亚五国圆满成功，我来给您送行。”齐副省长说：“上级三令五申，取消一切无实质意义的迎来送往，你怎么不听呢？而且还惊动外商。”说着一只手向汤姑娘伸过来。鲁雄只得说：“这不是还有事向您汇报嘛！”齐副省长对汤姑娘说：“你们看看，这个鲁雄平常难得一见，他能干事，就是太实用主义了。有事才来找，无事几个月都不见人影。”众人都笑起来。

几个人找了个拐角的地方坐下，鲁雄把材料拿出来开始汇报，齐副省长越听表情越严肃，汤姑娘做了些补充，鲁雄最后把那瓶受污染的样品和白皮子拿出来，说：“请领导过目，这是我们从服装厂内部排污口取到的实证。”齐副省长气得一拍扶手站了起来，想找点东西喝，文山赶忙从包里找出杯子递上。

齐副省长又坐下，喝了几口水缓缓说道：“看来这是一起严重的由污染环境引发的食品安全事件，必须从严查处！那个服装厂立即停产整顿，本来干的是成衣，擅自就上了皮革，造成的污染比小化工厂还厉害，就让省清理‘五小’办公室全力处理这个事，负责到底。”又转向文山说：“文山啊，我看你就当个救火队长，临时调整一下行程，不用随我出国了，就留下督办这个事，一定要彻底解决！”

在场的人都吃了一惊，没想到领导决心这么大。鲁雄赶忙阻拦说：“千万不要因为这个事影响代表团的工作。”齐副省长摆摆手，在鲁雄的报告上批了些字递给了文山，文山表态说：“一定落实领导批示，代表团秘书的工作我会跟副秘书交代好，请领导放心！”

他们离开机场的时候，已是深夜时分，汽车跑在高速公路上，向着灯火璀璨的市区奔去。鲁雄打开车窗，吹凉风来松弛紧张的神经，旁边的汤姑娘已经睡着了。一只只灰色的金属大鸟从跑道上腾空而起，轰鸣着从头顶飞过，消失在茫茫的夜空中，文山脸上不禁浮现出几分惆怅。

第十二章

惊涛骇浪

12.1

有了齐副省长的批示，又有文山同志督办，省、市、区三级协调处理，事情似乎变得容易起来。霓裳服装厂的外排水样污染严重超标，检测仪器都爆表了，证据确凿！服装厂制革的部分被停掉，厂长接受调查，待污染环境的问题全部查清后，再作处分。新苗厂这边，区里给铺设了一条专用的供水管道，先恢复生产。消费者、行业内的合作伙伴、证券商联系的潜在投资方，后期还要做一些耐心细致的解释沟通工作。至于停工停产造成的损失，也只能先挂在账上，日后向肇事方追讨。

齐副省长外访归来后，连着主持了几个引进外资的座谈会，他在会上说："前几年为了吸引外资，眉毛胡子一把抓，捡到碗里就是菜，萝卜快了不洗泥，看数字争排名，今后呢，就得严格把关了。对外资企业要实行分类指导、分级调控、分区设置，食品类集中安排在环境条件最好的地区，机械电子类连片设立，污染企业要同步进行治污技术改造，否则不准开工。"付出一定的代价后，事情又向着正确的方向前进了。

鲁雄回到公司本部时已经是秋天了，气温下降虽不明显，降雨却是明显减少了，阳光明媚的日子多了起来。鲁雄在办公室翻看了各子公司、部门报上来的简报，业绩突出的已经完成了全年任务，差的也赶上了进度，算下来，到年底能超额完成一倍多的利润目标。新苗公司也重上正轨，和供货商、经销商继续合作，证券商也重启了辅导程序。鲁雄惬意地半仰在老板椅上琢磨下一步的安排，何副总突然闯了进来，一副愁眉苦脸的样子，鲁雄赶忙问："有什么急事吗？”这位瞬间换了一副喜笑颜开的面孔，凑近了说：“喜忧参半，算是个好消息。”气得鲁雄打了他一拳，说：“你小子，吓我一跳，快说！”

“‘雷霆万钧’有下落了。”何副总不紧不慢，在鲁雄期待的目光中说，“最近在欧洲赛场上，有匹新出道的叫‘草原精灵’的公马连赢几场，引起了马评家和业界的关注。一开始，咱们的内线还没注意到这匹马，因为‘雷霆万钧’浑身火红，可这个‘草原精灵’四个蹄子雪白，还长着一身梅花鹿那样的白斑点。后来，他们检索‘草原精灵’的世系发现了问题，它的父系母系都很普通，怎么就生下了这么个后代？而且，从遗传角度来说毛色也不对，结果怎么着，有人潜到马厩里，取了‘草原精灵’不同地方的毛发，红色的毛倒是原色，那些白色的斑点和蹄子上的毛竟然是人工染的，用化学试剂一检验全掉色了！”

“啊？”鲁雄吃惊地说，“这里面大有名堂啊。”

“正是。”何副总继续说道，“咱们就把‘草原精灵’的样本带回来，与‘闪电小子’遗留的生物样品进行了分析比对，嘿，这‘草原精灵’就是‘闪电小子’的后代，综合判断，可以肯定就是那匹失去踪迹的‘雷霆万钧’！”

“好啊，你们的工作很高效。”鲁雄表扬说，“那现在能向法庭提交证据了吗？”

“再等等。”何副总思虑颇多，“眼前主要的证据有了，但‘闪电小子’的活体样本都保存在私人手里，千万不能再有任何闪失。再就是需要把整个证据链完善起来，包括‘雷霆万钧’怎么去的欧洲，什么时候变成了‘草原精灵’，关键节点的证据都要找齐，还要防止对方再次金蝉脱壳。不过，这马已经有了比赛记录，再想凭空消失就没有那么容易了。”

“好，不抓则已一抓到底。”鲁雄信心十足地说，“要举证就是铁证，让对手再也没有反驳的余地，一定要赢下来！”

何副总点头称是，两人又商量了一些细节。

万圣节前夜，鲁雄在公司里举办了化装舞会，虽说战副总反对过洋节，但入乡随俗，大家和年轻人在一起热闹一下总是好的，也能培养团队精神。他安排了一些牛头马面、神仙鬼怪之类的面具，加入了中国元素。吕燕也来了，参加的人都化了妆，一起唱歌跳舞，还演绎了一些中外话剧的经典桥段，乱了一个晚上。

散场后，鲁雄和吕燕走在街边，巡游的队伍正掀起高潮。不知从哪里一下子冒出这么多“妖魔鬼怪”，一个个披头散发、青面獠牙的，手里操着十八般兵器，有的还张着血盆大口，吐着长长的舌头，对着路人频频挑衅。吕燕吓得依偎在鲁雄身边，说：“这怎么一不小心穿越到地狱来了，幸亏有你陪着我。”鲁雄把她揽得更紧了，说：“别怕，我就是你的保护神嘛。”话音还没落，突然出现两个穿着盔甲、手拿利斧的红胡子海盗拦住了他们的去路，说：“快送上买路钱，要么留下这位美女当个压寨夫人。”同行的还有一位女巫，披头散发，伸着长长的指甲，青灰的脸上挂着几道血痕，狰狞中竟有几分妩媚，她冲着鲁雄一直抛媚眼。吕燕躲在鲁雄身后，哪里敢吭声，鲁雄倒是见过这场面，不慌不忙从口袋里摸出两枚金币样的巧克力，口称“大佬辛苦”，递了过去，这两位竟然像检验银圆似的，吹一吹又放在耳朵上听了听，喊着“识相识相”走开了，那个女巫还想上前交流什么，被鲁雄一个飞吻打发走了。

转眼围拢过来一群小孩，手里提着透着红光的南瓜灯，口里不停地喊着“捶他捶他”。吕燕说：“这怎么还要打人呢？”鲁雄说：“这是说的英文，就是捣乱的意思。”说着从口袋里拿出一大把糖果，交给吕燕，让她分给孩子们。孩子们拿到糖果后，连说“谢谢”。吕燕亲切地去抚摸孩子们的脸颊，又仔细看看他们的南瓜灯，不知想到什么，眼角竟然浮起了泪花。

两个人随后离开喧闹的主街，穿过横向的一条小巷子，又走了百十米到了海边。海水退潮了，海浪的声音细小而柔和。夜已深，身后的城市却灯火通明。他们在一块礁石上坐了下来。夜空中的漫天繁星任谁也数不过来，那越来越密的星团浓得像一条河流，横亘在天幕上，无论有多少星星落进去都融化在里面，那些没有汇入河流的，反倒放射出璀璨的光。两人依偎在一起，久久没有说话。几颗流星划过，像是落到海天相接的地方去了。

“哎，你说点什么吧。”吕燕轻声提议。

“和辽阔无垠的星空宇宙相比，我们人类实在是太渺小了。”鲁雄感慨道，“人生百年，真的是白驹过隙，唯有不懈努力和奋斗，才不枉这宝贵的岁月啊。”

“对啊。”吕燕附和说，又忽然想起什么，“对了，你和我说过，参加一推双考的时候出了些洋相，那怎么后来又受到重用了呢，是不是就和这奋斗精神有关啊？”

“你要愿意听，我就讲讲这后来的事情。”在斑驳的光影中，吹着清爽微凉的海风，鲁雄又开始了他的讲述。

能通过一推双考再上一个台阶的人极少，落榜了也没什么丢人的，我还是安心做我的交通局局长。这当中修桥铺路的活儿干得多了去了，这也是本职工作，没什么好炫耀的。可有一次，为解决一个钉子户——严格地说是一个村的钉子户的问题，我下了很大的力气，效果也比较好，引起了领导的重视，我又重新进入了领导的视野，再次受到了组织的培养重用。

修环省高速公路的时候，征地拆迁的任务很重，努力了几个月，大部分的村庄都配合工作签了合同，唯独临山脚下的太极村成了难题。说起来这个太极村也有些特别，有一半房子是石灰白墙加黑瓦，另外一半是青砖墙加红瓦房顶，村里的道路也不是直的，是顺着同颜色的房子拐着弯画了个圆弧。从空中看，这两种颜色的房子的排布就和太极图似的，就这么得了太极村的名号。好多年前，世道不太平的时候，那些贼人还不敢轻易进来，因为进到里面就好像进了迷宫，不熟悉路径容易转晕，就成了瓮中之鳖，所以这个太极村还是挺出名的。可这次不一样了，一听说修公路要拆迁给补偿，村民们都不淡定了，有临时挖坑栽树的，有在院子里加盖小房、屋顶上修砌阁楼的，那些新添的东西不光形状不统一，还什么颜色都有，把太极村弄得面目全非。民俗专家再带人来参观的时候，还得和人家反复解释这里曾经是怎么样的，那里复原后又是怎样，弄得客人一头雾水。民俗专家们也烦了，向上级要求恢复太极村原貌，保护古民居、古村落。

工期太紧，各市都在抢时间争进度，线路改道已经不可能，绕过村子要增加不少预算，修改设计也得重新论证。我带着车，几个昼夜连轴转，饿了凑合着吃点东西，困了就在车上睡觉，东奔西走请来了相关领域的顶级专家。我平常积累的一些历史、建筑、美学等各方面的知识，这个时候也派上了用场。大家集思广益，还真找到了解决问题的办法。太极村地势低一点儿的山坡上，设计道路从村边绕过，经过村子的一段从空中架起来，因为两边的地势本来就高，这样工程上变化不大。道路在村子的正上方，增加一个观景平台，可以停车休息，欣赏太极村的布局和远山的风景。观景平台设步道，能够下到村子里慢慢转悠，喜欢古村落的旅友也不会有什么遗憾了。

工程造价提高了一些，但是节省的拆迁费用能够弥补。那些想投机取巧套取补偿款的村民，偷鸡不成蚀把米，自己加盖的违规建筑都得拆掉。老老实实听政策安排的村民，反倒趁机建起民宿饭店，做起了稳稳当当的生意。这个事造就多赢局面，上级也挺肯定的。有时候，困难中隐藏着机会，挑战能变成机遇，你说是吗？

吕燕给他一个紧紧的拥抱。她没有在意细节，只觉得这个男人充满朝气，有股子干劲，值得敬佩和爱慕。鲁雄受到鼓励，又把那些过五关斩六将的事滔滔不绝地说了下去，两人一直坐到天亮。

圣诞节快到了，吕燕飞过来看望鲁雄。鲁雄这边几个重点项目进展都很顺利，年度盈利指标也超额完成了，组建集团公司的事也有谱了，他心情很放松，有空就陪着吕燕到处玩。他们又到了山顶的丹娜夫人蜡像馆，里面增加了不少新的人物。一眨眼的工夫，吕燕不见了，鲁雄只得耐下心来寻找，找了半天才在一个不那么惹人注意的角落里找到了。竟是两个活生生的“吕燕”并排站在一起，服装一样，发型一样，神态也完全一样，一动也不动。鲁雄好生纳闷，忽然心生一计，就找了根毛毛，对着其中一个的鼻孔捅了捅，另外一个就哈哈大笑起来，发脾气说：“你个坏小子，我就知道你要发坏，咱们第一次见面你就拿毛毛虫吓唬我！”

鲁雄说：“可不是嘛，我就是吃定你了！”

一会儿工夫，吕燕又不生气了，说乐意被他这个坏人欺负。两个人就这么闹着，时间过得飞快。

晚上，两人在山顶找了间餐馆吃饭，选了个有落地窗的位置，整个城市和海港的夜景都尽收眼底。海峡像一条弯弯曲曲的大河，不知过了多久才来到此地，这会儿静静地穿过市区。水面上浮起了星星点点的渔火，两岸明如白昼，一派灯火辉煌的景象，楼宇放射出璀璨耀眼的光，像是有无数的火把在燃烧。山下，一片片建筑物如通体透明的五彩宝石，争奇斗艳地拥在一起，仿佛全天下的珍宝都汇聚此地，举行一场空前绝后的盛会。不时飞起的道道激光彩柱横空掠过，向着遥远的星空奔去，似乎要把这不夜之城的神奇画面传递到神秘的未来世界。两人曾经走过世界上很多地方，这么繁华壮美的景象却从未见过。

他们觉得，也许有生之年都不会忘记这个令人激动的夜晚。

12.2

鲁雄趁热打铁，向吕燕求婚了，吕燕快乐地应承下来。他们打算在圣诞假期去蜜月旅行，为去哪里讨论了半天，最后商定到赤道边上的千岛之国。那里四季如夏，民风淳朴，水果多得吃不完，还有个著名的榴梿岛，岛上盛产榴梿，岛上的旅舍也做成了榴梿形状。据说，吃了当地的榴梿，就会“流连”忘返，乐不思蜀，住在此地再也不想离开了。

“你说，我要是吃了岛上的榴梿，再也不想回来了怎么办呢？”吕燕发问。

“你干吗要留下呀？你还有预定的演出，还得到国际上拿奖呢！”

“我不演了，奖也拿够了，就想长久地住下去，生一群孩子，让他们整天围着我，我每天喂他们榴梿拌饭。”吕燕不依不饶。

“好啊，我陪着你！”鲁雄坚定地说。

“这还差不多。”对方给予了肯定，可问题又来了，“那你怎么打理公司呢？”

“哦？”鲁雄没有料到这儿还有陷阱，支吾了一会儿，“我就练个分身术，这边陪你，那边管理公司。”

“嘿，你想得美，以为自己会神仙法术呢？”吕燕步步紧逼，“我不要分身的你，我就要个完整的你。”

鲁雄被逼得没办法，又不能表态说放弃管理，丢下正走上坡的事业，和这位任性的主儿浪迹天涯。想了半天，最后找到一个办法，他说：“我把公司总部迁到榴梿岛，就在咱们家旁边，我白天上班，下了班哪儿也不去，立马回家陪你和孩子们。这样行不行？”

吕燕觉得差不多了，就微笑着点点头，结束了这场审问。其实，对事业心都很强的两个人来说，这都是闹着玩。

出发的这天，两人早早就到了机场。通关的时候，吕燕在前面先过去了，鲁雄习惯性地从手提包里摸出护照，一只手向边检员递过去，对方一翻就给退了回来，鲁雄以为礼数不够周全，于是恭恭敬敬地双手奉上，结果这次更惨，伴随着一声“下一个”，护照直接被扔在了地上。吕燕没走太远，发觉这边不对劲，回头嚷道：“你怎么回事，又搞什么名堂？”不等鲁雄回答，她很快被工作人员催促着转过拐角不见了。

鲁雄弯腰捡起护照，没发现有什么异常，翻开细看，头嗡的一下：是他本人的护照没错，但这是一本过期的护照，和他现在使用的有效护照不是一回事。鲁雄纳闷，他明明记得出发前一天在办公室整理东西的时候，把机票、护照等几样重要东西都放在手提包一个顺手又隐秘的小口袋里，他历来都是这么做的，怎么这次就出错了呢？那本过期的护照是准备上交的，放在办公桌抽屉的一个角上，怎么发生乌龙了呢？刚接触到“乌龙”这个词的时候，他还笑话不知哪个人发明了这个说法，哪有这么多乌龙？没想到现在就发生在他自己头上，他后悔没有多检查几遍。

鲁雄赶回办公室，果然在抽屉的角上发现了自己的护照。他顾不得深究，赶忙改签第二天的机票，却只有下午的航班。给吕燕打电话，要么飞行中，要么关机，一天也没有接通。鲁雄心想这位可能又生气了，只能等到了之后再解释了。

第二天，鲁雄忙碌中没有顾得上听《猫腻财经》，又临时想起几个工作的事到办公室和白莉交代了一下。待把事交代完了，白莉还磨叽着不走，鲁雄有点纳闷，说：“清楚了吗？抓紧办吧！”白莉说：“鲁总您还不知道吧？昨天晚上发生惊天动地的大事了。”白莉转身取来一沓当天的报纸，鲁雄打眼一看，头版上全是黑字大标题：

强烈地震引发海啸 圣诞前夜灾难突降
世纪海啸横扫千岛之国 伤亡人数已超十万
榴梿岛遭重创满目疮痍 度假天堂已成人间炼狱
……

鲁雄觉得那些黑字弥漫开来，房间黑了，天黑了，整个世界全黑了。他整个人瘫坐在椅子上，身上出了不少虚汗，白莉什么时候离开的、说了什么他全都不知道。不知过了多长时间，待这巨大的冲击慢慢平复后，他站起来打开电灯，发现尽管乌云密布，可天也没有那么黑。他打开电脑，那些关于海啸的消息铺天盖地而来。他联系航空公司，飞往榴梿岛的航班已经取消，何时复航尚未可知；首都飞往千岛之国的一条航线勉强保留，机票却已经订到了半月之后。他无数遍拨打吕燕电话，结果都是关机，酒店的电话也无法打通。旅行机构也无法联系，好半天他终于拨通了领事馆的电话，对方说已经启动应急机制，正在核实相关情况，将为受海啸影响的本国公民提供全力帮助，不建议亲友到当地寻人，让他注意查看通告。

游勇知道鲁雄的旅行计划，给他打来电话。

“鲁总，你在哪里？”他急切地问道。

“我还在办公室。”

“不幸中的万幸，这我就放心了。”

“可吕燕昨天刚过去。”

“啊？你们还分开了？走个前后脚。”

鲁雄只得简单地解释了一下，说吕燕估计就在酒店里，但目前没有任何消息。

“榴梿岛差不多是灾难中心了，现在情况很混乱，通信设施全中断了，有电话也打不出来。不过你别太着急，我委托当地旅行社的朋友抓紧找，她身体好好的，没什么负担，应该能逃出来，祈祷吉人天相吧。”对方安慰说。

“我得过去找她，我必须过去。”鲁雄固执地一连说了几遍。

“啊？”游勇更加吃惊了，“没有航班，搞不到机票啊，再说，当地已经发了旅行禁令，现在过去太危险了。”

“你想办法，养兵千日用兵一时。”鲁雄摔了电话。

12.3

游勇被逼得没办法，只得千方百计地找关系，还真联系到一条渠道。当天晚上，他把电话打给鲁雄的时候，也没有客套，说：“鲁总，我现在有个办法能过去，也只有这个办法了。不过，咱们先小人后君子，我这里有个约法三章，你要答应了我就舍命陪你走一趟。你要不答应，我游某人就不管这件事了，你就另请高明吧。”

这会儿，两人的位置掉了个个儿，游勇好像变成了领导，他说：“第一，这是一场百年不遇的重大灾害，一定要确保自身安全，但没有任何人能保证你的安全，你要找的人也是一样，对于一切可能发生的后果，你都要有思想准备。第二，无论出现什么结果，都必须一周之内返回。第三，如果我们两人之间出现分歧和争执，以我的决定为准。”说得斩钉截铁，不容置疑。

鲁雄彻底屈服，对方说：“马上出发，机场会合。”

游勇联系的是慈善机构“慈爱会”紧急运送救灾物资的货机，他们的身份是志愿者，被招募来押运和分发物资。两人当场签了志愿者合同，一切责任自担，工作人员发了一个证件。随后就是紧张地装货环节，用机械也用人力，物资有帐篷、蚊帐、毛巾、衣物、医用棉纱、消毒液、隔离衣、手套等等，还有饼干、罐头、脱水蔬菜等方便食品，东西的种类有多多，现场就有多乱，说哪国语言的都有，也分不清哪个服从哪个，反正有东西就往飞机肚子里填。这飞机像个貔貅，一会儿就把地面上打扫得干干净净。

到了机尾的押运室，和鲁雄想象中差别很大，这哪是现代化的飞机，简直连那些运货的卡车都不如。这间斗室放着很多乱糟糟的东西，显得更窄小，也没有座位，只有四个类似担架的东西并排摆在一起，用脚踢也踢不动，应该是和机身连在一起的。每个担架上有两条宽大的安全带特别显眼，鲁雄发牢骚说：“这是运活物啊还是运——那些别的什么东西？”那个“死”字到他嘴边又给咽了回去，怕不吉利。游勇知道他在想什么，忙说：“这个好啊，你不能和客机比，关键的是能躺着休息，别的都不重要。”鲁雄把随身带的手提箱随手一扔，游勇赶忙捡起来，找个空当塞进去卡紧了。游勇带了鼓鼓囊囊的一大包东西，从里面翻出两个睡袋，递给鲁雄一个。鲁雄还想问个明白，但飞机已经在滑行了，他看见另外两位同伴不但钻进了睡袋，还用那两根又宽又硬的带子把自己牢牢捆上了，赶紧如法炮制。

鲁雄刚刚扣好安全带，飞机就轰鸣着起飞了，离开灯火辉煌的机场，向着不可知的夜空越飞越高。飞机航行在海的上空，大幅度转弯的时候，从舷窗里依稀可见星星点点的灯影，鲁雄想起几天前在山顶看到的风景，有种恍如隔世的感觉。这是一款老式飞机，两只翅膀各挂一个发动机，还有一个靠近尾部，好像就在鲁雄他们的担架下面。飞机爬升的时候，后面的发动机憋得就和拉车爬坡的老牛似的，又像烈马般可着劲嘶吼，有种要把人耳膜震碎的感觉，这不免使鲁雄想起了多年前上大学的时候，为了省路费，经常卧在顺路的拖拉机挂斗里的情形。没办法，几人都像鸵鸟一样，紧紧地裹在睡袋里，鲁雄记得刚才游勇给了他一副耳塞，也不知随手扔到哪儿去了。他又想起约法三章，不得不承认还是对方经验多一些。

飞机爬升到高处，机器的轰鸣声小了一些，可气流不稳定，上下颠簸得厉害，像是轮船在海上遇到了风暴，幸亏有那两条绳子牢牢捆着，否则真不知道要把人颠成什么样。一会儿有人开始呕吐，鲁雄的肚子里也好像有无数条休眠的虫子复活了，不安分地搅动起来，身旁的呕吐袋这会儿派上了用场。鲁雄感激起身下的担架来，觉得这真是个宝物，有它牢牢地捆着他，他就和飞机是一体的，祸福同享，休戚与共。

颠簸还没完全过去，刺骨的寒冷袭来了。一股股寒气如幽灵一般，悄无声息地钻到睡袋里，像是把人拖进了冰窖。几个人从杂物里找了些旧毯子之类的盖在睡袋上，蜷曲着身子尽量减少热量流失。鲁雄冷得发抖，上下牙打战，这会儿，他彻底服了身边的游勇，要是没有这条睡袋，刚才签下的“生死合同”就该生效了。他想起原来听人说过，人在极寒的时候会产生幻觉，感觉燥热无比，把身上的衣服全部脱掉。鲁雄把睡袋裹得紧了又紧，心里默念着千万不能出现这种情况。

过了一会儿，裹在睡袋里又不成了，至少得把嘴巴和鼻子露出来，因为憋得难受。鲁雄感到脑袋发涨，耳朵嗡嗡作响，虽然他拼命地大口呼吸，可还是喘不过气来，像登山的时候那种精疲力竭的感觉，又像被人推到水里眼看就要被淹没。游勇不知从哪里翻出了两个氧气袋，给了那两个同伴一个，他和鲁雄轮换着用一个，你吸几口，我吸几口，慢慢地缓解了许多，也好像暖和了一点儿。无论他们怎么折腾，飞机兀自在空中飞着，没有任何人过来理会他们几个人。幸好，这样的煎熬终于要结束了，随着天色越来越亮，飞机开始下降，太阳越过海平面升起的时候，他们降落在目的地机场的跑道上。

等把救灾物资转运到开往榴梿岛的“慈爱号”医疗救援船上后，鲁雄发起高烧来。还好船上有大夫，给他打了退烧针。这回他们住在几十人一屋的大舱室，床铺有三四层，平常那些床板是挂在墙上的，用的时候就扳下来，用支架固定住。游勇找了个下铺安顿好鲁雄，用安全带把他捆扎结实。鲁雄说：“真难受啊，整天这么捆着，就和被绑架了似的。”游勇说：“所以啊，你还得听我的。”船开行后，海上风浪不小，鲁雄又呕吐起来，把刚才下飞机后吃的一点儿饼干全吐了，肚子里火辣辣的，又开始吐些绿色的东西，游勇说是胆汁，最后啥也吐不出来了，只是干呕。

到了半夜，鲁雄又打了一针，情况好了一些，游勇到餐厅搞了点饭，照顾他吃了几口。船在海浪的击打中颠簸前行，他们好像也适应了，踏实地睡下来。当太阳再次升起的时候，榴梿岛也越来越近了，黛青色的影子渐渐变为黄褐色的山石。两人来到甲板上，暂时忘记了旅途的辛劳，内心充满了酸楚，又有几分激动和期待，心底还有些恐惧。在这座以旖旎风光闻名于世，现在却被无情的海啸蹂躏得伤痕累累的海岛上，不知道怎样的命运在等待着他们，两人心里五味杂陈。他们手抓栏杆，伸长了脖子向陆地方向张望，想把岛上的情况看清楚一些。

过了一会儿，传来了坏消息。地震造成了海岸变形，加上海啸的冲击，码头完全损毁了，依这条船的吃水深度根本无法靠近，只能在远离岸边的地方泊下，靠着两条橡皮艇，把物资和人员转运到岛上。

两人急忙找船长交涉，船长对鲁雄说：“你不是生病了吗？那就好好休息吧。”鲁雄说：“我已经好了，请立即安排我们登岛。”船长找出单子看了看，排在前面的是急用医疗物资和外科大夫，他们排在了最后，估计得等上几天。两人忙说：“我们要先上岛，监督援助物资的发放使用啊。”船长说：“物资到了船上，你们的任务就算完成了，我们自然会用到正经地方，就不劳你们操心了。”两人还想找理由争辩，船长一转身走开了。

两人急得如热锅上的蚂蚁。鲁雄忽然说：“我看这距离也不太远啊，可以游过去。”游勇急忙阻拦：“我的天，你别蛮干，这刚闹过大灾，水下的情况太复杂了，这么大的船都不敢冒险，你还想逞能，你忘了约法三章了？”

两人都不服对方，争得差点动手打起来。

12.4

船长觉得灾情紧急，这么耗下去怕是要耽误大事，就派先下船的人到当地人家中寻访，果然找到一位“海岸通”，那人指挥着船转到后山的一个海湾。

在鲁雄看来，这里的地形有点类似“石臼”，虽然能泊船，岸上却是高高的悬崖峭壁。已经有一些船只陆续泊进来，岩壁也加紧开凿了一条小路。船上的人就攀着小路的台阶慢慢上山，但物资搬运是个难题。

等他们登上崖顶，大半个海岛就在眼前了，这里是全岛的最高处。岸边那些榴梿形状的房子，不是东倒西歪，就是垮塌成一堆瓦砾。有的半浸在水里，有的顶盖被掀出去老远，像是被遗弃的果壳在烈日下暴晒，像遭受流氓打砸的水果摊子。走到近处，灾害的惨相越发鲜明了，这里哪还有街区的影子，就是一个无比杂乱的垃圾场！不知从哪里冒出这么多的泥土、木板、砖瓦、钢铁、电线、塑料、碎布，堆在一起，像是被一台巨大的搅拌机搅过，找不出一件完整的东西。树木被连根拔起，横七竖八地倒在地上；到处都是翻倒的汽车，车门大开，碎玻璃满地，像是被天敌斗败的甲壳虫；有几只船被冲到了离海岸很远的房顶上，惊险地保持着平衡，使人看了惊心动魄，又感觉不太真实，怀疑是哪个魔术师在搞恶作剧；少有的坚强挺立的电线杆上，还挂着些塑料和衣服，像是飘浮不定的招魂旗幡。先到达的抢险人员已经清理出几条道路，但仍满是泥水难以下脚，拐角处的房屋和汽车残骸上涂鸦般标着医院、榴梿酒店、码头之类的标识。路人艰难地行走着，身穿制服戴着袖标穿着长筒靴的救灾人员都是神情严肃。民众衣衫褴褛、蓬头垢面，辨不清男女老少，很多人伤口还没来得及包扎，赤着脚在泥水中前行，好似地狱里溜出来的孤魂野鬼，还有人在废墟里翻找着什么。

靠着路标指引，鲁雄两人终于找到了这儿最大的酒店——榴梿酒店。这里已经面目全非，门口几株高大的棕榈树被拦腰截断，树冠已不知去向，留下一人多高的树干杵在泥水中；曾经精美的石像被冲得到处都是，如同棋盘上散乱的棋子。主楼的三层建筑，房顶被冲走了，墙体看起来还算结实，只是玻璃全没了，这会儿像个受惊的怪物，睁着一只只空洞的眼睛。两人冲进去的时候，挖掘机正在清理主楼前的游泳池，泥沙、家具的残骸、建筑垃圾在旁边堆着。

两人找到酒店的一个侍应生，他还记得出事的这天下午，是有一位吕燕样貌的女士入住了，只是电脑记录全被毁了。几个人进了主楼，把那些挡路的东西挪开，到了三楼的1314房间。这里同样经历了一场浩劫，房门没了，卫生间里全是泥沙，满地的镜子碎片，零散的东西被冲走了，床和沙发等大物件不知翻了几个跟头靠在墙上，还缠着些床单之类的东西，墙皮剥落，屋子里弥漫着浓浓的霉味。鲁雄感觉胸口堵得慌，心跳得厉害，他强忍着使自己镇静下来，去检查那些大家具，又把屋子里上上下下全部找了一遍。显然，第一批抢险人员已经搜索过这里，这么小的空间里也不可能再藏什么了。

鲁雄失望地蹲在一个沙发垫子上，眼泪止不住地流了下来。突然，他发现旁边的墙壁上有个保险柜的轮廓，他找东西擦了擦，果然是个机械电子保险柜。他让侍应生找来钥匙，活动了几下，竟然打开了，里面有一个日记本和一小叠纸币，虽然被水浸过，但还没有完全损坏。鲁雄翻到日记本的最后一页，几行娟秀的小字写着：

下午三点入住榴梿酒店
暂时不理他，让他改改这丢三落四的毛病
想到明天他就过来了，还有点激动

鲁雄把日记本紧紧揣在怀里，对着窗外大喊："燕子——小吕——你在哪里？"

大海这会儿倒是恢复了平静，回复鲁雄的是铲车在院子里干活儿时发出的轰鸣声和随后飘过来的一阵烟雾。

鲁雄忍不住号啕大哭起来，铲车的声音更大了。

他们又去了医院。原来的医院完全被水冲毁了，后来人们利用岛上受损较小的一处酒店临时改建了一个医院。救护车凄厉地鸣叫着，罹难者直接被送到地下，地下冷库原本用来储存海产品，这会儿已经被遇难者遗体塞满了，工作人员大声地喊着先放到后院。重伤员在一楼处置，轻一些的抬到二楼，自己还能行动的就走上三楼清理包扎。不大的门厅里挤满了人，声音吵得什么也听不清楚。墙上贴满了纸条，还有人不断把新的条子贴上去，他们挤过去看，都是寻找失踪亲人的信息。两人看了半天，内容太多，各种语言都有，一无所获。两人溜到楼上房间，逐个查看那些病号，也没有找到要找的人。一楼有几个地方正在抢救伤员，根据他俩打听到的情况，吕燕应该也不在其中。地下室有两个凶神恶煞的警察把守着，根本进不去。

两人继续想办法，事情还真有了一些进展。他们在现场找到了在当地做工程的同胞，又辗转联系上了医院的工作人员。那是一位皮肤黝黑的中年女士，英语说得磕磕巴巴，但还能听懂她的大体意思：“这是重大的天灾，非常不幸！希望每一位亲友平安，但现实的情况你们也看到了，天气这么热，为了防止瘟疫发生，罹难者必须在当天安葬，一切流程都要简化。不过，本着人道主义精神，也为了今后寻亲方便，对没有亲人在场的离世者都保留了生物信息，你们两位也可以采样进行比对。”

两人面面相觑，说：“我们和找的人也没有血缘关系呀。能从我们国内采集亲属样品，送到这边来吗？”

女士说：“这个不确定，至少眼前没有这项安排，可能要通过别的途径解决。不过，既然你们两位这么急切，我还是会尽最大努力帮助你们。”说着递给他们一个厚厚的大本子，说：“这是不幸离世者的照片，一般不对外提供，你们抓紧看完，免得被人看到节外生枝。每一个生命都值得尊重，让我们一起祷告，祈求神灵保佑你们早日找到亲朋。”

祷告并不复杂，他们就站在女士身后，面朝东方，双手合十，鞠躬，一些不明白意思的祷文，也鹦鹉学舌般跟着念了一遍。祷告完成后，两人赶紧翻看照片，每一张都很瘆人，很多都有外伤，有缺胳膊少腿的，开肠破肚的，全都面目狰狞，特别是经过撞击和水泡的，让人很难想象其原来的面貌。两人尽量平复这些画面带来的巨大的心理冲击，根据衣着、身形、肤色、发型、年龄等综合判断，找出了几张年轻女子的照片，又做了进一步的筛选，确定了其中两张。

那位好心的女士说：“只有一次机会。”

鲁雄投去祈求的目光，伸出两根指头。

对方不为所动，斩钉截铁地说：“只有一次。”

两人只得再次比较和辨别，游勇说：“还是你了解，你定吧。”鲁雄也拿不准，就凭着这模糊的照片，真是分辨不出来。他下不了决心，最后想：听天由命吧！他抛了一枚硬币，选定了其中一张。

女士带他们去地下室，在门口又祷告了一遍，鲁雄扭头看那两个警察，这会儿他们倒是变得慈眉善目，口中也念念有词。祷告结束，他们重新变回凶恶的样子，领着众人下到地下室，根据编号，找到了鲁雄选定的这位遇难者。

这是一位非常美丽的女性，脸上不见什么伤痕，如同在沉睡一般，有几绺头发轻轻搭在她鹅蛋形的脸上，嘴角甚至还浮起几分略带嘲讽的微笑。脸型、气质、身形、发型都和吕燕十分相像，但可惜也幸运的是，这不是吕燕。

这人脖子上挂了个碧玉的饰物，鲁雄捧起来看了看，是蝙蝠，而吕燕挂着的是一个白玉小猴。

12.5

两人沮丧又疲惫地回到街上，红日已经开始西沉，经过一天的暴晒，路面多了些尘土。他们漫无目的地走了一段路，发现那些在街上游荡的身影明显变少了。他们去了哪里？也许是倦鸟归巢吧。鲁雄实在想不出自己现在要去哪里、做什么，游勇建议说：“就往高处走吧，越高的地方受灾越轻，不愁找不到栖身之处。”大路走到了尽头，他们就沿着小路向上攀爬，不知不觉走进了一片树林，一棵大树下有一间看起来破破烂烂的草棚子，他们向着这可能有人的地方走了过去。

棚子里钻出一位又黑又瘦的老者，呜呜啊啊地喊着什么，双方谁也听不懂对方的语言，只能用手势比画着交流。老人返回草棚取出一把尺来长的弯刀，鲁雄二人不禁大吃一惊，可老人没有理会他们，把弯刀别在身后，竟是像猴子般敏捷，噌噌几下爬到树上，用刀砍下几个榴梿，返回地面后，又把榴梿劈开，送到了他们面前。

两人感动地流下了眼泪，才想起他们一天也没吃什么东西。鲁雄闻到榴梿的气味，想起看过的那些照片和刚才在地下室的情形，忍不住干呕起来，可他胃里也没什么东西，只火辣辣地难受。游勇说：“一定要吃啊！就和晕船一样，吃了吐，吐了吃，总能咽下去一些，要感谢这位老乡，更要补充能量，我看这个岛地盘也不大，明天咱们再去找，肯定能有消息的。”鲁雄听了他的话，强忍着吃下几块榴梿，身上也好像有劲了。老人示意他们脱掉鞋子。他们俩在泥水里泡了这么久，袜子好半天才脱下来，两人脚上起了不少水泡，腿上划了无数的小口子。老人用木臼捣了些树叶给他们敷上去，短暂的刺痛过后，流血止住了，他俩也感觉舒服了很多。太阳正在慢慢落入海里，往日里美不胜收的晚霞，这会儿竟然变得猩红，和人的鲜血一般，鲜血把海水也染红了，一波一波地向着岸边涌来。

晚上，一群个头很大的蚊子飞来，嗡嗡地叫着，向两位外来者发起攻击。

两人拍得手掌都发麻了，身上、脸上还是被叮起了一片片的疙瘩。老人示意他们到棚子里睡，游勇照办了，鲁雄不想三个人挤在那么窄小的地方，就自己找了块木板准备露天躺在外面，老人抱了些艾草给他铺上。等鲁雄陷在艾草堆里的时候，那些蚊子只能虚张声势地在他头顶上乱转，无法真正下嘴了。

树影的空隙里漏下了一束束星光，不时有流星滑过。鲁雄想起在万圣节的夜晚和吕燕一起看海的情景，心里念叨了无数遍：燕子啊燕子，属于你的那颗星，是仍然在这天上闪耀，还是落到了天涯海角呢？

第二天一大早，老人叫醒了他们。老人拿着一款老式手机指指戳戳，他们明白过来，有信号了！鲁雄的手机被水浸了不能用，游勇的手机用防水袋包得很严实，还带了几块备用电池，打开后响了半天，有几百个未接电话，还有上千条信息。靠着这部手机，鲁雄和吕燕的单位、至关重要的亲友都沟通了情况，又和白莉通了电话，了解到公司一切正常。鲁雄这边重要的事忙完后，又把手机还给游勇，让他也把着急的事处理一下，然后赶紧联系当地的关系帮着找人。游勇一番忙乱，电话不是拨出就是打进，一会儿又换了电池。游勇接了一个电话后，神态变得严肃起来，捂住手机对着鲁雄说："鲁总，这个好像是找你的，有点不对劲。"鲁雄坦然地说："那就找吧，这有什么？"他接起电话，是纪检委的邢处长，对方很不耐烦地说：

"鲁总啊，你怎么搞的？驻异地企业领导二十四小时开机的规定你不知道吗？我这几天都找不到你。幸亏上次留了白秘书的电话，从白秘书又找到游经理，这才找到你。哎呀，我怎么说你好呢？"

鲁雄赶忙道歉，把事情的原委简单说了一遍。

"听说剧团已经把这个事上报了，有正规渠道解决。"对方轻描淡写，又突然加重了语气，"你抓紧回来，领导要和你谈话。"

"啊？"鲁雄吃了一惊，领导来谈话，意味着有重要的事情发生，而且多半不会是好事。他支吾着说："我这一时半会儿可能还订不上机票。"

"这个好办，领事馆已经准备好了。我这就发给你联系人的信息。"对方早有预案，意味深长地说，"好好配合吧，你的态度也很关键啊。"

鲁雄下飞机时，邢处长就在舷梯旁边等着，旁边还有两个彪形大汉。邢处长没有和他握手，皮笑肉不笑地说："老兄啊，小弟我也是奉命行事，照顾不周，你得担待着。”几个人拥着鲁雄进了停在一旁的越野车，邢处长坐在副驾驶的位置上，两个壮汉把鲁雄夹在后排中间。鲁雄想缓和一下紧张的气氛，自嘲说：“嘿，有各位守护，我这和进了保险箱似的，十二分安全了。”邢处长说：“还差一样，要不怎么叫你包涵呢。”还没等鲁雄领会过来，旁边几只大手噌噌地给他套上了一个面布袋似的东西。鲁雄顿时感到眼前一片漆黑，也彻底明白了，虽然大家都在一个车上，身份还是有些差别的，就不再吭声了。别人也不说话，只听得见司机发动车的声音，车子飞快地跑了起来。

鲁雄平复心情，猜测着要到什么地方去。机场、高速路、国道、盘山路、乡间的砂石路，听着轮胎和路面摩擦的声音，他能分辨出用的是什么标号的沥青，路过那些磕磕绊绊的地方，也能判断出路面是偷工减料还是自然损毁，上了很多坡，他根据时间和坡度计算着路程。可要去哪里呢？他想不出来了，也不得不承认，拐了这么多弯，转了这么多盘山路，他没有方向感了。这个头套真是功莫大焉。

12.6

车子终于停了下来，鲁雄被架着走了一段楼梯，听着皮鞋踩地面的声音，他判断，这个地方不大，很可能没有电梯。进到房间里，有人嗖的一下摘了他套头的东西，鲁雄感到万道金光在眼前闪耀，眼底也被扎得生疼，他赶紧用双手捂住眼睛，好大一阵才挪开。邢处长一本正经地宣布：“鲁雄同志，从现在开始，你的身份就是学员了。这个房间是 204 号，自然你的学员编号也是 204，我就是你这个组的辅导员，有重要的事你就找我。你安下心来，一是学习，用正确的思想武装头脑，第二就是交代问题了，把你做的不合规不合法的事原原本本地检讨出来。”邢处长环顾了一下房子四周，点点头又自问自答地说：“你的出路在哪儿呢？不在我这里，说得更直白一点儿，也不在领导那里，就在这里面。”说着他指了指鲁雄的脑袋，又指着旁边一个小伙子说：“这是小孟，是你的伴学，你们得搞好配合，就这样吧！”

鲁雄随身带的行李都被没收了。邢处长走后，小孟和那两个大汉就更加不客气了，他们拿出一个手提的仪器，把鲁雄周身扫了好几遍，比机场的安检还要仔细，凡是遇到金属的东西，机器都要发出怪叫。单独的东西就被拿走，衣服上那些铜铁质的扣子、挂钩之类的，全被撕去或剪掉，好好的衣服都被撕烂了，袜子也被脱下来收走了。更加过分的是，鲁雄腰间的皮带也被抽走了，他不得不用手提着裤子。他大声地抗议说：“这不行，我这手提裤子没法写检查啊，你们给我换根绳子也好啊。”小孟找来一根短绳，短到莫说捆鲁雄的脖子，就是手腕也捆不过来。但有了这么个物件，鲁雄把裤腰上的破洞扩大了一下，凑合着系上了，腾出了两只手。唯一给鲁雄留下的东西是眼镜，还检查了半天，看镜片的材料是玻璃还是树脂，镜框是什么金属的。这一番折腾过后，两位大汉把搜出来的东西带走了，小孟就搬了个椅子坐在门外，监督着鲁雄的一举一动。

鲁雄用拳捶捶墙壁，是软的，地面也铺了胶皮垫子，白色的顶棚没有缝隙，搞不清是什么材料。屋里有一床一桌一椅，凡是有尖角的地方，要么处理成圆形，要么包着橡皮，做足了功夫，防着住客有什么过激行为。房子的角上安了个马桶，前面也没有任何遮挡。这也太不雅观了吧？鲁雄这么想着，又自我安慰：也许这里都是男生吧，到了这种地方，哪还有那么多讲究呢。

房间里有个小窗，虽然拦着铁网，但还能看到外面的情况。鲁雄从这里看出去，这是一个回字形建筑物的内院，好像在山里。院子里有车辆和人员出出进进，还长了两棵高大的梧桐树。看着看着，他觉得这个地方似曾相识，忽然，他心跳加快，又看了看远处的山影，怪不得感觉有点熟悉，这不就是当年他领着修地方铁路的指挥部嘛！那两棵树，还是他亲手栽下的，只是现在长大了，但位置是挪不了的；房子还是那个结构，只是颜色变了，大窗子改成了小气窗，还加了铁棂子。铁路建成后，这里逐渐废弃了，有一阵子被山民用来种蘑菇。没想到呀，现在居然改造成这么个地方，而自己还要在这里写检讨，鲁雄不由得在心里连连感叹，真是造化弄人啊。

这间房子就是当初他的办公室兼卧室呀！鲁雄再次抬头看了看天棚，这栋建筑的构造，没人比他更清楚了，他熟悉建筑工人运送材料和设备留下的通道，那些砖块都是施工完成撤离时才补上去的，虚塞着；还有顶棚上面，为了铺设线路，也留了一条简易的通路。鲁雄想，只要再来几样工具，从这里逃出去不难，到了外面的山里，那就是虎归山林、鱼游大海了。想到这里，他心里竟然泛起了几丝兴奋，鲁雄往床上一躺，准备先养精蓄锐。

小孟过来制止，说：“你看看墙上的作息表，现在是学习时间，不允许休息。”鲁雄只得坐回到桌子前面，翻看几本厚厚的学习材料，又在稿纸上写学习心得，他刚拿起笔，手就和烧火棍似的不听使唤，这才想起自己有段时间没有提笔写东西了，再加上最近几天奔波劳累，困乏一阵阵地涌来。他头昏得抬不起来，勉强写下“学习”二字，写“心”字的时候，那点戳起来没完，弄坏了一张稿纸。小孟上前大声呵斥：“204 号学员，你的态度还不端正，到了这里还要浪费国家资源，你还想再换个地方吗？”鲁雄强忍着没有发作，挨了年轻后生的训斥，他的脑袋倒是清醒了点，一会儿写下了半页纸。

过了几天，邢处长来了两次，检查了鲁雄的学习心得，虽说双方在相互试探，但他还是给鲁雄透露了些重要的情况：有几个人实名举报了鲁雄，而且反映的问题还挺集中，领导也不得不重视了。首要的就是破坏外事纪律，不经批准擅自出境，而且到自然灾害严重的潜在疫情地区滞留，是个坏典型。鲁雄急得站了起来，说:“我给文山同志发了传真请假呀。”邢处长说:“你别急，所有问题都会搞清楚，你要做的和要你做的是一回事，就是把真实情况原原本本、毫无保留地检讨出来。还有国有资产流失问题，那笔用赛马做抵押的贷款，收不回来也不想办法，还提取了呆账准备金，这不是明摆着不要这笔贷款了吗？国家的钱就这么打水漂了？”鲁雄忙说：“提了准备金并不是不要这笔钱了，是账务上的一种技术处理，再把钱收回来就可以算利润了，再说，这都是原来老谭办的项目呀。”对方说：“老谭放款是不假，可老谭在的时候不到期呀，到期的时候是你主事了，你说找谁呢？”鲁雄知道这里不是说理的地方，现在也不是说理的时候，就沉默了。

“还不止这些，影响最坏的就是生活作风问题了，原来老谭就是这方面出了问题，当然真正追究的时候，组织高抬贵手了，现在看来你又重蹈覆辙。刚到任不久，就接受外商海钓邀请，参加游艇上的派对；还有，带着女秘书到宗教场所过夜。这两件事过去瞒下了，但早晚会暴露出来，时间越长越要从严处理。”鲁雄听到这些话，觉得浑身像有蚂蚁在爬，弄得他奇痒无比，有些还爬到了他心里，咬得他疼痛难忍，脊背上也一阵阵地冒出冷汗。

鲁雄受煎熬的时候，正是钱圆得意的时候。那些颁奖仪式，授牌典礼，她都懒得参加了，一律让手下代劳，有时就派柴福应应景。柴福穿上西装，扎上领带，还真像那么回事，又安了个办公室副主任的虚衔，就更加体面了。

钱圆闲来无事，经常让柴福开车沿着环城高架路兜风，时不时看到浩大建设的项目从低处掠过，心里别提有多美了，她很自然地跟柴福开起了玩笑，说：“小柴你整天都不闲着，瞎忙活啥呀？”

柴福就一本正经地说：

“我把握方向，决定路线，速度快慢，全是我的事；我主抓的工作，不松手不歇气，小毛病就揭揭盖子，动动扳（班）子；实在不行下到基层，俯下身子，接上地气，没有解决不了的问题。”

“嘿，看把你能的，简直是景德镇的尿壶——净瓷（词）儿。”钱圆说着从旁边半真半假地打了柴福一拳。

“哎哟，疼死我了。”柴福矫情地说，“干扰驾驶员犯法呀！安全第一，我还兼着公司的安委会副主任呢，你别拿豆包不当干粮，这个官也是有实权的。”

“哼，啥法不法的。”钱圆骄横地说，“老娘从来不听这个。豆叶儿大小的纱帽翅儿就想跟我叫板，你要胆敢出点岔子，我一脚把你踹路沟里去。”

两人隔三岔五就这么闹一闹。需要干正事的时候，钱圆一般是找她的外甥进财商量。上次服装厂的污染事件，被汤姑娘他们咬得不轻，好歹有主持工作的厂长顶着，做了检查，交了些罚款了事。后来他们把制衣和皮革两部分分开，进了各自的产业园，反倒趁机多占了不少地盘，一点儿也没吃亏。这当口，眼见城市的发展越来越快，早下手盖房子的已经赚了不少，凡是有点实力的公司都在琢磨着开发小区，有钱赚还能扩大影响，是个稳赚不赔的买卖。钱圆考虑成熟了，就安排进财抓紧寻摸地盘。

进财领着手下找了一阵子，还真选中了几块地皮，感觉差不多了就陪着钱圆来看。第一块在城郊，这里原来是物资公司的一个露天货场，红火的时候每天车水马龙，钱圆在镇上盖“红岭客栈”的时候，转了几个弯子，才托人从这里弄了五方木材，十吨钢筋，那个时候，能搞到物资就是钱，不用实物，提货单坐地起价，转手就赚钱，谁能想到不过几年的光景，这里竟然冷清荒凉到这个地步！看门人费了好大劲才把栅栏门上锈迹斑斑的铁锁打开，眼前是一片齐腰高的荒草，地上到处残留的斑斑铁锈和木块碎屑，告诉人们这里曾经大批存放过哪些东西，连垫在下面的枕木和石头墩子，都被拿走换了应急的钱，那些被压过的地面稀稀落落地长出草来，哪里去找往日繁华的踪影？不过也好，一张白纸想画什么就画什么，不用担心拆迁的钉子户，几通几平的事也好办。

看门人凑过来说：“单位现在困难了，大部分人都放假了，我是原来的人事处处长，几个老总在城里还有房，可冬天连取暖费都拿不出来，披个军大衣凑合着。不过呢，苦日子也到头了，现在地价上来了，这点老家底儿也越来越值钱了。老板你要出手就干脆点，一会儿还有两拨过来考察的。”

钱圆转了一大圈，周围的地形看了一遍，答复看门人让他等信儿，其实她没看上这个地方。她也事先做了点功课，知道这里过去很长时间都是垃圾填埋场，刚才在雨水冲刷的深沟里也看见了那些废物的积层，以前的人觉得城市永远也建不到这里，谁知道这么快就发展到这边来了。建筑物的安全稳定性倒好说，打基桩的时候弄深点就完了，可是这边的地下水都不能用了。旁边还有个新建的公墓，山坡上一片密密麻麻的墓碑像麻将块似的，还朝这边反光，怕是将来影响房子的销售。

进财又领着她转到市内，到了接近市中心的老城，这里房子挨着房子，在正房之外又搭建了很多小房，有的用作厨房，有的存放杂物，房子中间很少有像样的院子，都是一条勉强能过人的甬道。下脚的地方很小。街道刚刚完成一个大工程，每家每户都安上了自来水管。甭管那些管道怎么歪七扭八地进来，反正这肚子的进口是通了，出口还得再等等。钱圆来的时候就看到公共厕所外面有几个妇女在候着，听说早上就更不行了，为了争个坑位邻居撕破脸皮也不是啥稀罕事。看到搞开发的人来了，周围居民都聚拢过来问这问那，眼里含着希冀。进财说：“这个位置好，离马上就要开通的商业步行街不过几百米，这么好的黄金地段打着灯笼也难找啊。”钱圆说：“好是好，就是搬迁的成本太高，恐怕咱承受不起。我估摸着，大概户均居住面积不到十个平方，户数太多，给钱少了，他们买不起新房，还得和咱闹腾，给钱多了，咱这成本也包不住啊。再说，肯定不让盖高楼，户数上不去，这个地方还得让市里想办法。”

进财说：“您不是和刘市长挺熟吗？咱们这也是为市里做贡献了，和他打个招呼，让他再帮帮咱们，这不就有账算了吗？”

钱圆说：“等着他找咱吧，咱找他和他找咱，这不是一档子事。”

又看了几个地方，钱圆还是不满意，进财郁闷得不行。

第十三章

疾风骤雨

13.1

进财耐下心来继续寻找，还真发现了一个地方，钱圆也比较满意。这里原来是城乡接合部的第三棉纺厂，也是曾经红透半边天的企业。想当年，清晨上班的时候，一群群青年女工穿着连衣裙，蹬着自行车，像鲜花一样从街道上漫过来，惹得路边的小伙儿直咽口水。有那调皮的，把车铃故意按得丁零直响，还大声和旁边的同伴嬉闹，发出咯咯的笑声，真是让人又爱又恨。谁知起起落落，厂子慢慢没有活力了，特别是大规模砸锭子的时候，这边压缩长线产品，把该砸的不该砸的都砸了。经过了十几年的改革发展，民间财富积累起来，有眼光独到又善于打擦边球的，就在乡间大规模干起了棉纺行当，用工成本低，机制灵活，没过多久就把这些正规大厂顶得趴下了，终于有一天，那几根高烟囱里不再冒烟，彻底停产了。

钱圆给的拆迁费还说得过去，那些住户很快搬走了一多半，还有几十户坚持着。进财弄了几辆渣土车，整天在这周围狼奔豕突，也不知这渣土从哪里来的，要倒到哪里去，反正就和电影里的群众演员似的，没完没了地过来过去。那几辆车，白天卷起一阵阵尘土，吓得小车和行人都远远躲在一边；到了夜里，就闹出更大的动静来，后边的车故意压上前边掉下来的石头，震得土地都发抖，还按着喇叭发出尖锐的怪叫，这么一折腾，有小孩的哪个不担心孩子的安全？老人夜里休息不好，老毛病犯了，保不齐还要添新的毛病，就这样又走了十多户。进财等了几天，干脆把水电全断了，出门的路也给挖断了，又有些意志不够坚定的签了城下之盟，剩下的死硬分子还占据几个小孤岛，房子周围都挖了很深的沟，远远看去像是战争年代的炮楼。

进财又想出了坏主意，晚上就派手下把老鼠、长虫、蟑螂、蝎子什么的扔到这几家。钱圆说：“你弄那些玩意儿小心点呀，千万别携带细菌，那样事就大了。”进财说：“没事，您就放心吧，咱这是以毒攻毒，那些活物多半都是养殖的，看着吓人，实际没什么攻击性。再说了，他们也就留个人值班，都死了也赔不了几个钱。”钱圆想了想说：“赔死的就不如赔活的了，大不了再花点钱，让他们赶紧走人。”他们又给那几个钉子户弄了个合同，加了些补偿，那些人也就借坡下驴赶紧搬走了，否则还不知道要和什么动物为伍。可有个蔺老头，是出了名的倔人，其实他才五十多岁，只是满头白发显得老。十多年前，他八岁的女儿在这里走失了，再也没有找到，这位死活不搬，说是他的女儿肯定能回来，要是搬走了女儿就找不到回家的路了，给多少钱也不搬。

钱圆亲自出马。请老人家吃饭，他说是鸿门宴，三番两次都不出来，后来家里人就劝他：“听说这个女老板挺神通广大的，说不定能帮着找到玲玲呢，吃个饭怕啥，她还能吃了你？”工厂的礼堂没拆，门前变成了一小片食肆，几人就在这儿简单地弄了一桌，烧了一壶花雕酒，钱圆陪着老人说话，绝口不提搬家的事，净回忆多年以前的老光景。八十年代第一批产品出口的时候，就在这个礼堂开的庆功大会，老人成了先进工作者，披红戴花，那个风光，好像得了奥运冠军呢！

老人说着高兴的事，紧张的心情慢慢放松下来，几杯花雕下肚，他有点晕乎乎的，就放下酒杯，靠在椅背上休息。蒙眬中，他看见自己的宝贝女儿玲玲从人群里穿过来，喊着：“爸爸爸爸，你在这儿呢！”

他把女儿紧紧地抱在怀里，说：“玲玲你到哪里去了？爸爸找你找得好苦啊。”

玲玲把他推开说：“爸爸你别急，这不是电影刚散场人多嘛，我刚才去厕所了。爸爸我这次考了两个一百分，你高兴吗？”

“高兴，高兴。”

“那你在我卷子上签个字吧，老师都是这么要求的。”

“好好好，爸爸这就给你签。”

签好字没一会儿，椅子有点不太牢靠，老人蓦然醒了，哪里有玲玲的影子！只见钱圆面前放着一个本子，上面好像有自己签字的痕迹。他急忙用手去抓，对方一把收走了，哪里拿得回来。

老人恼羞成怒，低着头就向旁边的柱子上撞去，一起吃饭的柴福是防备着的，立马把他牢牢抱住，按回到座位上。

钱圆盯着老人看了一会儿，又把目光移到别处说："这个礼堂咱不拆，将来改造成一个文化宫。以后给你在这里安排个看门的活儿，他们都知道，我钱某人走到哪里也不会亏待老人的。"说着指了指柴福几人。

老人沉默下来，像石像般呆着半天没动。

鲁雄一边学习一边被审查，十来天的时间基本把问题说清楚了。接受外商海钓邀请和参加派对的事，他只单纯参与了钓鱼活动，晚上睡觉和沙子在一起，别的活动都没参加，沙子是当事人，别的几个在场的商人都能证明，调查人员也和他们见面了。关于和女下属到宗教场所游玩过夜的事，鲁雄解释说确实是和白莉到过神仙府，但他并没有参加任何宗教活动，只是看了看风景，至于住宿安排也是男女宾分别接待的。神仙府这么多年还从未提供过合寝，白莉写的证明材料也核实了，这个可以还鲁雄清白。赛马抵押的贷款，放款确实是谭铎办的，鲁雄到任以后，也采取了各种措施催收，会议记录、外聘律师的合同、法务部门的证明都有，也遇到了一些意想不到的困难，不能说鲁雄消极推诿。至于账务处理，可以按上级要求调整。但审查的主管人员也提出，虽然鲁雄对放款的责任不大，追债也还算积极，可这个事情不能这么拖下去没完没了，必须要定个时限。

鲁雄给文山同志发请假传真的时候，钱圆正好在文山的办公室，文山在里屋齐副省长的房间商量工作，钱圆一看传真机吐出这么个东西，想报复鲁雄，顺手就把这传真塞到了碎纸机里。后来文山仔细核对那天发来的传真底稿，以为是其他职员不小心弄丢了。文山同志主动承担了责任，这个事也就过去了。眼看新一届推交会一天天临近，齐副省长主动和纪检委廉副书记交涉，说："鲁雄是咱们的一员干才，要是没有什么大的问题，就让他抓紧回来，这一大堆的活儿别人还顶不起来呢！"对方答复说："绝不放过一个坏人，也不会冤枉任何一个好人，就现在调查的情况看，还没有发现鲁雄有太严重的问题，那些举报有失实的地方，但这么短的时间里，要给出一个板上钉钉的结论也不容易，咱们还是慎重点为好。不过呢，您老兄帐下这么急着用兵，那我们先出个初步意见，正式下结论还得等一段时间，一是要把一些细节完全梳理清楚，二是我还要向主要领导汇报，这个事急不得。”

鲁雄回到工作岗位时，大家已经热热闹闹地过完了元宵节。这倒也有好处，省去一大堆和节日相关的繁文缛节，鲁雄直接进入工作状态。面对新形势，上级对今年的推交会提出了更高的要求。成交金额、项目覆盖面、嘉宾量级和宣传推广力度等指标都有提升。对有些重要嘉宾，打电话、发请柬显得诚意不够，还得鲁雄亲自上门邀请才显得隆重正式。越重要的人物越忙，这些人往往行程还没确定，有急事又要调整，需要反复沟通和协商。签项目和炒豆子似的需要火候，已经办成的再回炉就没意思了，太生的还不能急着出锅，有些进度要赶，有些还要适当放一放。忙乱自不必说，离推交会还有一周的时候，鲁雄基本把事情都准备好了，也跟省里报告了筹办情况。

拿到嘉宾名单，有的领导不是很满意，说：“咱们几年都请不到凌先生，外省为什么能请到呢？鲁雄几个人整天都忙啥呀，派他们出去不就是为了办这个关键的事吗？要是这么点事都办不了，那就干脆回来得了。”消息传到公司，鲁雄更紧张了，又去核实凌先生方面的情况，对方回复说：“档期冲突了，这个时间本来安排的是到万堡王国出席皮塞丝公主的婚礼，这是一年前就确定了的。”这位皮塞丝公主，是国际上一位有名的慈善家和社会活动家，婚礼后要携新郎到非洲参加拯救濒危动物的活动，以此作为她的蜜月之旅。所以凌先生必须在这个时间点之前赶过去才能见一面，商讨成立防止全球变暖基金会的事。如果实在要等凌先生，对方建议推交会延迟一周举办。

这不是鲁雄能决定的，推交会的时间也是综合权衡之后定下的，为了凌先生改变，那其他嘉宾岂不是都要等？其他人都还有重要的会议等着，领导的档期也不允许有任何变化了。不能顺着对方来，那样可能又要出什么不靠谱的幺蛾子，这条路走不通。鲁雄和筹备组的几个骨干商量，想从凌先生的身边人入手。可找谁呢？鲁雄认识的阿添，这会儿被打发到内地开展连锁酒店业务；白莉的闺蜜最近不知因为什么失宠了，不是每天都能见到凌先生。鲁雄有心找庄主任协调一下，可好几件事他都没给庄主任面子，两人关系有点尴尬，白莉的甜言蜜语也不灵了。鲁雄急得像是周身有刺，不停地抓挠。可应了天无绝人之路那句话，随后的几天，事情还真出现了一些转机。

这天，何副总走到世纪广场的时候，看到一位身材魁梧、西装革履的中年人大声说笑着走过来，他细看感到有点眼熟，很像原来一起倒腾纺织原料的一个商户，可又不敢肯定。直到他看到中年人旁边的女伴，脑子里才立马蹦出来一个名字——麦收。他赶紧迎上去。

“哎呀，老朋友，老伙伴。”对方一下子就把他认出来了，“这么巧，早就听说你在这边成了大老板了，本来想安顿好了再找你，没想到在这里遇上了。”

“是呀是呀，老麦你变化也不小啊，要不是嫂子在身边，我还真不敢认你了。”何副总感慨地说，“你们过来旅游吗？”

“旅啥游啊，我们是常驻，就不走了。”看到何副总惊愕的表情，他问，“你知道古玉小姐吗？”

“好像电视里报道过，是新的亚太小姐冠军。”何副总不太肯定。

“你见过的，就是我的宝贝女儿。”

“怪不得，她和你年轻的时候很像，这孩子从小就多才多艺，大了还是中华艺术大学的校花。怎么姓古了呢？”

“这没啥，都是策划包装嘛！得了亚太小姐，就加入了凌云集团，在凌先生身边做秘书。”老麦自豪地说，“我现在也有新头衔了，著名书法家古今先生，哈哈。”

“太好了，这个名字可真是有气势呀，令爱又这么有出息，真是可喜可贺呀！”何副总压住心头的吃惊，给了对方一个紧紧的拥抱，心想：鲁雄说不定有救了。

古玉小姐建议凌先生把起飞时间推迟两小时，好参加“古今先生五十大寿庆典暨书法精品展”和S省推交会的开幕仪式，凌先生起先是坚决不同意的，可架不住这位新科选美状元软磨硬泡，就有点动摇，犹豫着说：“我记得你爸爸最近已经过了两个生日了，咋还要过生日呢？”

“您没有完全搞清楚。”古玉总是有充足的理由，“第一个生日呢，是爸爸淘到第一桶金的日子，是事业起步的日子；第二个生日呢，是爸爸加入书法协会的日子，是意义非凡的艺术生命的开始。这一个就是真正的生日了，哪个都没错。”

“那应该没有别的生日了吧？”

“哎呀，您这样气吞山河的人物，咋也这么婆婆妈妈的。多庆祝几次，大家在一起开心热闹多好啊！”

“可这么一来，那欧洲锦标赛就看不到了，我中意的‘草原精灵’要登场啊。”凌先生像是自言自语，“骏马吾所爱也，美人吾所惧也，骏马与美人可兼得乎？”

“谁说不能兼得。”古小姐就替他做主了，“您在飞机上看直播，落地后也不耽误拉头马。左手牵骏马，右手拥美人，岂不神仙般快活？”

“那就照你说的办。”凌先生终于下定决心，“这两个活动让他们在机场旁边的航空会展中心办吧，完事后咱们马上起飞，在别的地方真是来不及了，公主的婚礼无论如何不能耽误！”

13.2

消息传回来，鲁雄很为难。推交会全部搬到航空会展中心，工作量太大，时间也来不及。只能考虑把开幕式单挑出来，可开幕式的地点变更，引起的连锁反应也不小。本来在环球广场从头到尾办完推交会，来宾的食宿交通都好安排，这么一来，等于把一个完整的会生生分成了两半，外地来客要先安排在机场酒店下榻，参加完开幕式再请回市内，费用增加不说，单是重新落实场地、交通这些事就够忙活的了。可凌先生方面，已经没有任何通融的余地，古今先生的参展团队，早就进驻了航空会展中心，据说还得到了文旅局的赞助，成了一个半官方的活动。鲁雄考虑再三，也没有找到更好的解决办法，只得接受了这个安排，赶紧把事情布置了下去。

开幕式的前一天晚上，鲁雄坐着小夏的车，带着白莉、沙子来到会场做最后的检查。在航空会展中心宽大的露台上，鲁雄看到乌云从四周漫卷上来，机场旁的灯光也不是那么明亮了，风越来越紧，吹得建筑物发出呼啸的声音，气象台发布黄色预警，宣布进入台风戒备状态。机场的运作似乎还没有受到影响，一架架飞机像过家家般在地面整好队形，几乎是一个接一个地冲天而起，很快消失得无影无踪，只剩下嘈杂的轰鸣声在夜空回荡。几个月前在这里搭乘货机去千岛之国的情形，鲁雄觉得如昨天般真切，他委托的人还在尽心寻找吕燕，可一直没有消息。鲁雄眼里的泪水不由自主地淌下，恰巧这时一阵急雨迎面泼来，泪水和雨水混在一起，旁边的人都没有发觉。他很快调整情绪，转身返回了室内。

鲁雄设想自己是一位嘉宾或采访人士，来模拟在哪里下车、有谁迎接、怎么乘坐电梯等流程。他看了贵宾室，根据他以往的经验，会场如果太空旷会显得冷清，缺少“贵”气，太小了又容易感到局促，座位不够还会出现宾客站着的尴尬情况。他数了数沙发的座位有三十多个，基本够用，间距也合适，距离太近了客人不自在，太远了说话不方便。鲁雄看了茶点的单子，问了谁在这里负责侍应，答复也还满意。贵宾室到会场，只隔着十几米长的一条短廊，平坦通畅，沿途布置着鲜花和凤尾竹，填补了多余的空间，使人看上去很舒服。

鲁雄走进礼堂，让工作人员把灯光全部打开，设备调试到使用状态。顿时，一个隆重、庄重大方又不呆板的会场出现在他眼前。会场的横幅、周围的标语都是红色打底，营造喜庆的氛围，主席台、贵宾席、普通席和记者席都挨得比较紧凑，座位用不同的颜色加以区分，这样显得更加集中，突出团结一致的主题，拍出来的会场照片效果也会更好。主席台和贵宾席的座位前放有条桌，每位出席者都打了席签，长桌上有一个白瓷茶杯和一个精致的文件袋，横看竖看都十分整齐。

鲁雄随手打开一个文件袋，里面有一叠文件、几页稿纸，还有一支算是比较名贵的“宝鹿”牌金笔，上面刻着“推交会纪念”的字样。会议经费压缩，所以没有另外准备礼品，这支笔一来可以签署文件，二来也有些价值，可以留作纪念。鲁雄把笔放在手里把玩了一下，对款式和色彩很满意。他把最花哨的一本宣传画册放到最后来看，翻开第一页，写着“我们的朋友遍天下”，下面有一张世界地图，中国位于中央，表示业务联系的彩线从国内伸向四面八方。看着看着，鲁雄忽然觉得不对劲，他眉头锁了起来：中国像一只雄鸡傲然挺立，可前爪怎么不见了呢？他细看发现一个绿色的影子，旁边还有两个绿色的小字，这个绿爪和绯红的雄鸡很不协调，像是极力要摆脱祖国母体的样子。

“这还了得?！”鲁雄大吼了一声。

沙子从头到尾负责这本画册，这会儿吃惊地张大了嘴巴，急忙翻看其他的文件袋，所有的雄鸡都是红色的，前爪都是绿色的。他整个人蒙了，嗫嚅着说：“不对呀，明明我都检查过的……”

“岂有此理！”鲁雄恶狠狠地盯着沙子，“我们在细节上唯恐出错，花了这么多力气，你竟然犯这种低级而且荒唐的错误！”但很快他又冷静下来，说："追究责任的事以后再说，问题画册绝不允许有任何一本外传，马上重新制作，明天会议开始之前全部更换！"

白莉带着几个人把画册从文件袋里抽出来，和那些还没分发的集中到一起，严密地封存起来，又和沙子核对了册数，准备查明原因以后销毁。这个事相对好办，可重新制作却遇到了麻烦。承印画册印刷的那家印刷厂已经下班了，怎么也联系不上，只得另想办法。联系到的几个厂子觉得时间太紧，为这件事兴师动众也不值得，都表示赶不出来，建议他们另外寻找牢靠的地方，千万别耽误了大事。最后几经周折，沙子联系到机场旁边靠近界河的一个小作坊，那里是一个老爷子领着几个儿子在干，都住在一起，可以随时出活儿，他们另外付了些加急费用，终于谈妥了，把资料传了过去。

鲁雄安排小夏开车带着沙子过去取件，说："我就在这里等你们，明天六点之前，必须保质保量把画册带回来，能办到吗？"

"能，能！"两人忙不迭地回答。"如果办不到，甘受任何处罚！"沙子又补上一句。

"好，君子一言！赶紧出发吧，这还有点峥嵘的精神。"

13.3

小夏开着越野车，拉着沙子上路了。一开始还挺顺利，两人边走边和印刷厂联系，催着那边的进度。机场在一个孤岛的角上，是填海造地建起来的，挨着高速公路，他们很快就越过黑牛大桥，进入和大陆相连的半岛，沿着盘山公路转到青云山的高处。风和雨都不大，能看见市区模糊的光影，也能看到界河那边条带状的一小片灯火，应该就是目的地所在。小夏说："没问题了，半个小时就到了。"可就在两人盘旋下山的时候，几团山峰状的黑云涌上来，空中响起了隆隆的雷声，眨眼的工夫，响雷一个接一个地炸响，闪电在四周闪耀，如同高空射下无数的曳光弹，又像一群浑身冒火的金龙在漫天飞舞，前方的道路时不时变得惨白一片，很难分清路面和山坡，小夏只得放慢了速度，幸好路上也没有别的车辆。沙子吓得紧紧抓住旁边的把手，一会儿又触电似的把手抽回来，说："这个东西不会漏电吧，凡是金属的玩意儿都不能碰了。”说完就抱住安全带蜷缩在座位上。

小夏稳稳地把着方向盘，看到沙子的惨样，打趣说：“不用怕，这个车有防雷装置，电流再大也进不到里面来，打雷是好事。”说完竟然哈哈大笑了几声。

“啊？现在情况这么紧急，你还有心开玩笑。”

“不是玩笑，电闪雷鸣，说明台风还远着呢。你好好想想，真正来台风的时候，是不是没见过打雷打闪？”

“好像是吧？”沙子回忆了一会儿，又不是十分肯定，“夏哥，论年龄你比我也大不了几岁，可我觉得你比我懂得多，各方面都比我成熟多了，我得好好向你学习呀。”

“互相学习吧。”小夏语重心长地说，“我在工程兵部队的时候，在西南山区，经常遇到这种雷电天气，时间长了就有经验了。不过呢，你这次犯的这个错很不应该啊！”

“就是啊。”沙子抓了几把头发，“我也是奇怪了，我检查得好好的，怎么地图那块地方就变颜色了呢？莫不是有什么坏人，在那里涂上化学药水，过段时间会自动变色？”

“哦？还有这样的事？”小夏疑惑地说，“我觉得重要的东西，都得亲自看好了。我整天摆弄车，也就懂点机械和电器，化学方面还真是门外汉。鲁总什么都懂，你还是问鲁总吧。”

“我现在哪敢再惹他，那他得吃了我了。”沙子咧嘴说，“再说，他原来干的是物理老师，不一定比我知道的多。”

“听说他原来的媳妇也是老师，那是不是教化学的？”

“不知道，没敢打听。”

两人的谈话越来越轻松，车子也慢慢到了山腰。这时，界河方向突然闪了几个冲天的闪电，把半边天都照得亮如白昼，等了一会儿，才传来隆隆的雷声。小夏觉得有什么不对劲，果然，界河旁边那一小片灯光不见了，不打雷的时候，反倒能看见弯曲的河水闪着幽幽的光。

“可能要有点小麻烦，你再联系一下吧。”光影里照出小夏严峻的面孔。

沙子顾不得雷雨天不能用手机的禁忌，赶紧和印刷作坊联系，果然，作坊停电了，什么原因、什么时间恢复都不知道。沙子还想再问，但信号干扰得厉害，断线了。过了一会儿对方主动打过来，说：“有台主变压器遭雷击损坏，整条街道全断电了，现在气象台已经发布了蓝色预警，按电力部门的操作规程，现在不允许任何露天作业了，得台风过去才能维修。风雨越来越大，你们那个会还能按期开吗？干脆等台风走了，电力恢复，咱们半天搞定。”

沙子斩钉截铁地说：“不行，你就是人拉肩扛牙啃脚踢，今天晚上无论如何也得把这个活儿干出来，赶紧想办法。”双方在电话里就这么你来我往地争辩着，等他们赶到的时候，老板正带着几个工人从地下室往外排水，说：“你们也看到了，我这是使了吃奶的劲了，今年这个台风来得特别早，雨势又特别大，把备用电源也淹了，要是有电，打开水泵一会儿就排光了，关键还是没有电啊，现代社会没有电一切都得停摆。”

沙子说：“你这不是废话嘛，这个季节刮台风也不是啥稀罕事，关键是你的预案不够呀。”嘴上虽然这么说，两人还是赶紧和工人一起忙活，锅碗桶盆都用上了，把水舀出去，又把漏雨的地方堵上，不多会儿，地下室的水差不多见底了。工人简单地把机器检修了一下，用摇柄猛地转了几圈，突突地打着了火，机器冒出一阵青烟。工人又调了油门和转速，机器正常运转起来，一瞬间，地下室的灯都亮了。

老头赶紧指挥工人开印刷机，可是电流不稳定，工人说是柴油进水了有杂质，不光达不到正常功率，还得小心熄火。印出来的东西残次品不少，只有一小半符合要求，沙子和小夏就在印刷机下面守着，不合格的产品就挑到一边去。老头说：“我的娘，干你这个活儿，我得多花五六倍的成本，没啥账可算了。”沙子说：“我们干的都是发展经济的大事，经济发展好了，大家都沾光。”老头说：“我管不了那么多，我就知道按月给工人发工钱，亲兄弟明算账，亲父子更得明算账。”两人你来我往地斗嘴，可谁都没有停下手里的活儿。

刚刚印完，发电机又坏了，油箱里残存的一点儿柴油也用完了，大桶里面的油进水了，谁也不敢用，这么大的雨，外面也没处淘换。车间里一片漆黑，没办法，老板打开应急灯，带着儿子手工装订。这是个力气活儿，本来几分钟的事足足干了大半个钟头，沙子和小夏也搭手帮了一把。车间里到处都是颜料，两人身上的衣服抹成了迷彩服，脸上也涂得像庙里的小鬼，可他们这会儿顾不得那么多了，全部精力都放在画册上，一本本地认真检查核对，再不敢有一丝一毫的马虎。两人数出三百本，用防水袋严密地包裹起来，保险起见外面又多加了几层包装，放在一个密闭的箱子里。两人和老板打了招呼，赶紧带着东西返程。

这会儿，雷电隐去，台风露出了真面目，好像天河决堤，无数条水龙从空中倾泻而下，越野车的雨刷飞快地摆动着，可还是看不清前面的路。小夏打开双闪，不时按着喇叭，车速压得很慢，沿着路边小心地前行。风越来越大，能听到外面噼里啪啦落东西的声音，也有小的物件打在车上。有些大树的枝干倒下来，挡住了前面的道路，小夏只能小心翼翼地从对向车道上绕过去。可来车却不管这些，水泥车、工程车，越是个头大的家伙越是野性十足，时不时占用对面车道，车灯开得又亮，横冲直撞过来，吓得小夏连连鸣笛，靠边躲闪。又开了一会儿，路面越发磕磕绊绊，整个车身都歪了起来，小夏坚持着走了一小段，最后停下了。沙子紧张地问："怎么回事，是不是路塌了？"小夏说："路上有铁蒺藜，车胎爆了。"

沙子下来推车，小夏费劲掌着方向，把车挪到路边的一小片空地上。小夏从车上取下千斤顶更换轮胎，可一连操作了几次，地面被雨水浸得太软，吃不上劲，他挪了几个地方都不行。小夏观察着周围的情况，忽然说："有了，就用这个办法吧，只能冒点险了。"他发现路边有个流水冲扩的水沟，两人把车推过去，刚好有个轮子悬空。小夏站在水沟里更换轮胎，任泥水冲在他的身上、腿上，沙子在旁边递工具，吓得嘟哝："快点啊，这两边还往下塌呢。"小夏麻利地把轮胎换好，刚把车子开离水坑，哗啦啦一阵好大的声响，刚才停车的地方塌了下去！

车子开到黑牛大桥，有路障拦路，工作人员穿着雨衣，浑身明晃晃的，正在指挥车辆调头，大声地喊着："台风红色预警了，大桥封闭！"雨小了一些，风却更加猛烈地刮着，似乎来了一帮蛮不讲理的醉汉，铁了心要把车辆掀到海里。两人向前看去，微弱的光影里，靠着悬垂的钢索拉起来的黑牛大桥在狂风中摇摆，像条受伤的蛇痛苦地来回扭动着身子。

13.4

两人在大桥边的临时停车场停好车子，外面的风雨一阵紧似一阵，沙子忧虑地说："夏哥，这么刮风下雨，你说明天这开幕式还能开起来吗？"小夏说："啥明天啊，你看现在什么时候了？"沙子看表，指针已经过了十二点，他说："现在是插翅难行啊，要是有个直升机把咱们吊过去就好了，可直升机这个天也飞不起来啊。"小夏说："你可是立了军令状的。"沙子揪了几把头发，发狠地说："干脆，你在这里看着车，把箱子给我，我游过去。"小夏惊喜地问："你会游泳啊？"沙子自信地回答："怎么不会，我在中学还得过蛙泳比赛冠军呢。"小夏说："这就好办了，咱俩今天再比一比，看谁第一个上岸。"沙子说："好啊，是骡子是马拉出来遛遛。"可谁带着箱子呢，龟兔赛跑也不公平啊。

之前，小夏被罚社会服务的时候，在敬老院里认识了经常到那里看望父母的一位大哥，这一家子原来都是渔民，后来渔业不景气，年轻力壮的他就做了海员。他们家就在附近，海员大哥也正在休假，前几天两人刚联系过。小夏把电话打过去，对方一开始说风浪太大，劝他们别冒这个险，但架不住小夏再三坚持，就说："舍命陪君子吧，我帮着想想办法，一会儿岸边会合。"

两人带着箱子到了集合的地方，海员大哥驾着一辆摩托艇冒了出来，艇上有几套救生衣，他们赶紧穿上，又把衣裤袖口都扎紧，全副武装起来。海员大哥嘱咐了一些紧急情况下的注意事项，他们就出发了。三人骑在摩托艇上，海员大哥在前面驾驶，沙子夹在中间，小夏在最后，背上捆着那个宝贝箱子，后面的人紧紧抱住前面人的腰，头也尽量压低。在岸边的时候，感觉风大雨大，往前走，风小，雨似乎也停了，浪却是越来越大。摩托艇拐着弯在波峰和波谷之间游走，很少有直直前行的时候。眼看小山一样的巨浪要压过来，海员大哥就赶紧加速躲开。有时，摩托艇又向着深不可测的谷底冲去，等到达的时候，那水反倒涨上来了。周围的东西模糊不清，只感觉海浪不停地翻滚，他们凭借黑牛大桥的影子把控着方位，在波浪中像过山车一样升升降降、兜兜转转，也不知过了多长时间，海员突然兴奋地大喊："到了！"

这里不比对岸，刚才上艇的地方是个缓坡，这里是个陡崖，那些比海水还黑、长久不动的就是一丛丛礁石。海员想找个礁石间的小水湾靠过去，可在远处观察不清，靠近了又发现不合适，赶紧退了回来。这样试探了几次，一个没注意，摩托艇被一个突然涌起的大浪抛到高处，又被浪打下来，翻了一个跟头，啪的一下倒扣下来，他们三个人全部落进了水里。幸亏他们都识水性，也有些防备，挣扎着上了岸。幸好摩托艇还漂着，三人七手八脚，费了些力气把摩托艇弄到水边，摩托艇前面的把手摔坏了，燃油也漏光了，没法再开了。

几人喘着粗气，靠在湿漉漉又冰冷的礁石上休息，小夏对旁边的海员说："大哥，太感谢你了！只是连累你了，风浪这么大，摩托艇又坏了，看来你不好回去了。"海员说："海神娘娘保佑，刚才翻起来那一下把我吓坏了。咱们过来就好，不可能马上回去。你们赶紧走吧，不用管我，我到附近的亲戚家先把台风避过去。要不，我再帮你们找个摩托车？"小夏说："不用了，也就十多里路了，沿着公路个把钟头就到了。"几人又把摩托艇拖到一个更加隐蔽的地方，用绳索和石头固定好。换了沙子背箱子，小夏和海员说了些注意安全、多加珍重的话，他们就分别了。

小夏和沙子攀到公路上，这里上面是山崖，下面是大海，平日里车水马龙的道路这会儿一片寂静，一串昏黄的灯光在风雨中更显得寂寥。他们向前走了一小段，风刮得更猛了，雨又大了起来，小夏发现前面有塌方的地方，更要命的是，山上时不时有碎石和泥土滚落下来。突然间，一块拳头大小的石头凌空落下，狠狠地砸在沙子背着的箱子上，沙子防备不及被打了一个趔趄，脚下一滑扑在了地面上，嘴唇被地上的石块豁开了一个大口子，鲜血顿时涌了出来。

小夏赶忙掏出随身带的创可贴和纱布帮沙子紧急处理了一下。两人检查箱子，箱子表面被砸得陷下去一个大凹坑，幸亏里面是装满东西的，并没有被打破。周围除了风声雨声，还有噼里啪啦的东西落在公路上的声音。沙子心有余悸地说："不行不行，不能再往前走了，幸亏有这个箱子救命，这家伙要是砸在我的背上，还不得打断几根骨头啊。"小夏也觉得这段路太危险了，低头沉思了一会儿，又朝远处看了看，忽然有了一个主意，说："这里离黑牛大桥地铁站不远，现在是红色预警，地铁也停运了，咱们就下到地铁站里，沿着地道走回去，这条路没有岔道，无风无雨没有落石，绝对安全，怎么样？"沙子迟疑地说："这地道遮风挡雨是挺好，可那是车跑的道啊，走人行吗？"小夏说："怎么不行，不能走人那维修人员还有法干活儿吗？放心吧，事急马行田，保管一路畅通，咱们从地铁里冒上来给鲁总他们一个惊喜。"

两人往回走，到了黑牛大桥的桥头堡，这里平时是一个观光点，有个地铁站。地铁口垒着齐腰高的沙袋，也没有人看守，只是在旁边贴着张告示。两人也没有细看，轻轻一跃就翻过了沙袋墙。扶手电梯停了，两人顺着台阶一级级往下走，平常有电梯，也没感到这段路有多远，这会儿却觉得有点漫长，拐了几个弯终于到了车站大厅。大厅里空无一人，旁边铁轨深处却传来说话的声音，小夏悄悄地过去看了看，是几个工人在干活儿，旁边的站台上还放着些材料和衣物。小夏顺手取了两件工作服，还有几个带有地铁公司 Logo 的即时贴。

两人套上工装，把地铁公司的标志贴在箱子上，看起来像运送货物的工人。两人翻下站台，地道里灯光很暗，但还是能看见铁轨旁有条水泥小路，走起来也很踏实，小夏高兴地说："踏破铁鞋无觅处，得来全不费工夫，怎么样，这回进保险箱了吧？这羊肠小道就是通向目标的金光大道啊。"沙子看着黑咕隆咚又没有尽头的隧道，还是有点担心，说："夏哥，咱们可千万别把方向走反了，那样就越走越远了。"小夏看了看手表上的罗盘说："错不了，坐车的时候就是往这个方向来的，你把心放肚子里就行了。"

走了一会儿，前面出现五六个干活儿的工人，正在铁轨上叮叮当当地敲打着什么，两人想躲避已经来不及了，只能硬着头皮向前闯。

"干什么的？"他们过去的时候，其他人没有理会，有个工头模样的吼了一声。

"赶急，赶急！"沙子拍着背上的箱子说，生怕说多了露出破绽，又指指前面。

"急着投胎啊！"

身后传来一阵哄笑声，也有声音说："改蓝色预警了，咱们也得快点。"两人顾不得计较，小跑着远离了这伙人。走着走着，沙子又开始担心起来，说："刚才这是遇到人了，要是来车怎么办啊？我听说趴在两条铁轨之间，那车底的高度足够，刮不着人。"仿佛是为了验证他说的话似的，两人走到一个拐弯的地方时，突然从前面冲出来一辆机车，鸣叫着直直地冲过来，灯光照得两人睁不开眼睛，司机可能也发现了他们，但刹车已经来不及了。沙子本能地要趴到铁轨中间，小夏手疾眼快，一把拉住他，把他塞进路边石壁上一个放设备的凹槽里，身体从后面紧紧地抵住他。车辆呼啸而来，带起了一阵强风，两人紧贴石壁才没有被卷走。幸亏车只有一个车厢，眨眼间就过去了，两人被风拉扯着重重地摔在铁轨上。

他们相互搀扶着爬起来，沙子问："夏哥，你没事吧？"小夏说："没事，我有个保护动作。你呢？"沙子答："我也不要紧，只是箱子又摔了一下。"两人检查箱子，摔得又凹进去一块。小夏拍着箱子说："你说险不险，你背着箱子呢，还要往车底钻，这车底的空间能容下人，还能容下这个大箱子吗？"

沙子说：“还真是，我忘了箱子这茬了，这一天经历这么多事，我脑子都发晕了。”接着两腿发软，坐在了地上，头上也冒了不少冷汗。

两人休息了一小会儿，小夏突然兴奋地说：“你看前面，是不是有亮的地方？快到了！你把箱子给我吧，你背了这一路也够辛苦了。”沙子把箱子交给小夏，感觉身上轻松了许多，也打起了精神，跟着小夏继续走。果然，远处那团亮光越来越大，他们终于到达了机场站。两人翻身上了站台，这个平常十分熟悉的地方，现在有点陌生，又分外亲切，有种奇怪的感觉。不管怎么说，到达目的地了！两人把工装脱下来放在客务中心的窗口上，沙子顺手写了张条子压在下面。两人这会儿看着一个个指示牌觉得格外暖心。F口是通往会展中心的，可两人走了一段，这个出口在施工，拦住了，他们只得折返，从位于接机大厅的A口出来，这里只拦了几条彩带，照例挂着告示牌，两人钻过彩带，很快混入了下机的人群之中。

小夏和沙子走出机场，天已经蒙蒙亮了，风小了许多，雨还在淅淅沥沥地下着，他们索性让雨打在身上，感觉无比惬意。有条近路通往会展中心的侧翼，他们沿着这条路走过来，白莉在阳台上发现了他们，向着这边招手，还喊着什么，好像在说辛苦了。小夏背着箱子在前面健步如飞，挥手回应，眼看就要进门。沙子被落在了后边，有点发急，他一着急，脚下打滑，啪的一下摔了一跤。没承想，就是这个跟斗，却闯了大祸。一夜的大风大雨，造成了不少破坏，沙子扑在了路边一块翘起来的水泥板上，水泥板刚好压着一段掉下来的电线，电线还挂着广告灯箱上掉下来的一块金属底座，水泥板被沙子扑得翘到另一边，压不住电线了，电线松动，灯箱底座就从空中飞落下来，不偏不倚，正好砸在小夏头上，小夏一瞬间呆住了，随后扑倒在地上。

沙子赶忙过去，白莉和公司的几个人也从楼上跑了下来，小夏伤得不轻，头上裂开了一个大口子，鲜血流到了箱子上，嘴里还喃喃地说：“画册，箱子……”接着就不省人事了。不一会儿，急救车到了，沙子把箱子交给白莉，陪着小夏去了医院。

十点整，台风渐行渐远，推交会如期开幕，会场上响起一阵阵掌声。

13.5

钱圆把第三棉纺厂的土地拿下来，交给进财开发，自己当起了甩手掌柜。进财钱赚得多了，老毛病又犯了，一门心思琢磨好玩的东西。不知从什么时候起，他竟然迷上了各种稀奇古怪的石头，成了怪石圈里的大腕。最早是有个工头老鲍，变着法子讨进财的欢心。这天，他搬来了两块书包大小的石片，一块是猪肝色的，像是鱼子凝结了，里面有些珍珠状的白球围成一个半圈，开口的地方又像有两根触须伸出来，很像一个“贝”字。另一块是浅灰色的，表面有墨绿色长条状的东西凸出来，有两根交叉成“十”字，边上又加上一根短的，形成个“才”字，老鲍说：“老总，你发财真是天意啊，你看这石头上都刻好了，这金山就是你的，谁也搬不走啊。”

进财一看，也觉得挺新奇，就问是从哪儿来的。这位献宝者就绘声绘色讲起了如何在石料厂发现石头，又冒着生命危险从铲车下抢救石头的事。他说：“你看这个‘贝’字，这不是龙牙吗？那‘才’字就是龙骨啊，老总是天龙下凡真龙佑护啊。”进财细看这几个笔画，像是动物骨骼，可又拿不太准，他觉得不难看，意头也好，就派人配上底座，把两块石头放在会客室里。

说来也怪，自从有了这两个宝贝，事办起来就更加顺手了。前几天他还在为银行的一笔款子迟迟放不下来烦恼，自从摆上这石头，行长说签就签了，几千万的资金和老熟人似的进了家门。来的客人都夸赞这石头，进财脸上自然觉得光彩。鲍工头又找到一块隐隐显现“进”字的石头；进财是属马的，他又弄来一块白色的石头，上面有些天然的红晕，似是描画出一匹飞奔的骏马。进财这下子彻底服了。没几天，十二个生肖全被鲍工头找齐了，还有花卉、各省地图、各国疆界等图案，慢慢都凑起来了。汉字石头越找越多，足足有一千多个，进财想招待客人的时候，就用汉字怪石拼凑出一些标语口号，刘局长来吃饭，他就用石头摆个“欢迎刘局长”，张主任升官了，又拼个“祝贺张主任”，客人高兴，想办什么事都是顺顺当当的。

进财在收集石头这条道上走得越发远了。石头收集得越来越多，门类也越来越复杂，办公室和会客厅放不下了，他就在新落成的楼盘旁边建了个怪石博物馆，培训了专门的讲解员，接待各地慕名而来的圈友。那些品相差点的石头他拿出去交换，获利丰厚。受到大家办交易所的启发，进财灵机一动：怎么就不能办个怪石交易所呢，实行会员制，发起人光抽成就行了。管他手续全不全的，先结婚后恋爱，趁着现在网络技术这么发达，此时不办更待何时？办交易所尝到了甜头，进财联络了一帮人，又要搞怪石银行、怪石学会，资金不够就可着劲借钱，动静越闹越大。

监管部门一直盯着进财，进财蒙在鼓里，在怪石银行上越陷越深，被几个掮客忽悠说："一旦搞成了这个银行，那是点石成金，要多少钱就能来多少钱。"也是合该出事，这天进财派人到规划委跑手续的时候，还想搞肥皂公章那一套，可这回审查的是个有心人，仔细一看，说："我这里应该第一个盖章啊，怎么已经盖了这么多呢？"打电话一问，哪有这回事！这下子问题来了，审查的赶紧倒追原来的那些审批手续，很多弄虚作假的事都露馅了。

消息传出来，和进财打交道的人都没法淡定了。城市工业银行的金行长让手下赶紧查查和进财的贷款合同，结果吓了一大跳：很多担保方都是子虚乌有，查身份证号也没这个人，查组织代码也没这个机构。还有质押的那些票据，几个国有银行的是真的，那些地方的信用联社、消费基金会，出的票据多半都是假的。再看抵押的楼房，有的按照门牌号找不到地方，有的只有二层楼，合同上居然敢写成二十层，有的就是个百来米的小商铺，纸面上生生造出来一个十万平方米的商业综合体。这还了得！真不知道当初是怎么考察论证的，经办的人都吓得直冒冷汗，可一时还不能捅出来，只得先把新的贷款停了，再一项一项地仔细理那些旧账。

几天的工夫，正规金融机构都不给进财贷款了。进财再约行长们吃饭赏石的时候，一个个不是加班开会，就是到基层调研；不是照顾生病的老人，就是给马上高考的孩子辅导功课。没空和他见面，还要派人把两边的账都对清楚，缺的手续补齐全。可进财花钱如流水，怎么也停不下来，各地都不断发现新的奇石怪石，送石头的一拨接着一拨，还有他发起的怪石银行，中介说正是最吃劲的时候，要是后续的投入跟不上，原先的那些就白投了。滚石上坡，只能咬牙继续坚持，到了山顶就好了，有了银管会贾会长的签批，一旦这银行建起来，还不是自己家的提款机呀？进财想想也是，狠狠心开除了几个盖章惹事的下属，集中心思琢磨着怎么弄钱。

想来想去他想到了老办法，内部集资。通知刚发下去，下面就议论纷纷，说："前几年的集资还从来没有分过红，也没有什么说法，这怎么又集上了？"进财一想还真是，忙起来就把这茬给忘了。但不管怎么说，进财这次是来实的动真的，参加的人等到怪石银行成立的时候，钱折算成银行股份，不参加的立马卷铺盖走人。职工都抹着眼泪把钱交上了。可没几天，这钱又花完了，手下再也榨不出油水来，怎么办呢？进财实在没办法，就跟社会上的几个大佬借了高利贷，心想：这个钱可是好借不好还。进财觉得自己的脑袋真是别在裤腰上了，只盼着怪石银行赶紧批下来，渡过这个难关。

还不等怪石银行审批下来，怪石交易所先出事了。原来，这几年办交易所的太多，邮票、钱币、版画、玉器、泥壶、核桃，凡是想到的东西都有办交易所的，助长了投机风气，有金融风险，上面要进行清理，没有执照的立马停业整顿。进财的交易所也只得紧急刹车，剩了一大堆石头又重新搬回到怪石博物馆的仓库里。可银行利息得还，建筑材料款要付，施工队的工头们整天和苍蝇似的围着他转悠，不给钱谁也不走，没有钱进财真是一天也过不下去了！鲍工头献策说："那些卖掉的房子还可以再卖一卖。"进财吃了一惊，说："那他们不得打起来？咱们也跑不掉啊。"鲍工头说："这个不怕，咱不是还继续盖房子吗？那个银行不也快批下来了，就是搭个桥过渡一下，以后等咱们周转过来了，他们要房有房，要钱有钱，高兴还来不及呢，怎么会埋怨咱们？我认识的好多老板都是这么干的。"进财明知这是饮鸩止渴，可事到临头，也想不出更好的办法，就嘱咐可靠的手下，把那些热门的房子拿出来，也不管是不是有主，有人喜欢就卖，账上进钱就行。渐渐地，沙盘上做的那些只有他们自己才明白的记号越来越多了。

进财就这么拆东墙补西墙地应付，又坚持了些日子，筹办怪石银行的人传过话来，说："出手还得大方点，再活动一下就可以了，离会长签字也就更近了。"进财正考虑忍痛把几块心头好的石头转让，突然就爆出了怪石造假的消息，说警方和工商部门联合打假，发现了一个石头作坊，里面的机器都很先进，质地均匀的石头，想要什么形状就刻成什么形状；成层的岩石有颜色不一样的，要凿出什么字来也很简单。进财再检视自己那些石头，是大自然的鬼斧神工还是能工巧匠的巧夺天工，真是神仙也难以辨别了。最可怕的是价格大缩水，一点儿市场也没有了。

进财每天被债主包围着，内部要钱的都说自己的事重要，对公司的发展影响最大；外面走官道的还好说，找律师打官司，撑死是民事案件；走黑道的就不好说了，放出风来说要拆进财身上的零件。这还了得！进财就像被一百条线扯着，不知该往哪个方向走了。

危急中，他想到了去求自己的三姨——钱圆。

第十四章

水落石出

14.1

进财想见钱圆，却发觉没那么容易。打电话没人接，发短信不回，到公司去找，几个满脸横肉的保安拦着，不是说领导出差了，就是说领导在楼上开重要会议，反正就是不让他上楼。进财横下心来，想：我就在大堂等着，我不信你晚上也住在这里，总有下楼的时候。这里人来人往，熟人也不少，一看都知道进财是吃闭门羹了，当面财总财总地叫他，转身就偷着嘲笑。到了晚上，上班的人都走光了，保安也下了逐客令，有那好心的就提醒他说:“很长时间没在公司见到钱总了，听说她在翠微湖度假村接待外宾，一般也不回来，公司的人有急事就到那边去找她。”

进财这才知道柴福的重要性，可他最近忙着盖房子又忙着收藏石头，没怎么和柴福走动。上次提前收购电力债券赚了点钱，柴福说是他的功劳，要求分成，可进财觉得要分也只能分给钱圆，柴福一个司机光管着开车别走错道就行了，哪来那么大的胃口？碍着面子，他请柴福喝了几次酒，又请柴福打了高尔夫球，可柴福抡了几杆就烦了，说：“算了吧，好不容易从地里走出来，在外面不是水泥路就是柏油路，到屋里不是水磨石就是木地板，穿着皮鞋走在上面咯噔咯噔真带劲，这咋又回到这荒山野岭，泥里草里瞎转悠呢？还有背着的这个袋子，让我想到当年在生产队里背的粪筐，当时可是发过誓再也不背这玩意儿，这咋又背上了呢？那根棍子就和打狗棍似的，要饭的才摆弄这玩意儿。明明在野外活动，可还得讲究穿靴戴帽，整啥绅士风度，跟着几个捡球的小屁孩，还得不住地跟他‘三克油’，咱们犯不上受这个洋罪，拉倒吧！”

进财说：“这能呼吸新鲜空气，是现在最上档次的贵族运动啊。”

柴福答：“我这前二十年整天在庄稼地里，早把新鲜空气吸足了，在身体里储备着呢，不缺这玩意儿。”

进财没办法，只得临时张罗一伙人陪着柴福，玩他喜欢的扑克——“够级”。柴福天生是这块材料，摸好牌自不必说，往往手里的牌越是不行，他越能调整组合成一些对子，在对手的牌剩的不多，甚至剩一张牌的时候突然杀出来，那一组组的小牌如神兵天降，把对手的大牌憋在手里，对方急得面红耳赤就是没机会出牌，眼睁睁看着柴福全身而退。最后让输家把牌亮出来，往往是一张大王摊在手上。众人都哄笑起来，说：“你看这一手好牌打得稀烂。”柴福这个得意就不用提了。柴福很有大局观，总是掩护队友先走，牌又记得很好，越到残局越显示出他老辣的功力，在“够级”圈里知名度挺高，要不是跟着钱圆事太多，他到电视台比赛，那好名次肯定也是手到擒来。

知道柴福好这一口，进财却不经常安排。玩牌要六个人，边上得有人倒水点烟，还得有人备酒看饭，也得有个开车的跟着跑腿买点急用的东西、办个急事，这个玩法需要的人太多，没有十个八个人玩不起来，这仅是其一。再就是玩几把“素的”就不过瘾了，那还得来“荤的”，就是真的论输赢了，不用说，柴福的牌技这么好，自然主家进财就得买单了。最根本的，还是进财心里看不起柴福，不就是个一身油味摆弄机器的车夫吗？仗着给老板开车近乎一点儿，狗仗人势不知道姓啥好了。特别是柴福明明知道自己就是他老板的亲外甥，可还是在他面前耀武扬威当大爷，真是没大没小不知天高地厚啊。

这当口，进财只得压住这些不满，主动给柴福打了电话，从早到晚拨了几十次，这位才勉强接起来，不知道是刚喝了酒还是刚醒，呜呜啊啊地听不清他说些什么。

“柴队长吗？你好啊，好久不见，你最近好吗？”进财只得一个劲地问好，也把自己的音量提高了一些，好让对方识别出来。

“啥队长啊？我现在是如假包换的主任了。”对方却是突然清醒了，“公司办公室主任，公司安全委员会主任，公司后勤部主任，这还不够吗？”柴福没说这三个主任都是副的，电话中更加嚣张起来，说：“是进财吧，你也就是在电话里这么说，你要是在公司这么称呼，那保安就得打你耳光了。”

你个兔崽子，这么张狂！进财在心里狠狠地骂着，嘴上却更软了："哎呀，柴主任，主任大人，大人不记小人过呀，啥时候有空过来打个牌，我还给你准备了几块好石头。"

"难为你想起我来，最近还真没空。老板要办个惊天动地的大事，没我在身边还真不成。"柴福顿了顿又想起什么，"你别摆弄那些石头了，电视台播了，那多半都不是真的。"

进财最烦柴福说在钱圆身边这种话，听着就恶心反胃，还埋汰他收藏的宝贝，若是柴福现在就在他眼前，他真是恨不得把他的脑袋揪下来。可眼前不是发作的时候，进财更加低三下四地说："我老姨她忙什么大事啊？我都好几个月没见她了。"

"那能说吗？我这保密委的领导怎么能带头违反纪律！"

进财忽然急中生智，找了一个理由："这过几天就是中秋节了，我要是再不去看老姨，她生气的时候该骂我了。"话里隐含着"老姨骂我找你兜着"的意味。

"哦。"对方好像听了进去，"这会儿她刚和洋人谈判完，在休息呢，改天她老人家心情好的时候，我帮你说说。"

14.2

进财开车去翠微湖，路过红枫谷景区。这段山路弯弯曲曲的，车速快不起来。深秋的下午，阳光正好，漫山的红色越发绚丽，这几年政府有意在山上栽了些观赏树种，往往这个山头一片火红，那个山包就是一抹翠绿，还有一间间橙黄、奶白、深褐色的民居木屋点缀其间，看上去五彩缤纷。一片明镜似的水面从山后转出来，倒映着山上的美景，比那精美的油画还漂亮。进财无心观赏，还烦了路边络绎不绝的游人，有些看上去穿得挺土气，他心想：这世道真是变了，该富的不该富的都有钱了，土里刨食的老农民都知道旅游了。心里的另一个声音说：那是啊，要都是些穷光蛋，那盖起来的楼盘还怎么卖啊！他就这么自己跟自己较劲，前面几个背着画板的学生突然打闹起来，有一个猛地窜到了路中央，进财赶紧踩了一脚刹车，车子发出一声怪叫，学生惊恐地逃散了。进财恶狠狠地往窗外吐了口唾沫，骂了句娘，这才集中精力开车。

到了翠微湖度假村的三号楼，大套间里没人，服务员小陈说："你到黄亭子去看看吧，钱总喜欢在那里思考问题。"黄亭子是个通俗说法，正式的名称叫辉煌亭，是浩大开发的度假村落成的时候，黄金公司赠送的纪念物。顶盖、柱子、栏杆、靠椅传说是用了十吨纯金打造的，其实是黄铜镀金，看上去明晃晃的，让人睁不开眼睛。著名书法家武砥柱先生题写了"辉煌耀世"四个龙飞凤舞的大字，做成牌匾挂在亭子上方。这是钱圆最喜欢待的一个地方，这会儿，亭子周围落了满地的银杏叶子，整个一个金黄的世界，钱圆又穿着一身黄色的衣服，不注意分辨，还真发现不了亭子里还有个大活人。

进财走近的时候，钱圆正拿着她黄金外壳的手机打电话，进财听着，好像是商量出国的事。

"……那个地方不去了，那些小国就和鸡屁股似的，一天转两三个，还没熟悉名字又离开了，留不下啥印象。东洋之国也不去，净吃生冷的东西肚子受不了。千岛之国，那不是刚闹完海啸吗？还有那些奇奇怪怪的表演，看得人心里发麻。南极世纪冰川大崩塌，地球毁灭……"

进财不便听，就转到亭子前面邻水的地方看一群天鹅在水面上嬉戏。本来，这个季节的湖面是一对对鸳鸯的天下，可柴福发现，不知什么原因，钱圆对鸳鸯很反感，有一次在车上，他刚放了音乐：

鸳鸯双栖蝶双飞，
满园春色惹人醉，
……

钱圆一下就烦了，眉头拧成疙瘩，摆摆手恶狠狠地说："换，赶紧换！"

柴福赶紧换碟：

五花马　青锋剑江山无限
夜一程　昼一程星月轮转
……

知道钱圆喜欢在亭子里看天鹅互相追逐，柴福就暗中派人把鸳鸯赶得远远的，把天鹅最长的翎毛拔掉几根。这样，每次钱圆来的时候，都有天鹅看了。钱圆本人倒是没发现什么异常，也没有表扬或者批评柴福。

进财在水边抽了一支烟，扭头看看，钱圆电话还没讲完，他就拔了些野草，扔到水中喂那些天鹅，又到水边洗手。这当口钱圆的电话讲完了，可她没看朝她走近的进财，权当对方是透明的，只是对着水面思考着。

“老姨，您在这儿待这么长时间，您不冷吧？”

“哎哟，这是哪位稀客呀，我听着就暖和了。”

进财心理准备做得很充分，一点儿也不介意，还是老姨老姨地叫着，说：“几次想来看老姨，都被柴福给挡了。马上就是中秋节了，带的月饼让小陈给您放在房间了，还有您最喜欢的桂花糖和一件嫦娥牌的羊绒衫，要不我去拿过来，您现在就穿上吧，这个季节千万要注意保暖呀。”

毕竟血浓于水，钱圆并不是真的憎恶进财，也不知道他的资金链快崩断了，只是每次见面都要敲打他，好让他少办些不靠谱的事。这会儿，她示意进财在身边坐下，进财不想坐这冰冷的黄金椅，也觉得自己无论哪方面都比钱圆差得多，和老姨并排坐着不得劲，就划拉些银杏叶子铺在地上，在钱圆对面坐下来，说：“老姨我给您捏捏脚吧，脚上的血脉流通了，全身都舒服。”进财一边给钱圆做着按摩，两人一边说话。

“好嘛，你现在翅膀也硬了，办法也多了，还弄了些弟兄砸了自己的售楼处，这苦肉计演得真不赖啊。”钱圆半是挖苦半是表扬地说。

“那是。”进财心里美滋滋的，“监管局的赵局长、高主任这些王八蛋，老是催着降价降价，我叫你降，影响社会稳定了我看你还降不降！别说，这么一闹，那事反倒更好办了。”

“这花招耍的，把他们耍成猴了。”钱圆表示肯定。

“比起老姨还是不行，一切都得向老姨学习。”进财有点得意忘形，“您使那蒙汗药把蔺老头给搞定了，神仙也得甘拜下风啊。”

钱圆一下子怔住了，接着一脚把进财踢翻在地，说：“再胡说八道，我就撕了你这张破嘴。”

“老姨我知错了，我自己撕。”进财情知失言，就开始啪啪地打自己的脸，做样子撕嘴巴，也不管刚才捏脚的手卫不卫生。

闹腾了一阵子，两人又重归于好，进财把话题引到资金方面来，说最近房子的销售有点慢，资金还是有些紧张。

钱圆说："你可别再倒腾那些四六不着调的石头了，听说有些是用硫酸泡出来的。"

进财说："这不也是按照老姨的要求，不再和那些酒肉之徒来往了嘛，养个奇石灵石修身养性之后，真是大彻大悟，静下来领会老姨的教诲，每天都感觉有不少进步。"

钱圆点头似乎有所肯定，可资金的事她没有接茬。

进财又说："眼下急着付几个单位的工程款，过去是先干活儿后付钱，拖个几年都没事，现在得先把资金打到农民工工资的专用账户上，先付款后干活儿，那就紧张了。"

钱圆说："搞企业哪有不缺钱的？你先自己想办法。柴福说你在搞怪石银行，省里想办个银行，多少年都没有跑下来，你一个个体户，还想着办银行，这不是癞皮狗吃月亮吗？"

进财说："我找了个关系，又舍得下血本，不一定跑得差。"他感觉柴福在告黑状，忽然就恼怒起来，说："老姨你还借给柴福的妹妹柴芳钱，这个女的原来不姓柴，前几年也是在社会上瞎混的，这两年不知怎么就成了柴福的妹妹了，老姨你可得小心点。"

钱圆也恼了，说："我干什么还得和你商量吗？你个混账东西！"她猛地踹了进财几脚，蹬上鞋子走人了。进财有那堆树叶垫着，倒也没受什么伤，心想就算是另类按摩了，就是力道大点。他赶忙爬起来尾随钱圆而去，厚着脸皮跟着钱圆进了房间。

进财说他看上了两块很好的地皮，主家想要个定金，然后软磨硬泡地要钱，钱圆就松口了。但是这个事要走正规手续也是挺麻烦的，他们就找了条捷径。共同搞开发顺带着开了个双方共管账户，交割一些零碎事，由钱圆安排浩大公司打进去两个亿，当天就由进财的公司提出来，业务上叫"临时透支"，也是在监管边缘游走的一件事。打钱的同时立马着手联系几个大单位团购，地皮拿下来以后，交代他们预付一笔。这样，这两个亿十多天的时间就转回来了，再由进财转回共管账户，神不知鬼不觉，看似是天衣无缝的安排。

谁知，天有不测风云，资金刚转给进财没几天，上层针对房地产市场过热的情况，发布了严格的调控措施。钱圆赶紧联系那两块地皮的持有人，对方回复说进财是来谈过，可八字还没有一撇，他们起草了个意向书，想找他过来签，可不知怎么这几天就不见进财人了。钱圆再找进财，却是无论如何都找不到了，所有的通讯方式都联系不上，进财身边的几个亲信也是一头雾水，家里也不知道，说他经常十天半月不见人，不用着急。可钱圆能不急吗？那两个亿可是挪用的为钢铁厂发债券募集的钱！眼看就到了付款日了。钱圆恨不能抽进财的筋剥进财的皮，可到哪儿找他呢？钱圆觉得自己不得不想一些后路了。

14.3

鲁雄接到上级的指示，要求峥嵘公司在一年内筹资三亿元，紧急支援钢铁厂的特种钢研发项目。可到了年关，哪家的钱不紧张呢，这又不是三根葱两颗菜，到哪里去找这么一大笔钱呢？鲁雄他们开了一上午的会，商讨为钢铁厂融资的事。

由副总自告奋勇找熟悉的央企老总拆借，鲁雄就让他赶紧去联系，结果等了半天，这位垂头丧气回来了，说弄个几千万还凑合，还得有可靠的抵押，这上亿的资金没人敢应承。吴副总说：“咱们在银行的信誉这么好，那枫叶银行、樱花银行、袋鼠银行啥的，不是都给咱们很高的贷款额度吗？这个也不用另外担保，随用随提，看看能不能凑够。”鲁雄马上安排人查还有多少额度，訾蕊早有准备，翻开笔记本说：“这几个银行加起来不到二百万美元，上个月还有上亿的额度，最近为这个特种钢项目，进口材料和专用设备，花得差不多了，现在都是应急的钱了，不能账上一分钱不备呀。”这条路也走不通。

战副总说：“戈先生最仗义，我最佩服戈先生，好几次咱们公司遇到难题都是戈先生拔刀相助。我陪着鲁总，咱们再去求戈先生，让他牵头弄个银团贷款，给了钢铁厂还有富余，把研究过的那几个小项目也一起办了。”

鲁雄考虑过这条渠道，说：“戈先生是很慷慨，可他那个邮轮码头的贷款还没有收尾呢，还张着个小口，原来的文章还没做完，不可能再出新题目了。”

何副总一般都是考虑成熟再发言，看别人都没啥新招了，他慢吞吞地说：“我看咱们可以考虑发行个公司债券，这样，訾经理这边，一年半载的就没什么压力了。”

众人讨论起来，有的说：“发债筹资可以，可周期很长呀。”有的说：“可不是嘛，发债要先评级，咱们公司前年评过级，现在过期了，得重新评，费用挺高不说，要把你的老底全部掀出来。这么说吧，孩子借钱，他爹他爷爷五脏六腑都得查清楚了，闹不好还得把祖坟刨出来，钱借到手也得剥好几层皮，最关键的是今年来不及。”

何副总看别人都是泼冷水，这也不行那也不行，就是不想着什么地方能突破一下，心里很不乐意，但也不好显示出来，毕竟不是自己在主持这个会，他只要尽到自己的责任就好了，于是委婉地说：“现在提倡业务创新，我们的思路是不是也开阔一下，就说这抵押物吧，过去都是实物和有价证券，现在一些创意和虚拟产品都能抵押了，听说钢铁厂有几个专利含金量很高，能不能拿过来抵押，这样本公司只要负责技术和流程上的事就行，操作起来也很快。”

大家讨论了一阵子，鲁雄总结说：“峥嵘今年创新的成果不少，也打通了文化产品跨境抵押的路子。可现在看来不适用钢铁厂这种情况，专利到了境外金融机构手里，就有泄密和扩散的风险。我知道，那几个专利的价值太大了，不是用金钱可以衡量的。有一次进行试验的时候，发生了炉膛爆裂事故，钢水飞溅而出，当场就牺牲了我们两位顶级的专家呀……”

会场陷入了沉默。

到了中午，还是没有商量出什么结果，鲁雄安排白莉叫外卖，饭后大家继续研究。

白莉叫的是帆船牌饺子。

帆船牌饺子就是与众不同，别的饺子煮熟送过来就完了，帆船饺子还另外提供用环保可降解材料包装的饺子汤和调料。鲁雄感慨汤姑娘真是会做生意。吃完了饺子，喝着饺子汤，似乎消解了一上午的紧张疲劳，思维也渐渐活络起来，鲁雄脑海中忽然灵光闪现，峥嵘和汤姑娘合资的新苗公司不是快上市了吗？把财务结构调整一下，包装得更加可靠一些，多融几个亿也不是太难的事。只是有个关键点，就是原始股本还要加大，汤姑娘那边不一定能承担，就得峥嵘注资，这样企业就由汤姑娘的帆船公司占大股变成峥嵘控股了。

参加会议的人员都在，鲁雄就不等开会，直接把他的想法说了出来。大家都很赞成，说新苗公司就以后勤服务的名义把资金注入钢铁厂，至于怎么使用那就是他们内部的事了。吴副总有点担心，说："汤姑娘会怎么想呢？会不会觉得这个公司搞起来了，就和种树似的，到了摘桃子的季节，咱们峥嵘就抢先伸手了呢？闹不好落个不仁不义的名声。"

鲁雄说："是啊，这也是我最担心的，名声在其次，关键还是上市的成败，所以还不能马上找她。咱们得把这个意见充分细化，各方面都论证明白，该做的基础工作一样都不能落下，等这个事基本成熟了，我亲自找她谈，所以现阶段一定要保密。"

大家继续讨论鲁雄提出的这个方案。

鲁雄的担心是对的，等新苗公司上市的调整方案基本成熟的时候，汤姑娘不知从哪里听到风声，不辞而别了，临走还给助理撂下话，说："念完经赶跑和尚，这猪养肥了也是给别人牵走，那干脆就不养了，老娘云游四方去了。"随后与外界断绝了一切联系，没人知道她现在去了什么地方。

鲁雄到处寻找，哪里也不见汤姑娘的踪影，这个时候，公司又发生了更重要的事情。

常冲自从和阿美勾搭在一起后，各方面的开支如流水，正常渠道来的钱怎么够花呢？他有把柄抓在阿美手里，那就得顺着阿美的意思，她让干什么就干什么。钱圆知道那个特种钢项目正在关键时候，鲁雄这边也在配合，就让常冲务必要搞到相关资料。

常冲和阿美白天在大厦一楼的消防柜里潜伏下来，到了夜深人静的时候，他们沿着楼梯，徒步上到峥嵘公司所在的六十六楼，这里的卷帘门晚上放下来，锁了。他们用随身带着的专用工具把天花板破开一个小洞，上到夹层，顺着通风管道绕过卷帘门，下到六十六层的公共卫生间里。从卫生间出来，就是平常牛勤值班的前台和峥嵘公司的密码门了。

这个密码门，常冲不知用过多少次，比扒拉脚丫子还熟悉，也知道编排的规律，可这一次，按了门却没开。常冲想了一会儿，又按了一组数字，钢门纹丝不动，上面的红灯闪烁了几下。常冲说："坏了，密码换了，这怎么不行呢？"

阿美说："你别紧张，再好好想想，再试一次。"

常冲说："不能再试了，三次不对就自动报警了，咱们先撤吧。"

两人原路返回，阿美有点沮丧，说："你是整天吹牛不上税，这白跑一趟，在消防柜里蜷得我这腿脚都不听使唤了。”

常冲就安慰她：“失败是成功他娘，干大事哪有那么容易的？你看我的，明天保准成功。”

第二天，常冲就大摇大摆到峥嵘公司去了，见了牛勤，两人又嘀咕了一阵子，常冲说：“姓鲁的没怎么着你吧？”牛勤说：“他都是忙大事，哪顾得上我这小萝卜头，常经理你找谁？”常冲说找沙子，牛勤说他回内地出差了；常冲又要找白莉，牛勤说陪鲁总出去走访了。常冲有点尴尬，猛然计上心头，说：“牛大姐啊，我最近在练书法，非常仰慕齐副省长的字，白莉和鲁总出门了，那会议室肯定没人用，你打开门我再观摩一下齐副省长的题词，原来在咱们公司的时候天天看，现在有段时间不看，这精髓就把握不住了。”

牛勤说：“我当是什么了不起的事，你早说不就完了，你干脆拍个照片带着，也不用经常过来跑了。”说着就去按门上的密码，虽然动作很快，但常冲对这个键盘很熟悉，加上又受过专门训练，早已把密码牢牢地记在心里。

晚上，两人又如法炮制来到密码门前，常冲按了一遍，还是不对，他紧张起来，反复盘算。阿美说：“冷静冷静，这个会不会和日期有关？”常冲看了下表，进来的路都走熟了，这还不到十二点呢。他恍然大悟，刚才按了明天的码了。他重新按了一组数字，门锁发出一声清脆的声响，开了！

两人像进了阿里巴巴的山洞，东找西翻折腾了一阵子，把公共办公区扫荡了一遍，又来到黄缨的办公室门前，这里用弹簧锁锁着，常冲用了个小工具，没费什么劲就捅开了。他们赶紧翻找有用的资料，凡是和钢铁厂进口有关的都不放过，唰唰地照相留存。询价单、会谈记录、行情分析、意向书，东西不少，可有些关键的地方用符号代替，一时还搞不清是什么意思，并且最重要的商务合同没有找到，常冲很不甘心。他发现墙角放着个块头挺大的保险柜，常冲觉得宝贝都在这里，想移动一下，但保险柜纹丝不动，找东西敲敲，柜子发出沉闷的声音。常冲从随身带着的包里找出专用工具，敲敲探探，只听咔的一声，门弹开了。常冲急忙扒拉出里面的东西，最上面的就是几份商务合同——他朝思暮想的宝贝，他赶紧借着手电筒微弱的光线翻看起来……

突然，电灯唰的一下全亮了，白光刺得睁不开眼睛，门口冲进来两个大汉，柜子上还埋伏着一个，大喊：“贼佬！死到临头！举手跪下！”

常冲挥舞着匕首还想抵抗，被沙子一脚踢飞了。穿着制服的警察把枪抵在常冲脑门上，说：“甲由，寻死呀！”

常冲瘫倒在地，两人束手就擒。

经过审讯，尽管常冲和阿美没有把他们的幕后主使交代出来，但现有的证据已经可以起诉他们定罪了。最重要的是，常冲交代他们从年初开始就偷偷进入峥嵘办公区，伺机偷窃和破坏，那个出问题的画册，就是被他们调包了。

鲁雄最近的努力见成效了。自从常冲回来和画册出问题后，他就怀疑这里面有什么猫腻，把情况向领导做了汇报，也暗中做了不少工作，布置了反制措施，终于人赃并获。他恍然大悟，知道应该到哪里去找汤姑娘了。

14.4

鲁雄到达慈怀康养中心的时候，汤姑娘正在帮着给老人加餐。这是些七八十岁能半自理的老人，牙口好的，就嚼几个饺子；牙掉光了，假牙也不听使唤的，就喝点面条；消化能力更弱的，也只能喝点小米粥了。水果也是一样，那些能自己拿水果吃的，就是能力很强的了，很多都是靠别人喂点果汁。看到鲁雄来了，汤姑娘面无表情没有打招呼，两个人短暂地对视了一下。鲁雄原本准备了一大套游说的话，现在根本没机会说。眼前的这个人，是那个他熟悉的风风火火、做事干脆的仗义女士呢，还是已经变成了其他人。

老人们认得鲁雄是小夏的领导，纷纷过来说话。一个老头滑着轮椅转到他跟前说：“最近怎么没见小夏过来呀，我这轮椅还是他帮着修好的呢，使了这么长时间还是好好的。”一个拄着拐棍的老太太也慢慢挪到鲁雄跟前，说:“我这个拐杖手把不得劲，改了几次都不行，还是小夏帮着改好了，拿到外面去用火烤着硬扭出这个弯，这才顺手了。”还有一个白胖的汉子，看上去年龄不大，却使着双拐，说：“小夏上次说回内地给我找治风湿的草药，也不知最近他得不得空？”

鲁雄只得安慰他们说：“小夏到内地学习培训去了，这次时间挺长，等结业了就回来看望大家。”

等大家都吃完了，汤姑娘给鲁雄使了个眼色，两人安抚好老人，一起走出了房间。到了院子里，谁也没有说话，直到走出康养中心的大门，鲁雄忍不住放声大哭起来。

汤姑娘拍了拍他的肩膀，也跟着流下了眼泪。

“小夏还是没抢救过来，走了。”鲁雄接过汤姑娘递过来的纸巾，“省里已经批准夏继春同志为革命烈士，他的精神是不朽的。”

“我也听说了一些，他是好样的，是个英雄。”

“我现在已经找到纪念夏继春同志最好的方法，就是把他还没有完成的事业继续下去。峥嵘公司成立了夏继春敬老队，下次就一起过来，把受托的事都办妥，今后也会经常开展敬老和社会服务活动。这样对那些想着他的老人们也都有交代了。”

“行，我全力配合你们。”汤姑娘表态。鲁雄感到心里有底了。

两人离开大路，沿着乡间小路慢慢向前走着，话题转到汤姑娘最近“失踪”的事。

“你是不是觉得，我太小肚鸡肠了？”汤姑娘抓过路边的野草，撕着上面的叶子。

“不是！”鲁雄拨开路边的荆条，“公司就像自己的亲生孩子，多年养育的艰辛是别人代替不了的，我能理解。”

“这就好。”汤姑娘把手中的野草全部抛掉，“我就是要看看，你能不能找到我，找得到就说明这个理解还靠点谱。”

“您创造的财富已经完全超越了个人和家庭的需求。”鲁雄赞许地看着她，“慈善是最崇高的事业。慈怀这个品牌已经在全国各地打开市场，这些财富将来都要回馈给社会，人生最大的成功，就在于在奉献中实现自己的全部价值。”

“是啊。”汤姑娘向前走，“这离不开国家的强盛，民族的复兴，你是干大事的人，公司上市的事，就按照你的意见调整吧。”

“太好了，非常感谢！”鲁雄跟了上去，“我的设想是，上市后，还请你做总经理主持工作。对创始人的权益，我们也设置了足够的保障措施。另外，公司重大问题的决策，不采取少数服从多数的办法，要董事会一致通过才行。”

汤姑娘点点头，好像早有预料，微笑着说：“我这里开了绿灯，你的万里长征才走完第一步，要想成功上市，以后的挑战还是不少啊。”

“嗯。”鲁雄暗暗攥紧了拳头。

他们在几株高大的松树前转弯，踏着地上厚厚的针叶，登上了一个小土丘。这是一片松林，茂密厚实、郁郁葱葱，与周围散乱的灌木丛有着明显的界线。

两人惊起了林中的一群大鸟，它们向着太阳落山的方向飞走了。

“你听说过‘晋王冢’的故事吗？”汤姑娘用低沉的声音发问。

“呀，这里就是晋王冢的遗址呀！”鲁雄一下子领悟到，“晋王五岁时，被敌人追得退无可退，陆丞相就背起晋王，投海殉国了，宁死也不投降。百姓在这里安葬晋王君臣，因为找不到晋王的真身，就把黄金铸造的晋王像埋在地下。后来那些天杀的倭寇打过来，掘了晋王的坟墓，掠走了晋王金像。再后来，戚将军指挥官兵英勇渡海，捣毁了倭寇巢穴，重新请回了晋王金像，请金像归位的时候，就没有封土，而是栽种了一大片松树，晋王冢的故事就这么流传下来。没想到，就在慈怀中心旁边啊。”

汤姑娘分开草丛，地上有些散乱的石块。她说：“当年那些高大的石碑和石像，都被倭寇毁坏了，现在已经很难找到完整的大石头了，后人用找到的残碑做了个标记。”

鲁雄向前走了几步，一处杂草稀疏的地方果然立着一块低矮又不规则的石碑，字迹斑驳，使劲分辨，才能看出上面刻着“晋王冢遗址”几个字。

“青山处处埋忠骨。”汤姑娘感慨地说，“你别看那些老人现在手无缚鸡之力了，有不少还是当年抡着大刀与敌人拼杀的老战士呢。也许，晋王冢就是他们的最后归宿了。”

两人沉浸在一种悲伤的情绪中。太阳落山，给眼前的松林披上了金色的斗篷。

14.5

这天下午，老康独自一人待在家中，事不多，他就打开电脑找对手下象棋消磨时间。钱圆忽然回来了，老康以为她找东西也没在意，结果她换好居家服，简单收拾了一下，就在旁边看老康下棋，还时不时地出主意，说：“你的马赶紧跳啊，没看到对方的炮打过来了吗？”要么就撺掇他赶紧将军，说：“这么好的一步棋你怎么没看到啊？”老康有点纳闷，说：“你还有这闲心思，那些大事都忙完了？”

钱圆说：“忙完了，不想再出这个力了，晚上在家里吃饭。”

这真和太阳从西边出来似的，老康赶紧主动走了几步臭棋，草草结束战斗。对手赢上瘾了，追着不放，老康只得和他约了下次厮杀的时间，这才下线抽出身来。

老康赶忙下厨房，自己一个人时经常凑合，他都记不起这位大忙人上次在家里吃饭是什么时候了，好多厨具、调料长时间不用，得重新洗涮或者准备。这次肯定要正式一些，他在脑子里盘算着做什么菜。钱圆体贴地过来帮忙，说："我路上买的滨海扒鸡，还带了一瓶你最喜欢的临山大曲。"老康说："咱存的那几箱'国酒'，我喝着还真没有这大曲好喝。"

两个人一起动手，很快就做好了四个菜。把餐桌收拾好，倒上临山大曲，老康和往常一样，端起杯子要往嘴里倒，钱圆说："别急，你想想今天是什么日子？"

老康认真想了想，恍然大悟道："我都忘了，今天是我的生日呀！"

"你看你这日子过成啥样了！"钱圆埋怨着，一边变魔术一般从餐桌下端上来一个蛋糕，上面还插着些花花绿绿的小蜡烛，一个个蚕豆大的小火苗，把老康乐得脸发红身上发烫，竟然有喝醉的感觉。他跑去照镜子，这一照，一下子想起了几十年前，自己第一次穿着四个兜的军装照镜子，也是这种心情。他激动地抱住钱圆，有点语无伦次，说："老、老伴啊，还是你、你最贴心啊。"

两个人吹熄了蜡烛，唱了生日歌，推杯换盏地喝起来，直到那瓶大曲见底了，老康有点醉了，钱圆才觉得这个环节进行得差不多了，就收拾着睡下了。

到了半夜两个人差不多同时醒了，就拥在一起，先聊了些闲话，钱圆说："老康啊，我和你说个事，你也要有思想准备呀。"

老康心想能有啥事，在他眼里，钱圆这些年够神通广大了，什么事摆不平？就含混地应了一声。

钱圆继续说："我有个事不够谨慎，犯了点错误，可能领导对咱没过去那么信任了，有些较真的领导呢，说不定还得搞个调查啥的。"

听到"调查"两字，老康清醒了一些，说："真有那么严重吗？你到底犯了啥事啊？"

钱圆说："也不是什么大事，你记得我今年春天出国去欧洲考察吗？进财知道了这个事就给了我两万块钱的零花钱。"

老康放下心来说："什么大不了的事，不就是两万块钱吗？再说，那是你的亲外甥呀。"

钱圆说："那也不行，凡是正规收入以外的都不行，这个也超过那条红杠了。"

老康就有点纳闷，说："进财给你钱，别人怎么知道的呢？"

"这也是进财不靠谱。"钱圆解释，"他一高兴，就和出纳说了，过了几天，他去夜总会唱歌没叫这个出纳，结果这个出纳一生气，就给翻出来了。"

"哎呀，这都是些啥事啊。"老康还想再睡一会儿，"现在的人心都变了。就这么点事，不是还有那个廉洁账户吗？把钱存进去是不是也就不追究了？"

"你以为真的坦白从宽呀。"钱圆明显想得更复杂，"廉洁从业是一票否决，这么一折腾，那仕途不就完了？这么多年白忙活了。"

"家有二斗粮，不当草头王。"老康想法不一样，"你当这个官比别人多操着几倍的心，可好处也不多拿。分房子只比职工多两间，可班子里的就都一样了，一把手也不多。有个车坐，那也整天都是忙公家的事，这眼看着家家户户都有车了，也不是一抓权二捞钱三拿听诊器四把方向盘那个年代了，谁还稀罕这个车呀。工资就多那么点，拿太多了别人还有意见，可受到的压力、承担的风险，别人就不理会了。"

老康对内情很明了，钱圆也不是糊涂人，这些事早在她心里掂量过无数遍了，有道是有权不用过期作废，不趁着说了算的时候捞点，心里怎么能平衡呢？她早已经通过进财弄了一笔钱。当然，这些事没必要和老康唠叨。她就顺着老康的意思说："就是啊，要不组织上怎么整天嚷嚷着要有奉献精神，这世道当个官还真是不合算。"

老康就顺着开导起对方来，说："人心不足蛇吞象，赚多少钱才算多，当多大官才算大？我那几个职务不低的老战友不是照样退下来了嘛，在家里养花遛鸟也自得其乐，见好就收才是。俊峰那边，亲家带孩子累得够呛，咱们搭把手也行啊。要不咱们回老家盖个房子，跳出三界外不在五行中，天天享受这青山绿水、鸟语花香，和世外桃源的神仙也没啥区别。"

钱圆一听，这老家伙想法还挺多呢，看来是盘算了一阵子了，心想更不能和他对着来了，就说："你这么一提，我还真想起来了，咱们有好长时间没回老家了，清明节爹娘的坟都没上，干脆明天就回去看看吧，把该办的事顺道都办了。"

老康求之不得，他们还真有日子没有结伴出行了。

说完两人又继续睡了。

14.6

老康开车拉着钱圆回到村里，却没见到几个熟悉的人，姊妹们有的早已追随爹娘而去，有的跟着子女住在城里。腿脚好的帮着料理家务、照看下一辈的小孩，身体不行的就更离不开人了。侄甥辈的要么打工，要么上学，这个时间不可能待在家里，想找他们也得约。村子里面貌大变，路拓宽了，旁边立起了不少宣传栏；房子盖得整整齐齐，还修了几处小广场和小花园，安了健身器械。钱圆觉得更陌生了。原来开个伏尔加回来，一群孩子围着车疯转，老人们也忍不住上前摸摸，现在老康开着自己的SUV，比原来的老爷车不知好了多少，反倒没人关注了。改变最大的还是人们的态度，原来见个外来人忸怩得胳膊腿都不知道怎么放了，见到当官的更是紧张得说不出囫囵话来，如今知道是村子里出去的人物，也不过是淡淡地打个招呼，钱圆自己反倒不大适应了。

老康把车子泊在村子的中心广场上，旁边有一栋张扬的三层建筑，琉璃砖瓦，屋顶竖着“政务中心”几个大红字，还有落款。

老康建议到村委去看看。

钱圆鼻子里哼了一声，说：“就是个金銮殿，不还是住着那几个土鳖泥腿？”

依钱圆的意思，老康开车来到离村不远的水库边上，这里在钱圆小的时候，还是几个水湾，也是他们这帮皮孩子抓鱼摸蟹、嬉笑打闹的地方。也许是回忆起儿时的趣事，钱圆恢复了年轻时的活泼劲，在水边蹦蹦跳跳，一会儿脱掉外套，还要和老康比试打水漂。老康还真不是她的对手，她一般都有七八个，好的时候有十来个，老康每次都得差那么一两个，最后不知是扔了个半头砖还是石头，咕咚一下子直接落到水中不见了踪影。

钱圆哈哈大笑起来，说：“老康你知道吗？为这个事我还差点闯了大祸，我就喜欢用这个法赢狗蛋的泥鳅。有一次，他钻到水下给我摸泥鳅，让水草缠住了。那个水草我们叫‘榨菜’——不是南方做咸菜的那种榨菜，还真不知道书上叫什么名。幸亏我二叔放牛路过这里，把他给捞了上来。他喝了不少水，都翻白眼不会说话了，二叔拎着他趴在牛背上‘控’着，老牛慢慢地走着，快到家的时候，这小子哇的一声把水全吐出来了，人也活了。家里把我关在小黑屋里饿了两天，我饿得抓虫子吃，后来才知道那个虫子叫蟑螂。”

“好吃吗？”

“味道没吃出来，太干巴了，不顶事。还是狗蛋从窗棂子扔给我几个知了猴，这个东西有肉，能垫肚子。”

“哈哈。”这回轮到老康大笑不止了，“你可能是投错胎了，怎么比男孩子还野啊？”

钱圆抓住他的手说：“你后悔了，要退货吗？现在恐怕来不及了。”

老康顺势把她揽在怀里，急忙说：“不退不退，退了到哪里去找这么好的调皮宝贝，到了玉皇大帝那里我们还在一起，到了阎王老儿那里就更分不开了。”

两人就这么闹着，钱圆捡了几块大石头，说这块纹理好，那块嵌套着一束菊花，就在水里把石头洗干净，兜在外套里，让老康抱着。

老康说：“我的天，这外套不是上个月出国的时候刚做的吗？湿了就变形了，以后没法穿了。”

钱圆说：“进财就喜欢淘弄这些东西，打磨包装好了，有的能值一套房子钱，这件衣裳怎么比得了？你老老实实听吆喝就行了，别那么多自己的想法。行了，该干正事了，给爹娘扫墓去。”

老康开车往山上走，这是一段之字形的道路，勉强能通汽车，转过几个弯，钱圆忽然说：“你得赶紧停下，我这肚子不得劲。”老康只得找一个路稍宽的地方停稳了，扶着钱圆到了附近的一个废弃泵房，让她在隐蔽的地方解决了。泵房门窗都坏了，里面有个水泥台子，钱圆就靠在上面休息。

老康说：“这都是你刚才太撒欢了，你看惹出毛病来了，老话说人欢无好事呀，我到车上给你找药吧。”

钱圆摇头说：“不用了，这都是老毛病，释放出来就好了，不过我得休息会儿，山上就不能去了，你代劳吧！”

“行啊。”老康把自己的上衣脱下来披在对方身上，“我速去速回。”

“你别整省事的。”钱圆吩咐，“那些流程一样也别落下。”

钱圆就这么呆坐着，也不知过了多长时间，老康回来了，说一切都很顺利，不光干了那些必须干的事，还顺便收拾妥当了。钱圆的毛病也不大要紧了，两人驱车返回了市里的家。

14.7

隔天早晨，柴福来接钱圆，老康直接把她送到车上，对柴福说："你钱总这几天不太舒服，你得注意着点。"柴福点头答应着，直接把车开到了翠微湖度假村。等柴福把一切收拾停当，两人都在房间里的时候，钱圆把门一锁，她哪里还有什么病态，简直比刚出山的饿狼还要凶恶，对着柴福下了狠手。

她一个耳光把柴福打倒在地上，上去踹了几脚，嘴里骂着："你个兔崽子王八蛋，看你今后还敢不敢欺负我。"她伸手把柴福的领带扯下来，说："拴着这根绳子人模狗样的，怎么没有吊死你个忘恩负义的东西。"柴福西装也被扯烂了，脸上身上划了一道道血痕。钱圆想找个顺手的东西，可高档房间里这种物件不多，她窜到卫生间，也没发现什么能用上的东西，倒是有个马桶刷子，可这也太埋汰了。她只得又返回卧室，柴福还在原来的地方躺着。"好嘛，你这赖着没完没了，老娘怎能消得下这口恶气？"她忽然发现柴福穿的是尖头皮鞋，就把那皮鞋扒下来拿在手里作为惩戒的工具，没头没脑地又是一阵猛打，直到打累了，她坐在沙发上呼哧呼哧地直喘粗气。

这番风波柴福早有思想准备，挨打之前他抓了条被子垫在身子下面，地上又铺着地毯，所以也没受太重的伤，看钱圆暂时消停了，他就爬起来坐在地上，白衬衫被扯烂了，干脆撕成了布条，编成一条鞭子。他把自己脱得精光，只剩下一条裤衩，爬到钱圆面前把鞭子递上，说："好姐姐，那些东西都不称手，你就用这个吧，我知道错了，手再重我也认了。"

最近钱圆的压力不是一般地大，常冲出了事，她怎么能脱得了干系？挪给进财的那些钱怎么收回来？见不得人的事多着呢，只是拆东墙补西墙掩盖着，如今和伤疤似的，一揭开不光肉疼，还连着骨头和筋啊。她能感觉到自己已经被重点关注了，内线的消息说，虽然现在还不至于一直都有人紧盯着她，但已经有了一个大体的布控。钱圆觉得，有张铺天盖地的大网正从四面八方落下来，越收越紧，绝不能束手被擒，必须瞅准机会跳出去！

进财到了南美洲，来信让她赶紧过去，说一切都准备好了，钱圆半信半疑，她知道到了那边她和进财谁听谁的就不一定了，可眼前只能三十六计走为上，先逃出生天再做别的打算，或者到其他地方过渡一下。她手上还有本提前备下的护照，照片是本人，名字借了一个叫“钱爱玲”的老乡，估计这位一辈子也不会出什么门。她盘算着，她要消失必须得有一两天的缓冲时间，就把老康牺牲掉吧，事到临头管不了那么多了，这叫弃车保帅。她原本计划他们到泵房的时候，柴福埋伏在附近的路沟里，上去改 SUV 的刹车，等这辆车冲到水库里，他们弄清楚她不在车上的时候，她已经瞒天过海，到了爪哇之国了。

谁知柴福这个混蛋，关键时刻竟然手软了，能不叫人生气吗？钱圆想到那些众星捧月的日子、鲜花簇拥的场面、挥金如土的时光、颐指气使的痛快劲，也许和她彻底告别了，她禁不住悲从中来，夺了柴福的鞭子狠狠地摔在地上，趴到床上自顾自地号啕大哭起来。

柴福是知道她的脾性的，到了这个时候就得他占主动了，于是他俯到床边，摩挲着对方的身体说：“姐姐我给你揉揉放松放松，歇歇气一会儿再打，也好让我长点记性。”看对方没什么反应，他又说道：“姐姐啊，你那个法子不行，我给你想了一条万无一失的计策。”

钱圆转过脸来看着他。

柴福说：“柴芳不是和姐姐体型差不多吗？那就到外地办个研讨会，不用讲话的那种，柴芳出场应付，姐姐金蝉脱壳、溜之大吉。三十六计不是有个李代桃僵吗？这得活学活用啊。”

“让我求柴芳？”

“她求咱。”柴福说柴芳就是他的亲妹妹，小的时候养活不起送人了，大了又找回来了。这还不是主要的，最主要的还是觉得关键时候用得上她，养兵千日用兵一时嘛！

钱圆的脸色缓和下来，重新伏在床上，说：“你再大点劲。”

柴福说他已经规划好了一条路线，有几个没有监控的盲点，到时先把柴芳藏在后备厢里，到了那个节骨眼上，钱圆就委屈一下，和柴芳换换。柴福唠叨着计划的细节，钱圆不再说什么，没一会儿竟在对方的揉捏之下轻声地呻吟起来。

两个人像蛇一样纠缠在一起，钱圆忘了她所处的险境，柴福也感觉不到早先对方抽打的那些伤痛了。

没几天圈子里传出一件事——德高望重的史老，正在沪上医疗中心救治，虽说有一流的专家、设备，可老人家年事已高，预后不太好。现在熟人见面都会问："看望史老了吗？"这不光体现他们不忘旧情，更隐约体现出他们的身份和地位。钱圆放出风来，她要去看望史老了。

柴福在医疗中心地下车库的角落里停好车，就和柴芳大摇大摆地上楼了。看望老人家的人多得排队，有些还不一定能轮上，听说他俩是地方上远道而来的同志，家属就安排了他们提前进去。老人家半仰在床上，全身连着不少管子和电线，睁大了眼睛看着来人，任别人说什么，都只是微微颔首，慈祥的脸上夹着几分无奈。

陪同的家属坚决不收礼金，只允许他们把带来的一大捧鲜花摆在床边，柴芳做这些事的当口，柴福照了不少像，老人家在中间是个正面，柴芳是背影，有一张侧脸还被花叶挡住了，她又留着钱圆的发型，穿着钱圆的衣服，谁知道这是假钱圆呢。柴福把照片发给办公室郝主任，让他编发简报。

他们在楼上的时候，钱圆已经从后备厢里钻出来，溜出了地下车库，消失在大都市的茫茫人海之中了。

下午柴福和柴芳正在宾馆休息，来消息说史老突发心颤，抢救无效去世了，钱圆如果还在沪上的话，可以顺便参加追悼会。直到举行完追悼会，有关部门才发现不对劲。

柴福和柴芳被叫来问讯，柴福说："我光管着开车，别的什么我都不知道，老总叫我拉谁我就拉谁。"柴芳说："我看望史老也是理所应当啊，当年我在家乡搞养殖的时候，史老还给题了'巾帼貂王'几个字呢，从那以后我才起步了嘛。"说着眼泪淌了下来。

转眼又到了年底，白莉到办公室汇报，说完正事又提到了神仙府，说："神仙府扩建，山路也修好了，鲁总啥时有空再一起去看看呀？"鲁雄有了上次的教训，这回坚决不去了。白莉只得约了訾蕊，几天后回来说："鲁总你应该去呀，这次遇上了一个怪事，你在的话可能就解决了。我师傅不是年龄大了吗？她考虑退休，府里会安排一个新来的怜尘师傅接替她，我就想见见这个怜尘师傅，本来也是说好了的，可她临时又变卦了，明显是躲着我，只正面闪了一下，我看到那个急匆匆离开的背影，觉得和原来浩大的钱总很像啊，可她服装发型都变了，我拿不准，一直犯嘀咕呢。”

“啊，还有这事？”钱圆失联的消息已经传开了，鲁雄想是不是和上级汇报一下，又觉得如果捕风捉影闹了乌龙就糗大了。白莉看出了他的心思，说：“当时太快了，也没有反应过来照个相。”这一下提醒了鲁雄，派沙子过去，这个画画的眼睛毒啊，让他看一眼，保准比照相还厉害。

这天下午，鲁雄和沙子搭车去神仙府，准备住一晚把情况搞清楚。到的时候天色不早了，见人们纷纷向外面跑，他俩也随着人群来到海边。过了一会儿，人群中钻出来两位神仙府师父打扮的人，议论这件事：

“这个怜尘，闹的是哪一出啊？来了没几天，府上的人刚刚认识，今天早上就有人看见她跳海了，救捞队打捞一上午不见踪影，就撤了。刚才不是退大潮嘛，有游客说找到了，谁知过去一看，是她的衣服不假，包着几块大石头呢，本人还是不见踪影啊。”

鲁雄和沙子面面相觑。

第十五章

虎龙共舞

15.1

元旦后、春节前，又到了各种聚会庆典聚集的时候，鲁雄忙得不可开交，在省内赶着参加了一连串活动。滨海市的邮轮码头建设到了关键时候，戈先生牵头的银团贷款正式签订，峥嵘公司也参与了，这些场合他少不了要出席。钢铁厂后勤中心开业剪彩，原来打算请的几位领导下基层走访困难群众，都打招呼说不来了，鲁雄只能请汤姑娘操办。这里面还有重头戏，就是省里新组建了五大企业集团，举行了隆重的成立大会，峥嵘集团当仁不让列在首位，鲁雄作为企业的代表在会上发言，为了这个活动他又是一番紧张筹备。集团授牌后，还有“八大改革闯将”“十佳创新品牌”等颁奖礼，鲁雄还想再应付几天，白莉来电话催促了，说：“鲁总赶紧回来吧，港湾区今年的阅兵仪式增加了不少内容，不同凡响，请您上观礼台呢！”

那天，鲁雄身着笔挺的正装，精神饱满地出现在观礼台上，看着那些生龙活虎的战士，他觉得自己也年轻了不少。一辆辆新式战车从眼前驶过，他自豪和满足的情绪从内心里升腾起来。鲁雄观察了一下周围，虽然这里离主席台不过十几个人的距离，却是处在第二台阶上。主席台上的人都是正襟危坐，这里的人就相对放松了，宾客或站或坐，有些还在仪式间隙交谈起来。鲁雄再看周围出席的人士，别的人不认识，庄主任倒是和他只隔着两个人，拿着小型摄像机拍得正欢，他没有发现鲁雄。鲁雄主动和他打招呼，旁边的人识趣地和鲁雄调换了位子，鲁雄和庄主任挨在一起了。

最后一组直升机从碧空消失后，紧接着就是本次阅兵的压轴戏了。只见在码头和海水相连的地方，已经搭起了航空母舰的船体，船尾在陆地上，高高昂起的船头伸到海中，甲板上停放着一架闪着银光的战机，三三两两的工作人员忙碌着。过了一会儿，随着旗子的指挥，甲板上清场了，三颗红色的信号弹升起，战机滑动起来，在船尾稍做停顿，然后快速向前冲去，经过船头的时候，高速滑行加上地面的推举，使它瞬间获得了足够的升力，像利箭一样弹射到空中，眨眼的工夫已经飞到了观礼台的另一边，在空中留下一道色彩斑斓的烟带。

烟带慢慢散开，呈现出彩虹般的效果。战机从远处绕回，在观礼台上方水平飞了几次，像是在热身，随后表演了一连串的高难度动作，有时垂直冲上云霄，有时大幅度从高空俯冲下来，有时连续兜圈子螺旋状前进，好似在舞台上闪转腾挪的杂技好手，使人看得眼花缭乱。接着战机渐飞渐远，观众以为表演结束了，它却大幅度转身回来，再次吐出彩色的烟雾，在空中完成了两次优美的转身，好似是反着的“S”，细看是一个大大的“2”，接着又连续完成了两次空中大回环，天上留下两个滚圆的“0”。随后一组动作，它在空中旋转的幅度稍小，最后斜刺里向着高空飞去了，一个多彩的“6”字补齐了这组数字拼图的最后一块。

这架飞机突然在高空停住了，随后像树叶一样飘落下来，眼看就要砸向水面，在众人惊恐的呼喊声中，机身猛地一震，如同被无形的降落伞给兜住了，随后鲤鱼跃龙门一般腾跃起来，加速向空中爬升，同时传来一阵震耳欲聋的轰鸣声，和人们的惊叹、欢呼声混在一起，吵嚷了好些时间。

战机降落，风驰电掣般向着起飞的跑道落下来，从船尾到舰船中部这么短的距离，电光火石之间，腾起一阵轻烟，它稳稳地停住了，仿佛一匹难以驯服的烈马，遇到了技艺高超的驭手，虽然用蹄子刨起些许尘土，但终究还是被降服得没了脾气，然后乖乖听话。因为隔着些距离看不清，鲁雄听身边人议论说是钢索阻拦技术。就在周围的人们都在欢呼雀跃的时候，庄主任用很不屑的语气说：“连动都不能动，这还是个船吗？就是自己垒了个土台子，还大吹大擂地说是什么航空母舰，这些傻乎乎的看客都到过颐和园吧，这不就是西太后那个石舫的现代版吗？跟真的航母比简直天差地别。再说，你看整了半天，从头到尾就这么一架飞机在唱这独角戏，怎么看都觉着寒碜啊。”

鲁雄感到不可理喻，心想：既然这么说，那你还拼命录啥，为什么不在家里睡觉呢？他尽量用平静的声音说：“肯定要一步一步来嘛，不可能不会走就要跑，陆基训练是少不了的一环，是绕不过去的一段路，必须老老实实走下来，才能实现真正的航母起降。今天做这个表演，虽然飞机少了点，但敢于把陆基放到海边，又敢于展示出来，说明陆基已经训练得比较成熟了，相信离我们自己的航母劈涛斩浪、战鹰成群的那一天也不太远了。”

两人话不投机，散场的时候就分开了。驻异地的几年，鲁雄感觉在这里不只是做业务那么简单，还要关注国际上的风云变幻和各种势力在这片热土上的争斗。在黄缨汇报办公室可能进来不速之客后，他当机立断做了部署，这才有了生擒常冲的好戏。庄龙的反常表现早就引起了他的警觉，他已经通过既有渠道向上进行了反映，今天的情况更加证实了他的判断。

庄龙一边应付着从主席台上下来的单位领导，一边紧张地盘算下一步的行动。他虽然出身红色家庭，也有相当不错的职位，却背弃了父辈的信仰，走上了一条邪路。本来，待遇各方面都很好，可到了这灯红酒绿的花花世界，他想追求奢侈豪华的生活方式，又想和那些腰缠万贯的富人阔佬攀比，这就让他产生了巨大的矛盾和心理落差，也自然被一些坏人乘虚而入了。情报就是钱，市场法则在这里仍然起作用，可有些人试图在刀尖上跳舞。庄龙既然上了这条船，那就只能身不由己地干下去了。

鲁雄的公司正是庄龙大展身手的渔猎之地，虽然鲁雄本人不上钩，可他手下那么多人，那么多事，能一天二十四小时都紧盯着吗？庄龙通过阿美发展了常冲，后来觉得他不过是个鸡鸣狗盗之徒，干不了什么大事。还有战副总，时远时近，后来庄龙摸到了规律，这是个吃软不吃硬的人，就和驴似的，得顺着毛去摸。庄龙对症下药，放低姿态主动约老战，吃完饭又去射击场，老战打死了两只兔子，还不过瘾，又要下场玩真人秀，庄龙只得舍命陪君子。他腿上中了几枪，疼了一阵子，可是得偿所愿，很快就约到了驻军的傅政委。

傅政委虽然难约，却不难接近，这人豪爽又喜欢打保龄球，这证实了庄龙原来的判断——傅政委和老战是一类人。

庄龙和战副总提议打保龄球，傅政委没有反对。果然，傅政委是这方面的高手，球选了个磅数最大的，投出去时球顺着跑道高速旋转，中间偏离了一下，接近目标的时候球又转回正中，是个全面开花的结果。他差不多都是满分，偶尔剩下一两个瓶子，便自我解嘲似的说一句：“日出西方，稀罕！”战副总捧他，说：“傅政委当年就是师里的投弹标兵，参加全军大比武得过锦标的，有名的傅铁臂嘛。”庄龙也赶忙说：“不用到天边去找啥军神了，傅政委高大的军神形象已经在我心中巍然耸立起来，十八级台风也刮不跑了。”

庄龙和傅政委见面前已经做好了准备，这会儿趁着傅政委换上衣的时候，他悄悄调包了傅政委的领带夹，换上去一个微型的智能精灵，能看能听，可惜没有手脚，不过这也不需要了，死死咬住那条带子就完了。

散场的时候，三个人都特别开心，还约定了下次聚会的时间地点。

15.2

眼下，庄龙着急金蝉脱壳，忍不住在鲁雄面前真情流露。常冲和阿美被逮住后，已经交代了不少东西，时间长了肯定要把他供出来，所以他不能久待，必须赶紧抽身。靠着傅政委这条渠道，他收获了不少内容，自以为能对老板交代了。可这关键时候，老板又发来指令，说那个航空母舰的雏形，上面铺设了最新研制的钢铁甲板，有抗爆、抗压、抗冲击、耐磨损性，还大老远到南方检验过海水侵蚀和气候对它的影响，各方面的参数必然玄机重重。因此老板要求庄龙不惜一切代价拿到甲板的样品，任务完成得好，就给一大笔赏金，安排他到别的地方享清福，要是完不成，这边就要军法处置。

白天观礼的时候，庄龙已经观察好了一个地方——禁区之外最靠近目标的一个小海湾，人迹罕至，水草丰盛，便于隐蔽。到了晚上，庄龙悄悄地摸过来，果然，临近水边，从草丛里就能看见那个高高翘起的船头。庄龙启动手中的机器鸟，输入指令，趁着周围水鸟起飞的时候，把机器鸟抛到其间，一阵风的工夫，这群鸟就向着那艘船飞去了。

船上有警卫也有高科技的驱鸟装置，那一大群水鸟飞过去后，安保人员逐渐发现了异常——有一只鸟似乎不大合群。声光电的驱鸟手段释放后，别的鸟都惊恐地飞远了，唯独这一只竟然毫不在乎，无所畏惧地落了下来。工作人员中有鸟类专家，在甲板上撒了些食饵，其他鸟过来抢着啄食，怪鸟却是毫无兴趣。鸟被网子兜住了几只，怪鸟却漏网了，被兜住的水鸟检查后也没有发现什么异常，只能放生。可在怪鸟停留过的地方，工作人员用仪器检测出了几个比铅笔芯还细的钻孔，这下子事大了。

庄龙把机械鸟收回后，心里得意得很，他把鸟捧在手里，嘀咕着：“你就是最美丽最可爱的天使了，你得永远陪伴着我。”可不知怎么，这鸟突然张狂起来，对着庄龙的脸就要咬，庄龙反应还算灵敏，一把把它抓了下来。原来是他刚才太过高兴，不小心触发了一个当场取样的错误程序！庄龙赶紧关闭电源，说：“好好休息吧，看来还不能轻易表扬，这玩意儿和人一样，骄傲了容易翘尾巴犯错误。”

鸟这么一闹，庄龙又产生一些联想。俗话说狡兔死走狗烹，现在上面会不会过河拆桥呢？这让他不寒而栗，庄龙又摸了摸鸟和取到的战利品，心里安定了一些，心想：把这宝贝交上去的时候，可得交涉明白了，留足后路，千万不能叫他们给糊弄了。

他又潜伏了一会儿，估摸着时间差不多了，就跟上边汇报结果，要求撤离。本以为对方不说嘉奖，至少能给些鼓励，可没想到对方却是恶声恶气，说可能走漏了风声，禁区周围的盘查突然收紧了，现在通过正常的途径已经走不出去了，但会安排一些特殊交通工具，要求他相信组织，原地待命，在新的命令下达前，不得轻举妄动。

庄龙在煎熬中度过了一天，背包里还有些应急的食品，没有把他饿晕。脚下潮湿得要命，附近有棵大树，他悄悄搬了几块石头坐在树下，尽量小范围地活动，能不动弹就不动弹。他摸着怀中的机器鸟，心想这要是个神鸟就好了，变得和鲲鹏似的，驮着他逃出生天。他又想，这“特殊交通工具”是个什么玩意儿呢？他昨天虽然嘲笑那种小飞机，可现在有这么个东西不也管事？他又觉得这个目标太大，要是被高射炮打下来就全完了。市区那边过来一辆车，好像是救护车。他走近一看，那辆车的个头比普通救护车小一些，车身涂着“永生殡仪”的Logo，向着远郊的方向绝尘而去。

一会儿又有几辆这样的车驶过，庄龙想起，前面一个很小的半岛上，就有一家永生殡仪馆。这家口碑实在不怎么样，收费不高，服务态度奇差，管理混乱，经常闹些张冠李戴的乌龙，让主家哭错了爹娘也不是稀罕事，这里也是警察、检察官和律师经常光顾的地方。要说管理规范、态度优良，那就得是市内的“永馨”了，庄龙跟着领导或者代表领导到那里参加过很多告别礼，那叫一个庄严肃穆、备极哀荣，程序不会出一丁点的错，当然这家也是天价。庄龙忽然憎恨起眼前这片土地来：放屁也要分个三六九等。

这一骂反倒把自己骂醒了，庄龙猛然顿悟，上边很可能就是这个安排，也只有这么安排才能冲过封锁线。不能安排“永馨”，那些严谨齐全的手续，还不得把他这个大活人生生烧了，还得去“永生”，移花接木也不是太难办的事。庄龙还想起来，附近就有个永生安息园，旁边有个崖洞，是出了名的蛇窝，他脑子里出现了一些相关的场景。他顾不得恐惧恶心，逃命才是最要紧的，这会儿甚至盼着车辆赶紧过来了。

他望眼欲穿，这种车是有，但没有在他眼前停下来的。到了晚上，庄龙上半夜还在翘首张望着，下半夜坚持不住倚在了树上。他半睡半醒，上面突然来了指令，说：“你小子运气不错，前边不远的肉联厂收购的生猪中发现有几十只患了口蹄疫，要用厢式货车运到神仙府附近进行人道销毁，你就跟上这个车，冲出关口没问题，到了那个小码头边上，自然有人接应你。”

庄龙心里一阵狂喜，可转念一想，这个口蹄疫也能传人，要是染上病了岂不是更麻烦？对方好像知道他的心思，说应急包里有一只自带注射器的万能疫苗，进行肌肉注射就可以了。

庄龙刚把疫苗打在肩膀上，公路上一辆货车开着小灯滑了过来，庄龙赶紧迎了上去。司机停车后打开后面的车厢，给庄龙指了指夹层的位置，两个人什么话都没说。庄龙刚钻进夹层，车门就哐的一声关上了，随后开动起来。

车走了一段路停下了，庄龙猜是要过检查站，吓得大气也不敢出。果然，有人围着车辆叮叮当当地敲打，车厢后门被打开了，好像有人拿着长竹竿往里捅，把那些猪惊得吱哇乱叫，外面的人也是吵吵嚷嚷的，听不清说了什么。过了一会儿，似乎是没有发现什么问题，几声“搞定，搞定”之后，放行了。

过了检查站，车一路狂奔，庄龙在夹层里憋得难受，就钻到外面来，车厢里充斥着难闻的气味和凄惨的叫声。车不管不顾地开，一会儿猛拐，一会儿刹车，弄得这些活物更是焦躁不安，黑暗里又看不见，庄龙多次扑到那些猪身上，和它们纠缠在一起，有些块头大的烦躁地张口咬过来，把庄龙的衣服都扯烂了。

庄龙好不懊恼，心想：我庄某人怎么着也是个人物，竟然落到如此地步，混得还不如几个二混子。当初大院里那帮皮孩子，有个叫“菜包子”的，学习不行，运动会跑不快，是别人的撒气包，可前几年头也不回地下海了，到处叔叔伯伯地叫着，别人多多少少给批了点东西。趁着这双轨制，他早就发了。还有个叫“面条”的女孩，不知走的什么门路，开张就卖灯塔之国的土地，说是将来到这国就免签了，小孩留学、大人探亲都方便，一张邮票大的地方要一千多块，当时都排着队买，那叫一个火，现在这“面条”也不知到何处去了，那些土地证书签证官从来不看，直接从窗口扔出来，和废纸也没啥区别。

庄龙胡思乱想着，和这些猪待在一起的痛苦就减少了些。车在黑暗中颠簸着，大概过了一个小时，车速突然慢了下来，转了一个大弯，然后拐了几个小弯，最后停住了。他猜测应该有人过来接应，可停了片刻，司机却把车辆慢慢向后倒去，庄龙感觉不对劲，全身都紧张起来，他摸索到扶手紧紧抓牢。

车后门哐当一声打开的同时，车厢前面翘了起来，身边有几个“同伴”立马栽了下去，庄龙往下一看，顿时吓得魂飞魄散！黑咕隆咚的一个大坑，有些黑黝黝的影子在晃动，这坑深得连那些凄惨的叫声都模糊了。庄龙死死地抓住扶手，身体吊在空中，可车厢还在往上翘，有“同行者”接二连三地从他身边坠落，其中一个砸在他身上的时候，他再也坚持不住了，脱手向大坑落去，同时发出一声撕心裂肺的哀号：“完了——”

几乎是同时，一张大网兜住了庄龙，把他拖到地面上，几个穿制服的人围上来，迅速控制了他：

“庄先生，你的冒险旅途结束了，你的表演也该结束了！”

15.3

春节后，大部分工作已经正常开展，鲁雄集中精力啃那几块难啃的骨头，“闪电小子”虽说不在了，可那笔账还悬着呢。每当各种检查、审计、总结甚至调研来临的时候，这都是一个绕不开的题目，而且处理意见也是各不相同，有的要求快刀斩乱麻立即整改，有的建议吸取教训从长计议。用经营利润冲掉这笔账，往往检查团认可，审计组又要求调回来。这么几个来回，鲁雄被搞得不胜其烦，可是也没有办法，谁让那笔钱没有收回来呢。把责任全部推给老谭，可人人都知道老谭是死老虎了，再榨也榨不出二两油来。

法律部的颜经理和他们委托的杨大律师还算尽职，官司也打赢了，判决綦老板偿还全部本息。可执行起来又有了麻烦，綦老板狡兔三窟早把资产转移了。时不时有些新情报，可这些东西半真半假，有时追查不久线索又断了。去年，他们了解到綦老板在内地和钱圆合伙搞开发，就想扣住他的资产，进行司法拍卖，问题就解决了。可真进入司法程序时，他们才了解到和钱圆合作的是綦老板的儿子，所有的资金都是綦老板以他儿子的名义注入的！这条路走不通。像这样的事每年都得弄上几回。

眼下綦老板又有了新动向，鲁雄感觉心脏又狂跳起来，不知道是忧是喜。“闪电小子”的后代“草原精灵”在欧洲跑出了名堂，身价也上来了，十几个国家转了一大圈，最近落脚在凌先生的马厩里！凌先生方作为最直接的监护方，已经领取了那笔保险赔偿金。按照合同，在“草原精灵”已经成年的情况下，这笔资金就应该赔偿给“闪电小子”的抵押权人，也就是峥嵘公司，这样才合情合理，也能补偿峥嵘的损失。可凌先生方既然收了款，那还能吐出来吗？保险公司的错误还能再追究吗？

“你还想起诉凌先生？”何副总在鲁雄面前敲起了桌子，“这可是从没有过的事，那就成世纪新闻了，想不出名都难啊。还是想想别的门路吧！”

“我倒有个主意。”白莉也说最好不要招惹凌先生，这位不光商业帝国庞大，人脉也是上下通达。白莉建议主动对凌先生示好，再拿些钱和凌先生搞个育马基金，只要凌先生同意，就把那笔“闪电小子”的债权也注进去，过几年，基金发展壮大了，这笔不良债权自然也就“融”掉了。

鲁雄觉得压力很大，自己如同在一间宏大的庙宇里，像小鬼一般任人摆布，凌先生如托塔天王雄踞在上。赛马产业出师不利，又要再投入资金？经过几个不眠之夜的思考，鲁雄坚定了使用法律手段的决心，决定先给凌先生发个律师函。

不承想对方的反应还算友好，说：“鲁先生要是不嫌麻烦，时间也允许的话，就请前来凌云大厦一叙。时间在下周，确切时间还要再定，可以带两名随行人员。”

鲁雄终于可以会会这位真神了。

这天，鲁雄带着白莉和沙子去拜会凌先生，在凌云大厦门厅里由阿添接着，随后乘观光电梯，眨眼的工夫就到了高层。接下来的一段路仿佛穿越到了另一个世界：这里像是古代的街市，两边的店铺里熙熙攘攘，酒楼挂着各色各样的幌子；牌楼一座接着一座，上面写着“四海升平”“八方来仪”之类的词语，题款和楹联来不及细看。终于，他们走进了华丽的“宫门”，四周高墙耸立，那些喧嚣之声都听不见了，一座大殿突兀地出现在眼前。

阿添引导着他们进殿，门口是几十层高高的台阶，涂成暗红色，鲁雄想这可能就是所谓的“丹墀”了。待进到殿里，众人累得气喘吁吁，殿内金碧辉煌晃得人睁不开眼睛，鲁雄觉得有点狼狈，刚刚适应，他猛然发觉凌先生就端坐在高台的宝座之上，身穿明黄色的袍服，胸前绣着团龙，头上戴了个冠，身后两位美女扶着巨大的芭蕉扇。鲁雄微微摆头，大殿两边列着整齐的武士队伍，齐声喊：“鲁雄三人前来觐见。”四周的空间有限，嗡嗡的声音回荡着。

鲁雄还在想怎么见礼，三人面前早已备下了团垫，难不成还要下跪？短短的工夫，鲁雄就打定了主意，对着凌先生微微鞠了一躬，抱拳朗声道：

“峥嵘公司鲁雄拜见凌云主席。”

“哈哈哈，免礼免礼。”凌先生笑着从高台上走了下来，仿佛一尊雕像突然活了，他一把扯下那套冠冕扔给阿添，扶了扶鲁雄的胳膊，说：“都散了吧，鲁先生请进暖阁。”

“这都是闹着玩的。”凌先生边走边说，“在这弹丸之地，不可能人人都打高尔夫，每日锁在钢筋铁骨的牢笼之中，还得自己找些乐子，要不然太闷了嘛！听说鲁先生也是登山的发烧友呢！”

鲁雄说：“不过是活动活动腿脚，不比凌主席，从来都是大手笔，刚才那条街市看着那么热闹，我都想在这里开个店跑堂子了。”

“鲁总干店小二？”凌先生很是诧异，“委屈委屈，玩笑玩笑。”

所谓暖阁，不过是用几架屏风围起来的一个空间，陈设着古色古香的家具，博古架上摆放着艺术品。众人围着凌先生坐定，侍者为每位客人奉上热毛巾，又呈上一杯飘着香气的茶水，果盘点心是早就摆放妥当的，鲁雄又微微欠身，说：“感谢凌主席百忙之中的款待。”

“不必多礼。”凌先生聊起来，“什么主席，一间公司有二十个经理，一个商会三十个社长，帽子越大越好，这都是本地人闹腾着玩的。”

“先生真知灼见。”鲁雄就按照他的意思换了称呼，“先生白手起家，建造起这非凡的商业帝国。您艰辛创业的故事可以说妇孺皆知，您各式各样的传记真是数不胜数啊，我们隔几天就得看场以您为原型的电影呢！”

“哈哈。”凌先生并不反感这个话题，“这就得说到本地文化的特点了，这里人口稠密，交通拥挤，住处逼仄，生活节奏很快，竞争压力不是一般地大，怎么减压呢？那就得靠这‘八卦’了。‘八卦’一番，哈哈一笑，烦恼烟消云散。依我看，这八卦也是有可取之处的。”

听众等着听下文，凌先生却是招呼大家用些点心水果，自己也呷了几口茶水，而后继续侃侃而谈：

“在我看来，要想八卦得有趣，故事引人入胜，就得多做加减乘除之法，加法嘛，就是添枝加叶、添油加醋、无中生有、平地起楼，生造些故事出来，看客自然就多了，观众也有了。剩下的减法之类的，各位不妨慢慢揣摩。写我的那些书，正规书店里也不多，都是放在地摊上和些摩登艳星的画报胡乱堆在一起，老夫我也乐得受用了，哈哈。”

听者都笑起来，古小姐白了凌先生一眼。

“先生对世事洞若观火。”鲁雄赞叹道，“先生谋略过人，尤擅奇兵制胜，那几场关键的收购之战，先生以非凡的勇气，力挽狂澜，非大智大勇之人不能成此伟业啊。”

“过奖过奖。”凌先生仍然十分谦逊，“不过胡乱操作，撞了些大运而已。运气这个东西有时候真是说不清道不明，也许就是上天的安排吧。譬如两片牵着手的姊妹雪花，飘到那屋脊之上分开了，一片从北坡落下来，多年以后就汇入了太平洋，另一片就降落到南坡，颠沛流离最终委身印度洋，这姐妹再次重逢，又不知是猴年马月了。”

这说得有点远，众人的思路一时跟不上，白莉和古小姐，沙子和阿添，悄悄地开始交流。

凌先生对鲁雄说了些公司的日常，又赞扬鲁雄光明磊落、直来直去的人生态度，又说到本土文化：“刚才那些八卦的事不过是些皮毛，真正的精髓就是赛马了，不懂马不看马无法领略本土文化。千里马常有而伯乐不常有，本人在商场上不过是误打误撞，可要说到相马，老夫就当仁不让了。”

凌先生自信满满道：“最近我这麾下新添了三位生力军，有位‘草原精灵’已经在欧洲连赢三十场，祖上也是得过爵位的，前途不可限量。”说到这里他忽然怔住了，似是想起了什么事，就把阿添招到眼前，说：“你前几天告诉我，有笔保险公司的进账不太对，具体怎么回事？”

阿添说：“这一笔是给那个綦老板擦屁股呢，这‘草原精灵’的生父不是綦老板的‘闪电小子’吗？也是当初抵押给鲁总的，‘闪电小子’出了事故，这保险赔偿第一位是成长期的‘草原精灵’，如果‘草原精灵’已经成年，可以正式参加比赛了，那这赔偿就该返还给鲁总了。但是咱们和银河保险公司往来的账目太多，他们就不逐笔核实了，年前集中处理的时候，按照惯例发放到咱们这边来了。”

凌先生皱皱眉头，说：“你像说绕口令似的把我绕糊涂了，那是不是咱们把款直接给鲁总，保险公司那边发个备忘录，这个事情就了结了？”阿添说：“可以呀。”凌先生又问鲁雄，鲁雄说：“今天主要是拜望凌先生，也想着顺便问问这个事，既然凌先生有这样的安排，那是再好不过了，非常感谢！”

凌先生说：“以为多么大不了的事呢，原来如此，这有何难？”说完他让阿添拿过来一张支票，签了名，鲁雄只看清了前面的一个“L”，后面画了几个道道，画了几个圈，就数不过来了。

凌先生把空白支票递给鲁雄说：“朋友高兴，你随便填。”鲁雄心里吃惊，犹豫着说：“这不太妥当吧，也不是个小数啊。”凌先生满不在乎，说：“毛毛雨湿湿碎，都是小意思。”鲁雄赶忙叫白莉递上那张清单，上面列明了本金、利息等费用，一清二楚。凌先生扫了一眼递给阿添，说：“怎么样？正事办完了，那就开饭，民以食为天啊。”鲁雄赶忙客气，说：“先生请茶已经是太过客气，还要准备饭，真是我们的荣幸啊。”凌先生淡然说：“鲁总也是难得一见，来了就玩一天嘛！”

15.4

众人转场到了宴会厅，这里也是一个环形结构，每人设置一案一椅，相距三五步，凌先生椅背略高，雕着金龙戏珠。凌先生叹道：“中华文化博大精深、源远流长，老祖宗的好东西很多，可惜传承不够。就说这作揖，不比西洋人的握手卫生嘛，还有这分餐，咱们早实行了好几千年，今天也是分餐，各位没有什么不同意见吧？”

鲁雄说：“这样最好，全凭您安排。”

白莉却是不见了，鲁雄也不清楚她去哪儿了，沙子说：“白秘书有点不舒服，犯老毛病了，就临时退席了，让我转达歉意。”凌先生说：“为何不早说，这旁边就有大夫嘛。”他转向古小姐，说：“白小姐原来只是见过面，这次想着吃个饭再加深一下印象，你是不是把白小姐给气走了？”

“冤枉呢。”古小姐猛地扭了一下身子，“怎么会？我和白莉姐姐聊得很投机呀，我们还要拜个金兰姐妹呢！”

凌先生也没有再追究，就命人在场地中央放一架古琴，说：“琴是有了，可古玉小姐赏不赏光，那还得看她的心情，也得看客人的表现，能不能吃好喝好很关键呀！”

“六月雪呀。”古小姐身子摆动的幅度更大了，身上缀着的饰物叮叮当当地响起来，“这么尊贵的客人来了，能不领命吗？只怕艺疏技拙，让贵客见笑呢！”

鲁雄赶忙表态，一定吃饱喝足，好让古小姐也弹奏出这天籁之音。

说话的工夫，阿添已经指挥人把盘盏刀箸摆放停当，各种准备工作完成，宾主落座，鲁雄看到面前放着一张类似贺卡的精美卡片，打开只见里面写着：

宴飨贵宾之“壮志凌云谱”

友谊之虹七彩冷盘
凤凰双展翅
凤口焗飞猪
肝肠牵心肺
虾蟹闹龙庭
火山炙和牛
貂蝉戏金龟
星斑邀月影
红日照碧空
五谷丰登各色面点
瓜果满园时令佳品

鲁雄觉得有点意思，刚要仔细解读，冷盘和第一道热菜已经上来了，侍者把酒杯斟满，凌先生就举杯致欢迎词，鲁雄赶忙洗耳恭听，随后众人齐齐干了一杯酒。

鲁雄致答谢词，大家又干了一杯。

古小姐举杯说："虽然我跟白莉姐姐没闹矛盾，可还是感觉没有照顾好她，我自罚一杯。"几位主宾各自陪了半杯。

凌先生开始出题目了，说："无规矩不成方圆，咱们还得制定个游戏规则，行个令可好？"

古小姐说："早就知道鲁总是一位儒帅，咱们赛个诗如何？就从鲁总开始，今天我们也领略一下您的风采。"

鲁雄本来想推辞的，可凌先生如此盛情，也不好扫了大家的兴，说："那就只能抛砖引玉了，只是不知这是命题作文还是自选题目任意发挥？"

古小姐说："既然咱们宴会设于凌云大厦，那就以这凌云大厦为题吧。不过有言在先，诗做得好，大家认可，本人弹奏一曲，要是不过关，那就得罚酒三杯，勿谓言之不预也。"说完得意地向鲁雄飞了个媚眼。

鲁雄紧张起来，坐在席上如浑身有刺一般，心想：古人七步成诗，那毕竟是走动着，脑子活络，可眼前这环境也不好离席踱步，只得晃了几下身子，飞快地想句子，可都不满意，觉得不过是喊了几句口号，但也不好磨叽起来没完没了，最后只得大声地说："凌云集团是凌先生掌舵的一艘巨轮，这凌云大厦好比船上的桅杆，'赵公偏爱天下嫉，白手加冕世称奇。江洋湖海任来去，一桅高耸万帆低。'"

凌先生笑说过奖过奖，不过鲁总的思路可以借鉴，他觉得不妨改为："江洋湖海来者众，一桅却与万帆同。"

大家说："都好，双璧生辉，咱们敬两位老总一杯。"

凌先生一饮而尽，说："提到船的事，提醒我了，听说老戈到滨海市搞了个邮轮码头，到时候我放两条船过去。"

大家热烈地鼓起掌来，古小姐弹奏了一曲《高山流水》。

轮到沙子了，他急得抓耳挠腮，心想这凌云大厦比什么呢？比个舵轮，形状不对；比个船锚，也是定盘星的意思，可就差得更多。他忽然急中生智，联想到什么，说："凌云大厦就是万吨巨轮的锚桩，也就是定海神针，'太平汪洋不知深，飓风狂涛亦惊魂。激流暗礁又何惧？大帅稳坐在中军！'"大家齐声说好，赏酒一杯，古小姐就演奏了《十面埋伏》。

凌先生缓缓说道："承蒙各位厚爱，其实呢，没有那么波澜壮阔，我年轻的时候不是在乡下做教书佬吗？哪有现在这么好的条件哪，就两间破屋，十来个破衣烂衫的孩子，我就掰了个竹枝子当教鞭，所以对这东西印象挺深。

后来盖楼的时候呢，就盖成了竹节形状，正是‘少时耐得清和贫，早晚此物常伴身。谁意经年风雨后，桃满枝头李成荫。’”

满座皆惊，赞叹不已。鲁雄说：“凌先生钟情教育，几十年身体力行，珠尾书院无论教书育人还是科研实业都是硕果累累啊，最近我们又招了几个书院的博士，很抢手啊，幸亏下手早呢。”

这时正好上了道牛排，凌先生入乡随俗，越来越喜欢熟度轻的，用完嘴角还残留了几道血丝，古小姐帮他整理了一下。

凌先生道：“牛羊类同，发人深思，城里还有些攻击老夫的噪音，老夫权当蝉嘶蛙鸣，也不去管他们了。今天索性抛下面皮，献丑到底。”说着离席坐到琴台之前，弹奏了一曲《苏武牧羊》，曲调苍凉悠远，气势雄浑，似是把一些压抑已久的情绪抒发了出来，乐曲终了，众人意犹未尽。

掌声热烈，众人齐齐起身给凌先生敬酒。

大家把目光投向古小姐，这位早已构思成熟，款款说道：“我觉得咱们凌云大厦最像火箭，那竹节就是一级级发动机呀。‘冲天拔地岂恋尘？长袖御风最销魂！嫦娥老去羞相见，月宫还属如花人。’”

一片掌声。鲁雄说：“古小姐芳华绝代、诗情豪迈、抱负不凡，本人的顺口溜和古小姐的诗有天壤之差，佩服佩服，敬酒一杯。”凌先生说：“我看不然，凌云集团还放不下你这女子了，翅膀硬了就想飞呀，应该罚酒三杯。”大家吵嚷了一阵子，也没有达成一致。

古小姐饮酒一杯，飘飘然弹奏了一曲《梅花三弄》。

待众人找阿添时，这位又离席了，不知跟服务人员交代什么事去了。凌先生说：“也别难为他了，这伙计钓鱼还行，作诗有点赶着鸭子上架。”这时候面点上了，众人就喝了个花好月圆的尾酒。待上了果盘，重新换过茶水，众人便开始慢慢说闲话。

鲁雄的手机响了几下。原来，白莉拿着那张支票去兑现了，离开的时候也费了很大周折，来宾通道有保安把守，插翅难飞。白莉找到闺蜜，到卫生间换了员工制服，拿着员工门卡走了员工通道，出了这座大厦。可到了银行，柜员说账户上有钱，可不够这个数。

鲁雄觉得像是掉进了冰窖里。

15.5

散席后，一行人转场到旁边的休息室喝咖啡，有人起身上卫生间，顺便活动腰腿。鲁雄考虑再三，还是把支票转账不成的事告诉了凌先生。果然不出所料，凌先生很是吃惊，挥手把阿添招了过来，说："鲁总那张支票是怎么回事？今天不让你作诗已经是饶了你了，吃了猪头人也长了猪脑了吗？怎么连这么点小事都办不好呢？"阿添委屈地说："事情有点多，这不是还没来得及嘛。"凌先生严厉地交代："现在就办，下不为例，再有差池，就得给你喂猪食了，要么关在猪笼里反省几天，让你长点记性。"

阿添走后，凌先生又对鲁雄抱怨，说："你这个性子比我还急，那是一个新开的户头，财务还没有来得及把那个钱转过去呢！还以为白小姐真有什么情况，哪知道是急着去办这个事呢！"鲁雄只得推说不知情，把沙子叫过来呵斥了一番，说："你们两个从来都是嘀嘀咕咕瞒着我办事，今后就得坚决把你们分开了，否则你俩能联手把我卖了。"

虽说场面上把这个事圆了过去，可有了这个插曲，气氛有点尴尬，凌先生兀自坐在沙发上，跷起了二郎腿，冷脸端着杯子。鲁雄想缓和一下，忽然记起他来之前为凌先生准备了一件礼品，因为进门后事情太多，就忘了。本来沙子被鲁雄骂到一边去了，现在又被重新叫回来，鲁雄对凌先生介绍说："主席有所不知，我们这位沙经理呢，不光做业务，还是喝过涅瓦河洋墨水的艺术人才。"凌先生说："好啊，我说嘛，贵司哪能光盯着珠尾书院呢？满世界的人才都有嘛！"

鲁雄安排沙子取出那幅油画——《叱咤风云图》，在凌先生面前展示。只见画中凌先生迎风站立在货柜码头的锚桩旁边，风衣的下角被吹了起来，一副不怒自威的气势。凌先生身前是波浪翻滚的大海，身后是整齐排列的小山一样的货柜，身旁是一艘巨型的货轮，几只龙门塔吊正在装卸作业，远处依稀可见都市的风景，天空中乌云漫卷，山雨欲来。背景和气氛渲染得恰到好处，有种磅礴的气势散发出来。

"嗯，画得不错。"凌先生说着站起来慢慢欣赏，"看得出来沙经理底子很厚实啊，有中国画的底蕴，又是拜过西洋师父的，构图很完美，技艺精湛。风景写实逼真，不过对人物美化太多啊，这台风马上就过来了，老夫有那么气定神闲吗？”

“恕我发表点不成熟的看法。”鲁雄以探讨的口吻说，“窃以为这油画也是个‘一瞬间’的艺术，再顶尖的大师也是把东西画好放在那里，不可能再变化了，但油画与摄影又有很大不同，摄影要抓、要抢，那一瞬间就是白驹过隙、稍纵即逝的一个定格，而绘画呢，就是要揉捏、浸润、浓缩，把非常丰富的内容挤压在这方寸之地，虽然是简单的一个画面，但也能高度概括凌先生几十年风雨不屈的风姿呀。”

“也有道理。”凌先生颔首，“不过老夫身上、脸上的彩油漆粉抹得不少啊。”

“我们也是经过了反复的斟酌和讨论。”鲁雄真诚地说，“未来会根据您的意见进行完善，如蒙不弃，赠送给您作为纪念。”

“惭愧惭愧，无功不受禄。”凌先生表示推辞，“沙经理如此苦心，既然画的是老夫，恐怕别人也不好收藏，那就只能和老夫结缘了，就此谢过！”

凌先生说到最后对着油画拱手揖了一下，大家也都围拢过来欣赏这幅作品，古小姐说：“沙经理好有才华，有空介绍我的书法家老爸和您认识一下。”又对着凌先生说：“老板，我看这幅画可以挂在您的办公室，要么入藏博雅斋。”

“对了。”凌先生道，“既然贵客有这么深厚的艺术造诣，那就点评一下博雅斋吧。”

博雅斋虽然谦称为“斋”，却是占了整整一层，相当于一间中型的博物馆。鲁雄感觉自己走马观花，沿着历史的河流徜徉了一回。凌先生对这些藏品珍爱不已，来龙去脉如数家珍，掌故佳话信手拈来，越讲兴致越高。古小姐却是有些不耐烦，说：“来了客人就要看这些坛坛罐罐的东西，你手里是个宝贝，怎么知道人家一定感兴趣呢？还有什么黑山文化、红土文化，那些泥巴壶呀、盆啊怎么看怎么丑。还存放了这么多的青铜容器，那时候人们怎么这么偏爱这青铜呀，干吗不多存点金子呢？”

凌先生不好发作，只得应付她，说：“所以你要学习呀，别动不动使性子，离出徒还早着呢。”

古小姐只对一些外表漂亮的器物感兴趣，时不时还要从收藏的展柜里取出来把玩观赏一番，凌先生如果不同意，她就施展那套摇身子歪脑袋蹙眉毛的老把戏，凌先生不得已只好做些让步。她自己看还不够，还要递给鲁雄仔细观赏，说："鲁总你帮我看看，老板讲的玄妙之处我怎么看不出来呢？"鲁雄和她保持着距离，并未伸手去接，说："凌先生收藏这些宝贝，要付出多大的心血，今天得见真容也是三生有幸呀，过眼已是福报匪浅，就不必过手留痕了吧。"

古小姐也不理会鲁雄说了些什么，只找她喜欢的东西。众人转到一个瓷器的展柜前，最上面的一件碗形器物吸引了大家的目光。只见这碗比平常吃饭的碗略小，薄如蛋壳，呈半透明的状态，通身发出羊脂玉般的光泽，碗内白净无瑕，碗外画着半截顽石，几簇兰花，一只神态安然的母鸡正在觅食，不远处就有两只小虫作逃离状，不知道下一步要发生什么。古小姐说："这个真有趣。"又要求拿出来玩赏。凌先生摇头说："这个不行的，这是老夫的镇斋之宝啊。这个碗的来历非同一般，是宋代那位天才皇帝画家亲手所画，存世只有两件，还有一件公鸡保存在故宫博物院，老夫已经答应了他们，要把这件捐赠过去，凑成一对。你好好表现，我带你参加捐赠仪式。"

"镇馆之宝都要捐赠出来！"鲁雄赞叹说，"凌先生真是高风亮节呀。"

"捐走了岂不是更看不到了？"古小姐撒起娇来，"我不要参加什么典礼，我就要现在看看，免得到时候肉痛。"

凌先生拗不过她，眼神示意了一下，工作人员领会，就从展柜中取出这件宝贝，让古小姐捧在手里近距离观赏。刚开始大家还挺紧张，慢慢就有所懈怠。古小姐起初两只手捧着，后来想发表点见解，就用一只手端着，另外一只手指指画画说道："这是只母鸡，怎么着也得有几只鸡崽才配嘛。"说着就去指她认为应该画鸡崽的位置，没想到，这个碗太轻，这么一戳就从她手里翻落下来，倒扣着向地面落去……

说时迟那时快，就在碗即将落地的一瞬间，鲁雄手疾眼快，一个海底捞月，抓住这只碗护在胸前，可由于动作过猛失去了重心，身子重重地摔在地上。

事情发生得太快，几人反应过来，赶忙检查这价值连城的宝物，发现没有什么损伤，连忙把它放回原处。鲁雄也翻身起来活动了一下，还好，只是着地的地方有点疼，没有大碍。鲁雄感觉古小姐今天早晚要惹事，早有所防范。众人有夸鲁雄身手矫健的，有赞凌先生吉星高照的。古小姐脸上挂不住，说："鲁总抱歉了，我有点头晕，休息一会儿，就不陪您了。"

凌先生还算泰然，说："鲁总真是福星啊，你给我拯救了一个马队呢。今后有什么事情就不用客气了。"

鲁雄说："不过是伸手之劳，凌先生保存民族瑰宝，传承文化，大功大德，世人景仰。说到打扰，我就不客气了，这次来，也是想着请教您的制胜之道呢！"

"这个自然，她们走了正好，咱们说点男人的事。"凌先生自信满满地说。

15.6

一行人来到大厦的"临海览胜"这一层，这里打造出了海天一体的效果，近前是海岸，远处衔接人工制造的景观，辅以声光电的配合，浑然天成。只见海水湛蓝深不可测，微风拂动，高大的棕榈树轻摆枝叶，几只海豹正在岸边慵懒地晒着太阳，时不时挠挠伙伴，两只大龟盘踞在沙滩上，如老僧打坐般纹丝不动。

水里分为两部分，一个池子里有几尾鲨鱼，往来穿梭，躁动不安，不时张大嘴巴，露出一排排锯齿状的利牙，咬着透明的海水。另外一个池子里是凌先生海钓的战利品，他自是如数家珍，说："你看这条威风八面的金枪鱼，尾巴像渔叉，身上像挂了不少兵器，逮住的时候也是费了挺大劲呢！"又指着几只像刺猬一样的黑鲷说："这还是台风'企鹅'袭来之前抢钓的呢，船刚刚回港，台风就过来了，好险啊。"

"这些鱼虽然离开了大海，可还是寒暑无忧。"鲁雄回应，"先生宅心仁厚呀。"

出乎意料的是，鲁雄说话的当口，凌先生做了个手势，手下人就打开了两个池子间的透明挡板，顿时，几条对着邻居觊觎已久的鲨鱼就冲杀起来，那些柔弱的鲢鱼鲈鱼，刹那间被咬得支离破碎，就是外表还算刚硬的，也是遍体鳞伤，惊恐逃命。池水变成了红色，有些鱼的残骸浮上了水面。鲁雄吃惊得说不出话来。

"以力胜，不过小胜。"凌先生微微点头，"鲁总还要继续探讨吗？"

鲁雄觉得这有点血腥，但很难拒绝凌先生那种神秘的微笑，又想看看这位还有什么演示，就点了点头。

“那就上山。”凌先生挥挥手说，“这里也太闷了。”

凌先生带着阿添，鲁雄领着沙子，四个人从楼顶乘直升机，几分钟的工夫就降落在山顶的豪华别墅旁边。阿添先跳了下去，扶着凌先生下了机，凌先生刚要扭头看客人，就被一头前来迎接的好似老虎的动物缠上了。鲁雄细看时，认出那不是老虎，只是个长了虎头样貌的大狗。狗头大而圆，嘴方而阔，三角形的眼睛，脖子短粗，通体雪白，覆着厚厚的绒毛，冲着凌先生不停地摇尾巴，嗅嗅他的身上，舔舔他的手掌，发出簌簌的声响。鲁雄想这也许就是传说中的“虎头雪獒”了，一行人带着獒犬向别墅走去。

中途路过一间漂亮的玻璃房子，上面挂着雪獒的照片，大概是它的寝舍。正当众人准备前行的时候，獒犬却是不再前进，咬住了凌先生的衣角，对着犬舍低声地吼着，尾巴直直地越竖越高。大家再看房子时，发现不知何时来了一位不速之客。这是一条斑斓大蛇，有胳膊那么粗，大概三米长，身上长着金钱一样的花纹，在地面上蠕动着，嘴里吐出长长的信子。

凌先生摆头示意了一下，敖犬嗖的一声返回了舍中，冲到了蛇的面前，蛇的上半截身子一下直立起来，差不多有一人高，头如乌龟，脖子却像扇子一样张开，上面好像又长了一对眼睛。它俩摇晃着身子对峙了一会儿，似乎在寻找对方的破绽，还是獒犬忍不住发动攻击，率先冲了过去，蛇却像飞舞的彩带一样飘忽不定，獒犬不断出击，却只能咬着一些影子。獒犬冷静下来，伏在地上等着蛇从空中落下，果然，在对手还来不及腾空的一个瞬间，獒犬一口咬中蛇尾，蛇受伤了。

蛇围着犬舍逃走，獒犬在后面快速追赶，眼看要追上的时候，蛇来了几次急刹车，獒犬摔得灰头土脸。獒犬又改变了对策，静静地在反方向埋伏下来，等蛇转完这一圈，獒犬迎头痛击，一下子咬到了蛇的身子，扯落了一大片猩红的皮肉，蛇登时像绳子一样落在地上，一动也不动了。

眼见对手声息全无，獒犬反倒不知如何应对了，片刻的慌乱后，它用嘴巴拱对方的身子，然后咬着对方的尾巴使劲把它拖出自己的领地，眼看要到门口了，那蛇却突然复活了，眨眼间在獒犬的脖子上绕了几圈，一口咬在獒犬的鼻子上，顿时两股鲜血喷了出来，獒犬踉跄了几步，颓然倒下了。

阿添赶忙上前救助，拿着工具分开这两位斗士，沙子晃了晃手里的写生本，一幅《龙争虎斗图》刚刚有个雏形，凌先生摆摆手，意思是两人可以自便，又拉着鲁雄说："以智胜，可称中胜，咱们上楼。"

凌先生和鲁雄登上了别墅二楼的大露台，天气晴好，半壁江山尽收眼底。穿过那道弯弯曲曲的海峡，就是宏伟壮观的港湾了，那里烟波浩渺，远处天海相接，近处大小船只成群结队，像一片片树叶浮在水面上。在一处稍显平静的湾区，有条大船显得很另类，离群索居泊在离岸老远的地方。

露台上安装了一架高倍数的望远镜，鲁雄从里面望过去，这不就是那个"乌鸦号"吗？鲁雄想起几年前，透过齐副省长病房的窗口也曾望见过这条船，看起来没有太大的变化，只是那群黑色的"乌鸦"，似乎更瘦了，颜色也更加暗淡，和甲板的反差不大，借助这望远镜才能勉强分出来，他心想：是不是又增加了什么隐身之术呢？

凌先生也看了一会儿，若有所思地说："以势胜，方为大胜。"他见引起鲁雄的注意，又缓缓说道："不过呢，此'势'也未必是'攻'势，还要看造势、乘势、借势、取势的造化。像春秋五霸的晋文公，退避三舍，以退为进、以柔克刚，是'势胜'的高手。"

"再过个几十年，"鲁雄也想得远了，"我们至少纸面上能和对方势均力敌，这么坚定不移地走下去，终有势如破竹的一天！"

"但愿如此。"凌先生平静地表示。

鲁雄收到信息提示，白莉汇报说那张支票已经完成了转账。于是，他彻底放开了，继续说些不着边际的话："有些问题萦绕在心头许久，还望先生赐教。有人说，太阳下没有新鲜事，文学浅，哲学空，历史死，经济蒙，好像天下的学问也如这皮蛋肉粥一般混沌，先生又如何看待呢？"

"国家发展这么快，"凌先生感慨地说，"论文如漫天飞雪，成果如火山喷发，专家教授多如过江之鲫，老夫怎敢妄加评论？刚才那个题目，我这里还有一点儿心得，今天索性一吐为快。"边说便拉着鲁雄又上了一段楼梯。

两人来到楼顶的天台，这里除了白玉雕琢的扶手栏杆，周围再无任何遮挡，视野像天文观测站一样辽阔。太阳已经偏西，光线变得温和，月亮挂在穹顶，天边还有几颗星星在闪烁。起了风，有云雾状的东西在山脚聚拢起来。

"以形胜，乃是绝胜。"凌先生避开鲁雄期待的目光，盯着远方说道，"有无穷之形，远得不能再远，追了一百亿年还不够，还要看两百亿年，上了月亮还不够，还要登火星，落小行星，要飞出太阳系。有极微之形，至微至细，分无可分，原子上还要掏洞，光子上还要点火。依老夫愚见，各家为了求取这形胜，投入人力物力，各种手段伎俩层出不穷啊。”

“先生高见，愿闻其详。”鲁雄虽然没完全明白，但还想继续听下去。

“可惜了。”凌先生又把目光收回，看着鲁雄，“你我这肉身凡胎，只能看到三维的物体，欲取此形胜，三维远远不够，这是多维世界的比拼和厮杀，其惨烈远非一般腥风血雨所能形容啊。”

“您这么说，我都有点气馁了。”鲁雄觉得有些玄虚，就主动示弱。

“不必灰心。”凌先生鼓励说，“自从那个大胡子科学家把原子能释放出来之后，科学上再无重大突破，说天花板也好，瓶颈也罢，对追赶者还是有利。”他又忽然想到了什么，说：“对了，那位行动不便的物理天才，我请他下周到珠尾书院搞个讲座，我觉得，这位起码可以看到三维半的时空了。你如果有兴趣，就让他们提前给你留个位置。”

“太好了！”鲁雄差不多是喊了起来。

凌先生却是抑扬顿挫地吟道：“富且贵于我如浮云，康而寿凭上苍护佑。”

“哈哈哈哈。”一阵豪放张扬的笑声，把屋檐上的小鸟惊得跌落下去，半晌才飞起来，山下蜂拥而上的云朵似乎也受到了震慑，翻卷着不再前进，凌家别墅如蓬莱仙岛般浮在半空。

尾声

狮王峰下

一个春光明媚的休息日，大家结伴出来爬山，这次爬的是著名的狮王峰郊野公园。

时光荏苒，世事变迁。省里为了加强经营性国有资产的集中管理，成立了国有资产监督管理局，鲁雄被任命为局长，文山同志接替鲁雄担任峥嵘公司董事长。而且，为了准确规范地建立现代企业制度，董事会、经理层、监事会几个层面的领导机构都要分设，以便形成决策科学、指挥顺畅、有效制衡的良好机制。战起洪同志改任副董事长，何多来同志提升为总经理，吴副总到龄准备退休，由副总转任监事会主席，还提拔了几位年轻的同志到各层班子中去，公司呈现出崭新的局面。这次活动也具有告别的意味。

鲁雄和文山已经交接了工作，他们带着老班子成员的战副总、何副总、吴副总、由副总和新班子成员，还有汤姑娘、白莉等人，意气风发地从起点出发。太阳还没有升起，山中飘着淡淡的晨雾。栓子也过来了，他刚走出不远，到上坡就打退堂鼓了，说："我的腿不行，我还是打个车到终点等你们吧。"白莉也找理由留下了。鲁雄有点纳闷，战副总狡黠一笑，说："你看出点名堂了吗？"鲁雄想起，最近栓子来的几次都是匆匆打个招呼就到外间了，和白莉叽叽喳喳说些什么他也听不清，栓子最近收购了几个矿山，成了有矿的人了，莫非两人还真有点什么事？白莉打了辞职报告，听说要和黄缨合办公司，鲁雄就问老战："白莉不是和黄缨不对付吗？怎么这两个人还要搭伙干事呢？"老战两手一摊，说："我哪里知道呢！"

鲁雄的疑问还在增多，文山悄悄地告诉他，说："老战、傅政委在和庄龙打交道的时候，和安全保卫部门有一些将计就计的安排，我也只知道这么多，建议你也别问了。”他这么一说，鲁雄茶壶里煮饺子——心里有数了，自己反映庄龙的问题不也是单线汇报嘛，同时也觉得，新的岗位不知道又有多少事等着他呢，不说有组织原则管着，也确实没有精力再理这些陈年旧账了。警方对钱圆、进财发布了红色通缉令，很快就会有结果了，天网恢恢疏而不漏，他们逃不脱法律的惩罚。浩大公司的新班子已经到位，审计工作刚刚结束，清理整改、拨乱反正的工作已是箭在弦上。

鲁雄和汤姑娘走在一起的时候，汤姑娘问道：“怎么不见沙经理呢？”

鲁雄回答：“还是因为小夏的事，沙子心里始终过不去这个坎儿，这次省里要加强红色文化建设，对原来的英烈纪念馆进行扩建，沙子就申请到那边工作了，这也能发挥他的专业特长。”

两个人沉默了一阵子。

走到一个观景平台的时候，大家稍事休息。鲁雄的手机响了，游勇发过来一段小视频，报告了一个天大的好消息：吕燕找到了！海啸发生的时候她受了伤，被当地老乡救了起来，身上没有证件，就一直滞留下来了。等证件补齐了，就可以安排她回国了。只是，伤还得慢慢恢复。

游勇拨了视频通话，鲁雄看见吕燕比原来胖了不少，目光有些呆滞。

“燕子，燕子，你好吗？”鲁雄大声地喊着。

对方好像在努力回想，但最终还是轻轻摇了摇头，鲁雄眼泪止不住地滚落。

“妹妹，燕子妹妹，等你好了一起爬山呀！”

“……姐姐，汤姐姐。”终于，对方有了回应，也是泪流满面。

信号中断了，大家都是感慨万分。鲁雄决定，等新的工作开展后，就抓紧时间到那边去把吕燕接回来。

众人继续前进，没一会儿就登上了一个小山包。这里视野开阔，晨雾已经散去，太阳刚刚升起，前面青翠的山峦像浪涛一样绵延不绝，一直延伸到海天相接的地方，仰望最高峰，山顶上有只自然形成的、惟妙惟肖的赭红色花岗岩狮子，向着东方傲然蹲踞，尾巴高高竖起，四肢粗壮，十分健硕。

这只狮子从沉睡中醒来，经过了无数次天崩地陷的地质运动、粉身碎骨的锻造，上升到群山之巅，又经历了千年万年的风吹雨打，从日渐坍塌的同伴中脱颖而出，成为真正的王者。阳光照过来，在金色的光晕里，狮王显得亦真亦幻，似乎正跃跃欲试，准备腾空而起奋力搏杀……

狮王峰下，繁忙的港湾里，千帆竞发，万艇飞渡。一艘硕大无比的巨轮，沐浴在金色的阳光下，正乘风破浪加速航行。蔚蓝的海水映衬着船头上高高飘扬的五星红旗，在狮王的注视下，红旗愈发鲜艳夺目。

2020 年 12 月　初稿　海南三亚

2021 年 9 月　定稿　山东济南

后记

在图书馆写本书

春寒料峭之时，月暗风高之夜。

在潍北平原这座古老县城的一条小街边，一箭之地依次耸立着三座黑黝黝的门楼，门楼之间房屋相连，房子上开有窗户。平常，小街偶为集市，这些窗子开在高处，芸芸众生无人关注。小街上闪过几个瘦削的影子，倏忽间，两个影子叠加在一起，一个影子在同伴的扶持下，轻盈地攀上了窗台。窗子上的几片玻璃乍看整齐完好，但有一片是被挖了圆孔的铁皮，这圆孔本是冬季取暖火炉的烟囱通道，其时刚把烟囱取掉没有几天，影子把手臂伸进圆孔，不费吹灰之力轻松地拔开了窗子底部的插销，于是，窗子打开了，几个黑影拉扯着翻了进去。

屋子里摆着一排排高大的货架，他们像是进了阿里巴巴的山洞，强压住心中的激动和狂喜，在微弱的手电筒光中，从货架上取下选中的宝贝，来不及细看，就急匆匆塞进随身携带的挎包里。这些物品很有分量，不一会儿他们就处于满载状态了。随后，几个黑影原路返回，关上窗子，扣好插销，跃下高高的窗台，磕磕绊绊地消失在茫茫夜色中……

这不是惊悚影片的镜头，而是我十几岁时，和伙伴们首次“光顾”家乡图书馆时的情形。那三个门楼是旧时候大户人家所盖，当时分别属于图书馆、文化馆和剧团，用现在的话说，这地方妥妥的一个“文化中心”。那些高大的货架就是普通的书架，即便岁月变迁、科技进步，这些货架也没有多少变化。那些被取走的“宝贝”就是各类书籍了，有精装的领袖选集和读本，当时是舍不得用自己的钱买的；还有封面特别漂亮、纸张厚厚的画着许多插图的《银河系探秘》，讲些连老师都不知道的奇妙玄虚的事。当然，最让人喜欢的还是《苦菜花》《林海雪原》《烈火金刚》这些故事书。看着这些书，心里觉得比吃冰糖葫芦还要香甜，能让人半天不饿，一头晌不用喝水。那时候县城里已经通了电，可晚上为了省电（实际是为了省钱），家里安的是最小瓦数的灯泡，我就在这昏暗的光线下看到深夜，大人呵斥多次才极不情愿地熄灯睡下。

等进了专业学校，学校里有正规的图书馆，各系轮流去，每周都能有一天可以借书还书，那时还没有兴起什么“占座风潮”，每天都能在宽敞的阅览室随意看书翻杂志，感觉真是惬意无比。进入职场，经常到单位的图书室查阅资料，节假日才能光顾几个大的图书馆，每次都是恋恋不舍地离开，往往在公交车上还要回望那些建筑，直到它们消失在视野里。在特区工作时，我曾经专门到新落成的高大巍峨的图书馆参观，惊叹它非凡的气势和现代化的运作，纵横交错的空中轨道和头顶上翻飞的书本让人不仅眼花缭乱，甚至有些头晕目眩，不禁想起过去百货商店里，从高高的收银台伸展出的放射状的铁丝，一众钱款票据沿着铁丝快速穿梭滑行，售货员的吆喝声和铁夹子的碰撞摩擦声混成独特的音响。但也仅此而已，当时着急办的事情太多，顾不得坐下细细品味那些宝藏。

直到几十年的职业生涯过去，受益于国家的发展和繁荣，退休后我过起了“候鸟”生活，秋冬季节来到享誉海内外的“康养”之地，有闲泡在这间海南小城的图书馆里，像饥饿的人扑在面包上，我竟然动了写本书的念头。

这间图书馆，经过多年的发展，如今建成县级城市少有的“一级公共图书馆”。一幢充满民族风情的三层建筑物，面积接近五千平方米，藏书达到二十八万册，我经常泡着的文学阅览室有超过二十万册的藏书。虽然不能与国家图书馆等殿堂级的大馆相提并论，甚至比不上一所普通大学的图书馆，可对于一般的读书、学习和写作，足可满足需要了。

俗话说，读万卷书行万里路。如今，不说借助现代的交通工具，就是靠手机里每日累积的步数，行万里路真不是什么难事。可要说到读书，那就十分惭愧了，在为写这本书列我曾经读过的书作为参考书单的时候，本以为罗列一百本书很轻松，可我列了几十本就写不下去了，再一细看，前面竟然重复写了好几本，还是读书太少，真叫人汗颜不已。

这是一个藏品丰厚的宝库。在这里，那些如雷贯耳的名字让我无限景仰，那些石破天惊的宏论使我击掌赞叹，那些空前绝后的著作令我佩服得五体投地。世界上众多的历史文明已经作古，唯有中华文化，不仅没有中断和湮灭，在走过世世代代的坎坷曲折后，反倒像久旱的禾苗遇到甘霖，枯萎的树木迎来春天，在今天更加枝繁叶茂地生长壮大。

远行已久的拓荒者，创造出一个个象形符号，使文明的星星之火得以延续，“天雨粟，鬼夜哭”，是真正惊天地、泣鬼神的壮举呀。“天不生仲尼，万古如长夜”，孔老夫子学思并重，可后来人重学轻思的弊端愈加严重，直到钻进了八股文的死胡同，中华文明的发展遭遇了严重的危机。近代，一批饱读诗书、冷眼看世界的有识之士，发出了大声的呐喊和疾呼，为社会变革的温床添柴加火……我像蜜蜂扑进了花丛，恣意采撷起来，领略大师的风采，汲取丰富的营养，似乎几生几世也品尝不完。

可人性的弱点就是如此，读书久了，读的内容多了，不免也生出些许遗憾。这种交流未免太过单向，人毕竟不是貔貅，只进不出难免憋得难受。经典名著读了一厚摞，导师教诲也领悟了千百遍，因此也想着有感而发，说点个人的所历所思所想，最好也能写出一本书来。如果此书能跻身到图书馆里，放到我十分熟悉的书架上，不说和那些巨擘排在一起，就是挤在一些勉强入流的作者中间，也十分难得了，称得上是值得奋斗一番的梦想了。

写什么呢？记个流水账应该省事，照搬照抄也似乎简单，但写东西还得讲究个新奇独创性，过于平淡就没有意思了，我决定写小说，这个不受客观事实的限制，可以自由发挥，天马行空。而且我不自量力选择直接从长篇入手。按说应该由短而中，由中而长，脚踏实地，沉淀积累，步步为营，可这个过程有点漫长，年龄不饶人，难以这么按部就班、循规蹈矩地走流程，我想跳跃式前进，写就写个长的，类似于人海战术，大水漫灌，期待以长掩拙。能出版当然是好，不能出版，就在同学朋友间交流一下，或许也能传播点正能量，至少能增加些茶余饭后的谈资吧。

图书馆里的年轻读友无形中给了我很大的鼓舞。看他们读什么书就知道他们在忙些什么。《国考宝典》《高考冲刺 100 天》《研究生时事大纲》之类的，有时使人产生一种莫名的冲动，恨不得重进考场和他们 PK 一番，可理智告诉自己，那都是多年之前的隔代旧梦了。作为过来人，已经拿到了那个紫红色的小本子，不用辛苦奋斗，无论刮风下雨，每月有固定的地方“出粮”，还有什么抛不开舍不下的呢？若写不成，权当个人自修练习，倘若写得成，“王侯将相宁有种乎”。为文学大厦添砖加瓦，创造些许精神财富，实现新的人生价值也未可知呀。

机缘巧合，新世纪后我被外派在东南沿海某特区任职，道听途说了一点儿事情。于是我就从这空中楼阁起步，望风捉影、发挥想象，这么混合、揉捏、提炼、升华，有了一个模糊的故事。可是到写下《大港湾》这几个字的时候，我心里还是十分茫然，一个长篇怎么也得二十几万字接近三十万字，现在只有这区区三个字，中间还差着十万倍的努力呀，怎么办？这就得发挥图书馆的优势了——一个我最中意的冷清位置，没有任何熟人需要招呼，也没有任何旁人过来打扰。也只有在这里，一天天面壁苦思，方能进入超然忘我的状态，穿越到自我营造的虚拟世界里，那些原本不相干的桥段逐渐跳动着编织到一起，那些模糊的人物渐渐清晰丰满起来，那些生动有趣的场面也在笔下描画出来了。这本“著作”以每天一千字的速度增加着。

我早出晚归，卡着点到图书馆“上班”，有那么几次，粗心的管理员下班时竟然把我锁在了馆里，急得我赶忙朝楼下呼喊他们回来开门，我不能再做昔日的“梁上君子”了。

天有不测风云。2020年初春，一场突如其来的疫情打乱了生活本来的节奏，图书馆关门了，我只能返回家中写作，状态比在图书馆差了不少。村上春树曾经探讨写作地点对作品会不会有影响的问题，我想，对于他这种“江湖老手”来说这种影响也许是微不足道的，但对于我这种菜鸟级别的写作者，这种影响不知被放大了多少倍。可是有什么办法呢？全国人民都在共克时艰，无数的白衣天使负重逆行，为我们遮风挡雨，有的甚至献出了宝贵的生命，应该时时刻刻感激感恩才是。生活还得继续，理想不能放弃，我像挤牙膏般，每天生涩地拼凑出几百个字，如同在崎岖不平的道路上艰难地向前跋涉。

天气渐暖，在海南过冬的“候鸟”纷纷北归，没有等到图书馆开门，我也回了山东，随后因为家庭，也为了避疫，我在几个城市间不断转场，但也没有停下写作。直到秋风再凉的时候，我又重新返回这座海南小城。到达的当天，我赶紧去看了图书馆的情况，还好，在万众一心的努力下，疫情得到基本控制，图书馆也开放了。尽管比原来时间短了些，又限制进场人数，但这已是难得的了。我每天早早排队进场，写作重新走上正轨，笔下的文字也如溪水般流淌起来。

“大叔，您每天这么辛苦地打字，是写论文还是写别的什么呢？”这天，一位裙裾飘飘、来整理图书的姑娘站在了我的身后。

“不是写论文，写论文的话要查阅很多资料，可能这张桌子都摆不下。你看，我就是孤零零一台电脑，想到哪儿写到哪儿。我在写长篇小说。”我急忙解释，又把写好的文字指给她看。

“这挺不容易的。那么，写给谁看呢？”她好像感觉表达得不够准确，抿着嘴儿自微笑起来。

我的笑容有点苦涩，也陷入了沉思。给谁看和谁要看，这确实是个问题，而且我似乎从来没有考虑过这个问题。现在有种说法，叫作家越来越多，读者越来越少。二十世纪八十年代，尼尔·波兹曼发表了影响甚大的《娱乐至死》，说的是电视机的普及对文化和社会生活造成的巨大冲击，电视当仁不让地挤占了读书等文化活动的时间。如今，电视竟然也落伍了，手机后来者居上。它集合了多种“机”的功能，电话、电视、摄录、存储、游戏，最重要、最受欢迎同时也使人最无奈的功能就是搭建了一个社交平台，你永远不知道下一秒有什么内容冒出来，或是太平天国的斗争，或是什么奇闻趣事，或是一段低级无聊的笑话，或是什么动物在顶角打架……人们依赖手机又厌烦手机，网络有形无形地鼓励了形形色色的自我展示和文化传播。确实，真真假假的碎屑漫天飞舞，虚虚实实的光影零散迷乱，人们难得静下心来好好读书了。

在这样的迷茫和困惑中，要特别感谢山东文艺出版社的桑晓菲编辑、杨云芳编辑，正因她们有着慈爱包容的胸怀和严谨高效的专业精神，不吝指教和批评，帮助我多次修改，从而跨过了那道原以为高不可攀的门槛。读书的人总是有的，受教育人口基数庞大，即使占一个小小的份额，数量也会相当可观，好的作品不会缺少知音。也希望大家从繁忙的“社交”中抽身，听听音乐或者读读书，寻找心灵的宁静港湾。

整个2020年，我一直处在紧张的写作过程中，完成了本书的初稿。要感谢我年近九十的老母亲，她经常发挥类似“长妈妈”的作用，为我烹饪一日三餐；感谢我的妻子，在生病或者身体不适的时候，为了节省我的“宝贵”时间，常常一个人到医院排队看大夫，她也是本书的第一位读者，提出了很好的建议，帮助我订正了不少文字错误；感谢我的孩子们，他们在职场上比蜜蜂还要辛劳，却忘不了隔三岔五地问候我，节日还要发来红包，适时送上“文思泉涌”的祝福；感谢我所在的“候鸟”人才工作站的各位同事，他们的期望和鼓励帮助我多次化解写作的难题。当然，最应该感谢的还是当年在家乡图书馆任职的叔叔阿姨们，无论你们是在享受幸福的晚年还是已经远行，都请理解我的愧疚，接受我崇高的敬意。正是你们“疏于防范”，才使我少年时就有幸和图书馆“结缘”，若干年后在他乡的图书馆里完成了这本书。

世界并不安宁，风景这边独好。珍惜读书的权利，享受创作的乐趣吧。

朱　萁

2022 年 3 月于三亚湾畔

图书在版编目（CIP）数据

大港湾 / 朱萁著. —济南：山东文艺出版社，2022.5
ISBN 978-7-5329-6544-1

Ⅰ. ①大… Ⅱ. ①朱… Ⅲ. ①长篇小说—中国—当代
Ⅳ. ①I247.5

中国版本图书馆CIP数据核字（2022）第003859号

大港湾

DA GANGWAN

朱萁　著

主管部门　山东出版传媒股份有限公司
出版发行　山东文艺出版社
社　　址　山东省济南市英雄山路 189 号
邮　　编　250002
网　　址　www.sdwypress.com

读者服务　0531-82098776（总编室）
0531-82098775（市场营销部）
电子邮箱　sdwy@sdpress.com.cn

印　　刷　山东新华印务有限公司
开　　本　710 毫米 × 1000 毫米　1/16
印　　张　20.5
字　　数　320 千
版　　次　2022 年 5 月第 1 版
印　　次　2022 年 5 月第 1 次印刷
书　　号　ISBN 978-7-5329-6544-1
定　　价　76.00元